CROSSING TO SAFETY

安宁之路

〔美〕华莱士·斯特格纳 著
王军平 薄振杰 译

人民文学出版社

著作权合同登记号　图字 01-2020-3576

Wallace Stegner
Crossing to Safety

Copyright © 1987 by Wallace Stegner
This edition arranged with BRANDT & HOCHMAN LITERARY AGENTS, INC. through BIG APPLE AGENCY, INC., LABUAN, MALAYSIA.
Simplified Chinese edition copyright © 2020 by Shanghai 99 Readers' Culture Co., Ltd.
All rights reserved.

图书在版编目(CIP)数据

安宁之路/(美)华莱士·斯特格纳著;王军平,
薄振杰译. —北京:人民文学出版社,2020
(20 世纪现代经典文库)
ISBN 978-7-02-016518-6

Ⅰ.①安… Ⅱ.①华…②王…③薄… Ⅲ.①长篇小说-美国-现代　Ⅳ.①I712.45

中国版本图书馆 CIP 数据核字(2020)第 145785 号

责任编辑　朱卫净　骆玉龙
封面设计　钱　珺

出版发行　人民文学出版社
社　　址　北京市朝内大街 166 号
邮政编码　100705

印　　制　山东新华印务有限公司
经　　销　全国新华书店等

开　　本　890 毫米×1240 毫米　1/32
印　　张　11.5
字　　数　288 千字
版　　次　2020 年 12 月北京第 1 版
印　　次　2020 年 12 月第 1 次印刷

书　　号　978-7-02-016518-6
定　　价　69.00 元

如有印装质量问题,请与本社图书销售中心调换。电话:010-65233595

献给玛丽·佩奇·斯特格纳

感谢她半个多世纪以来给予我的爱与友情

同时也献给那些我们共同拥有的朋友

我可将一切交给时光,唯独

唯独将自己所有珍藏,但是

为何要将海关打盹时我带出

的禁品申报?① 因为身已至此,

我不愿舍弃我一直拥有之物。

——罗伯特·弗罗斯特

---

① 本句原文为 "But why declare / The things forbidden that while the Customs slept / I have crossed to Safety with?",本书英文原书名 *Crossing to Safety* 源出于此。

第一部

1

在梦与回忆交融的一团混沌中,我浮游而上,宛如一尾鳟鱼,摇着尾巴穿越重重幻境后,浮出了水面。我睁开眼睛,醒了过来。

白内障患者术后除去绷带的一瞬间,那感觉想必跟我此时绝无二致:一切都清晰得炫目,就如同第一次看到一般,但同时也非常熟悉,好像失明前就已见过。目之所及与记忆中的一切宛如在立体镜中一般,交融汇聚在一起。

时间显然尚早。微弱的光线,如同傍晚时分窗帘边漏进的余晖。但我看到,抑或是记得,也可能是既看到也记得,那未挂窗帘的窗户,裸露的屋椽,只挂着一本日历的空荡荡的条板墙。记得上次我们来时日历就挂在这里,而那已经是八年前了。

曾经简朴但生机勃勃的一切,如今都破败不堪。自从夏丽蒂和希德将宅院转交给孩子们后,这里便没有更新或添置任何东西。我觉得,我醒来的地方应该是艰苦岁月里某个乡村的私人小旅馆才对,但我没有这种感觉。在这个小屋里,我度过了那么多美妙的日日夜夜,它不会令我觉得沮丧。

我从枕头上抬起头来,努力借助微光举目四望。屋里有些东西,甚至还让人觉得非常舒心,纵然是在阴郁之中,我也能感到一丝温暖。这感觉大概是出于联想,也有可能是因为色彩。墙壁和天花板上未抛光的松木,经过这么多年,都变成了油腻的奶油色,仿佛那些用它给朋友们建造居所的人所拥有的热情,将它感染了一般。我将此视为一个征兆。尽管想起了我们为何身处此地,但也无法削弱我刚醒来时感受到的那让人珍视的熟悉感。

空气与屋子一样让人觉得熟悉。这是一座典型的夏季小别墅，除了老鼠肆虐，还有藏身房屋下面、依稀记得并不难闻的臭鼬。周围的空气有种寒意，让你觉得自己正身处海拔七千英尺①高的地方。当然，这是错觉，只是因为纬度高而已。北边仅仅十多英里②外就是加拿大，在整个地区留下印迹的冰原并不是一去不返，而只是暂时告退。纵然是在八月份，空气中也有一些气息，告诉我们它们将卷土重来。

实际上，如果你能忘却死亡（这里过去比很多地方都更容易让人做到），你就会真切地体会到，时间是一种轮回，而并非如我们的文化竭力证明的那样，是线性的或者渐进的。从地质学视角来看，我们都是正在成形的、将要被掩埋的化石，最终会为了解除后辈探寻的疑惑而重见天日。以地质学或生物学术语来讲，就个体而言，我们没法保证每个人都受到关注。我们每个人与其他人的差异并没有那么大，每一代人都是上一代的重演，我们创造的想要永垂不朽的一切，可能还不如蚁冢经得起风霜，更无法与珊瑚礁相比。一切事物都要依靠自身才能回归，进而实现自身的重复与更新，现状几乎无法从往昔中获知。

萨莉还在沉睡。我下了床，赤脚走过冰冷的实木地板。经过那本日历时，它执拗地告诉我，这不是我记忆中的那本，上面的信息明确地告诉我：现在是一九七二年八月。

我轻轻打开门，外面空气清冽，光线微弱，下面的湖面一片迷蒙，远远高过门廊的铁杉林的间隙透出清灰的天空。以往的那几个夏天，希德和我经常砍掉一些这类状如野草的树木，好让阳光照进客房。我们所做的只是砍掉一些个体，而不是打压这个物种。铁杉喜欢这里陡峭的湖岸，它们与其他物种一样，固守着自己的

---

① 一英尺约合 0.3 米。
② 一英里约合 1.6 千米。

疆土。

　　我返身回屋，拿起椅子上的衣服，就是我从新墨西哥州来时穿的那件，套在了身上。萨莉依然在沉睡，从波士顿到这里的长途飞行以及五小时的车程让她筋疲力尽。这一天对她来说，实在是太辛苦了，即使这样，她也不愿听到行程被取消。既然受到召唤，她就会来赴约。

　　有那么一会儿，站在那里听着她的呼吸声，我略有迟疑，犹豫着要不要自己一个人出去，把她留在这里。她睡得很沉，估计还得照这样再睡一会儿。而此刻，估计也没有人来访。大清早的这块时间由我独享。于是我踮着脚尖，轻轻地来到门廊上，站在那里，置身于我全身心都可以感知到的这个与一九三八年一样美好的清晨。

　　朗家的宅院里没有一个人影，小树林里黯淡无光，空气中也没有生火的气息。我沿着铺满松软枯叶的林间小路，经过柴房，来到了马路上。于是我便看到了整片的天空，东方的天边刚刚泛起淡淡的鱼肚白，启明星宛如一盏路灯，稳稳地悬挂在天空。站在铁杉树下，我觉得天空有些阴暗，而来到这里，眼前穹庐般灰白色的天空则一片明净。

　　我信步来到大门口，走到门外。刚一出门，路就分了岔，我没有走通往上屋的那条，而是选了一条通往右边小山头的泥泞小道。约翰·怀特曼的房子就在小路的尽头，他十五年前就去世了，也就不会嫌我在他的路上散步了。我已经在这里走过上百次，这是条可爱的、隐没在树林之间宛如隧道般的小道。清晨，小道两旁到处都是鸟儿，还有那些窸窸窣窣害羞的小动物，这是一条我至爱的小路。

　　露珠打湿了一切。蕨丛中都可以洗手了，顺手从枫树枝上摘下一片树叶，脑袋和肩膀上就会落下一场"阵雨"。我穿过绕着山脚的阔叶林，走过脚下一踩就能冒出"清泉"的雪松带，钻过陡坡上的云杉与香脂树林，小心前行，饱享着视觉盛宴。我看到了泥路上浣熊的踪迹，那是一只成年浣熊与两只幼崽；成熟的杂草，身子弯得好似门球的球门，混杂其间的，还有湿漉漉、布满斑纹的橙色伞盖菇，它们在这个季节看上去无精打采，有的伞盖还向内凹陷，盛满了露水；地面上郁郁葱葱的石松类绿植，构成了一片微缩的森林；云杉树宽大的"裙摆"下面，到处都是褐色的洞穴，那里是老鼠和兔子的乐园。

我的脚被打湿了。在树林中，我听到一只鸫鸟在练唱，不过这歌它似乎已经忘记了大半。我抬眼向左边的山坡上望去，想看看能否看到上屋，可满眼所见，尽是树木。

随后我来到山肩。这里视野开阔，天空无边无际，明亮的光线湮没了所有的星斗。天边排列的，是高高低低的山丘。斯坦纳德山上面，天空呈现出火辣辣的金黄色，就在我注目的一刻，太阳从山后跳了出来，照得我睁不开眼睛。

这次我们回到巴特尔池不是为了游乐，而是出于情感与家族团结考虑。我们是这个家族的编外成员，而他们也满含期待地邀请我们来。此刻我没有觉得沮丧，与我在破旧的客房里醒来那会儿相比，此刻我一点也不忧郁了。恰恰相反，我在想，与站在这个熟识的山肩上这几分钟的感受相比，我何时曾感到过比此刻更加充满活力、心里觉得自己更能干、面对自我以及自己的世界，感到更加轻松自在？我目睹太阳悄悄地、强劲有力地升起来，照耀着脚下那个未曾改变过的村落，那如一汪水银般的湖面，还有干草地、草坪、枫林和黑色的云杉林所组成的参差的绿色，这一切随着阴影的消退而被它照耀并温暖的东西。

曾经在这个地方，现在也是这个地方，在我们最美好的年华里，我们的友谊找到了归宿，我们的幸福在此汇聚。

*

回到屋里,我看到萨莉坐了起来,最靠近床的那个窗帘——也是她能够到的那个——被卷了起来。一束阳光照进了屋子。她一边喝着从保温瓶中倒出的咖啡,一边吃着一根从果篮里拿的香蕉。那是哈莉昨晚送我们回来睡觉时带来的。

"这不是早饭,"哈莉说,"只是垫一垫肚子,我们会来带你们去吃早午餐的,但我们不会来得太早。你们想必很累了,作息时间都乱了吧,只管睡,我们明早十点钟才会来叫你们。吃完饭后,我们再上去看妈妈。下午晚些时候,她打算在福尔松山上野餐。"

"野餐?"萨莉说,"去野餐,她身体状态那么好吗?如果是为了我们,她大可不必啦。"

"她就是那么安排的,"哈莉说,"她说你们会比较累,所以让你们休息。如果她说了你们会累,你们最好还是感到累的好。如果她安排了野餐,你们最好就想要野餐。这样她才满意。她为那些她认为重要的事情攒足了劲。她想让一切都跟以前一样。"

我拉开了另外两副窗帘,昏暗的屋子顿时变得亮堂起来。"你去哪儿了?"萨莉问。

"沿着以前的怀特曼路走了走。"

我给自己倒了杯咖啡,坐在了柳条椅里。这个椅子我记得是这个老房子里的一件重要家具。萨莉坐在床上看着我。"那里怎么样?"

"漂亮,安静,美妙的乡土气息,没有丝毫改变。"

"我希望跟你一道去。"

"晚些时候我开车带你去。"

"算了,我们刚好要去山上野餐,这就行啦。"她呷了口咖啡,目光越过杯沿望着我。"难道这没有什么特殊意义吗?在死神家门口,她想要像以前一样野餐,而且要求每个人按照要求去做。她还担心我们太累，啊，她是要留个悬念！其实已经有悬念了，自从我们……你有没有觉得少了点什么？"

"一点没有，我觉得什么都没少啊。"

"我好高兴。我没法想象这个地方没有他们两个会是什么样。"

长期的残疾会让有些人变得慈祥，让有些人感到自怜，而让有些人觉得痛苦。但它却仅仅是净化了萨莉，让她更像她自己。即使在她年纪轻轻、肢体健全的时候，面对人们的热情与伤害，她都能表现得从容淡定，这一点蒙骗了不少人。希德·朗对此不会没有感觉，他肯定曾经有点喜欢她。他曾叫她普洛塞尔皮娜[1]，并引用斯温伯恩[2]的诗句来跟她打趣：

> 脸色苍白，在门廊之外，
> 静默落叶为冠，她孑然而立，
> 用冰冷不朽的双手，
> 将凡世万物收走。

"冰冷不朽的双手"就此成了我们之间的一个笑料。而许久以前，她妈妈不得不将她像个小包裹一样藏匿在任何方便的地方。正是在那时，她学会了安静，就像只小鹿，在妈妈离开的地方躺着一动不动，悄无声息，以掩人耳目。她似乎内心与表面一样平静。而我认识她的时间也不短了，伤病让她的双鬓与面颊都笼罩着一层虚弱的温雅，连同岁月对她脸庞的雕琢，都已然浓缩在了她的双眸之中。

此刻，她的眼睛遮掩了脸上的顺从与情愿，显得朦胧与困惑。她盯着自己的手，那双手一会儿攥着，一会儿张开，然后又合上。

---

[1] 普洛塞尔皮娜（Proserpina），古罗马神话中冥神普鲁托的妻子。
[2] 阿尔杰农·斯温伯恩（Algernon Charles Swinburne, 1837—1909），英国维多利亚时代的重要诗人。后文引用诗句出自他的诗作《普洛塞尔皮娜的花园》(The Garden of Proserpine)。

她说:"我想她,我睡觉梦到了她。"

"这太正常了。"

"我们当时有些争执。她想让我干活,我不乐意,然后她就大怒,而我也非常生气。这难道不是一种悲哀的方式……"她顿了一下,然后好像遭到了我反驳一般,突然大声说,"他们是我们碰到的绝无仅有的一家人。没有他们,我们的生活可能会截然不同,也可能要苦得多。那样我们也不会知道这个地方,还有这么多对我们而言非常重要的人。你的职业也将会迥然不同,你可能就困在哪个杂牌大学了。特别是夏丽蒂,没有她,我都不会活下来,我可能也不想活。"

"我知道。"

我背靠窗户坐着。床头柜上是我昨晚给萨莉倒的一杯水。太阳出来照在杯子上,折射出一个七彩的椭圆光圈,落在了天花板上。我伸出脚,碰了一下桌子,那个彩虹般的光圈就微微颤动。然后我抬起手,挡住了杯子反射出的光束,那道彩虹便没有了踪迹。

萨莉一直在看着我,皱着眉头。"你在说什么?这就完了?接受吗?我都疲于接受啦。我厌烦又听到有人说'上帝让你变得有能力担起重负',谁说的来着?"

"不知道,我没说过。"

"可能也说得没错,但我无需任何改变。我在这里醒来,每样东西都让我想到他们。我梦见与他们争吵,我思忖着如何指责她,想着我们吵了多久。我就是觉得伤心,想哭。"

自责完后,她满脸的厌恶。我们看着彼此,都感觉不舒服。她似乎想要我表达些许苦恼,我便说:"我告诉你我觉得有点缺憾的地方。昨天晚上,我知道夏丽蒂不会带着手电出来欢迎我们,但我期待着看到希德。我以为他必定会来。可当我看到来迎接我们的人换成了哈莉和莫时,我才意识到事情有多严重,我的心沉甸甸的。

但今早我便忘了，感觉跟以往一样。"

"我们由于太累而今早不用上去这个想法，我倒希望不是她的主意。这哪里还像她啊？我估计中午得去野餐了。你能帮我起来吗？我要走。"

我为她安上腿支架，搀扶着她的胳膊让她站起来，然后把手杖递给她。她前臂用力握着手杖，蹒跚地走向浴室，我紧随其后。她站到马桶前，弯腰打开了膝盖上的扣，我帮她安稳地坐到马桶上，便转身离开了浴室。过了一会儿，她敲了敲墙壁，我走进浴室，将她搀扶起来。她再扣好支架，站到被泉水中的矿物质浸染的洗脸盆前去洗漱。几分钟后，她从浴室走了出来，头发已经梳理整齐，脸上的睡痕也已洗去。她站在床边，又一次弯腰打开支架扣，"扑通"一声坐在了凌乱的床上。我抬起她的腿，放平，然后拿了个枕头让她靠在身后。

"感觉怎么样？还好吧？"

"也许夏丽蒂说得对，我的确感觉有些累。"

"那为何不多睡一会儿？要不要把支架卸下来？"

"就那样吧，要不还得叫你，这样还能少点儿麻烦。"

"我觉得一点儿都不麻烦。"

"哦，"她说，"还是不卸了，不卸啦！"她闭上了眼，脸上露出了笑容。"要不给我剥个橘子？"

我剥了一个橘子，又把保温瓶中剩余的最后一点咖啡倒了出来。她靠床头坐着，毛毯下的腿就撑出了一条细而直的线，她脸上露出嬉笑的表情，好像在说：多有趣！

"我喜欢'垫一垫'这个想法，"她说，"你呢？就像在意大利，我们一早起来，你就泡茶。或者像在孟买的泰姬陵酒店，还记得那里'垫一垫'的东西吗？只是那里只有水果和茶，不是水果和咖啡。我们只需要一个大点的吊扇，就跟朗用枕头砸坏的那个一样。"

我抬眼看了看四周光秃秃的墙壁，光秃秃的壁骨，光秃秃的屋椽，还有纯绿色的窗帘。宅院中的一切，甚至是主屋，都跟以前一模一样。夏丽蒂一视同仁，要求她自己、家人以及客人都要朴素从简。"哦，"我只好说，"倒不那么像泰姬陵。"

"比那里好。"

"如果你这样想的话。"

她把手放到腿上，手里还攥着半个橘子。她的手永远无法完全张开了。当她还在用铁肺接受人工呼吸时，包括办事考虑周全的夏丽蒂在内，大家都只关注她能否继续呼吸，忘记了她手的事，因此让她的手攥得太久了。此刻，她竭力保持着的平静、容忍和顺从，她勇敢坚韧的一面，都土崩瓦解了。她看着我，情绪激动，疲惫不堪。

"哦，拉里，"她自责地说，"这事确实让你伤心了，让你跟我一样伤心。"

"只有在我笑的时候。"我说。不知是否出于情绪原因，她和夏丽蒂一样，忍受不了闷闷不乐。她责备自己，让我给她掖好被子，亲吻她，然后才露出了笑容。我拉上了窗帘。"哈莉和莫两三小时内不会过来。睡吧。现在是圣菲①时间五点钟。他们来了我会叫醒你的。"

"那你打算干什么？"

"啥也不干。我去门廊，看一看，闻一闻，追寻一下昔日时光。"

我这样做已经许久了，无需努力，一切都在催促着我。站在高高的门廊上向外望去，俯冲入湖的树林远不止是一个让人熟悉和喜爱的地方，那是我们曾经全身心融入的栖居地，一个宁静的王国。所有的物种，包括我们在内，都可以安宁地成长，找到他们通往生

---

① 圣菲（Santa Fe），美国新墨西哥州首府。

存的阶梯。坐在那里，目睹着眼前未曾改变的一切，我又一次被感动，就跟我当时走在怀特曼路上时一样。晨光让人怀念那些逝去的早晨，而又对即将到来的每一个黎明满怀期待。我坐在那里，心无旁骛，鸟叫声、左侧树木掩映下的房屋里偶尔传来的敲门声、开门声都无从干扰我的思绪。但仅有一次，一声摩托艇的吼叫声侵入了我的耳朵。我循声望去，只见一艘白色的小艇，屁股后面拖着一副滑水橇，绕着码头飞奔，然后猛然转向，冲进了湖湾里，艇后蹚出了一条宽阔的水带，被滑水橇随后切开。它们在湖湾里划出了一个大大的圆圈后，再次轰鸣而出，直到停靠码头时声音才戛然而止。

大清早的这些活动，我得说，倒是个新变化。要是在早些时候，四十个学者，就会像被打扰的愤怒的小矮人，早就纷纷冲出他们的书房，要求禁止这恼人的活动了。

但除了这个干扰外，四周安宁一片，就如我曾经在这里感受到的一样。我想起了我们第一次来这里的情形以及后来的事情，这些又让我想到了自己的年纪，已经六十四岁了。虽然我一生都在忙碌，甚至有些过度忙碌，但现在看来，似乎重要的收获却寥寥无几：写的书完全没有达到我此前的期望，得到的回报——充裕的收入、社会声望、文学奖项以及荣誉学位等——都是一些华而不实的东西，并不该让一个成年人心满意足。

我们当年要提高自身、不辜负自己的才华、想要在这个世界留下印记的激情到哪里去了？我们最激烈的讨论总是关于如何能够做出贡献。我们从不考虑回报，我们年轻而诚挚。我们从不自欺欺人，从来没觉得我们拥有政治天赋，能够重整社会秩序、保障社会正义。除了基本的生活需求，钱不是我们追求的目标。我们有些人甚至认为，钱对人并非益处多多，因此夏丽蒂一直偏爱朴素简单的生活。但在能力所及的情况下，我们都希望界定并践行有价值的生活。我总是用文字来尝试这一切；希德也是同样如此，只是缺少了点自信；对萨莉而言，这体现在她所具有的同情、理解以及对人类的倔强与脆弱所怀有的温情，而对夏丽蒂而言，则意味着组织、秩序、行动，消除不确定性，让人不再犹豫彷徨。

我们本想给世界留下印记，但恰恰相反，是世界给我们留下了印记。我们年岁渐长，生活让我们经历了各种考验，如今我们要么躺着等死，要么就步履蹒跚、拄杖而行，要么就坐在门廊里那个小青年们健步来往的地方，感受着衰老、笨拙与迷糊。带着特定情绪，我可能会抱怨，说我们都曾经困窘不堪，虽然现在与大部分人一样，我们当然已经不那么窘迫。我们所有人，我觉得都至少应该心存感恩，感恩我们的生活没有给我们带来伤害和毁灭。与那些不那么幸运的人相比，我们甚至是令人羡慕的。我头脑中有一种对所受惩罚的纵容，因为哪怕是像我自己一样愚笨、生涩和乐观的人，在一瘸一拐地跑完人生的马拉松时，也不会因自己曾经怀有的真正恶意而心生愧疚。萨莉、希德还有夏丽蒂，我们四个人都不会。我们曾经犯了很多错误，但从来没有为了利益而伤害他人，即使没有监督，我们也没有走过任何非法的捷径。一路走来，我们一直步履蹒跚，气喘吁吁。

我以前对自己了解不够，现在也同样如此。但我曾了解，现在也一样懂得那几个让我珍爱与信任的人。对他们的情感，已经成为我自身的一部分，而且从未有过动摇，尽管我与他们曾经不止一次地彼此伤害。

在新墨西哥州的阿尔伯克基上中学时，我们一伙人花了一整年时间读西塞罗的作品：关于年老的《论老年》，关于友情的《论友谊》。《论老年》里满含着顺从的智慧，我可能永远无法企及，也无法仿效。但《论友谊》里描述的友情，我不但可以尝试，而且在过去的三十四年间一直拥有。

2

我们到达密西西比的时候,天正下着雨。沿着砖铺的街道,我们一路颠簸地穿越迪比克市。街道两旁都是带着高高门廊、山墙陡峭的破旧房屋。用砖砌成的教堂的尖顶耸立其间,随后是一条榆荫遮掩、宛如教堂侧廊般的长长窄路,一直通向河边。在我这个西部人眼里,这里就如充满异域风情的北欧一般,完全像是另一个国家。

车子爬上桥面,我们便与大坝比肩而行,展现在我们眼前的是宽阔、暗蓝的水面,上面点缀着一些绿色的小岛。远处陡峭的岸壁,在雨中泛着绿色,闪着亮光。"欢迎来到威斯康星。"我说。

萨莉也来了兴致,脸庞泛着微微的笑意,看了我一眼。我们已经在路上走了三天,每天差不多六百英里,期间经历了各种路况,包括内布拉斯加州好多英里在建的公路,而她已经有三个月身孕了。她也许内心欢喜,就像这个午后给人的感觉一样,但她那是在强打精神。她凝望着河道的下游,远处爱荷华州与伊利诺伊州被两三座桥连在一起,车还未到此处,道路就转出了河道,威斯康星州绵延起伏的农田出现在了我们眼前。"哇,"她呼喊着,"新生活①,我们来啦。"

"还需要大约两小时。"

"我有心理准备。"

"我猜也是。"

我们绕着陡峭的岸崖向上,一路直达崖顶。大雨持续不断地落

---

① 原文为拉丁语:vita nuova。

在窄窄的、几近九十度拐弯的路上，落在白色的农舍上，落在顶上印着"皮尔斯博士重要医学发现"广告的红色谷仓上，落在九月份褐色的、布满猪膝盖高低玉米茬的泥泞的玉米地里。大雨一直伴着我们，经过普拉特维尔、矿点市、道奇维尔，过了道奇维尔不久，雨还没有停，雨刷器却坏了，裸露的金属开始在挡风玻璃上刮出一道道让人抓狂的弧线。我们没有停下来修理，从芒特霍雷布到麦迪逊[1]，一路上我只好将头伸在车窗外，头发都湿透了，雨水顺着脖颈灌进了衣领。

我们顺着路，直接开到了国会大街。且不说萨莉感觉怎样，我一直兴致满满。来到这里，是我们生活中的第一个重要机遇。我知道那所大学就位于国会大街的一头，而州议会大厦在另一头。我不愿意把这段路一次走完，便中途折回，只是为了体会这种感觉。接着我看到一家酒店的入口和一个停车场，便拐了进去。就在我打开车门去打印停车单的时候，萨莉说："如果太贵，就算了！"

我跑到酒店前台，头发都湿透了，肩膀也湿了。店员两手平放在胡桃木桌面上，眼里满是疑惑。

"双人间多少钱？"

"带浴室还是不带？"

我犹豫了一下。"带。"

"两百七十五。"

我听了有点担心。"那不带呢？"

"两百一十五。"

"我跟妻子确认一下，马上回来。"

我又冲进了雨幕。雨滴从天上直直地落下来，在湿漉漉的街道上弹射开去。我离车仅五十英尺，却又一次被雨浇了个通透。挤

---

[1] 以上提及的普拉特维尔（Platteville）、矿点市（Mineral Point）、道奇维尔（Dodgeville）、芒特霍雷布（Mount Horeb）、麦迪逊（Madison）均为美国威斯康星州城市。

进拥挤潮湿的车内,我不得不卸下眼镜来看萨莉。"有浴室的两百七十五,没有的两百一十五。"

"啊,太贵啦。"

我们只有一百二十五美元的旅行支票,要撑到十月一日我第一次发工资。

"我觉得可能……你一路太辛苦了。你难道不想洗个热水澡,换身干净的衣服,吃顿丰盛的晚餐?咱就来开个好头?"

"如果口袋里没钞票,开个好头也不顶用。我们还是找个提供早餐、能睡觉的地方就行了。"

最终我们找到了一家小旅馆。那是一间低矮的平房,草地上竖着"提供住宿"的牌子。老板娘是一个体形高大的德国人,患了甲状腺肿。房间还算干净,包括早餐在内,五十美元。我们把自己需要的行李团在一起,穿过厨房,依次洗了澡(用了大量的热水)。萨莉说她太累了,还不饿,而且在滑铁卢市那一顿被当作午饭的野餐也吃得比较晚,于是我们没有吃晚饭便睡了。

第二天早上,我们冒雨出去寻找可以常住的房子。秋季学期还有不到两周就开学了,我们希望在旺季前找到房子。

我们并未如愿。我们看了一栋房子,每月一百美元,还有一套公寓,九十美元,这些都远远超出了我们的支付能力。后来,我们看到了莫里森大街上的一间小小的、装修破败的地下公寓,租金六十美元,是我们预期的两倍。屋后的草坪顺着低矮的防水墙朝下一直延伸到了莫诺纳湖,而我们喜欢看着湖面上的帆船来来往往。虽然有点气馁,但我们又担心再找两周找不到更好的地方,就把它租了下来。

这件事处理得有点草率。付第一个月的租金就将我们的积蓄花掉了一半,我们不得不精打细算。除去一年七百二十美元的租金,我每年两千美元的薪水就只剩下一千二百八十美元来应付包括吃的、喝的、穿的、娱乐、书籍、交通、医疗，还有突发事件等所需要的花销。就算牛奶五美分一夸脱①，鸡蛋十二美分一打，汉堡包三十美分一磅②，我们也几乎剩不下几个钱来喝个小酒或消遣消遣。除去这些，还有医疗花销，这笔钱虽然不可避免，却无法预估。在伯克利，现在生个孩子需要花五十美元，包括产前护理，但在这里还不知道需要多少钱，产后花销和儿科医生的费用也无从估算。我们必须一分一文地节省，以应对可能最坏的境况。除此之外还有意外花销，除了确实特别意外的情况外，其他都得算上。

从某种程度上来说，年轻并贫穷是一件美妙的事情。有个般配的妻子——我有，贫困就变成了一场游戏。随后的两周，我们花了些钱买了白色的墙漆和带斑点的薄纱，便安顿了下来。靠近火炉的贮藏室温暖而干燥，将作为我的书房，直到孩子出生。我支了张牌桌当作书桌，然后用一些木板和砖头做了个书架。在我看来，世界上最幸福的人，就是正在打造书架的青年教授，而世界上最心满意足的夫妇，就包括那位教授与他的妻子。他们彼此相爱，又有工作，境况已经到了无法更糟糕的地步，刚进入真正成年的第一年，还没有做好长远打算，但最终也算开启了他们的生活。

我们贫穷，但希望满满，并幸福感十足。我们几乎还没有见到什么人。第一周，在到大学报到之前，我写了一个短篇故事，或者说，它写了自己。写作的过程就像鸟儿被放出了笼子。下午时分，我们摸路走进那个奇特的社区——半是学术，半是政治，那就是一九三七年的麦迪逊。我们停好了我们的福特车，徒步前行。从我们公寓出发到州议会大楼，然后沿着国会大街向上到贝斯康山，再到我位于贝斯康大厦的办公室，大约就是一个半英里的路程。一旦学校开学，我每天都会在这条路上来回往返。

---

① 夸脱（quart），液量单位，在美国一夸脱等于 0.94 升。
② 一磅约合 0.45 千克。

萨莉像守财奴一样盯着我们的收支，很希望自己能够工作。她在系里的公告栏里留了信息，说她能把毕业论文和学期论文打得又快又整洁，但现在还不是写学位和学期论文的时候，没有人找她干活。我一开始上课，她就得很长时间独自一人待着了。

那时正是"大萧条"最严重的时候。大学都终止了职称晋升，也几乎不再招聘。我能获得这份工作，完全出于侥幸。一年前在伯克利，我在一位访学的教授面前宣读了我的论文，而他碰巧觉得我不错，于是就在威斯康星大学公开招聘的最后关头，给我打了个电话，我就成了那次补那个空缺的人。我的同事们——那些已经在这里待了一两年的讲师，他们已经获得了教职，还在努力坚持。他们抱团很紧，言谈中涉及我时总是小心翼翼，满脸带着怀疑。他们似乎都是来自哈佛、耶鲁或者普林斯顿。哈佛和普林斯顿的都打着领结，耶鲁的同事则来去穿着灰色的法兰绒西裤，裤子胯部太高，裤腿则太短。这三类人都身着花呢夹克衫，看起来好像内衬里装了几个苹果。

我甚至都没有一个可以在办公室说话的同伴。我本来的办公室同伴是威廉·埃勒里·伦纳德，他是系里的文学名人。他的名气源于他那不同寻常的盎格鲁-撒克逊诗论，源于他在自己的长诗《两种生活》中所提及的浪漫而悲惨的私生活，源于最近他与校园里众所周知的一个叫戈登洛克斯的年轻女子之间暴风雨般激烈的婚恋与背叛，还源于他此前曾在门多塔湖仰泳游了很远，戴着一顶公猪头盔，吟诵着《贝奥武甫》。

我对威廉·埃勒里充满了好奇，很想见到他，但同时又马上想到，他日益严重的陌生环境恐惧症使得他几乎不能离家超过一个街区。我能与他联系在一起，就是由于他的办公室，尽管不能取消，但也就是空留在那里。我们同屋的那一年，他从没来过办公室，但他的照片、书籍、论文还有纪念品等都摆在一起放在那里，歪歪斜斜,摇摇欲坠。当我坐在那个好不容易收拾出来作为工作区的小角落时,它们随时都会掉到我的头上。我晚上去那里时,总能感到他如幽灵般的存在,因此我从来都不在那儿多待。

我们的新生活就这样开始了:花两周时间独自安顿停当,随后一周注册登记,办理手续,调换办公室,与自己所教的班级见面,这一切都是熟悉的程序。第一周的课程结束后,系主任在他家里举行了一个欢迎晚宴。我洗了洗自己的福特车,然后我们便穿戴整齐,心怀忐忑地去赴宴了。那里大约有四五十人,他们的名字我都没怎么记清楚,有的名字彼此混淆,而有的我转眼就忘了。有些年轻教员,包括一对看上去自视甚高的夫妇,都如饥似渴地围着雪莉酒打转,我纯粹是出于自尊,不愿跟他们一样。萨莉跟我相比更不了解这些人,她一直跟我黏在一起。

两个小时的时间,我们大多时候是跟那些年长的教授以及他们的妻子在一起,也许在同事眼中,我们立即就留下了阿谀迎合的印象。我们都举止大方,魅力四射。我甚至觉得萨莉过得非常愉快。她愿意与人交往,只要是人,她都会感兴趣,而且她比我强多了,能很快记住那些人的名字和长相。但她已经很长时间没有参加过任何此类聚会,哪怕是系里的茶会。

我觉得离开那些同事时,我们都有一点沮丧,虽然他们都是陌生人,但他们对我们的未来而言意义深远。我们回到了自己的地下室,吃了一些对我们来说符合预算但对身体不是特别有益的东西。晚餐过后,我们坐在莫诺纳湖边的防水墙上看日落,然后回家,我开始备课,萨莉则在读儒勒·罗曼[1]的诗歌。我们在床上温柔相拥,就像两个森林中的孩子,迷失在陌生而冷漠的乡村,有一点沮丧,有一点害怕。

---

[1] 儒勒·罗曼(Jules Romains, 1885—1972),法国小说家、戏剧家、诗人,代表作有长篇小说《善良的人》等。

3

随后一周的某天,我回家时大约是四点左右。我哼着小曲走下楼梯,想着萨莉可能需要我表现得高兴一些,最好还能给她讲讲外面的见闻。从午后明亮的户外进入我们的"洞穴",眼前什么也看不见,于是我在门洞里停下了脚步。"天哪,亲爱的,"我说,"你怎么黑漆漆地坐在这里啊?这地方就像是黑奶牛的'后门'。"

有人笑出了声——是一个女人,但不是萨莉。此时灯亮了,我看到两个人,萨莉坐在沙发上,另一位坐在我们不算太简易的椅子里,我们自制(用木板和砖头)的咖啡桌放在她们之间,上面放着茶杯的托盘。她们坐在那里,满脸微笑地看着我。萨莉笑容明艳,我感觉那是我最后一眼看地球时乐意看到的最美景致,但它与后者相比肯定还有一些差距,她在控制着自己,你可以看到她还在想着其他的事情。另一位呢,是一个高挑的年轻女人,一身蓝色衣服,完全是另外一种风格,即便是在这昏暗的公寓里,她也显得光彩照人。她的头发向后梳成一个发髻,仿佛是为了让脸能更好地显露出来。她脸上的所有部位——嘴唇、牙齿、面颊,还有眼睛,都满含着笑意。可以说,她有一张极生动的脸,我看到第一眼就觉得非常漂亮。

我惊讶万分,站在门洞里眨巴着眼睛。"不好意思,"我说,"我不知道我们来了客人。"

"哈,别叫我客人!"那个女人说,"我不是来当客人的。"

"你记得夏丽蒂·朗吗,拉里,"萨莉说,"我们在鲁斯洛家喝茶的时候见过。"

"当然,"我说,然后走进去跟夏丽蒂握手,"我进来时没看清,你好啊。"

但我一点也不记得她。更何况在那个让人拘束的欢迎派对上,我怎么可能看不到她呢?她如果一出场,肯定宛如炫目明亮的灯塔般惹人注目。

她的言谈,就如她美丽的脸庞一样,让人觉得愉悦。她说话时习惯过度重读末尾轻音,每四个词就要强调一下。(后来,我们分开后去了不同的地方,接到她的来信时,我们发现她写信也是这样的习惯。如果不按她说话的语气来念,信几乎都没法读)

"希德说你俩在学校就认识了,"她说,"他回家带了本《小说杂志》,里面有你写的小说,我们躺在床上大声地朗读,写得太好了!"

我的天,原来是我的读者。他们正是我一直以来所期待的人。我看看眼前这个讨人喜欢的年轻女人,感觉她明显与众不同。显然,她丈夫也该是如此。希德·朗,我认识他吗?在对他热情的妻子喃喃地表示着虚伪谦虚的同时,我极力在脑袋里追索他的线索:戴着眼镜,穿戴正式,招人喜欢,说话声音洪亮而温柔,为人友善,易于被人忘记,声音、衣着和言行跟其他人在一起时并没有多大区别。但至少不是那一类傲慢的人,很明显,他还是可以交往的。很抱歉,我对他的了解就这么多了。能把我当成一位有才华、有潜力的作家,可能他还是有不同寻常之处的。

就凭这些我们就能成为朋友吗?这跟朋友之间的反应一样吗?我们只是对那些觉得我们有趣的人做出回应吗?她满含善意,造访一位居住在地下室里、没有朋友没有工作的陌生少妇,而我们与朗夫妇的友谊,只是源于对这个女人的感激吗? 我有那么渴望赞赏吗?就因为别人承认喜欢我的小说就对他们如此热情?只要别人按下我们虚荣的按钮,我们就马上扬扬自满、自鸣得意、欣喜不已吗？在我一生中，我还能想起哪一个我喜欢的人，在一开始并没有表示喜欢我吗？或者说我一眼就喜欢夏丽蒂·朗（我希望我曾经喜欢过），是因为她我行我素，开朗，友好，直率，有点粗俗（后来才发现），精力充沛，关心他人，活力四射，笑容里充满阳光？

我们一边吃着烤面包，一边喝着茶。夏丽蒂透露了一些信息，我赶紧回过神来靠墙站着，凝神倾听以备后用，就像孟加拉妇女收集湿牛粪当燃料一般。她来自坎布里奇，父亲是哈佛的宗教史学教授，她去史密斯学院上学，后来与她丈夫相遇。他是哈佛的毕业生。毕业后，她在福格博物馆当讲解员打发日子。

她想必还没有将这些事情透露给那些比我还敏感的人。尽管对我们那些打着领结的同事不抱什么幻想，但我在一九三七年就认为，哈佛人是人类进步历程中处于塔尖的那一类人，他们受到了广博的传统熏陶，通过选拔，从少之又少的名额中，经过残酷竞争脱颖而出。他们曾见过基特里奇①，曾到过约翰·利文斯顿·洛斯②谈恋爱和唱歌的地方，曾在让人着迷的怀德纳图书馆阅读，也曾一边高谈阔论，一边沿着查尔斯河漫步。而某些东部的女子学院，以各不相同、特立独行的方式，培养出了一批同样出众的女性。

夏丽蒂很显然就是其中之一。生于哈佛，然后去史密斯学院深造，回来再嫁给哈佛人。她浸淫着坎布里奇的美丽与优雅长大成人。她想必和她的丈夫一样，代表着教养，举止得当、体恤别人、衣着光鲜、脑袋聪明，致力于崇高的思想，这些都是如我一般的外来者的奋斗目标，就如同晕头转向的西部蛮民对罗马的向往。我确定，与我的喜欢混杂在一起的，是几近相同的尊重，而此种尊重是如此诚挚，容不得半点妒忌来玷污。

---

① 乔治·莱曼·基特里奇（George Lyman Kittredge, 1860—1941），美国人文学者、文学评论家以及莎士比亚研究专家，生前长期任教于哈佛大学。
② 约翰·利文斯顿·洛斯（John Livingston Lowes, 1867—1945），美国人文学者，柯勒律治、乔叟研究专家，生前长期任教于哈佛大学。

正是这位哈佛/史密斯女士，身处我们的地下室，显然很享受烤面包和立顿牌橙白毫红茶，而她和她的哈佛丈夫都宣称喜欢一位刚刚来自加州伯克利，此前居于新墨西哥阿尔伯克基的拉里·摩根的一篇小说。

我们还获知：朗夫妇有两个儿子，年幼的叫尼克，不满一岁，年长的三岁，叫乔治·巴恩维尔，随夏丽蒂父亲的名字，平时大家叫他巴尼。夏丽蒂嘟嘟囔囔、兴高采烈地谈论着他。她认为他肯定是受了胎教的影响，曾策划要去撒哈拉大沙漠探险。他完全是骆驼的脾气：性格倔强，目光犀利，声音恼人。

顿了一下，我们说，撒哈拉？你在开玩笑吧。

她不是在开玩笑。在他们决定结婚之后，希德从研究生院休学了一个学期。他们在巴黎结了婚，住在她叔叔的房子里……

哇，萨莉说，有个住在巴黎的亲戚真是太好啦！

"不过，他现在不住那里了，"夏丽蒂说，"罗斯福替换了他——也就是炒了他，我估计你们会这样说。"

罗斯福干的？把他从哪里炒啦？他是干什么的？

我看到夏丽蒂脸红了，此种境况下，我觉得脸红是她这类有教养的人的敏感与谦逊的另一种表现。她正在考量，把在她眼里看起来平常的事情告诉我们会有什么效果。"他没做啥事，没做任何能让他被炒的事，只是因为政府换届。他曾是驻法国大使。"

噢。

"然后我们开始了一个长长的结婚旅行，"夏丽蒂说，"从法国到西班牙、意大利、希腊、耶路撒冷、埃及。我们非常疯狂，想要看尽整个世界。我曾在法国和瑞士上过学，但希德从来没出过国，一次也没有。在北非阿尔及利亚，我们异常兴奋，我们租了一峰骆驼，去沙漠里玩了三周。"

她喋喋不休地说着，跳过了很多精彩的细节，很明显是想从播报一连串地名的骄傲状态中走出来。我的上帝呀,大使叔叔、三个月的结婚旅行以及撒哈拉探险,这不仅仅意味着家庭差异,而且也意味着一大笔钱啊。这在我们那个年代,对于居住在地下室的贫穷家庭而言,是不可想象的。

"是什么让你觉得巴尼像骆驼?"为了让她的谈话能够继续下去,我问道,"他有驼峰、腭裂还是其他什么东西?"

"哦,不,不是这类东西。"夏丽蒂似乎有点自夸、愉悦与夸张地说。"他非常漂亮,真的,但他性情有点乖戾。他继承了他们乖戾的性格,还有长长的睫毛。"她的笑声同她整个人一样,清澈、无拘无束。"你注意到那天我是怎样回避鲁斯洛博士的吗?你知道他那样子,就像这样面颊狭长、满脸悲伤对吧?"她用指尖往下拉了拉自己的脸。"我甚至都没敢看他,因为我又怀孕了,我有这么一种不妙的感觉,那就是如果我哪怕是用眼睛看他一下,这个孩子都会长得像他。"

"怀孕?"萨莉说,"你也怀孕了?什么时候怀的?什么时候生啊?"

"最早三月份。你呢?你是什么时候?"

"跟你一样!"

夏丽蒂·朗再没有继续谈她那丰富、有品位并且浪漫的经历。她与萨莉彼此亲近了许多,你从来没看到过两个人会高兴成这样,仿佛是两个刚出生就被分开的孪生姐妹,此刻正因为胎记或某个机缘认出了彼此而兴奋得无以复加。"那我们来个比赛,"夏丽蒂说,"我们一起做好记录,然后比比看。谁是你的产科医生?"

"我还没有找呢,你的医生好吗?"

一串响亮的笑声,就如同分娩——想到它有时会让我和萨莉惊出一身湿漉漉的冷汗——是自"小羊快跑"游戏以来最有趣的东西一样。"我想还好吧,"夏丽蒂说,"我并不太了解他。他只对我的子宫感兴趣。"

萨莉看上去有点胆怯。"哦,"她说,"我希望他也喜欢我的。"

我站起身。"对不起,"我说,"我觉得我最该做的事情就是脸羞得通红,然后离开房间。"

哈哈哈哈,地下室里充满了我们的笑声,我们在这里找到了共同话题。夏丽蒂在一张三英寸宽、五英寸长的卡片上(她包里有一摞)大而潦草地写下了她医生的名字,然后她合上包,把捏着卡片的手放在腿面上,似乎马上要起身离开。但她没有走,还没有到要走的时候。她惋惜地大声说:"看看我都干了些什么!我专门过来结识你们,可在这里谈的全是我和希德。我想要全面了解你们。你们都来自加利福尼亚。给我说说呗,你们在那里干什么?怎么认识彼此的?"

萨莉和我彼此看了一眼,都笑了。"反正没有骑着骆驼探险。"

"哈,但是在西部,有好多美好的东西。开阔的空间,无尽的自由,还有机遇以及年轻的感觉,所有的一切都是鲜活的。我倒希望我是在那里长大,而不是在沉闷的坎布里奇。"

"可以啊,"我说,"你忘了吧。伯克利英语系和哈佛可不是一回事。"

"如果我们有钱的话,是挺美妙的,"萨莉说,"但我俩谁都没有钱。现在也是。"

"你们那会儿都是学生吗?怎么碰到的?"

"在图书馆里,"萨莉说,"我当时做了份兼职,负责研究生阅览室的图书外借。他经常在那儿,所以我就注意到他了,而且每天他都有约二十本新书要借,还有二十本书要还回书架。我想一个如此勤奋的人,肯定会有出息的,于是我就嫁给了他。"

夏丽蒂听得兴趣盎然,就像那些正在透过显微镜观察一堆草履虫的人,太吸引人啦,所有这些纤毛和微微颤动的液泡。她的微笑让人无法抗拒，你不得不微笑着回应。她对我说："我断定你啥也没做。"

"一个心甘情愿的受害者。"我说，"我总是盯着这个漂亮的姑娘，她有一双大大的希腊人的眼睛，翻看着收费单，让我规规矩矩地站在桌边。看到她撕了一张过期的通知单，我就觉得就是她了。"

"关于她的眼睛，你说得对，"夏丽蒂说，然后转向了萨莉，"在鲁斯洛家喝茶时，我首先注意到的就是你的眼睛。你是希腊人吗？"

"我妈妈是。"

"说说她吧，给我说说你们各自家人的事。"

我看到萨莉情绪有点变化。"我们都没有家人，他们都去世了。"

"所有人吗？两家都是？"

出于心理自卫，萨莉迅速轻轻地耸了一下肩，两手向上扬起，然后放在了膝盖上。"所有亲近的人都是，我母亲是一位歌手，在我十二岁那年去世了。我是美国的叔叔和婶婶养大的。他现在也去世了，而她还待在家里。"

"噢，我的天哪，"夏丽蒂一边说着，一边盯着我俩来回看，"那么你们应该是没有得到过任何人帮助了，必须独自面对一切。那你们是怎么处理的？"

如果说萨莉只是有些情绪变化的话，我则越来越烦躁了。兴趣是一回事，而爱打听别人隐私是另一回事。我从来都不喜欢被人里里外外了解个透。我轻松地挥了一下手。"方法各种各样，你可以参加求职考试，可以读论文、评教授，可以帮那些薪水六千美元的豪门博士编写教科书，你也可以教简单的傻瓜英语，可以在图书馆工作，每小时挣二十五美分。"

"那你什么时候学习啊？"

萨莉笑着脱口而出："一直都在学啊。"

"你也做这些？一边工作一边拿到学位的？"

"不是的，"我说，"萨莉就像沉默的希腊农民，她将自己套在了犁上。她放弃了自己的学位来支持我。等这个孩子出生后一断奶，我就会拉着她顺着国会大街直奔研究生院。"

"噢，事情不完全是那个样子，"萨莉说，"我离读完还差得远，而且我学的是古典文学，现在谁还学那个？就算我拿到了学位，估计也找不到工作。而很显然，拉里是可以的。"

夏丽蒂长了个精巧的小脑袋，她点着头，脑袋在脖颈上转动，宛如花茎上的花朵。我曾在诗歌里看到过这样的比喻，但还从未见过一个能让我想起这个比喻的人，真是太迷人了。她的笑容时隐时现，我能看出她对这些事充满兴趣，每件事都仔细琢磨之后才继续往下听。

"完全是穷人简单明了的历史。"我随口说道。

"挺好的，"她说，"令人钦佩。你们不像我们这些人，在经过装配线的时候，就已经上好了挡板和前灯，你们一切都靠自己。"

萨莉飞快地、羞涩而又自豪地看了我一眼，说："你说他值得钦佩，我很高兴，因为我也钦佩他。他曾让我好奇，好奇他是怎样日日夜夜待在那个阅览室的。我只要去，没有一次他不在那里。起先我以为他是那种书痴，后来才发现……"

"萨莉，看在地狱的分上。"我说。

而她还得继续往下夸，"坦白"一切。她需要提供一些关于我们的事，以便与夏丽蒂的巴黎婚礼以及骆驼骑行之类相匹敌。

"看看，他的父母都死了。"她说话时情绪有些激动，但她打算把一切都告诉这位新朋友，就像一群少年在睡衣晚会上那样。"你当时多大来着？在干什么？"她说着，眼睛直勾勾地看着我，"二十？二十一？总之，他当时还在新墨西哥州，是一名大四学生。"

即使在不笑的时候，夏丽蒂的脸庞依然活力四射。她没有像先前那样惊诧，也没有任何夸张的表示。她问我："你当时怎么做的？"

"我能做什么？我拿出烤肉，关上了烤箱。我埋葬了他们，卖掉了房屋、家具等除车以外的一切东西，然后搬进了宿舍。放假时我才回去，补考了所有我错过的考试。毕业后，我直接去了伯克利读研究生，因为学校似乎是让人觉得最安全的地方。"

"你有没有得到一些财产去资助你读研究生呢？"

"财产？哦，我猜可能有吧，我得到了五千元，我把这些钱存到了银行里，可是银行倒闭了。"

"真是倒霉啊，"夏丽蒂说，"他们当时是在哪里旅行吗？出了车祸？"

兴许是有虚张声势的心理作祟，否则我会拒绝回答她的问题的。但我决定，既然夏丽蒂·朗什么都想知道，那就让她听听吧，让她明白，其他人的生活与她有多大的差异。我说："在阿尔伯克基，有一个人寄宿在我们家，他是我父亲的战友。有几周时间，他有时来，有时不来，然后便离开了数月。他有一架老旧的用钢琴丝系在一起的斯坦达德双翼飞机，经常开飞机带着翼尖监护员和跳伞者绕着乡村那些很大的跑马场起起落落。他是个江湖飞行艺人，他曾让我穿着他的英式军官靴去学校。不忙的时候，他会带上我和我的女友一起飞行。在中学里，没人比我飞得更快。这个老伙计最终让我成了孤儿。他在我父母的结婚纪念日带着他们去兜风，与他们一起一头扎进了桑迪亚山脉的另一边。当时我正在家里学习，负责照看为纪念日准备的烤肉。"

在逐渐暗淡的光线里，夏丽蒂静静地坐着，她手里拿着包，放在膝盖上。她的头微微倾斜，半笑不笑，似乎想要说一些安慰或者打趣的话，但她只说了句："太惨了，他们俩，你喜欢他们吗？你父亲是干什么的?"语气里没了她刚才说话时的那种过度强调。

"他开了一家汽修厂。"我说。

家庭背景就这么多,下午也就愉快地谈了这么多。我似乎已经消除了她的好奇心。没过几分钟,她冲着外面的光亮看了看手表,然后大声说她必须走了,要不然巴尼会彻底"吞了"小保姆,或者"掐死"尼基。但首先要确定,我们是不是能参加周五的晚宴?他们想好好了解我们,越快越好,他们一分钟都不想多等。刚好那个叫什么叶斯帕森的去华盛顿为哈罗德·伊卡斯工作了,我们恰好可以替代他们的位置,这难道不是一种幸运吗?毕竟他是如此守旧的一个人。我们能星期五聚吗?到时可能会有两三对夫妻,都是年轻教师,我们可能已经都认识了,还有她妈妈,刚从坎布里奇过来,请一定要来啊。

我们的日程空白得让人觉得毫无颜面,这一点从我的脑际闪过。当然,如果我想到了,萨莉肯定也已经想到这一点了。我们快速对视了一眼,确定我们的自负与邀约相比不值一提。星期五,那好吧。

我们陪着夏丽蒂从地下室沿着那三级台阶走了上去,然后绕过房子走到她停车的地方。那不是一辆豪车,也就是一辆雪佛兰旅行车,年龄和车况都跟我的福特差不多,看上去也该洗一洗了。后座上有一些卷起的衣服,显然是要送去洗的。"我感觉我们会成为极好的朋友!"夏丽蒂说。她拥抱过萨莉,紧紧地握了握我的手,便钻进了驾驶室。随后她微笑着望着我们,"开始记录哈!"她对萨莉说。和我一样,萨莉大大的眼睛和德墨忒尔[①]式的眉宇间没有半点因隐私被窥探而产生的烦躁。夏丽蒂的好奇并没有让她觉得烦扰。是她引导夏丽蒂把我俩就像酒一样倒出来,祭献在那个女神的圣

[①] 德墨忒尔(Demeter),古希腊神话中的农业、谷物和丰收女神。

坛上。

我俩站着挥手，目送夏丽蒂开着车，朝冒出树梢的州议会大厦穹顶的方向驶去。好吧，我承认，她是一个颇具魅力的女人，一个我们第一眼便忍不住喜欢的女子。是她激发了我们的活力与热情，是她让麦迪逊变成了一个与众不同的地方，也是她，给我们本来打算恬淡寡欲去煎熬的一年带来了生机、期望和激情。我们最后一眼记住的，是她拐弯时回头甩给我们的那一抹微笑，就像一束花般明艳。

4

星期五晚上,我们心神不宁地按时出发,沿着范海斯大街,在两旁高大的榆树掩映下前行。西边的天空泛着红色,光线足以让我们看清喷在路沿上的那个门牌号。往前又行驶了一个车身的距离后,我们停了车,打量着眼前的这座房子。

在我对等级比较敏感的眼睛看来,这座房子是拥有长期产权的——门前一片巨大的草坪,上面栽着枫树,还未打扫的落叶在草地上、排水沟内铺了厚厚一层。窗户一字排开,好似晚间行驶的火车。门首有一盏灯,照亮了门前两级砖铺的台阶和一条小石板路,还有车道两旁郁郁葱葱的紫丁香。

"这是一幢夏丽蒂式的房子,"萨莉肯定地说,"宽敞而随意,没有任何遮掩。"

"是的,一切都一目了然。"

"不是那种让你反感的房子,没有铁鹿角,没有'禁止踩踏草坪'的牌子。"

"你以为会看到那些吗?"

"我不知道会看到什么。"她微笑着缩了缩肩膀。她穿了一件礼服,上面绣着金色的中国龙,这也几乎是她母亲整个歌剧生涯留给她的唯一物件。"我特别喜欢她,老忍不住想她丈夫会是个什么样的人。"

"我说过,是个友好的私家侦探。"

"我无法想象她会嫁给一个私家侦探。我们跟他聊点什么呢?他喜欢什么呀?"

"斯宾塞的《仙后》?"我提示,"加布里埃尔·哈维的《批注》?"

她并没有被逗乐,实际上她非常紧张,就像小偷一样注视着那座明亮的房屋。她说:"还有她妈妈,你听说过吗?她妈妈是绿茵山学校的创建者之一。"

"绿茵山学校是什么学校?"

"哦,你知道的!"

"不知道啊。"

"所有人都知道绿茵山学校。"

"但不包括我。"

"好吧,你应该知道的。"我等着,但她并没有告诉我。过了一会儿,她说:"夏丽蒂告诉我关于她的事情,让我感觉她非常优秀。她可能期待我跟她说法语呢。"

"跟她说希腊语吧,压压她,她以为她是谁啊。"

她继续焦虑地说:"我本来想问问别人都穿什么,如果每个人都穿连衣裙,而我这件礼服下面却穿着我都穿了两年的短裙怎么办?礼服很华丽,但裙子却不行。"

"你看啊,"我说,"这不是她叔叔,那个大使的家。如果我们拿不出手,他们可以送我们回家。"

就在我要开车门时,她又尖叫着说:"别!我不想第一个到场,我也不想等其他人来时就坐在这里。开车绕着街道转一转吧。"

于是我就开车绕着街道慢慢地转。等转回来时,我看到两辆车上正有人下来。那些人聚集在弧光灯下,夜鹰嗡嗡地追逐着空中的飞虫,地上腐烂叶子的气息弥漫在十月寒冷的空气里,那是一种不可描摹的属于秋天、属于足球场、属于新学期的气味,在美国几乎到处都能闻到。

我认识这三个人。一位戴夫·斯通,德州人,来自哈佛,他有点像罗纳德·考尔曼①，说话柔声细气。他留给我的印象是，在年轻教师里面，他是我愿意友好相处的人之一。另一位是埃德·阿博特，他也是个不错的人，是在佐治亚大学读完学位过来的。还有马文·埃尔利希，腰长腿短，穿着松松垮垮的花呢长裤。我一两天前刚结识他，当时他在装烟斗，烟草碎屑落满了我的办公桌。他在耶鲁师从昌西·B.廷克，后来去普林斯顿跟保罗·埃尔默·莫尔学习希腊语。他曾问过我是怎么找到工作的，我从那些录用我的资深教员那里了解了点他的情况，知道他是如何提防我，怕我在升职时给他造成威胁。我就像对待豚草一样对他充满戒心，在这里看到他，我并不是太高兴。

那些夫人，我一个都不认识，然而萨莉却认识。她们说曾在鲁斯洛的茶会上遇到过我们。莉波·斯通是一位瘦瘦的德州美女，总是笑意盈盈。爱丽丝·阿博特是个来自田纳西的女孩，脸上有些雀斑，长着白色的睫毛。旺达·埃尔利希惹人注意的主要是她的身材，撑得衣服鼓鼓囊囊，一直撑到眼睛那里好像要裂开一般。

斯通夫妇和阿博特夫妇都非常友好地与我们握了握手，埃尔利希则拿下他那只讨厌的烟斗，抬了一下头，算是给我们打个招呼。他的妻子（多年后我再想起这个情景，一点不宽容地说，她的胸围也就是小C）冲着我们笑了笑。我觉得特别好奇，那笑容在那张胖脸上，竟是如此平淡。彼此的不待见如此迅速地展露无遗，这一点当时就让我觉得震惊，而现在又震惊了我一次。难道是我只在意了他们的冷漠？他们似乎眼里根本就没有我们，让他们都见鬼去吧。

萨莉这下至少可以安心了，没有人穿长裙，没有哪个人衣服的华丽程度能及她那件绣龙礼服的十分之一。

埃德·阿博特滑稽有趣，富有派对精神，他一边走，一边大声

---

① 罗纳德·考尔曼（Ronald Colman，1891—1958），英国电影演员，曾在好莱坞出演《鸳梦重温》《奥赛罗》等片。

怒吼，吓跑了空中的夜鹰，也惊动了暗影中的一只猫。在他的尖叫声中，那只猫三跳两蹦便消失在丁香丛中。"跑得像一匹马。"旺达·埃尔利希笑出了声，那笑声就像打了个嗝，让人觉得漫不经心而又不可思议。"埃德，你疯啦，"阿博特的妻子说，"你会惊扰邻居们的。"

我们都聚集在灯光下，欢笑、微笑、高傲，每个人都尽显其态。我离门最近，便按了下门铃。

没有什么能像门铃一样将静态一下子转化成动态。你站在门外按下门铃，就一定会有事情发生。有人必须给你回应，屋里的一切都会显露无遗。问题将会得到解答，疑虑或者秘密会被消除，从而开启一个复杂到不可预测结局的局面。对你召唤的回应，可能是急切的、满含热泪的欢迎，可能是猫眼里疑惑的眼神，也可能是门后射出的子弹等任何东西。按下任何门铃都可能出现多种多样的戏剧性后果，就如契诃夫笔下门铃在大厅里尖利地响起时的场景：地方自治局医生的独生子死于白喉，医生的妻子跪倒在床前，而医生闻到了煤气味，疑惑地往后退了一步。

我猜想着门铃声在门廊里响起，却没有惶惑而憔悴的医生来应答。门猛地开了，屋里炫目灯光下的一切尽收眼底，站在门口的是谁呢？是提修斯和阿莉阿德妮？特洛伊罗斯和克莱西德？还是鲁斯兰和柳德米拉？

噢，我的上帝啊。是私家侦探，我说过吗？我提到过斯宾塞的《仙后》吗？

他俩肩并肩，穿着派对的盛装，喊着"欢迎、欢迎"，灿烂的笑容照亮了昏暗的门廊。对这些学术小白鼠、经济危机还有我们有生之年绝大多数时候所经历的贫困生活而言，这两个人完全格格不入。在一片眼花缭乱中，他俩的确是光彩照人的一对。

我多少是冲着夏丽蒂来的，她还是那样：精巧的小脑袋、向后绾起的发髻、一张生动的脸。她竭力以充满个性、让人激动、对每个人都不同的方式欢迎我们八个人。她身着一件白色褶边的衬衫和一条长裙，裙子看上去如同涡纹花呢的床单或者桌布中间剪了一个洞。她的孕相还不明显。到了二月的时候，她就会像密西西比河上的拖船，推着三乘五英寸的拖累了。而此刻，她正站在门口，大声问候着大家，看上去高挑、漂亮、活力四射，充满异域风情。

而希德·朗破坏了眼前的景致。他穿了一件绣花的衬衫，我觉得可能是希腊、阿尔巴尼亚或者南斯拉夫风格，但也有可能是来自墨西哥、危地马拉、北非或者高加索的少数民族地区。他的服装是他身上变化最小的东西。他经历了一些事情，而那些事情改变了他。如果那些发生在近些年，我将会被迫变成《超人》里克拉克的形象，扔掉眼镜，脱下西装，像超人一样出现在他的海岬上。

这位英语讲师，穿着他巴尔干风格或者诸如此类风格的衬衫，站在他漂亮妻子的身边，使劲地握着客人们的手，就像米开朗基罗用卡拉拉的大理石雕刻的巨人一般。在学校里，他身着灰色的西装，看起来也就是中等身高，也许是因为他总是专注地弯腰倾听与他说话的人哪怕是一丁点的话，也可能是他金黄色的整齐头发没让他显高的缘故。前一天他与我一起步行去上课，为了跟我同步，他几乎是跳着走，侧着脑袋倾听我嘴巴里说出的"至理名言"。我瞬间有种受人奉承的优越感。而此刻，在招呼我们进屋，大声对我们的到来表示欢迎，指示我们将衣服挂到衣柜里时，他变成了一位伊斯兰教里的灯神，行走在树梢之间，比所有的树都高。

我们每次都有两只手要握，因为他们就是那样安排的，一路从夏丽蒂握到希德。"哇，萨莉·摩根，简直是无与伦比的漂亮啊！"在轮到与萨莉握手时，夏丽蒂大声喊着，"你简直像中国画卷里的美女。"下一位是旺达·埃尔利希。"旺达，很高兴见到你，进来，进来吧。"

我看见旺达意识到了萨莉和她在受到欢迎之时待遇上的差别。我看见希德握着萨莉的手,极度热情地表示欢迎,让她都有点受宠若惊。他前臂结实有力,布满了金色的汗毛,金黄的体毛从他绣花衬衫的领口露了出来。他没戴那副银边的眼镜,眼珠显得格外蓝,方脸上露出一排与夏丽蒂一样白的牙齿。他不光是我见过的最健壮的英语教师,也是最有魅力的一个。如果全力以赴,他能打过任何人。不管情绪如何,他脸上都挂着愉悦的笑纹,身上洋溢着一股热情的古代勇士的豪气,这深深地吸引了萨莉。他高高举起她的手,让她做了一个脚尖旋转动作——实际上,他们是在打飞蛾①。"无与伦比的漂亮。"他说,"噢,太漂亮啦,太漂亮啦,夏丽蒂跟我说过你的美,但说得还不到位。"

萨莉开始解她礼服的带子,但希德阻止了她。"别脱,穿着,我想带你去见埃米丽阿姨。"

他撇下我们,把一条胳膊搭在她的肩膀上,推着她向客厅走去,就如同把一个俘虏推进洞里一样。萨莉看了我一眼,眼里满是惊诧和愉悦,用我的话来说,是一种喝了布朗克斯鸡尾酒般的兴奋。

我们跟着他们进入客厅,见到了埃米丽阿姨。她是夏丽蒂的母亲,就连夏丽蒂也叫她埃米丽阿姨。这位老妇人是一位笑容严厉的女校长,有一双犀利的褐色眼睛。她见多了各种淘气的行为,但还是喜欢孩子,或者说,她宣称她喜欢孩子。

"呀,"轮到我时她说,"你是那个有文学天赋的人,还有一位这么漂亮的妻子。夏丽蒂和希德告诉我,你给英语系增辉不少。"

"增辉?"我说,"我们刚刚才来。"

"显然,你让人印象深刻,我希望我们可以聊聊,尽管我们的

---

① 方块舞中的一个动作。

化装派对已经开始,我可能看不到你了。"

我喜欢她(她让我感到高兴)。"我随时待命,"我说,"您只需要用您的扇子向我发个醒目的信号就行。"

"我这就去弄把扇子在这儿等着。他们告诉我,你是一位极有前途的作家。"

谁能抵挡得了?眼前的夜晚,甚至比我自己更加充满希望。那些日子,单单享用一顿美餐就能让我感到欢愉,而这里远不止这个:灯光闪烁,装扮起来笑语盈盈地聊天的人们,朋友,观众,还有一个端着开胃小菜走过厚厚地毯的小姑娘,后来我发现她是我一个班级里的新生。我愿意让她在这样的环境里看到我。屋里到处都是书。墙上挂的,不是凡·高或高更的画,而是格兰特·伍德[1]和约翰·斯图亚特·柯里[2]的原版油画。我看着这些画,明白了这些来自新英格兰的朗家族成员是如何满腔热情地去适应中西部的生活的,他们(我推测)放弃了温斯洛·霍默[3],转而喜欢上了"干草棚画派"。

还不止这些。请记得,这是一九三七年,禁酒令废除仅仅四年,是今天年轻人眼里宛若神话一般的"大萧条"最严重的时候。就在上个月,我住在拉荷亚的孙子,一边旋转着他那五百美元的立体收音机,寻找着老鹰乐队或是詹姆斯·泰勒,一边打断了我的回忆说:"是的,爷爷,给我说说你跟奶奶为了买两个五分钱的冰激凌省了一周的钱的事吧。"他在一九七二年的挖苦基本接近我们一九三七年的事实,但对他而言,那就是一句俏皮话,没有任何其他意义。五分钱的冰激凌他根本不屑一顾,任何一个还算像样的

---

[1] 格兰特·伍德(Grant Wood, 1891—1942),美国画家、地区主义运动代表人物,作品多描绘其家乡爱荷华州的平民和农村景象,代表作有《美国哥特式》等。
[2] 约翰·斯图亚特·柯里(John Steuart Curry, 1897—1946),美国画家、地区主义运动代表人物,以其描绘家乡堪萨斯州乡村生活的油画闻名于世,代表作有《堪萨斯的洗礼》《龙卷风》等。
[3] 温斯洛·霍默(Winslow Homer, 1836—1910),美国风景画画家和版画家,被认为是19世纪下半叶最重要的美国画家之一。

冰激凌价格都在六十或八十美分，一个三层的冰激凌则售价一美元十五分。这点钱还需要积攒，到底是什么情况？

跟冰激凌相比，酒精类饮料更是如此。不管怎样，禁酒令确实抑制了我们喝酒。一九三三年以前，在阿尔伯克基，学生们聚会都会带自制酒或者加了酵母的家酿烈性酒，有时碰巧赶上有医学院学生来，我们还会加一点酒精或乙醚。教师们，如果他们有存货或者通过其他办法弄到的酒，是不会与学生分享的。在伯克利，禁酒令取消后，教师的欢迎派对开始盛行喝大罐的刚刚做好的雪莉酒，都是用卡车从库卡蒙加运过来的。学生聚会则开始喝格拉巴酒（也就是加利福尼亚白兰地原浆），或者潘趣酒。本着探索精神，我们在碗里用水、果汁、苏打还有其他我们随手找到的东西（包括杜松子酒、朗姆酒、酒精、格拉巴四样东西）调制出了潘趣酒，我们把这些东西搅和在一起，然后加入我们叫作"美味"的合成石榴汁糖浆，让它变成粉色。

太美味了。

埃米丽阿姨身后房间的尽头放着一个桌子，上面堆满了海格威士忌、森尼布鲁克农场、达夫戈登、仙山露干白、杜博内特金发女郎、荷兰杜松子酒、百加得，等等。一些麦迪逊烈酒商店（我还从来没有去过）的货物已经被"洗劫"过来把桌子堆满了，尽管最终朗夫妇他们自己只喝了一点杜本内酒，而埃米丽阿姨则滴酒未沾。

埃德·阿博特走过来站在我身边，盯着这些五花八门的酒，身体有点摇晃，双膝明显有些发软。他用手摸着额头，低头看着酒的标签，嘴唇翕动着。"哦，我……"他说，"哦，我……"接着，他加重了语气，"祭祀什么时候开始？你们都需要祭品吗？干！"

希德赶紧来到桌后开始给大家准备喝的。先是女士，再是先生们。有一位女士说："我要一杯曼哈顿。"说话者是旺达·埃尔利希，她满脸的不悦。

那时人们都喜欢用银色的鸡尾酒调酒器。我们都学会了电影中罗伯特·蒙哥马利的调酒技术。希德拿起调酒器，打开盖，在里面加满了冰。他的手在众多酒瓶上方移动，然后选了一瓶甜一点的仙山露，接着他的手继续盘旋，拿了一瓶海格威士忌。我和埃德同时喊了一声，他的手就停了下来。

"怎么了？要威士忌和甜苦艾酒，还是烈一点的？天啊，我不知道，我经常喝温和一点的，有比我调得好的，我就让位。现在有人来替我啦。"

于是埃德就成了酒保，负责调酒，我则被迅速淘汰出局，剩下的人开始了派对。

*

我听说过，有些人的生活会因为某个戏剧或悲剧事件而改变——比如离世、离婚、彩票中奖、考试不及格等。但除了我们，我从未听说任何其他人的生活因一顿晚餐而改变。

我们流落到麦迪逊，好似来自西部的孤儿，是朗夫妇吸纳我们进入他们那个成员众多、富裕、强大、让人安心的圈子。我们信步踏入他们那井然有序的宇宙，他们就像两颗小行星，用万有引力捕获了我们，让我们成为卫星，沿着自己的轨道，绕着他们飞行。

杂乱最需要的是秩序，颠沛流离的人最渴望安居。在伯克利的图书馆，我读着书走出了不幸，然后又偶然读到了亨利·亚当斯。"混乱，"他告诉我，"是自然的法则，秩序是人类的梦想。"从未有人如此确切地将我的生活展现给我。我把这段读给萨莉听，她的感受和我一模一样。由于她母亲职业不稳定，早早离婚，早早离世，她起先只能勉强度日，后来则被寄养在已经不堪重负的亲戚家。我失去了安全感，而她则从来就没有获得过它。我们两个人都特别容易被友情打动。当朗夫妇敞开了大门，也打开了心门，我们便慢慢走入，心存感激。

是慢慢走入吗？是一跃而入。由于我们出身贫寒，预期很低，我们感受着来自他们的友谊，就如同寒风中的旅者置身温暖的房间和火炉旁边。我们推门而入，心满意足地搓着手，自此一切都迥然不同，我们心里想象着更好的自己、更美好的世界。

就细节而言，那个晚会派对与我们以前参加的数百场派对并没有特别大的差异。我们开怀畅饮，彻底不管不顾；我们吃多了，然后就吐，但谁又记得什么呢？基辅鸡肉，意式煎小牛肉火腿卷，小牛肉卷，无论哪个，都是高雅的菜肴，比我们通常的食物高级许多，就好比甘露跟烤土豆的差别。那里还有漂亮的桌子，还有鲜花，易碎酒杯里的酒，拿在手里轻重合适的刀叉。但这一切的核心是这两个人，是他们准备了聚会，而且显然只将热情给予了我和萨莉。

他们让萨莉坐在希德右侧，显得比别的女人更尊贵，他给予了她无微不至的关切。在其他人嘈杂的谈话声中，我听到他给她讲了一个关于他们蜜月的浪漫故事。大概是有一次在德尔斐，他们在去伊泰阿的船上遇到一个人跌下了悬崖，他们花了三天才找到他的尸体。萨莉有点兴奋，微笑荡漾在她的唇上，眼睛注视着他的脸，等待着听下面那些可能让她惊讶、关切或是让她大笑的情节。而我，则像是夏丽蒂和她母亲簇拥的城堡里的国王。他们问了我近百个关于加利福尼亚的问题——从约塞米蒂国家公园到黑风暴难民、不光是他们，还有其他我附近的人，特别是爱丽丝和莉波，都专心听着我的解答，就如同我说的话来自神圣的洞穴。这个安排多么令人欢喜，在你将光明从黑暗中分离开来时，有这些明亮的眼睛盯着你，让人感觉多么愉悦！

晚餐之后，大家去客厅喝咖啡、白兰地。我那怯生生的大一新生在给大家倒咖啡，而希德则端着一盘酒杯以及一瓶特级白兰地四处走动。夏丽蒂将一张唱片放入了电唱机。"大家注意，"她扑通一声跳上沙发，大声说，"现在，我们都在这里坐一会儿，消化消化，听听音乐！"

而马文·埃尔利希还在继续进行他跟埃德（他是一位洲际中立主义者）在饭桌上就开始的关于西班牙内战的争论。我则在靠近夏丽蒂母亲的沙发上找了个地方，我觉得我应该像绅士一样，说话小声一点。

就在我把埃米丽阿姨的杯子放在桌子并坐回沙发的时候，我听到马文说："宁可当法西斯吗？你已经开始走这条路啦。你想与弗朗哥、墨索里尼、希特勒为伍吗？站在民众一边有什么问题？"

"民众？"埃德说，"什么民众？美国人从来不知道什么叫民众。民众是欧洲概念，他们就是一块不会走路的奶酪。"

"是吗？那中产阶级民众呢？"

埃德嘲讽地嘘了几声。

就在管乐与弦乐的旋律弥漫整个房间的时候，我如我所企盼的那样跟埃米丽阿姨聊了起来。"到底是什么让莫扎特的曲子听着那么美妙？仅仅是因为节拍吗，还是有别的什么东西？你是如何让单纯的声音听起来悦耳的？"

嘘——嘘——嘘！夏丽蒂朝我和马文·埃尔利希说。就在我们坐下来专注于消化与欣赏音乐之时，她用最宽容的微笑，抚慰着我们严重受伤的心灵。

*

我已经逃离了多年，不知道现在的英语系都是什么情况。但我知道它们曾经是什么样子，它们曾经也都是一流水平的。它们看上去都像是高高耸立的、安宁的喇嘛庙，获聘的人都过着舒适体面的生活。在那里，学者就如乔叟笔下奥克森福德的雇员一般博学而善良，在书籍与思想间逡巡，吃喝考究，在高床软枕上睡觉，还有三个月的暑假。他们只需发掘自己的爱好，耕种自己的"田地"。因为有了长聘的合同、稳定的薪水、适度的需求、与生俱来的能力，或者说这四样东西一起，让他们获得了身心的自由，不用受高墙外各种挣扎与争斗的困扰，也不会受到拥挤的小公寓中，那些努力工作、满怀希望的雄心勃勃的年轻人的威胁。

我们知道，眼睛所及，只是部分真相。比我们优越的人，有些的确是头脑聪明、学富五车、公正无私的亲善之人，有些则是妄自尊大的人，有些则是无能为力的人。有一些胆小怯懦的人只会躲避争斗，有些则喜权好利，还有一些就如我们当中有些人一样尖酸刻薄、心胸狭窄，却被不恰当地赏识。但他们依然是沐浴着烟尘之上灿烂阳光的精英，胳膊肘打着补丁、身着花呢，我们加入后可能会让他们变得更好，但我们从来没有质疑过他们，尤其是在那段"大萧条"的日子里，每只青蛙都渴望得到一片荷叶。

麦迪逊的鲁斯洛教授颇受诸多年轻教师的钦佩。他拥有优雅的石头房子，总是带着雪白的手绢，能从烤火腿或者火鸡上切下极薄的切片，还会那些名言警句，能随时随地旁征博引，会在大英博物馆的阅览室里度过整个夏日。我们刚到他家，我就明白了事情的原委。我们谈及我们中间一位跟我一样的讲师，他有一位生病的妻子。"可怜的哈格勒先生，"鲁斯洛教授说，"他只有工资一项收入。"

唉，是啊，鲁斯洛教授，我们都懂。可是可怜的摩根先生来自僻壤穷乡，他也只有工资收入。像可怜的哈格勒以及可怜的摩根那样的教师有好几个。比如可怜的埃尔利希，他也只有工资收入，来自布鲁克林。他讨厌那儿。他非常努力，远比可怜的摩根先生努力，而摩根在他的落伍中还夹杂着一丝傲慢。可怜的埃尔利希先生辛勤努力，就靠廷克和保罗·埃尔默教给他的那些东西来获得收入。他的登喜路烟斗里装着"合时宜"的烟草，他很在意自己的形象，穿着"合时宜"的法兰绒和花呢，会推荐"合时宜"的坚果雪莉酒。但这会儿他露出了马脚，就像用勺子挖果酱吃的俄罗斯特工一般。

我们可以说没有一个人有资格进入这个圈子，而可怜的埃尔利希先生甚至比可怜的摩根先生形象更差。摩根先生，除了有一点点傲慢，还是明显地在努力向上，而埃尔利希先生则下定决心要拆这位富豪的台，尽管他很喜欢人家的装腔拿调。他在试图将你的名字写入"青年共产主义团"①的时刻，会带着他那耶鲁－普林斯顿的优越感来说服你。可在摩根先生看来，他好似被悬在了从大英博物馆到莫斯科红场的路上，无法进行选择。

我在马文·埃尔利希身上花了几分钟，不是因为他对我重要，或曾经如此，而是因为那天晚上，由于他没能像我们一样尽情享受那些让我们都垂涎欲滴的东西，这强化了我自己受到欢迎与接纳的愉悦感受。可能我们都曾鬼鬼祟祟地残留着一点反犹太人的想法，但我现在不这么认为。我认为我们只是感觉到，埃尔利希夫妇并不愿意融入我们这个团体。

马文始终没有从夏丽蒂"嘘"他的让人脸红的愤恨中恢复过来。音乐放完之后，夏丽蒂站在房子中央，礼貌地吹了声口哨，叫大家一起准备来跳方块舞。埃尔利希夫妇不懂怎么跳，也拒绝学习。戴夫·斯通在钢琴上弹奏着活泼的土风舞曲劝诱他们，夏丽蒂则告诉他们跳这舞有多简单，而希德只是简单地叫着，让他们来来来。剩下的人都站成了方形等着，没法开始跳，因为戴夫要弹钢琴，我们缺了一个人。过了一会儿，我们拿走了小地毯，拿起了希

---

① 青年共产主义团（Young Communist League），英国共产党下属的青年组织，成立于1921年。

德分发的歌单。

全是新的,我心里对自己说。一共十本。我偷偷瞥了一眼我手里那本歌单的护封,七点五美元。仅仅一晚上的歌单就是七十五美元。

埃尔利希夫妇也没有唱歌。他们坐在打开的歌单两侧,嘴唇翕动,却没有发出任何声音。也许他们是乐盲,也许他们是伴着其他类型的歌长大的,但他们的眼里却燃烧着愤恨与责备。

当然,我们唱的歌不会让他们感到不屑。没有人唱"山上的家乡"之类,没有下流的曲调,也没有记忆中童子军篝火晚会上的曲子,一首都没有。我们唱的歌,廷克都可能会鼓掌:《坚实的城堡》《欲望欢歌》《萨里花园漫步》。马丁·路德,约翰·塞巴斯蒂安·巴赫,威廉·巴特勒·叶芝。这是一批有文化的人。他们所有人,除了埃尔利希夫妇,都唱了一曲。瞧吧,希德完全像一位合唱团的男高音,萨莉·摩根是一位真正的女低音,天生音色丰富,拉里·摩根至少也可以唱点理发店音乐,戴夫·斯通则是音乐天才。我们眼睛滴溜溜转着,唱出长长的混响和声。

"哇,你们唱得太好啦!"埃米丽阿姨拍着手大声说,"你们都唱得好专业啊!"我们都为自己鼓掌。坐在钢琴凳上的戴夫严肃地点点头,拍着双手。我们都深深地自我陶醉,庆祝我们发掘了一个共同的乐趣。而那里还坐着什么都不会的埃尔利希夫妇,他们就一个劲地笑啊笑,那本在他们那里没什么用的歌单还敞开着。他们嘴巴紧闭,对这些他们所嫉妒的东西充满憎恶。

过了一会儿,夏丽蒂看到他们闷闷不乐,就看了房子另一头的希德一眼。希德站起来,问是不是有人想喝点什么。好几个人都随声应和,于是我们便拿着杯子站在那里,准备合唱更多的歌曲,或者参与夏丽蒂脑袋里安排好的节目。希德从桌上挑了一本豪斯曼[1]

---

[1] A. E. 豪斯曼(A. E. Housman, 1859—1936),英国古典学者、诗人,生前曾长期执教于剑桥大学。

的诗集打开,用他轻柔、愉快、急促的声音说:"听着,给我谈一谈你们的看法,听着。"

"嘘——嘘——嘘,"夏丽蒂说,"希德有个问题,要问问你们这些诗歌评论家。"

我们都安静下来。希德站在钢琴旁,清了一下嗓子,等众人安静后开始读,神情严肃。我当时不知道是怎么回事,但那是他的一个任务——开始换一个属于知识分子的话题。

复活节赞美诗

倘若,在那个叙利亚的花园,岁月消亡,
你沉睡不醒,不知自己死得枉然。
纵使在梦中,也看不到黑暗和光亮,
在烟与火中升腾,昼夜不停,
你以死去熄灭仇恨,但反使其炽烈,
孩子,安然睡吧,再不见黎明。

倘若,墓穴崩裂,墓石滚落,
在上帝右首你巍然
高坐,如此高坐着铭记
你的眼泪,你的痛苦和血汗,
你的十字架,热情和你献出的生命,
然后躬身走出天堂,去观望,去救赎。

我们或坐或站,等待着。"问题呢?"戴夫·斯通问。

"你觉得满意吗?豪斯曼是不是不错?"

"如何满意?豪斯曼当然不错,这是一首好诗,应该每天早上在马德里和巴塞罗那大声朗读。"

"拉里，你觉得满意吗？"

"当然，我相信那种未熄灭的仇恨，尽管我不知道豪斯曼是不是受到了基督教义的诱惑。"

"的确如此，"希德说，"完全如此，难道它没有让你产生某种奇怪的想法吗？他？对救赎的企盼？这不是那个年迈的斯多葛主义者。这不是那个会说'成为一个人，站起来终结自己/在你的病痛填满你的灵魂的时候'的人。这让我好奇这首诗到底是不是他写的。他没有发表过这首诗，是他弟弟在他的文稿中发现的。你知道我怎么想？我觉得劳伦斯·豪斯曼[1]把几节诗混在了一起。我认为他发表的时候，诗的顺序是错误的。如果倒过来的话，是不是更像豪斯曼？如果结尾是'安然睡吧，再不见黎明'？"

作为消遣，这的确不错。我们都很兴奋，我们都属于这么一类人：大声朗读诗歌（百合派对，我们曾这么叫它）时既不感觉奇怪，也不扭扭捏捏，随后便是气氛活跃的讨论。我们又转向豪斯曼其他的诗歌来证实我们的想法，而这些诗又将我们引到了其他诗人那里。不久，我们就翻遍了塞满了书的书架，然后找到了一些喜欢读的东西。就这样，几分钟后，萨莉和我，但主要是萨莉，最终让埃尔利希夫妇颜面扫地。

当时我浏览着那些书架，想找点其他东西，然后我看到了希腊语版的《奥德赛》。我感到惊讶。为什么希德，我确信他不懂希腊语，居然会有原版的荷马作品呢？难道就像埃尔利希的烟斗一样，是装模作样而已？这是出于一种追求圆满的感觉，还是一种想要将世上所有诗歌都置于指尖之下的需要？是夏丽蒂的父亲，一位古典文学学者，将这本书给他时刚好心不在焉，忘了这是本希腊语的书？不管怎样，我都感到惊讶。我曾以为我们可能是麦迪逊唯一一

---

[1] 劳伦斯·豪斯曼（Laurence Housman，1865—1959），英国剧作家、插画家，A. E. 豪斯曼的弟弟。

个书架上放着原版荷马、阿那克里翁和修昔底德作品的家庭。而我们拥有这些书,并不是我想做什么,而是因为萨莉。

我从书架上抽出了那本书,转身对萨莉说:"萨莉,给我们读读荷马。让我们欣赏欣赏六音步诗歌。"

大家一片惊愕。"你能读希腊语?"夏丽蒂说,"哇,可以,请安静!大家安静,嘘嘘,萨莉要开始读荷马了。"

萨莉表示反对,但也被逼无奈。在半醉半得意之间,我看到萨莉站到了钢琴旁,定了定神。她看了我们一眼,嘴角挂着清醒的微笑。她在被逼无奈时便显得无比尊贵,仪态万方,当她读着那些古老的诗歌时,会让你泪流满面,远远好过你自己阅读时的效果。她用青铜般的铿锵嗓音,吟唱着那个遥远的时代。

我们都沉默安静,她一个人在读。

她不光让一些人泪流满面,还让整屋子的人都为之折服。满屋的人都在欢呼,鼓掌,兴奋异常。难道她不厉害吗?老天,我希望我自己也能做到。可是掌声刚一停下,我们就听到了埃尔利希夫妇起身要离开的说话声。"哦,别呀!"希德和夏丽蒂都说,"时间还早,再待一会儿吧。"而我却注意到了一点,那就是他们都默契地没有再进一步求埃尔利希夫妇留下。埃尔利希夫妇跟坐在沙发上一脸喜气洋洋的埃米丽阿姨握了握手,经过我身边时,旺达弯下她那"过度填充"的身体,凑过来紧张而愤怒地说了句什么。

我还没来得及反应。"什么?我没听清。"

"我丈夫也能读希腊语!"旺达非常大声地说,然后继续朝外走。希德给她拿来了上衣,夏丽蒂在给他们开门。男女主人带着光彩照人的微笑,对着走出门外的埃尔利希夫妇说:"晚安,晚安,谢谢光临,晚安!"返回客厅后,他们皱着眉头,有些不安地瞅着其余的人。

总体而言,这是个令人愉快的场景。我既有点内疚,又有一点得意扬扬。我们还待在这间温暖、明亮、优雅的屋子里,而那些不属于这里的人,那些怀着愤恨和嫉妒的人,那些冒犯了雅典娜的人,则走向了寒冷的黑暗。我知道他们的感受,我为他们感到愤恨,而同时我更了解自己的感受——我觉得美妙极了。

*

过了没一会儿,派对就结束了,猜猜哪对夫妇是最后走的。萨莉和我谁也没有遇到过像朗夫妇一样的人,我们此前也从未度过哪怕是一个如此激动人心的夜晚。就在我们打算要走的时候,朗夫妇却不愿与我们分别。埃米丽阿姨已经上楼睡觉去了,阿博特和斯通夫妇走了,门也关上了。希德站在那里,手里拿着萨莉绣龙的礼服,突然说:"先别走,一起散个步怎样?等一下,外面比较冷,这个不够暖和。夏丽蒂,你的连帽斗篷呢?"

夏丽蒂当然知道斗篷在哪里,于是便拿了出来。那是一件白色带帽子的羊毛长袍,穿上它能从头盖到脚。我们都穿好了衣服,四个人一起走进了寒冷的夜里。如果当时恰好有人从窗户朝外看,他可能会以为自己看到了弗拉·利波·利比①的鬼魂,在镇上待了一晚之后,他的同伙们正在迂回地撤回修道院。

我还记得当时的夜晚有多安静,那个时间,整个街道都空荡荡的。我们走在人行道上,脚下发出很大的声响,到了草丛中则悄无声息,踩在树叶上又噼啪作响。空气中集聚的寒霜闪闪发亮。我们的说话声、呼吸声,与树木的阴影、明亮的弧光灯以及闪烁的繁星混杂在一起。

---

① 弗拉·利波·利比(Fra Lippo Lippi),又名弗拉·菲利波·利比(Fra Filippo Lippi),15世纪意大利佛罗伦萨画家、修士。罗伯特·勃朗宁曾以其为主人公创作独白体叙事诗《弗拉·利波·利比》(又译《利波·利比兄弟》)。

一切都与我在阿尔伯克基和伯克利时迥然不同。看上去不同，听起来不同，闻起来不同，感觉也不同。而这两个人则是其间最崭新、最美妙的部分。此刻，这一切都存活在我的记忆里，如此明亮，又如此黑暗，正如豪斯曼眼中的人类仇恨，但意义却完全相反。我们一路说着话，告诉对方我们的喜好，我们的经历和我们的打算。如果我们停止说话哪怕一分钟，那个寒冷、令人欣慰的中西部的夜晚马上就会乘虚而入。

"难道你们不觉得这个地方有机会吗？"夏丽蒂问我们，"难道你们不觉得我们这样，年轻而充满希望，还有很多事情需要去做，需要去给予，需要教和学吗？希德和我都觉得很幸运。在坎布里奇，有些人为我们来威斯康星感到惋惜，好像这里是西伯利亚一样，他们就是不懂。他们不了解，这里多么温暖，多么友好，多么开放，多么热切，而且阳光也很充足。

"也许这里的学生不像哈佛的学生那样受过良好的训练，但也非常聪明。如果中西部真有舍伍德·安德森笔下温斯堡小镇那样的事情的话，那是因为人们没有给他们机会，让他们有所作为。他们在短时期内期望太高。他们不愿意坚持，去付出应该付出的一切。相反，他们跑去芝加哥、纽约或者巴黎。或者他们就只待在家里，满嘴抱怨，四处闲逛，谈论着精神的贫瘠。

"我不了解你们，但希德和我觉得，这样一座小城，有这么一所大学，这是美国梦真正能够绽放的地方。难道你们不觉得吗？这里感觉就像十五世纪早期，也就是艺术、科学和大发现大爆发之前的佛罗伦萨。我们想定居下来，让自己成为力所能及的有用的人，在协助它发展的同时，也提升我们自己。我们已经决定尽自己最大的努力。在完成使命之前，就让我们把麦迪逊当成自己开始朝圣征程的地方！"

她一直这样说着话，走过了好几个街区，而希德则时而低语几句,时而表示认同她说的一切,时而加点提示,时而侧耳倾听。她说了很多我们曾想过也期待过但不好意思表达出来的东西。在我们的生活中,从来没有这样两个人,让我们感觉如此亲近。夏丽蒂和萨莉几乎同时怀孕了,我们都处于某种起始的阶段,展现在我们面前的未来就如同月光下白晃晃的马路。回到他们那间明亮的大房子时,我们感觉那里也是我们自己的屋子。仅仅一个晚上,我们就觉得回到那里如同回家一般舒心。

我们都有同样的感受,肯定有。直到我们在他们家门前准备驾车离开时,他们的斗篷还一直披在我们身上。我们变成了四人组,笑着互相拥抱,我们都非常高兴能认识彼此,非常高兴宇宙中所有的那千千万万个机遇能串在一起,在同一个时间,将我们带到了同一座城市,同一所大学。

5

麦迪逊，回想起来满是支离破碎的场景。

我们坐在破旧草坪躺椅里，脚下是参差不齐的草地。我在批改试卷，脑袋还残留着一点喝酒后的头痛。萨莉正打算读完朱尔斯·罗曼写的《善良的人》。这是个周六，时间不到正午，还属于早上，我们前一晚参加完朗夫妇的晚餐，穿着他们那浪漫的斗篷回家之后，两个人都太兴奋而无法入睡。我们聊着天，然后做爱，然后继续聊天，最终我们都筋疲力尽。此刻已经是第二天了。

天空一片湛蓝，莫诺纳湖上点缀着白色的船帆，水面上明晃晃的碎浪让我酸痛的眼睛都不敢去看。于是我只好出于责任，将精神集中于新生们以描写国会山天文台为主题的作文上。有人写的东西太吸引眼球，我大声笑了起来，萨莉抬头看着我。

"听听这个，'山丘的顶部圆圆的，很光滑，是经很多个世纪的**性事**（eroticism）而成'。她是在跟我开玩笑吗？还是这是为戴夫·斯通收集语言错误而准备的？"

"我觉得她想说的是**腐蚀**（erosion）。"

"我猜也是这样。但是字里行间能读到这种渴望，就好像它的标题：'Pen Is Mightier Than Sword（笔比剑更锋利），威尔逊说'，其中去掉了 Pen 和 Is 之间的间隙[①]，疏忽是最真实的幽默。"

"是吧。"

风吹拂着我们头顶银色的枫树，一些叶子簌簌地落了下来。湖岸边出现了一艘船，我们耳边传来了咔咔咔的木头撞击声，还有哗

[①] penis 的意思是"阳具"。

哗哗拍水的声音，船帆扬了起来。就在此时，房间的角落传来了说话声。那是希德和夏丽蒂，他们穿着户外运动的衣服，两个人都急急忙忙的样子。我们能去参加野餐吗？由于我们还没有装电话，他们吃了个午饭，便冒着我们可能不在的危险过来了。昨晚是他们的结婚纪念日。本来他们准备倒香槟来收尾，但埃尔利希之类的事情扫了兴，于是他们便作罢了。但他们还是想庆祝一下，而且想让我们跟他们一起。他们知道乡村里有一个小山丘，那里有一条长长的路，去年春天，他们在那里发现了铁绒海棠，现在那里没准会有山核桃。我们不用带任何东西，一切他们都打包装好了。

他们精神饱满、活力四射、举止得当，不像宿醉未醒的样子。他们把我俩从各自的"责任泥潭"中拽了出来。我们把书和学生作业收好，放在了地下室的门内，然后设法找了些苹果，当作野餐补给，之后便一边说笑，一边朝他们的车走去。

刚到车前，邮递员恰好来了，递给了我一封信。我看一看信上的回信地址，便抬头看了萨莉一眼。地址是莫里森大街！希望就如同惊喜的弹球一般蹦跳了起来。就在我捏着信封底准备撕开时，萨莉轻微地皱了皱眉，那是在说：别现在打开，别在公众场合打开信件。希德当时还在扶着打开的车门。

而我则迫不及待，我从来都是这样，总是在众人面前打开我的信件。诺亚忍不住会从鸽子的嘴里拿走那根绿色的嫩枝，我跟他差不多。就在迈步打算上车时，我撕开了信封，迅速看了一眼。啊！我忍不住喊出了声。

萨莉立刻明白了事情原委，而希德和夏丽蒂都在盯着我看。"那是什么？是有什么好消息吗？"

我把信递给了希德。《大西洋月刊》录用了我的小说，就是我在开学前写的那篇，稿酬是两百美元。

朗夫妇跟我们一起绕着旅行车挑起了战舞。去乡村的一路上，他们总是兴奋地从前排座位上转过脸来看着我们。他们问了上百个问题，他们满心欢喜，对我们的好运给予了充分、慷慨的祝福。这一切都让我们感到温暖。大家都高兴得合不拢嘴。

之后我们停好车，开始沿着带状玉米地间的乡村道路往前走。几只乌鸦在头顶嘎嘎鸣叫。萨莉和夏丽蒂走在我们前面，希德背着一个大大的、印第安人用的背篓，也不让我和他换着背。女士们在前面起先走得很轻快，后来则开始放缓了脚步，时不时停下来看看路边的野草。我们也有意识地放慢了脚步，这样就不会撵上她们。

我能听到，她们的谈话中几乎都是夏丽蒂那极富活力的声音。她总是情感丰富、富有热情、令人振奋。我猜她又在讨论生孩子的事情。她告诉萨莉不要害怕，只管全身心投入，然后尽情享受。至于她自己，这次她打算全程保持清醒，不会再使用哪怕是一丁点儿乙醚，除非实在受不了。她已经是第三次生孩子了，她不觉得自己会受不了。她已经想好了一个办法：在进产房的时候，她会带上一面小旗，如果真到了她受不了的时候，她就举起小旗告诉麻醉师。她还希望能带一面镜子，好看到孩子出生的整个场面。

我是这样猜的，当然也不是随便瞎想。她们的谈话总是那个样子。对我而言，走在温和的阳光里，衬衫口袋里装着那封信，感觉它也是温暖的，就好像拥有了生命。二百美元，是我一年薪水的十分之一，而那个故事我只写了一个星期。假如我能够持续又快又好地写作，达到这个水平的四分之一，那么我就可能再挣到一份相当于威斯康星薪水的钱。我告诉自己，就要这样去做。我决定到圣诞节时，给萨莉买一台手提留声机和一些碟片，好给她的冬季地下室生活带来一些欢愉，也能让我们像朗夫妇那样，一起听听音乐。

我身边的希德背着背篓，他走路的时候让人感觉那个背篓也就是他的衬衫那么重。我发现他很认真。他那摔跤选手般的脑瓜不算灵敏，但他也不会放走任何想法，直到他最终解决或者分出"胜负"。《大西洋月刊》的那封信，将他的话题引到了作家和写作。

他认为，所有严肃的作家都带着一种使命，一种神奇的召唤，他们所发掘的不是智慧或技能，而是同时也作为一种责任的、让人觉得荣耀的天赋。他认为我拥有这些东西。他觉得好奇，我竟然从未写过诗歌，他认为我是一位少见的诗人，更让我惊异的是，他居然引用了他读过的我那篇小说（我当时发表的唯一一篇小说）里的语句，来说明他所言及的我的特质与聪慧，我的地域感以及我言辞中的幸福。

"你知道如何去写，"他几乎是哀怨地说，"你可以长年学习，但不用学习如何写作。从你第一篇小说的第一段开始，你就知道如何去写了。现在你又写了一次，仅仅用了一周时间。我的天啊，我光是削尖我的铅笔，让屁股在椅子里找个舒服的坐姿就花了一周时间。我羡慕你啊，你是一件不会吹出忧伤音符的乐器。你正走在属于自己的路上。"

这样的话让人听起来很愉悦，尽管从他嘴里说出来还是让人有点尴尬。我饱享了这些赞誉，但觉得有必要贬低一下天赋。我认为大部分人都对某些事情具有某种程度上的天赋，比如形式、颜色、词语、声音等。我们身上的天赋就好比引火物在等待火柴，只是有些人，可能跟其他人天赋相当，只是运气差了一些。命运从未将火柴丢到他身上，有可能是时机不对，要么是身体欠佳，要么是精力不济，或者也可能是担责太多，等等，不一而足。

我告诉他天赋（请相信我说的）至少一半是靠运气。它不是像我们小时候嘴唇接触到了燃烧的煤块，那么此后我们在说数字时就口齿不清、说话结巴那样的事。我们有幸得到父母、老师、经验、环境、朋友、时机、身体或心理的赠予，但这些也可能是我们不幸的来源。出生在英语环境中，拥有美国全面振兴发展的机遇（我是在一九三七年说这话的，也就是"大萧条"七年之后，但我是认真的），我们成了让人难以置信的幸运儿。如果我们是生在卡拉哈里沙漠中的布西曼族人，那会是什么境况呢？如果我们的父母是印度北方邦营养不良的村民，我们所面临的问题是需要向世界呼吁能给我们保证一天五百卡路里的食物供给，而我们说的话还是乌尔都语，那情况会怎样呢？如果你手里其他的牌都是烂牌，仅仅一张好牌能起多大作用呢？

希德从树下捡了一根棍子，挥舞着敲打沿路的荆棘丛和乳草杆，绒毛与植物的种子四散飞扬。他用坚定得让我感到诧异的语气说："如果你出生在匹兹堡，而你的父亲认为文学就是女人或者那些娘娘腔男人身上无用的饰物，情况会怎样呢？"

我们沉默前行。"你说的是你吗？"我最后问他。

在"斩首"那些路边野草的间隙，他侧身看着我说："我对我父亲最鲜明的记忆就是他对我彻头彻尾的不理解，还有当我告诉他我想在耶鲁读英语专业时他脸上的鄙夷，此外还有他手背上生长的红色毛发。他的手经常让我想起某个干净整洁的扼杀者。从我学走路开始，我就害怕他。那只手连同上面粉色的汗毛象征着权力、麻木、庸俗、长老会般的偏执、商场般的无情等一切我不想受之规约的东西。这是不是你说的运气差？或者我是不是应该激励自己去战胜它？"

这一切让我有些猝不及防，有点难以置信，我小心翼翼地说："但是你的确战胜了它，你确实在继续研究文学，你现在就在教文学啊。"

"但却没有得到他的祝福，直到他去世，我还在学经济学，后来才换的专业。我是在教文学，但这不完全是我的想法。"

他卸下眼镜装进衬衫的口袋，然后系上了扣子。他马上看起来少了些学者气，显得更加健壮，更加欢愉。好多次之后，我才发现了这一变化。眼镜，冬天苍白的脸色，还有他上课时穿的制服，让他看起来像个温顺的男人。而户外服装，还有夏天阳光晒黑的皮肤，让他好像变了个人。

他用眼角的余光看着我说："你父亲是一位机械师，夏丽蒂说。"

"是的。"

"他对诗歌有什么看法？他也认为诗歌是没用的东西吗？"

"我怀疑他从来就没有想过这个问题。"

"所以他让你自己独自去发挥自己的天赋。"

"他工作努力，自己酿酒，喜欢看棒球，修整草地，是一个值得敬重但没什么文化的人。我俩总体上来说相处融洽。我觉得他是为我感到骄傲的，他曾经对我说：'去做你自己喜欢的事吧，那些事是你最有可能做好的事情。'"

"哇！"希德说，"他是个明智的人，所以他才会这样做。"他猛地用棍子抽向了一些秋麒麟草，然后将断草踢到了路边。"如果我父亲也给我说点类似这样的话，或者在我发表了几首诗后，他能为我感到骄傲而不是备受打击的话，那我可能就大不一样了。"

"你在写诗？"

"曾经写过。我曾努力写过，不过没有特别成功，也没有得到太多鼓励。我是家中的独子，我应该在接受大约二十年乱七八糟的培训之后，进入银行家的行列。我觉得把诗歌作为一个爱好，他并不反对，但要严肃认真地去研究诗歌，将此作为职业，则让他深感不安。于是我就去学经济学。就在我上三年级、刚回到纽黑文一个月之后，他突然去世了。到了期中的时候，我就转学了文学，自此我一直觉得有些愧疚。这个无聊的故事，到这里就完了。"

我们继续走着，乌鸦在头顶拍着翅膀掠过。前面山上的树林泛着黄色与青铜色的光芒。"为什么这就是结尾呢？"我问，"为什么感到愧疚啊?"

他思索着,把身后的背篓往肩膀上抬了抬。"我觉得你说得对,"他说,"也许这不必成为结尾,而且我的确又回去写诗了。事实上,我从来没有放弃。我发表了一些诗,大部分都发表在一些小杂志上,还有一些发表在其他地方,比如《国家》《星期六评论》。但每次我写好一首诗的时候,我都感觉到他在注视着我。我每发表一首,都会在他的注视下朗读,然后感到窒息。于是我就去哈佛读了研究生,你知道是怎么回事,你花了大量的时间往水箱里注水,却没有任何时间和力量把水抽出来。后来我就开始教书——完全是另一码事。一切都随它去吧。"

"给我背一首诗吧。"

但他却不愿背。我知道他的父亲还在他身后注视着他,告诉他那些诗都是业余作品,不值得一个成年人花时间去写。出于尴尬,他不会将他的诗让一位真正的、口袋里装着《大西洋月刊》信件的作家看。尽管我不能说发表在《国家》和《星期六评论》上的诗就一定没有一篇《大西洋月刊》上的小说有分量,而且如果我把这些杂志都看成大学生水平的话,有点过于抬高了自己,但我不认可他所说的前提,那就是他有先天的不足,说他没有引火物,没有火柴,或者两者都没有。

有一点我信心满满,那就是我们所选择的我们都力所能及,于是我催促他再次开始写作,然后发表,不要让任何人再打击他。毕竟,研究生已经毕业,他也过着自己想要的生活,也已经经历了所有他需要经历的考验。因为一次小小的成功,我便具有了这种令人厌恶的自信。

而他不愿意再谈他的诗歌。他把话题转向了"作家为何写作"这个老生常谈的主题,这也是非作家们最着迷的话题。自我价值提升嘛,这一点毋庸置疑。还有其他原因吗?心理失衡?精神焦虑?

心灵创伤？如果是心灵创伤，那在其造成毁灭性后果之前，创伤会达到什么程度？还是需要发表论文的学术压力？写作对缓解学术压力有用吗？没多大用处，我们一致认为。那是不是为了社会正义而具有的改革冲动呢？

作家是记者、预言家、狂热分子、艺人、牧师、法官吗？那是什么呢？是谁任命他们为代言人的？如果他们是自己任命自己，正如他们清楚无疑地所做的那样，他们使命的合法性又何在？如果如阿纳托尔·法朗士所言，是时间本身造就了经典，伟大的作品是时间反复检验的东西，如果是这样，那么首先写作必须自由，是从天赋中流淌出的东西，而不是来自外来的压力。天赋是它的保障，没有什么是确定的，比如是否缺乏对后代的吸引力，是否真正有价值，是否仅仅是对一种时尚或者趋势的短暂描述——这些都是陈词滥调。

但事实是，你能说，难道我不是这么认为吗？他严肃地引用我的话说，关于一首极好的诗的陈词滥调就如同一个极好的鸡蛋，他问我是否有人能够体会到下一个极好的鸡蛋时那美妙的感受。

我忍不住提醒他说，他忽略了一个重要的诱因，而外部压力的价值就在这里。图书馆里满是为了钱而写就的真实的经典。格拉布街[1]出现好作品的概率几乎与帕纳索斯山[2]相同。因此如果一位作家极度贫困，或者如果他已经跌至谷底（说实话，我也曾跌至谷底，现在正在向上攀爬），那他就不能忍受自我怀疑，他不会因其他人的意见（哪怕来自自己的父亲）而让自己远离写作。

"或者是妻子的意见？"

我又一次感到诧异。"别告诉我夏丽蒂也不喜欢诗歌。"

---

[1] 格拉布街（Grub Street），位于伦敦西区墨菲尔德的一条街道，是为生计挣扎的独立作家、新闻记者和出版商的传统聚居地，也是英国出版业的中心。
[2] 帕纳索斯山（Parnassus），位于希腊中部，古时被认为是太阳神和文艺女神们的灵地。

他手里晃着那根棍子，低着头往前走，眼睛看着路面，若有所思。"她想让我获得晋升。"

"诗歌对此有帮助啊，毕竟这是英语系。"

希德用手轻轻地捏着鼻子，好像为了挡住什么难闻的气味。"夏丽蒂脑袋里的想法都很实用，比我的实用多了，真是见鬼！去年，她对所有在职的教授与副教授做了研究，看他们都做了什么才得到晋升而获得长聘。结果跟你想的一样。有本学术著作最好，比如写本《通往世外桃源之路》，你就入围了。其次是学术论文，但需要的数量比较多。她以德塞里斯为例，此人只选了一个比如说'完美性'的主题，此后以此为背景，选了一连串思想家和作家，一个接一个：杰斐逊的完美性，弗伦诺①的完美性，爱默生的完美性，惠特曼的完美性，实际上你可以以此为索引，一本接一本地去研究作品。"

"别告诉我夏丽蒂喜欢这些狗屁胜过诗歌。"

"没有，她只是觉得我应该这样写一段时间。就好像政治，她说。首先你要获选，就要做一切该做的事情，然后你才可以提倡自己的原则。学术圈比政治界要好，因为如果你，比如说是一位国会议员，那你必须每两年再次获选才行，但如果你是一位教师，你只要能晋升为副教授，你就安全得跟联邦最高法院的大法官一样。他们可能永远不会把你从副教授晋升为正教授，但他们不能解雇你。"

"到底为什么获得安全感如此重要？"

他想必听出了我语气中的嘲讽，因为他飞快地看了我一眼，开始回答，但换了个说法，说的话明显不是他起先想说的："夏丽蒂家全是教授。她喜欢成为大学的一分子。她想让我们获得晋升，然

---

① 菲利普·弗伦诺（Philip Freneau, 1752—1832），美国独立战争时期著名诗人，被誉为"美国独立革命的诗人"。

后待在这儿。"

"是,"我说,"好啊,我明白。但如果我是你的话,我可能更喜欢享受已经获得的独立,而不是累断脖子去获得晋升,过上我可能不喜欢的生活。"

"但你不是我。"希德说,他的话听起来有点淡淡的责备,于是我就闭嘴不说话了。但过了几分钟他又眯着眼对我说:"你可以向夏丽蒂打听打听英语系那些诗人的命运。他们前不久刚刚得到了一位诗人,威廉·埃勒里,他是个被社会抛弃的人。"

"他获得了长聘。"

"但不是因为他是诗人,而是因为他是一位盎格鲁-撒克逊学者。"

"想到你不得不花上六七年先去写几篇关于弗洛伊德·戴尔[①]的完美性的论文,然后再开始写诗歌,我就觉得可恶。"

"问题就在这儿。"

"好吧,祝你好运。"我告诉他,"等长聘让你获得独立的时候,我希望能读到你的诗。"

他笑着摇了摇头。在我们前面,夏丽蒂和萨莉已经穿过了一道篱笆,正在沿着一座布满黄色树木的山丘往上爬。我们紧随其后,专心爬山,谁都没再说话。

我们到时,夫人们正在从树枝与坚果壳中清理出一片空地。我们铺开一条毯子,夏丽蒂打开背篓,摆出了用蜡纸包装的炸鸡,一个木碗里是已经拌好的沙拉,涂上黄油的法式小面包,一罐洋蓟心、芹菜丁、水果、小饼干、餐巾纸、纸盘,还有我们带的乔纳金苹果——这让我们感到自己也对野餐做出了点贡献。希德和我躺在地上用石头一个一个地砸破山核桃的壳。眼前景色开阔,呈现出一

[①] 弗洛伊德·戴尔(Floyd Dell, 1887—1969),美国作家,其作品包括小说《月亮牛犊》等。

片青铜色,宛如格兰特·伍德的风景画。空气中满是干草、干树叶的味道,远处是绵延的山丘。

夏丽蒂抬起头,神情灿烂得宛如来自日光仪的闪光。"我们准备好啦,希德。"

希德立刻站起身,把手伸进食物篮,掏出了一个湿乎乎的袋子。里面是一条带着冰屑的湿毛巾,冰屑中是一大瓶香槟(我从来没见过香槟,但我是有文化的人,我认得出来)。瞬间他就疯狂起来,开始像昨晚那样快乐地大声叫喊起来。他过度的兴奋让我有些不适应。"庆祝!"他大喊,"欢庆之日!"

他拧掉了瓶口外的金属圈,软木塞便"嘣"的一声弹到山核桃叶中去了。他甩掉了手上的泡沫。"我知道崩掉木塞有点炫耀的味道,行家开香槟的动静就像是叹气声。好啦,香槟醒得太过总比没有香槟好。"

我们举起了酒杯,他给大家倒满酒,然后一只手捧着那个硕大的酒瓶,另一只手举起他的杯子说:"多好的机会,多么让人高兴啊,欢迎你们开始了一个伟大的职业。"

"等等,"我抗议道。萨莉也说:"不,不,不,今天是属于你们的日子,是你们的结婚四周年,祝你们从今往后永远健康幸福。"

场面有点尴尬。我们站在那里,手举着杯子,杯里的泡沫溢了出来,我们脸上都挂着捉摸不定的微笑,但我们的想法都是可敬而无私的。过了一会儿,还是夏丽蒂缓和了一下气氛。"这是我们共同的日子,是你们的也是我们的,把祝福送给我们所有人。"

我们坐在毛毯上,周围是细小的树枝、泛黄的树叶以及深蓝色的紫苑。我们啜饮着香槟,这可能是我和萨莉有生以来第一次喝香槟,刚喝完杯子很快又被添满,然后再喝再添满。此种情况下,我很容易就兴奋起来,因此情绪有些不合时宜,而此时希德好像有点厌恶地看着酒杯,重新改了个祝酒词说:"祝福我们所有人,愿我们不被系里开除。"

"你说什么呢?"我说,有点粗声粗气,"我才是炮灰,也就是个只来了九个月的新人,但如果有人能够晋升,那就是你。"

"别开玩笑了。鲁斯洛有一天有意问我在忙什么。等到他们四五月开始投票的时候,你将会有胳膊那么长的一串作品目录啦,而我只有几首小本科生水平的诗歌。"

我肯定,从我们的脸上能够看出我们对于目前境况了解多少。萨莉对诗歌的事一无所知,看上去充满了好奇和兴趣。我知道那些诗歌而且没觉得像他所说的那样业余。夏丽蒂不知道希德对我说了什么,但她知道他一定说了点什么。她眨巴着眼睛从他脸上看到我脸上,然后又移到他脸上。

她两腿交叉地坐着,盛沙拉的碗放在腿面上,脸上忽然显得有些不耐烦。她把身子越过碗向前探了一下,然后又坐直。"噢,瞎说,你对自己要有信心!你是一位非常好的老师,大家都这么说。继续加油。如果他们要求发文章,那就发几篇。你如果认为自己将获得晋升,他们也就不会觉得你没戏。"

她朝着我微笑,满脸活力,又有些急切。那微笑是在告诉我,我那来自《大西洋月刊》的运气让希德有些触动,这一点她知道,也知道我也知道,并且想告诉我没有什么大不了的。这不是你的错,她似乎在说。如果他听起来有点气馁,那仅仅是因为你的信件让他开始想到了我们。

麻烦的是我们起先准备庆祝的事情现在开始似乎有了些紧张气氛,我高举杯子又要了些香槟。"让我们坚定信心。"我提议。

"完全正确!"夏丽蒂说,"你必须扼住生活的咽喉,然后摇晃它。"她摇晃着一把空气,然后用手将它"掐死",我们全都笑了。我们悄无声息地绕开了希德的焦虑和所有他与夏丽蒂之间存在的不快。我们在盘子里装满鸡块、沙拉和面包。在吃东西的同时,我们的眼睛则安心地注视着田野。树荫下的空气就如伊甸园里的空气一般温和，山核桃也将田野装点成一片金黄。接着，就在夏丽蒂起身给我加东西时，她突然停了下来，斜着头开始倾听，然后用另一只手做了一个"嘘"的手势。"哦，听，听！"

远处好像有一大群什么东西，兴奋地叫喊着，离我们越来越近。我们站起身，注视着空阔的天空。突然，雁阵出现了，排成一个摇摆的"人"字朝着我们所在的山头飞了过来，飞得非常低，然后拍着翅膀沿着迁徙的路线朝南飞去，边飞边叫。我们都静静地看着，停止了交谈，直到它们"喋喋不休"的叫声逐渐远去，那条摇摆的线条也消失在天空中。

它们在我们头上掠过，宛如黑板擦划过了黑板，天空中所有它们到来前的一切都被擦得干干净净。

"噢，难道你们不喜欢它们吗？"夏丽蒂说，"在佛蒙特州，有时我们待得太晚，或者晚上爬上山去看晚霞的时候，它们就从福尔松山上飞过，我们就能像现在这样看到它们，听到它们的叫声。你们有时间的话可以来那里看我们。我们有各式各样的房间，明年夏天怎么样？"

"明年夏天，"我告诉她，"如果他们叫我做，我就得教暑期班，也可能晚上在医院里清洗保温餐桌，或者当夜班司机。等到春天时，我们才会有一些财产保障。"

"那就下下个夏天吧。"

"下下个夏天，我可能挥着铁锹在为公共事业振兴署工作呢。"

"噗，"她说，"希德说得对，到那会儿你都成名啦。请你计划一下来看我们的事呗。除了吃饭、野餐、游泳和散步，其他时间你都可以去写作。"

萨莉喝了点香槟，来了情绪，大眼睛水汪汪的，显得明亮而圆润。她看了我一眼，摇了摇头，好像表示怀疑。山核桃树在轻风中摇晃,一个核桃壳"砰"地掉到了地上。"别提那种你没想被人接受的邀请,"萨莉说,"在老虎面前挥舞新鲜的肉太危险了。"

"如果不是真心实意,我们绝不邀请。"希德说,他看着他的杯子,然后抬头看向天空,似乎在那里所看到的东西让他有点惊讶。可能是未来吧。"天哪,那将会是多么美妙啊!这个邀请长期有效,任何时间,只要你有时间,都可以来。"

在那个漂亮的地方,在充满了果实成熟气息的晚秋天气里,他俩又一次选择了我们。卑微的灵魂有可能因嫉妒而侵蚀彼此之间的好感,在这样的境况下,对于我们的陪伴和好运,他们展现出了慷慨的欢愉。前一晚在他们家门外,我们笑着互相拥抱,融化了我们满身寒意时所感受到的一切,现在在这个平静的小山头上,我们又体会到了这一点。我们受邀进入他们的生活,将永远不会被驱逐,而我们自己也不会选择离开。

但我已经意识到了一种他们之间存在的、我不期望看到的紧张关系,而且让我惊异的是,我开始有一点想要保护那个男人,那个也就在前一天晚上我还认为是世界上最幸运、最让人羡慕嫉妒的男人。

*

另一天下午,我们正在莫诺纳湖上滑冰,离我们白雪半掩的院墙没多远。银色的世界,岩石色的天空,蜘蛛网般成串的雪花,红红的、流着鼻涕的鼻子,寒冷的风,到处都是笑声。可能是一月吧。我觉得当时已经过了圣诞节,两位女士已经明显地露出了孕相。萨莉极度小心,因为在伯克利时滑冰并不是她非常熟悉的运动,她害怕摔跤,害怕对肚子里的孩子造成伤害。

夏丽蒂一点也不介意这些,似乎有些粗枝大叶。"如果快要摔倒时,你就来个屁股蹲,"她说,"这样除了你,啥也伤不到。"

仅仅大约一周前,就在米德尔顿庄园外的乡间小山上,我看到她和一位来访学的爱尔兰教授具有贵族气质的妻子,坐着自由鸟①在滑行。那位爱尔兰女士腹部贴着雪橇滑行,就如一个十岁的孩子。夏丽蒂至少还有那么一点感觉,她坐在雪橇上,靠脚来掌控,但她也有意识地想比赛一下。她们一起从山上往下滑,两个人尖叫着,在经过一棵大橡树时,撞到了松软的雪上。她们的滑条掉了,雪橇便停了下来,她们则继续滑了下去,那位爱尔兰女士是肚子着地,夏丽蒂则重重地摔了个屁股蹲。"上帝啊。"爱尔兰女士说,或者是我认为她在说。她们擦擦脸上的雪,拍掉了手套、衣服上的雪,哈哈哈地捧腹大笑,然后重整旗鼓,拖着雪橇,开始滑下一轮。

此刻,我们置身此地,作为奋发向上的生活和户外健康运动的倡导者,我们决定去莫诺纳湖滑冰。这次,小心谨慎的萨莉也被说服参与进来,尽管天知道为什么滑冰会比滑雪更安全。冰上滑艇悄悄在背后跟了上来,它通过你的身边时,一根向上竖起的滑条会掠过你的头顶。那里甚至还有小型飞机在冰面上降落和起飞。你在滑的时候,请相信我,必须给背后留只眼睛,尤其当你是平生第一次滑冰刀的时候,尤其当你还怀孕的时候,你的肚子几乎随时会被摔破。

夏丽蒂双目炯炯,鼻子红红的,她用红色手套的背面擦了一下鼻子。"这跟滑旱冰差不多,只是有点晃。身子别往后靠,要向前倾,然后蹬一下冰面,让自己猛地冲出去。"她往外一冲,体态笨重而优雅。远处,希德正在疾跑、切角,一艘冰面滑艇从他身边滑了过去,他猛地刹住,冰屑便纷纷落下。

---

① 自由鸟(Flexible Flyers),一种可以操控的雪橇。

我用脚内侧触地，一瘸一拐地在冰面上走着。就在我想帮萨莉开始滑的时候，我滑倒了，萨莉也被我拽倒了，轻轻坐在了我的身上。显然，她需要更好的指导，我的水平看来不行。希德看到了这一切，他滑了过来，将他的左臂放到萨莉的肩膀上，让她用右臂搂着他的腰。她一边尝试着，一边挣扎着，和希德一起滑了出去。随后她逐渐找到了节奏，开始小心地前冲。在逐渐增强的弧光灯下，他们滑离了靠近湖岸的粗糙冰面，进入了开阔的湖面。我一边观看一边欢呼，没有在意我自己面临的危险，"扑通"，我又一次摔倒，尾骨重重地磕在了冰面上。

我记得那个灰暗、雪花肆虐的午后，冷风刮得人脸颊、下巴和额头生疼，借来的溜冰鞋太小，脚被箍在里面觉得冷飕飕的。我身后是飞机降落时节流阀打开的呼啸声和隆隆声，我看到一艘冰上赛艇飞速而去，一根滑条脱落在了冰面上，操作员则在甲板上躺成了一个"大"字。看到萨莉和希德依偎着向前冲，夏丽蒂非常兴奋，滑过来鼓励我，而我脚踝发软，还在不断挣扎，跌倒了，爬起来，然后再跌倒。

随后在我们地下室里的时光，我记得尤为清楚。加了热奶油的朗姆酒，萨莉刚从烤箱里拿出来还带着热气的肉桂皮面包，红通通的脸，有点痛的皮肤，四射的活力，还有朗朗的笑声。对萨莉和我而言，这都是非同寻常的、从给予而非获取中享受到的欢乐。

那里坐着两位怀有身孕的妻子，她们挤在沙发上，窃窃私语，亲密无间。两个月转眼已逝，室内暖气让她们面色红润。我从厨房里出来，拿着朗姆酒瓶和茶壶，准备给大家再添一些喝的。看见她们坐在那里，我就想着在这两个女人的体内，四颗心脏是如何同时跳动的，想到这里，我竟然充满了敬畏。

6

　　回忆，我发现通常有一半都是虚构的，而此刻，我发现回忆里到处都跟希德和夏丽蒂有关，但关于他们的事我要么是虚构的，要么就是听说的。他们的大学生活，他们何时相遇，何时结婚，我都一无所知，因此当我开始想象他们第一次在一起是什么样子的时候，我既没有什么记忆，也没有任何史料可参阅。我只有这片佛蒙特湖以及与此相关的东西，还有他们自己，或者是康芙蒂，或者是埃米丽阿姨告诉我们的那些故事。

　　起先，她们对希德看不上眼，甚至希望他离开。后来他获得了她们的认可，这本身就让人感到惊奇，因为不管是夏丽蒂还是她母亲，跟一个她没法预见和掌控的男人相处，都觉得不舒服。可能是当时的情况让她们降低了要求。另一方面，可能从一开始，她们掌控他的程度比看上去要更高一些。当一个男芭蕾演员跳着双人芭蕾，双手托起他的舞伴并带着她在舞台上旋转的时候，他看上去强壮得如同阿特拉斯，但每一个女芭蕾演员都能告诉你许多托举背后的事情。

*

　　"这个小伙是谁？"我能想到她母亲询问的情形，"我们认识他吗？我们了解他的家庭吗？"

　　设想一下他们坐在埃米丽阿姨的门廊里，透过齐腰高的蕨类绿植和覆盆子丛望着湖边。天上的云来来往往，门廊就像一个避开风雨的口袋，但风依然大得可以穿过顶棚吹动身体。埃米丽·埃利斯正在针织,她手里的针一会儿扎进去,一会儿又抽出来,手指很快地将纱线卷成一个个线圈,然后她停下来沿着一支针拉出针脚,再从线球上把另一码毛线拉下来。她的眼睛是褐色的,目光犀利,脸上的表情一会儿饶有兴趣,一会儿自得其乐,一会儿又沉默持重。

夏丽蒂叉开腿坐在门廊的秋千上。她梳着马尾,手里挥舞着一封拆开的信,好似在驱散烟雾一般。"我认识他只有几个月。他是哈佛大学的研究生,你没法了解他的家人,他们都住在匹兹堡。"

她母亲停下了手中的活,嘴唇紧绷着,尖刻地说:"值得了解的人住在匹兹堡不是没有可能啊,你邀请他了吗?"

"没有,我来这里就是为了躲开他。"

"他怎么了?他听起来有点一意孤行啊。"

"一意孤行完全不是他的风格。他是个听话的人。妈妈,他身陷爱河,饱受煎熬,他已经好几周都没看到我了。"

"噢,哎呀,"她母亲嘴唇翕动,在数着针脚,"那你呢?我猜你也在忍受煎熬吧。"

"你猜得完全不对。我所有的煎熬都来自他鲁莽的造访。"她笑着抬起一只脚放到了秋千的后面。她母亲看着那条裸露的腿,直到夏丽蒂把脚又放了下来。

"那么你是不想让他来了?"

"我们怎么能阻止他呢?他说他只是路过,顺路来拜访。路过,胡说八道。他哪里都不会去,就是来这里的,他为什么不这么说呢?"

"也许他觉得应该给自己留一条后路,免得万一你不欢迎他。他这么敏感吗?"

"他是很敏感,如果你不欢迎他的话。他对长辈极其尊敬,对我们这样一个享有崇高学术声誉的家庭充满了不可抑制的仰慕,就连提及爸爸的名字时,都特别地恭敬。"

"他尊敬学者没有什么不对,他想要待多久?"

"谁知道呢,直到我们开车送他走?他已经给自己定好了目标,这个夏天读完所有王政复辟时期的戏剧,但他可能觉得在这里和在坎布里奇读效果一样。"

她母亲的手又开始迅速而灵巧地忙活了起来。"好了,如果你不想见他,我们可以请他喝杯茶,然后送他继续赶路。"

夏丽蒂的脸上闪过了一丝不悦。"我不知道,那样是不是有点……?我们可以让他睡在客房里。"

"康芙蒂住在那里。"

"她可以去德怀特叔叔家。"

"但不能是被遣送过去,"她母亲说,"如果康芙蒂同意,剩下的事你自己安排吧。另外,如果你不想让他待在你身边,那就应该立刻让他彻底打消念头。"

夏丽蒂站了起来,她身材颀长,双肩挺阔,顺脖颈往下看,她的身形可以说是有点瘦长,而全身上下一起看,又全然不是这样。她脖子长,脑袋小,头紧紧地箍在发辫里。她的眼睛是淡褐色的,牙齿洁白而均匀。她母亲认为她是一个惹人注目的年轻女子,这一点无疑是正确的。她有些走神,陷入了沉思。"好吧,"夏丽蒂心不在焉地说,"如果他真讨人厌,我们就赶他走。"

"但是,"她母亲说,"我给你一条建议,误导一个男孩进入这样一种你所说的状况,既不礼貌也不友善。除非你是认真的,或者你可能会是认真的,否则就别给他机会。有句俗话说:'我不想让他的血洒在地毯上,受这不必要的伤害。'记着点。"

*

就这样,希德·朗在英文系研究生第一年结束的时候,闯进了巴特尔池的天地。他到的时候，我猜大约是下午三点左右。他一大早从坎布里奇出发，驾车在雨里艰难行进，在离目的地还有一小时左右的时候，他才意识到他将会在午饭时分到达。他把车停在路边，坐了两个小时，没有吃午饭，眼睛注视着怀特山的山巅，看着从南到东，太阳和雨依次更替，轮番登场。由于习惯了让每个小时都不空耗，他在等候的时候，看了一百页的《米德尔马契》。

等认定他的到来既不会干扰他们吃午饭，也不会影响他们可能的午后小憩后，他才继续开车前进。他来到了一处村庄，只有一个十字路口的一条街道上，房子都是白色的框架，一点都不诗情画意。然后他按照夏丽蒂的指引，往前开了一英里左右，看到了一些安装在货车轮子上的邮箱。在一座农舍和两座靠湖的小别墅中间有一条脏兮兮的小路，他沿小路往左走，一下子就湮没在了湿漉漉的茂密树林里。路上满是车辙，车的底盘刚好卡在车辙中间，到处都是水坑和隆起的树根。愈发昏暗的路上，两侧的房屋与湖面隐约闪现。他似乎是在一个狭窄的半岛上前行。车继续向右行驶，他来到了一座饱经风霜的木瓦房前，然后他把车停在他认为属于夏丽蒂的草地上。前面的两个车窗都开着，很容易让人一眼看到他，于是他关上车窗开始想对策。

他的视线被房子遮挡住了。树林的右边，年久的山墙从树丛中显露出来，那里是客房，虽然他此刻不知道那里到底是什么。左边有一条小路绕过一丛幼小的松柏，消失在茂密的树林中。那里一直通向乔治·巴恩维尔·埃利斯的书房（当然，此刻他也不知道）。那里有一个取暖的铁皮炉，一盏孤零零悬挂着的电灯发出的光亮，洒在堆满书和杂志的桌子上。那些书用到的三种语言已经没人会说了，那些学术刊物用的则是现在大家还在说的四种语言。就是在这里，埃利斯教授花了十个夏天写了一本书，是关于十二世纪名为"波各米勒派"的异端邪教的。倘若没有在十五年前去世的话，他肯定还在继续写这本书。此前,凭借一本关于阿比尔教派①的书,他已经在学界声名鹊起。

希德看着门口,那是他面前墙面上的唯一一个入口,他希望夏丽蒂正在等他,他等着有人把门打开。但等得越久,他越发肯定那扇门怕是多年都没有开过了,看上去锈迹斑斑,布满了苔藓。一条木板小路绕到了房屋右侧的屋后。从那里出来迎接他的话,夏丽蒂就得在雨里穿行。

他又多等了几分钟,想象她撑着大大的雨伞,在倾盆大雨中笑容灿烂。但她没有出现,一个人都没有,他满耳听到的都是湿漉漉的树林中持续不断的雨打树叶的响声,还有墙角雨水哗哗哗往下流的声音。他周围的树林是一片浓郁而湿漉漉的绿色,连天空都是绿的。

最终,他极不情愿地从车后座拿出雨衣披在身上,盖住肩膀,然后打开了车门。他穿着里昂比恩软帮鞋的脚,踩在了被雨水浸透的草地上,他下定了决心。像是有预感一般,他沿着湿滑的小道绕着房子打转,在拐角处,他听到了一个沉稳的女人的声音。

*

埃米丽·埃利斯的门廊不像门廊,更像一座战地指挥所,大概有十五英尺深,横穿了整个屋子的前部,装着栏杆,屋檐低矮,即使在最恶劣的天气,也能够起到挡风遮雨的作用。我从来没看到过那里没人的时候,因为永远都有一副未完成的智力拼图铺展在一张牌桌上,秋千上则放满了多米诺骨牌、拉米纸牌还有跳棋。总是有人在那里玩桥牌,要么是埃米丽阿姨在教孩子们玩,要么就是埃米

---

① 阿比尔教派(Albigenses),起源于11世纪法国阿比尔的一个基督教派别,13世纪时被诬为异教徒,遭到教皇与法王组织的十字军的镇压。

丽阿姨、乔治·巴恩维尔与德怀特、希瑟阿姨在午后斗志昂扬地专心打着牌。

桥牌桌在比较远的一头，不影响来来往往的人走动。尽管女儿们都已经长大，夏丽蒂已经从史密斯学院毕业，康芙蒂大学也已经念了一半，但这里还是有不计其数的孩子，包括堂兄弟、侄子、侄女、侄孙女、侄孙子、邻居的孩子，还有来访客人们带来的孩子。一进门就是一个图书馆，里面满是富有教益的书籍，我发现其中有《柳林风声》《童子军手册》，整套的《小熊维尼》，还有《黑骏马》《小妇人》《绿野恩仇记》，以及一摞一摞的《国家地理》。

埃米丽阿姨崇尚夏日里的自由放松。只要孩子们有事可干，并且了解他们干的事情，她从来不介意你在干什么，但对思想上的懒惰和散漫她却不能忍受。若是孩子们出去远足，她就把《花鸟指南》装到他们的背包里，回来后测验，看他们都学到了什么。当她陪孩子们一起通宵野营，睡在她自己破旧的、印着小狗的帐篷里时，他们都指望听她在篝火旁谈谈关于星座的话题。若是遇到跟今天一样的下雨天，她就坐在那里，像一只自信的蜘蛛坐在网的中央，直到孩子们实在因无聊无趣而涌到她的门廊里来。在那里，她给他们朗读或者教他们法语。

此刻她正在读《海华沙之歌》。她很喜欢朗费罗，他的房子是布拉特大街的一座地标，离她的房子差不多一个街区那么远。在北边有树林的场景中，她理解了《海华沙之歌》的恰切性。她读得声音很大，盖过了急促的哗哗雨声。

> 在苏必利尔湖畔，
> 在闪烁的大——海——水边，
> 有诺克密斯的窝棚，
> 月亮的女儿，诺克密斯。

> 屋后耸立着茂密的森林,
> 长着黑色的、阴郁的松树,
> 长着带着球花的冷杉;
> 屋前明亮的湖水激荡,
> 清澈粼粼的水波激荡,
> 闪烁的大——海——水在激荡。

所有的小孩半围着埃米丽阿姨,他们获得了将会持续一生的记忆。她阅读的声音将会影响到他们看待自己和这个世界的方式。这将会成为巴特尔池迷人之处的一部分,孩提时多彩奇迹中的一个亮点。这些小孩的情感中,将永远不会失去这样一幅图景:黑色的树林,明亮的湖面。自然对他们而言,将永远是善良而温柔的。

> 午夜时分,他听到猫头鹰
> 在树林中鸣叫,恻笑
> "那是什么?"他惊恐地大声问,
> "那是什么?"他说,"诺克密斯?"
> 善良的诺克密斯回答:
> "那只是猫头鹰和它的孩子,
> 在用它们的语言谈话,
> 互相讨论,彼此责怨。"

这些孩子中的有些人,多年以后,可能夜里会从梦中醒来,而梦里有那种雄浑有力的声音,用芬兰扬抑格吟唱着易洛魁人的神话。他们的心灵,都会深深渴望埃米丽阿姨主导的时光里,那种特有的确信、信赖、自然与权威。

埃米丽阿姨会告诉所有与她谈及养育孩子的人,在原始社会,孩子都是通过模仿自己的父母进行学习的。女孩通过过家家和照顾自己年幼的弟弟妹妹来学习做家务、扮演女性角色，包括如何当母亲。男孩则跟他们的父亲去田里和铁厂，按照他们的方法制作工具与武器。男孩和女孩可能在一些恰当的、具有象征意义的场合得到教育，比如面对医师、巫师，特别是一些有代表性的长者，就如同我们现在把孩子们送到学校，让他们去读书一样。但在我们这里（她指的是坎布里奇），男人（她指的是那些受过教育、有文化的人）已经不再使用工具或者武器来工作了。女孩还可以模仿她们的母亲，但男孩们则从他父亲的活动中几乎找不到能让他玩乐的东西了。因此女人必须同时为男孩和女孩都做好榜样，引导他们走向他们可能自己找不到的道路，尤其是要鼓励他们充分开发自己的大脑，这恰恰就是诺克密斯为她成为孤儿的孙子海华沙所做的一切。

关于男性权威的消退这一点，她当然是对的。在加州"淘金热"风潮中，新英格兰有四分之一的男性都跑去了那里。还有四分之一在南北战争中一去不返了，有的死了，有的可能还活着。那些没有能力成为阿尔戈英雄或战士的人，只能待在原地，看着他们的工作被爱尔兰人、葡萄牙人、意大利人还有法裔加拿大人接手。这些人丧失了部分政治权利，却依然拥有许多重要身份，其中最优秀的一些人（她指的是乔治·巴恩维尔·埃利斯那样的人）继续着爱默生和启蒙神性的传统。他们在哈佛或者稍差一些的学校任教，既是学者又是道德家，而且都热爱大自然。

他们也为那些在二十世纪三十年代思想风靡许多大学校园的新人文主义者铺平了道路（尽管我们不指望埃米丽阿姨能想到这一点）。我求学于其中的几位，获得的建议都是为了心灵的美善，要多读其他人的作品。

他们之中就有哈佛的欧文·巴比特，希德·朗曾师从他学习礼仪、冷漠①，以及他一直以来都没法达到的纯粹理性。还有普林斯顿的保罗·埃尔默·莫尔，在他的指导下，马文·埃尔利希虔诚地研读希腊语。欧内斯特·海明威曾猜测说，所有的新人文主义者都是高雅性交的产物。还有一位在威斯康星，他指导了埃德·阿博特那篇研究《科摩斯》②中的浪漫过度问题的博士论文。与弥尔顿或者他的博士导师相比，埃德与科摩斯的相似之处更多，他曾用一首四行诗，总结了自己的地位：

> 因此用指甲开个洞，刺穿啤酒瓶，
> 狗日的科摩斯俱乐部就在这里。
> 我们要消灭那个坚称
> 科摩斯是人文主义者的家伙。

在埃米丽阿姨看来，留在后方的新英格兰的女人，除了爱尔兰人、葡萄牙人，还有法籍加拿大人，就几乎没有什么男人可以挑选了，而这些人不管是宗教信仰、经济状况还有社会地位等，都让人难以接受。有些女人逐渐具有了男人气概，开始扮演她们的男人曾经扮演的角色。有些人积极参与社会运动，参与废除奴隶制运动，或者是苏珊·B.安东尼倡导的女权运动，还有废除活体解剖运动等。她们参与游行，被警察逮捕。她们给媒体写信，有理有据。她们在集会上发表演讲，基本上都成了知名人士，但从来没有忘记她们是女人。即便是那些在数量锐减的新英格兰男人中找到伴侣的人，也都发现她们所做的事情与她们的祖母相去甚远。她们这些人，一些成为了成熟的女家长，另一些成了老处女。新英格兰历史给我们的一个很明显的结论就是，如果身边没有足够合适的男人来掌控这个世界，女人完全有能

---

① 原文为拉丁语：nil admirari。
② 《科摩斯》(Comus)，约翰·弥尔顿匿名发表于1637年的长诗。科摩斯是希腊神话中司酒宴和庆祝之神。

力处理好一切。

事实上，没有一个孩子选择从事跟乔治·巴恩维尔·埃利斯一样的工作，也没有人使用任何工具来模仿他的路子。简而言之，他的日常工作没法模仿。他每天迷迷糊糊、心情愉悦地来吃早饭，然后很快就消失。若是在冬天，他会去办公室或者神学院，孩子们在那里根本找不到什么可以玩的东西；若是夏天，他会去自己的书房，那里按照他的设想以及埃米丽阿姨的要求，完全禁止孩子入内。

冬天，他会再次出现在晚餐餐桌上，而夏天，时间则没有那么严格，他是另一个模式。每天十二点，他准时拖着僵硬的双腿来到门廊的角落，稀疏的头发一根根直立在头上。他从栏杆上拽下昨天弄湿的泳衣回去换，然后他和埃米丽阿姨一起走向码头。在那儿，埃米丽阿姨纵身跃入冰冷的水中，就如一头海狮，激起一团大大的浪花。她游过小海湾后再返回，足足有半英里，而乔治·巴恩维尔则在温暖的浅滩游，大多时候都是仰泳，为了不让水灌进他的鼻子。如果埃米丽冲出水面，呼着气冲他叫喊、挥手，那么他们就会一起回到门廊，在那里，保姆已经按照他们回来的时间准备好了午饭。

午饭之后，埃米丽阿姨会在门廊里读读书，做做针织，而乔治·巴恩维尔则会钻进卧室小憩一会儿。两点半的时候，他会再次现身，看起来漫无目的，实则目标明确的如同一枚制导导弹，又沿着小路去参加那些波各米勒派教徒们的集会了。五点钟的时候，他返回门廊。在那儿，埃米丽阿姨、乔治的兄弟德怀特，还有德怀特的妻子希瑟都会坐在桥牌桌旁等着他。迈尔斯·斯坦迪什[①]曾经想要避免遭遇那些充满敌意的酋长，而乔治·巴恩维尔想避免的则是

[①] 迈尔斯·斯坦迪什（Miles Standish，1584—1656），英国军官，英属北美殖民地的早期开拓者。

让自己憋闷的紧箍咒——打桥牌。晚餐之后，他会读读侦探小说，一直读到十点，然后睡觉。

他一点都不像"巫医"，就如同《时代》杂志曾写过的那样。他性格温和，和蔼可亲，有点冷幽默，总是若有所思，因卓有建树而受人尊敬，但常常有些软弱无助，因此需要人来照顾。埃米丽阿姨对待他的态度，与对待孩子并没有多大差异。他就像一条良种的西班牙猎犬，随时待命，会听从命令坐下、待着或说话。当埃米丽阿姨强制一大家子人举办音乐晚会，领着他们一首接一首唱着《弗雷瑞·雅克》《谁会带我过河》《夜晚我多么美丽》《明亮的月光》《跟在金发女郎身后》《为什么我的鹅没有你的鹅唱得好？》等歌时，他有时甚至会像孩子一样，情绪高涨地唱着歌，尽管根本就不在调上。

大多数时候，乔治·巴恩维尔根本就不关注孩子们，他绝大部分时间都沉浸在十二世纪保加利亚的历史中。大家达成了默契，无论孩子们要学习什么，都由埃米丽阿姨来教。而所有接受埃米丽阿姨教导的孩子，都像打桩机下面的桩子，由她给你读，你只负责听。

*

最终，某个略微心不在焉的孩子抬头看到了希德·朗，他眼镜淌着水，雨衣套在头上，站在门廊的角落里。她推了推邻桌，用手捂住了她的嘴巴。她们还这么小，就受埃米丽阿姨的影响，认为成年男子都是不合时宜的不速之客。大多数孩子都注意到了他，纷纷扭头来看，眼睛眨巴着，努力不让自己咯咯地笑出声来。埃米丽阿姨还在忘情地歌唱，希德就站在角落，身上滴着雨水。后来，终于有人咯咯地笑了起来，埃米丽阿姨抬起头看了看。她的目光顺着孩子们的眼睛望去，她当然知道这位是谁，但她一句话也没说。她在等待，以此掌控局面。

希德开始张口说话，但发现自己有点语塞。他清理了一下嗓子，语调紧张地说："对不起，我本来没想打扰你们，这里是……？我在找夏丽蒂·埃利斯。"

"进来吧，站到屋檐下，"埃米丽阿姨说，"请坐，我们几分钟就完了。"

他来到房檐下，坐在一把曲形的藤条椅里，把头上的油布雨衣拿了下来。他好奇地打量着一切，吃吃地笑着，直到埃米丽阿姨拿起她的书，大声说了一个词"现在！"。他觉得毫无疑问，自己的来访简直糟糕极了，无法获得原谅。埃米丽阿姨又开始了朗读。

> 鸟儿围绕着他，在他头顶歌唱，
> "别射杀我们，海华沙！"
> 知更鸟欧佩姬在歌唱，
> 蓝鸽欧文沙在歌唱，
> "别射杀我们，海华沙！"

有五六分钟，希德就坐在柳条椅里，而海华沙则戴着他那神奇的手套，在西风的入口处会见自己的父亲莫德杰克维斯。雨沙沙地下着，一层雨帘隔在门廊和湖之间。受他的干扰，女孩子们都用手捂着嘴在窃窃私语。埃米丽阿姨还在朗读。但就在招呼希德·朗躲到屋檐下的短暂间隙，她对这个夏丽蒂如此可疑地冷漠对待的年轻人有了一点印象。

简直是个标准的研究生。当然，尽管当时他们都很穷，但他比大多数人还穷，这一点从他磨损的卡其长裤的裤边可以看出来，从他工作衫前面的污渍也可以看出来。那污渍就好像洗衣服的时候口袋里装着巧克力，然后巧克力又被熨烫进了衣服里。他头发很好，皮肤在这样的夏末时节比该有的深褐色要浅一些，眼睛近视，在他卸下眼镜擦拭的时候，眼睛就眯成了一条缝。瞳孔是那种引人注意、令人难忘的蓝色。一张讨人喜欢的方脸有点憔悴，脸上挂着一闪而过的热切笑容。

埃米丽阿姨觉得她了解他的感受，他卡在椅子里活像幼儿园的访客。她抬眼瞄了一下，遇到了他的目光和他那热切的笑容。就像夏丽蒂说的，他对长辈们极其有礼貌。这并没有什么问题。但他这么认真地跟着朗读，让她感到有点难以接受。他那个年龄段的学生无疑早就读过《海华沙之歌》了。

接着有人偷偷溜了进来，发出"砰"的一声。夏丽蒂头上顶着报纸，突然出现在了门廊的角落。希德·朗顾不上读《海华沙之歌》，赶紧站起身来。埃米丽阿姨合上书，挥了一下手，解散了那帮孩子。他们就四散去玩跳棋、拉米纸牌，去喝姜汁汽水和葡萄汁。希德和埃米丽阿姨则经过介绍，认识了彼此。

虽然埃米丽阿姨发现希德几乎从不把眼睛从夏丽蒂身上移开，看着她时笑意盈盈，表情兴奋，但她承认希德·朗还是谦恭得体的。他似乎有点过于恭顺，她能看出他有时可能会让夏丽蒂感到恼火。夏丽蒂经常快言快语，固执倔强，乐于与人争论。同时，她记得夏丽蒂尽管有机会阻止这次来访，但她却没有这么做。她现在看起来一点也不恼火和烦躁。

"朗先生想把自己的东西搬进来，"埃米丽阿姨说，"你把他的房间准备好了吗？"

"我刚才就在忙活这个。"

"噢，不不不！"希德大声说，"我不待在这里，我只是顺道来打个招呼的，我还得继续赶路。"

夏丽蒂看着他，眼里满是疑问。"去哪里？"

"蒙特利尔，我正在赶路，去看一个在麦吉尔医学院的朋友。"

"他就不能等等吗？"

"我觉得不能，他……我们安排好了今晚一起吃晚饭。"

"去蒙特利尔需要四个小时，"埃米丽阿姨说，"现在雨这么大，你没法按时到达。至少你今晚得待在这儿，看看巴特尔池明天还能不能表现得好一点。"

"噢，不，它很美，不管下雨还是其他时候。一个多么美丽安静的地方啊！但我不想闯进来，给你们所有人添麻烦。"

"我们已经给你安排好了住处，"夏丽蒂说，"如果你不去住，我肯定会暴怒，妈妈也会的。"

"惹怒我可是很危险的，"她母亲说，"夏丽蒂会告诉你把包放在哪儿。"

此刻，希德有些尴尬。"事实是，我没有带包，我甚至连一件干净的衬衫都没带，就直接出发了。"

"开车，"夏丽蒂说，"去蒙特利尔、去吃饭的时候，你的确应该带点啥。你肯定带了什么东西吧？书？我每次看到你，你都背着一个绿色书包，里面满是书。"她又对她母亲说："他在任何地方都读书，地铁上，戏剧表演的间歇，交响乐大厅的幕间休息，野餐时，约会时。"

这段话对埃米丽阿姨而言意味深长。她看到希德闭上了眼睛，脸上带着佯装的痛苦，而随后一个非常非常迷人的微笑取代了他脸上的羞怯。"哦，有那么多东西需要读，我已经非常落后了，每个人读的书都是我的十倍。"

"那你带什么了？"夏丽蒂问，"复辟时期的戏剧？"

"我想休息休息再读它们。我刚刚找到一些以前遗漏的书，《米德尔马契》《白痴》之类，这些小说我本来应该读，但还没读。"

"那就把它们放到客房里，别让它们发霉，"夏丽蒂说，"然后去雨中走走。我带你看看福尔松山，但不能容忍你又带一本书出去。"

"换好衣服去吧,"埃米丽阿姨说,"我看到你有合适的雨具,朗先生。夏丽蒂,去拿把雨伞,别再把自己弄感冒了。"

"拿把伞?在树林里?那还不把啄木鸟都笑死。"

一些尖酸而睿智的话已经到了埃米丽阿姨的嘴边,但她闭上了嘴巴。"随你吧,"她对希德说,"我们没啥规矩,但为了替女孩考虑,我希望你们能按时回来吃饭,晚餐时间是七点。"

"我最积极的事就是吃饭。"希德说。(那就好,埃米丽阿姨想,不像第一眼看上去那么呆头呆脑)

夏丽蒂进了屋,出来时穿了件雨衣。"不戴帽子?"她母亲问。

希德说:"我车里有防水帽。"

"那你戴什么呢?"

他的举动出乎埃米丽阿姨的意料。他用手在头上从后往前摩挲了一下,弄乱了自己漂亮的短发,然后用意第绪语的腔调说:"我会被淋湿?我会受伤?总之……"他伸出一根手指,吟咏起来:

　　我想要淹没在舒适的盐水里,

　　我想用身体去撞击桥墩。

"上帝啊,"埃米丽阿姨说,"多么不同寻常的感情,谁写的?"

"塞缪尔·霍芬斯蒂安,"希德说,"用米莱[①]早期的方式写的。"

他抓住夏丽蒂的胳膊,两个人一起走了。

*

到此为止,我都不难想象。我知道巴特尔池是如何打动希德

[①] 此处应指埃德娜·圣·文森特·米莱(Edna St. Vincent Millay, 1892—1950),美国诗人兼剧作家,1923 年凭借诗集《竖琴编织人》获得当年的普利策奖。

的，因为我记得我自己第一次是如何被打动的，而且我也很多次听到埃米丽阿姨讲起他第一次来访的事情，这让一切立刻充满了幽默与浪漫的气氛：一个童话故事，一位隐居的公主，一位衣饰寒酸的王子，一个偏远的地方，只有一条乡间小路可以出入，其难度几近步行于刀刃般狭窄的桥上。

这个夏季的小村庄极不起眼，朴素自然，不管是在路上还是湖面上，几乎都难以看到它。这里夏季居民有两千人左右，但你至多也就能看到一对年轻人坐在独木舟上，一位女士站在邮箱旁，抑或一位头发花白的学者，闪身进入了他的书房。也有例外的情况，那就是夏季的拍卖会，下午四点《纽约时报》投递时的村商店门口，那会儿你可能会看到几十或者几百号人。

巴特尔池就像一幅出自"哈德逊河画派"的画卷，将哲学冥思与田园风光融为一体。这里不是度假胜地，情况与此恰恰相反，因为每逢夏天，主导这里并且交税最多的学者们，已经悄无声息地禁止了一切来自机场、电影院、第二加油站甚至是湖面上的摩托艇的动静。希德一九三三年夏天第一眼看到的景象，跟乔治·巴恩维尔·埃利斯和布利斯·佩里在上世纪末坐着马车游览这里时看到的景象并无二致。后来蜡烛和油灯极不情愿地让位给了电灯。有些房子里现在装上了电话，门廊和码头不断腐朽的木板每六到八年都会被更换一次，其他并无多少变化。

我感兴趣的并不是想象巴特尔池，我在猜想那天下午夏丽蒂和希德说了什么、干了什么，还有他此后待在那里的那些日子。没有告知朋友延期的信函、电话或者解释，关于他那顿蒙特利尔的晚餐之约，他们又是怎么处理的。想象朋友恋爱的场景并非我的强项或者特殊癖好，可是不管怎样，我知道那一刻她并不确定自己是否需要他，尽管我确定无疑她的确需要他。更何况，佛蒙特的瓢泼大雨也完全跟浪漫的场景不搭调，因此我只能简单地安排他们去散步，也许他们还真去了呢。

*

　　他们转回身,穿过湿漉漉的树林,回到了主干道上,然后向左走了大约一百码,穿过了一道门,上面有块褪色的提示牌,写着"注意保险杠",那是有些教授开的玩笑。他们面前是一条脏兮兮的小路,也就是我今早才走的那条,在低垂的树叶下沿着山坡蜿蜒向前。这里有糖枫、红枫、铁杉、白桦、黄桦、水桦、山毛榉、黑云杉、红云杉、冷杉、野樱桃、白蜡树、椴木、铁木、落叶松、榆树、白杨,幼小的白松这里一棵,那里一棵。作为她母亲的女儿,夏丽蒂曾经无数次远足,常常带着各种各样关于鸟、花、蕨类和树的书,因此她对这些了如指掌。而希德对此则知之甚少,但他乐于请教。他们家以前经常在卡罗来纳的山中度夏,也去过几次瞭望角,在那里,鳗鱼与鲱鱼可比树重要多了。

　　小路沿山而上,拐出了覆盖着茂密雪松的潮湿地带,来到了一处草甸,那里有一群泽西奶牛,漂亮得像鹿一样,用朱诺①般的眼睛望着他们。路两旁是茂密的蕨类植物,都被雨水压弯了头,大概有二十种之多。同样,他也不懂这些(据我的经验,蕨类植物是唯一一种只有女性才了解的植物)。她告诉他各种名字:甘草香味的蕨、鳞毛蕨、敏感蕨、樟属蕨、鸵鸟蕨、不规则蕨、圣诞蕨、欧洲蕨、铁线蕨,这些名字就如他鼻子中闻到的树林气息那样,让人心神愉悦。在云杉树丛的间隙,是一条绿色的苔藓铺成的地毯,有几英寸厚,如羽毛般柔软,上面冒出了蜡烛般挺立着的石松和带着斑点的毒蘑菇。

---

① 朱诺(Juno),古罗马神话中主神朱庇特的妻子。

希德穿着他的湿鞋踩了上去，蹦蹦跳跳，宛如在玩蹦床一般。他弯腰张开手掌按了按苔藓。"啊呀，"他说，"我想在上面滚一滚。这会儿没准哪一秒钟就会有小妖精从某个毒菌下跳出来。"

"那些不是毒菌，"夏丽蒂告诉他，"是蘑菇，致命的毒蘑菇，千万别吃①。"

"你了解这里生长的所有东西，太棒啦。"

"没那么棒，我在这里长大的。"

"我在宾夕法尼亚的塞威克利长大，但那里生长的东西，我连一个的名字都不知道。可能有一种，也许是紫丁香吧。"

"那是因为你没让我妈陪着你长大。"

他们站在那里，在逐渐减弱的雨中微笑相对。他喜欢她微笑时露出均匀洁白的牙齿，有谁能不喜欢呢。尽管就笑容而言，他俩都差不多，两个人都像他所揶揄的那样，抢先露出一口牙齿。雨水从她黄色的防水帽边缘滴落，他觉得那是他看到的世界上最美妙、最有魅力的帽子。我猜想他肯定有股冲动，想在这软绵绵的苔藓上与她做爱，再现查泰莱夫人与她的猎场看守人之间的那番场景。那本借来的盗版书，他已经读了好几遍。她眼睛含笑，活力洋溢。我想他想要伸手抱她，而她则避开了。一九三三年那会儿的女孩都会这么做。他们就又去散步了。

一只松鸡从头顶一棵树上"扑棱棱"飞了出来，惊恐地拍着翅膀夺路而逃。他们还看到一只白靴兔（那不是兔子，她告诉他，那是一种野兔，但他们只管它叫兔子②）。此时，他们步行在毁坏大半的石头墙与折断的古老枫树之间，沿着以前曾是路的地方前行，两边斜坡上的草甸一路延伸到树林里。她跟他谈及这上面曾经有过的农场，指给他看那长满了菊花的荒芜的土地，还有如杂草般的天芥

---

① 原文为法语：Ne mangez pas。
② 兔子（rabbit）和野兔（hare）在英语中是不同名词。

菜、褐色的丁香花和美国藤。

不经意间，雨已经停了。西边又高又远的地方露出了蓝色的天空。他们爬完了最后一段，来到了山顶，那里有野餐生火的石炉，群山呈东西走向。她同样叫着它们的名字，就如它们自己在报名字一样：驼峰山、曼斯菲、贝尔维迪尔、杰伊峰。一抹薄阳掠过群山，他把雨衣干的一面朝上铺在草地上，他们一起坐了下来。

福尔松山上的景致并没有西部的田野那么壮美，但它的魅力在于荒野与田野之间的转换，树林粗糙的边界与流畅的干草地互相依偎。那里有句点般的白色房屋，红色的谷仓，还有来往的牛群，就像叶片上的蚜虫。他们的正下方，越过一个草木葱茏的较矮的山头，就能看到心形的湖面，村舍坐落于它的南面。湖边几乎看不到房屋（当地都叫"营房"），也几乎看不到码头或者船库。绿色的树林，还有更绿的草地与蓝天相接，一起看起来都那么自然，肯定跟哈森将军的队伍看到的几乎一模一样，这些人在美国独立战争期间在这片树林开辟了一条通向加拿大的道路。

希德让他身上的每一个毛孔都呼吸着、吮吸着这一切。倘若有谁浪漫到不该师从欧文·巴比特的话，那非他莫属。他比亚瑟·杜兰德更像哈德逊河画派艺术家，比爱默生更像一个超验主义者，比梭罗更亲近狐狸和土拨鼠。

"你从没向我说过这里，"他说，"这肯定是世界上最美的地方。"

"没有那么美，但是很美。我喜欢这里。太好了，雨停了，没准明天我们可以去湖里划船。"

"我明天还能待在这里吗？"

"你麦吉尔的朋友会担心吗？"

满满的幽怨。他挥了一下手，就将那个麦吉尔朋友"砍掉"了。"你想让我待在这里吗？"

她夸张地耸了耸肩,脸上浮现出谜一样的微笑。

"我跑到这里来找你,你是不是生气啦?"

"没有。"

"你为什么要'逃离'坎布里奇呢?"

"我没有'逃离',我只是回来度假而已。"

"居然都不告诉我你去了哪里,当然是'逃离'了,我不得不去找福格,才问出你去了哪里。"

"我当时是一时兴起。"

"因为我吗?"

"别把什么事都跟你扯上关系!"

"但这事肯定是。"

她耸耸肩。

"夏丽蒂,"他绝望地说,"你要我走吗?如果是,我现在马上走。我的确在麦吉尔有个朋友。他没等着我去,这一切都是胡扯,不过他的确存在。我将会在五分钟内从你面前消失,如果你想要这样的话。我如何才能知道你不是在开玩笑?我爱你,这有用吗?如果有机会,我会一直等下去,但我不想成为一个可怜的讨厌鬼。我想要你嫁给我。我会心甘情愿,哪怕需要等很多年都没问题。但我不想让你因为觉得对我心存愧疚而把我悬在这里。"

"你当然不是个讨厌鬼,"她说,"我当然想让你待在这里。妈妈也希望你留下来。你来我很高兴,真的很高兴。我希望你也是。但嫁——给——你?你还有两三年才能拿到学位,我们怎么结婚?每个人都在靠救济果腹,我们将找不到工作,不会有未来,很多年都不会有。只要你在学校,你妈妈就可能会资助你,但如果你疯狂到要结婚的地步,她就不会再资助你了。"

"总有办法的。"

"你打算怎么办呢,抢银行?"

"如果需要那样的话。现在的问题不是我们如何应对,而是你想不想。"

防水帽檐下,她那双清澈的眼睛注视着他。他去拉她的手,却被她甩开了。他咬着牙坐了下来,望着山下。她远远地坐着,似笑非笑,一言不发。就在她变换位置、用手撑着身体向后靠的时候,他发现她有只手又可以抓到了。这次,他握住了她的手,再也不放开。两个人侧身靠拢,他陷入挫折与欲望之中,只叫了一声:"夏丽蒂……"

她用另一只手摩挲着长长的、湿漉漉的杂草,将冰冷的水滴洒在他身上。"浇灭一下你的狂热。"

"你这个残忍的巫婆,告诉我一件事。"

"当然可以。"

"如果你想让我跟你跑到这里,你为什么不邀请我?"

"我不确定这样是不是符合妈妈的计划。"

"你可以打电话确认一下啊。"

"不,我不能,我们这里没有电话。"

"你可以写信啊。"

"那需要好多天。"

"于是你就直接走了,一句话都不给我留。"

她大声笑着。"你找到我了啊。"

他拉着她的手,把她往身边拽。"夏丽蒂!"

她看了看被他拽着时手腕上露出的手表,然后猛地挣脱,一跃站了起来。"天哪,二十五分钟后吃饭,我们不能迟到,特别是你来的第一天。那会要命的。"

"要什么命?"

但她已经跑了。他拿起雨衣,跟在她身后,像一只黄色的大蝙蝠,沿着石头断墙与老枫树之间湿漉漉的山头,猛地一跃而下。他们一路飞奔回家，只比保姆多萝西将盖碗汤端上桌提前了一分钟，比乔治·巴恩维尔·埃利斯低头进行餐前祈祷提前了三十秒。他俩气喘吁吁地奔到桌子前，匆忙地坐进了两把空椅子里。为了让晚餐的衣着显得端庄一些，夏丽蒂把一条运动衫披在肩上，而他也把自己湿漉漉的头发梳理了一下。

埃米丽阿姨用审视的眼光迅速看了他们一眼。康芙蒂——只有十九岁，跟夏丽蒂相比，她更年轻一些，更温柔一些，更漂亮一些，只是没有夏丽蒂那么引人注目——此刻已经开始颔首祈祷，但她的眼光却越过餐桌四处游荡，先看了看左侧的希德，又看了看夏丽蒂。乔治·巴恩维尔看到所有椅子都已经坐满，并未停下来进行介绍。他合实双手，满眼仁慈地看着盘子。"天父啊，感谢您给予我们的所有关爱，保佑我们，圣化这些食物给我们，阿门。"

阿门。

*

我无法想象希德·朗会在毫无准备的情况下贸然闯入埃利斯家。他没准在《名人录》《美国学者名录》以及怀德纳图书馆的条目卡片里查询过乔治·巴恩维尔。他也许翻阅过他那部关于阿尔比教派的大部头论著，也由此成为历史上第七位阅读此文献的人。没准他也曾将这本书借出去，跟《米德尔马契》《白痴》等书一起装在自己的绿书包里。他觉得自己有责任去读这些东西，不管是出于对夏丽蒂的爱恋还是对学识的尊重，都让他将乔治·巴恩维尔·埃利斯视为人类思想织锦上的一条金线。

如果单独与埃利斯教授相处，他也许会很快跟他建立起比较好的关系，就像与其他他所尊敬的教授一样。他会做好一切准备，多问问题，专心听讲。但在场的其他人却完全是一种干扰，而且为了祈祷，互相介绍环节都被搁置了，乔治·巴恩维尔很明显一点都不关心坐在他餐桌上的那个年轻人是谁。希德发现自己正面对着埃米丽阿姨，而她无论如何不会静心去听学术探讨的。她跟丈夫生活了这么多年，不会让他再去谈与他自己专业相关的内容。

"嘘，安静，乔治，"她曾当众这么说，"没人想听你那些波各米勒派的事。"此刻，希德正在大快朵颐（她不知道他没吃午饭），她眼睛盯着他，就像她用餐叉锁定一块烤肉一般。他吃得狼吞虎咽，这让她对他的好感立增。乔治·巴恩维尔平时吃饭非常挑剔，让她经常非常恼怒。

"你家在匹兹堡，夏丽蒂给我说。"

"是塞威克利，在郊区。"

"那一定会好很多，我们都听说匹兹堡是一座脏兮兮的工业城市。"

"是的，烟味呛人，我们住在河对岸的断崖之上。"

"你们家在那儿住了很久吗？"

"我爷爷从苏格兰过来后就住在那里了。"

"就像安德鲁·卡耐基[①]一样。"

桌上一阵笑声。"哦，不是特别像安德鲁·卡耐基。"

"你爸爸是干什么的？"

希德光亮的镜片后面有一丝闪光。"我爸爸去世了。"

"对不起，他生前是干什么的？"

"他做生意，做各种生意。"

看到希德略微犹豫，埃米丽阿姨断定他在回避她的问题。他父亲让他颜面无光？也许他在"大萧条"中倾家荡产了？跳楼自杀了？这孩子确实衣衫褴褛。作为一个钢铁工人或者其他诸如此类人

[①] 安德鲁·卡耐基（Andrew Carnegie, 1835—1919），出生于苏格兰，美国实业家、慈善家，被誉为"钢铁大王"。

家的儿子,他是真穷吗?作为一个彻底的平均主义者,埃米丽阿姨一点也不会在乎这些,但他的简短回应却让她更加好奇。

"去哈佛前,你在哪里上学?"

希德说话时声音愉悦,如音乐般悦耳。"耶鲁,"他说,"在那之前,是在迪尔菲尔德①。"

这一切表明了他的良好修养。匹兹堡是不可能教会他这些的。这教育背景多么让人羡慕啊,这也进一步说明,适才提起的他的父母知道什么对自己的儿子是最好的,而且也有能力资助他。

"你妈妈还安好吗?你有兄弟姐妹吗?"

"我妈妈还住在塞威克利。妹妹中有一个住在阿克伦,另一个住在芝加哥。"

听起来都在了无趣味的中西部。可能这个小伙想要突破他的出身,也许是迫于家庭经济崩溃的困窘。倘若他能自己独立读完研究生,就如时下很多人那样,那他是应该受到尊敬的。

乔治·巴恩维尔现在知道了,他正在招待的这个年轻人是一名哈佛的学生,便非常有礼貌地问了问他的研究情况。当他得知他已经修习了欧文·巴比特和约翰·利文斯顿·洛斯的课程后,便咯咯笑着讲了一个关于他同事的故事。这位同事看到上述两位一起穿过庭院,便说道:"这里走过去了一位学者和一位绅士。"

希德·朗身体后仰,靠在椅子上放声大笑,活像酒馆里的醉鬼,这让埃米丽阿姨非常吃惊。他的脖颈与脑袋宽度相同,真是一个奇怪的人,一会儿柔声细语、彬彬有礼,一会儿则毫无顾忌,一逗便乐。乔治·巴恩维尔没想到他的笑话如此奏效,也满脸堆笑。夏丽蒂则面无表情,是因为她讨厌父亲又"倒卖"坎布里奇的陈词滥调,还是因为她带来的那个男生的大笑让她感到尴尬?

---

① 指迪尔菲尔德学院(Deerfield Academy),位于美国马萨诸塞州的著名私立寄宿制中学。

康芙蒂则望着希德,不声不响。埃米丽阿姨注意到,他意识到了大家对他的关注后坐正了身体。他提出了自己的一套"理论",说成为一位绅士最可靠的办法就是成为一位学者。巴特尔池是一个多么理想的治学之地啊!这里那么安静,那么漂亮,那么适合思考。

"是的,"康芙蒂说,"到现在为止。"

"为什么?现在怎么了?因为下雨吗?我觉得下雨多好啊,它给一切披上了生命的霞光。"

"噢,不是因为雨,天啊,如果连一点雨都忍受不了,那我们应该搬到亚利桑那去。不,它们都是来关照巴特尔池的,你知道穿过湖湾的那条湖岸吗?"

"我不觉得……我们今天下午刚刚去过。"

"那里只有原始树林。而有一伙坏蛋和一些财团想要把它买下来,然后在那里建造木屋营房,提供给往旅客。他们还想建一个码头,一个加油站,还有商店。不知道麦克切斯尼到底是怎么回事,他们甚至还想建一座电影院,还有舞厅。"

埃米丽阿姨说:"康芙蒂,别让这事把你气成这样,但这确实太糟糕了。"

"糟糕?"康芙蒂说,"简直是恐怖,想象一下,到处都是游客、摩托艇,人们整夜跳舞,到处都是破碎的酒瓶和其他东西。海湾成了所有小孩抓鲈鱼的场所。这里是牛蛙聚集的地方,这里的乐趣是泛舟漂在湖面,观赏岸上的水貂和鼬鼠。"

"这样会毁了我们门廊外的风景,妈妈。"夏丽蒂说。

希德小心翼翼地说:"难道不可避免吗?不能通过全镇会议来解决这事吗?"

"全镇会议要等到三月,"康芙蒂说,"他们这样安排,就是为了让那些在这里过夏的人没法投票。不管怎样,周围的人很明显需要一个度假的地方，他们觉得这将会让这里繁华起来。他们都是这种一门心思钻在钱眼里的人！赫伯特·希尔也是如此，他就不应该拿他们的赃钱。"

"他是个可怜的农场主，"她母亲说，"我们没指望他能拒绝一笔收入丰厚的交易，仅仅是因为担心给我们带来不便。"

"给我们和所有其他生活在湖周围的人带来不便。"

"多少钱啊？"希德问。

"我不知道，八千，是吗？就这二十公顷的湖滨地带。而整个农场，包括房屋、牲畜还有机械，加在一起可能比这还少点。"

"人们难道不能一起凑出这么多钱吗？赫伯特·希尔总不会宁愿卖给一家财团也不愿意卖给邻居们吧？"

"他可能不会，但当下邻居们从哪里去凑够这笔钱啊？大部分在这里过夏的人一年挣的钱还不到这笔钱的一半。巴特尔池委员会已经让他往后拖延了三十天，但我还没有看到哪里能来钱。"

"我发誓，如果他们在那里大兴土木，我会一把火让它化为灰烬。"康芙蒂说。

"这样的事，你一定一件也不会做。"她母亲说。

"她可能会，"夏丽蒂说，"而我也有可能帮她。"

"就在他们开建的那一刻。"康芙蒂说。

多萝西撤下了盘子，端上来一碗草莓和一罐奶油。桌子上充满了火药味。埃米丽阿姨又看了一眼希德，他敏感得活像一位不安的女主人，一边调整着去适应突变的语气，一边尝试着想要转换一下谈话的内容。他将脸转向康芙蒂，把鼻子上的眼镜往上扶了扶，然后问她，她的名字怎么恰好叫"安慰"。他可能想着因为第一个孩子叫"慈善"，那么下一个应该叫"信念"或者"希望"。[1]

---

[1] 康芙蒂的英文名是 Comfort，意思是"安慰"，而夏丽蒂的英文名是 Charity，意为"慈善"。因此希德才会觉得这两个名字有些奇怪，后面才提到了"信念""希望"等。

他故意用这个问题逗惹康芙蒂。从他的眼睛可以看出，这个问题也在问埃米丽阿姨，问她仅仅是想以此开始一个新的话题，实质上其意义就好像一只狗在摇着尾巴讨好主人。

不幸的是，康芙蒂显然觉得他是将她当成小妹妹了。她本来就不乐意从客房里搬出，莫名其妙地住到德怀特叔叔家去，她和她朋友都已经把客房当成了她们的俱乐部。她同时也痛恨别人拿她的名字开玩笑，她说她的名字听起来就好像她是一条羽绒被。此刻，她瞪了他一眼，回答说，生了夏丽蒂后，她父母就放弃了"信念"和"希望"。

"为什么，你这个没良心的小坏蛋！"夏丽蒂喊道，"亏我还参与了你的纵火阴谋呢。"

"为你取名'安慰'表达了我们最殷切的期望。"埃米丽阿姨说。她把椅子往后一推，结束了谈话和这顿晚餐。

多萝西把桌子收拾干净了。乔治·巴恩维尔站起身，跟希德握了握手，说希望能多见见他，并说抱歉，他要回卧室看他的侦探小说去了。桌子另一边的夏丽蒂看了希德一眼，满脸的惬意、怜悯与幸灾乐祸，康芙蒂则怒气冲冲地走了。埃米丽阿姨手里已经开始了针织，眼睛看着门廊外。

"哎呀，马上就日落啦，巴特尔池将要给你展现它更加美妙的一面，朗先生。"

"请叫我希德，"希德说，"被人称为朗先生让我觉得紧张。"

"来吧，尊贵的朗先生，"夏丽蒂说，"如果你不读书，那你可以带我一起坐独木舟，沿着那条让康芙蒂着迷的湖岸去游玩。"

*

后来讲到这些事情时，埃米丽阿姨提醒大家说希德来自西部，就像年轻的洛金瓦尔①,让他们都感到着迷。这不是一个坏故事,或者说完全是不真实的,但在起先的那些日子里,她没有觉得他像洛金瓦尔。她认为他是一个讨人喜欢的年轻人,尽管简单来看,夏丽蒂还不适合嫁给他。她思忖良久,想着怎么把她的想法告诉他和夏丽蒂。她理解,干涉将会造成不幸,也许是严重的不幸。但现在干涉总比后来再干涉要好一点。

她花了仅仅第一个下午的那点时间,就弄清楚了夏丽蒂那虚假的冷漠。他俩彼此心意相通,接下来的日子表现得淋漓尽致。两个人整天待在一起,一起去远足,野餐或是去划船,而到了晚餐桌上,他俩眼里还满满地只有彼此,而那会儿可能是家人唯一能见到他们的时候。他们待在外面,一直到很晚才回来。有两回埃米丽阿姨听到夏丽蒂蹑手蹑脚地进来,她便打开手电看了看表,一次是差不多两点,另一次则差不多是三点。而第二天到了早餐桌旁,他们还要互相打量个没完,仿佛彼此相见的惊喜让他们双双着了迷。

埃米丽阿姨不知道他们待在一起时都干了些什么,这只能靠夏丽蒂良好的自制力了。看着他们在码头游泳、在湖湾泛舟,她便感到充满了遗憾。夏丽蒂跟她年轻时一样,是一个惹人注目、活泼倔强、时常惹人动怒的年轻女子。希德·朗则像个英雄,帮她登上独木舟,推着她离开码头。他的后背现在被阳光晒成了红色,鼻子上开始蜕皮,但他的脖子很强健,后背宽阔。他奋力划桨,小船便飞速向前,好像摩托艇一般。

为了鼓励他,埃米丽阿姨出的主要都是些让人易于接受的主意。的确,希德崇拜富兰克林·D.罗斯福,而这个人,家人对他的看法并不一致,因为他已经表态要撤换埃米丽阿姨的兄弟的驻法国大使职务。但希德也喜欢读书,思想诚挚而高尚,热爱诗歌,认

---

① 洛金瓦尔(Lochinvar),沃尔特·司各特发表于1808年的诗作《马米昂》中与情人私奔的传奇人物。

为每个人在离开这个世界的时候，都应该让这个世界变得更美好一点。但另一方面，他对未来有些迷茫，并不确定是不是要去教书。他待在研究生院似乎主要是因为他不知道有什么更好的事情可做。对一个身无分文、理应雄心勃勃的学生来说，这似乎有点奇怪，甚至不是个好兆头。

曾有一次，他半开玩笑地告诉埃米丽阿姨，他真心想做的事情就是退休后回归山林，就像这里的树林一样。那里有书，有音乐，有美人和安宁，散散步，读读书，想想事，写写诗，就像秉持道家学说的中国哲学家一样。

他们曾在晚餐桌上讨论过这个话题。当时那样的年月，并不特别适合倡导哲学意义上的隐退，哪怕对诗人而言也是如此。在当时，诗意的语言被认为应该是公共演讲，足以号召数以千计的人走上街头，而文学是为了动员民众（中产阶级的民众），让人们行善纠错。为了说明他对从事社会改良的模糊抵触，希德借用诗句来支持自己的观点：

> 我将起身，即刻离开，到那梦茵湖去，
> 在那里修一座小屋，用黏土和板条筑就，
> 我会在那里种豆九行，养蜂一箱，
> 然后独居幽处，在那蜜蜂嗡嗡的林间。

他让夏丽蒂从椅子里跳了起来。

"哦，呸，希德！那是一首好诗，但不是对生活的规划。那是失败者的状态，是完全的逃避。诗歌应该是生活的副产品，没有主产品，就不可能有副产品。不深入生活，不工作，不脚踏实地，那是不道德的。"

"你可以在种九行豆角的时候脚踏实地啊。"

"是的，那你在做什么？满足你自私的颜面，沉溺于自己的

懒散。"

"夏丽蒂,说得对。"她母亲说。

希德并没有生气。"诗歌不是自私的,它是读给所有人听的。"

"如果它足够好的话。有没有诗歌能促使你采取行动呢?"

"我刚才就给你引用了一首。"

"那不是行动,那是不动!真的,希德,这个世界需要干事的人,而不是避世的人。"

"我认为诗歌并不是逃避什么,那你又会提出什么其他建议呢?"

"教书。"

"教什么?"

"你正在研究的东西,你知道的东西。"

"诗歌。"

"噢,你……!你理解错了。看看啊,世界上有这么多人,脑袋里空空如也,教给他们一些东西是值得我们付出行动的。除了教他的科目之外,一名教师还能以各种各样的方式让他们获得发展。"

"诗歌不行吗?"

他们都情绪激动。不,埃米丽阿姨觉得,只有夏丽蒂情绪激动。尽管希德在为自己的观点辩护,但他一直听她说,仿佛被她的热情深深吸引。她激动到两颊绯红。她坐回自己的椅子,一瞬间有些迷茫,仿佛他的问题不够清楚一样。她稍想了片刻,便又开始说话。

"你让我听上去像是俗人。我只是在说,大多数时候,诗歌不够直接,它本身并不关注一些重要的问题。去了解了解一个诗人望着窗外、看着初雪飞舞时的所想所感是很美妙,但这对养家糊口而言毫无用处。"

"夏丽蒂,"康芙蒂说,"你争论起来就像个螺纹锥,弯弯曲曲,毫无逻辑。"

而希德并没有抓住这机会,他一笑了之。"我还是直说吧。你觉得诗歌算不上有实际意义的沟通,但教学却是,哪怕这个老师教的是诗歌。也就是说间接可以,直接却不行。"

"我告诉你了,"康芙蒂说,"她是个螺纹锥。"

"你别插嘴。"夏丽蒂说。她两颊绯红,看起来有些伤心和委屈。"我说的是,"她只对希德一个人说,"写诗不能撑起全部的生活,除非你是一个绝对伟大的诗人。对不起,我觉得你不是,起码现在不是,直到你在生活中找到一些事情去做,从而让诗歌的功能得以彰显出来才行。诗歌不能只是彰显安逸。在这个世界上,你除了去骗人,否则是不会有安逸的。诗歌应该彰显出诗人所做的事情,以及他与其他人、家人以及各种组织机构之间的关系。你无法就靠那九行豆角生活。除了豆角,你也没有什么可以写诗的东西。"

大家都笑了。"好吧,"希德说,"我应该找份工作,是这意思吧?"

"除了工作之类的东西,我不知道你学习的目的是什么。"

"如果我说,我之所以学习是因为我觉得一位诗人应该让他的脑袋里充满各种思想的话,那将会怎样呢?"

"那我就会说你从书上看来的那些思想都只是二手的,而你写诗所需要的,应该是第一手的思想。你所接受的训练,直接就是面对教师职业的,对不对?"

"一般是这样。"

"为什么你就不一般呢?"

"我还不确定,我是否已经具备了成为一个好老师的条件。"

"那你就确定你已经具备了成为一位好诗人的条件了吗?"

"没有。"

"好吧。"

"这正是我想弄清楚的地方。"

一桌人陷入了安静。夏丽蒂眼睛牢牢地盯着希德,面带微笑,有些受挫。她说:"好吧,那你必须承认一点。"

"哪一点?"

"教学至少可以挣薪水。"

"我知道,"他说,"贫困与诗歌就是一对孪生的顽童。"

"明白啦?"她发出了胜利的欢呼,"你恰好说明了我的观点,你让我们都明白了一些事情。如果你没有为了成为一名教师而学习的话,你就不会懂得那些诗,也就不知道它们是谁写出来的。谁写的来着?"

"塞缪尔·巴特勒,我记得。如果他不写这首诗的话,没有老师能够教它。"

"又开始折磨人啦。"康芙蒂说。

埃米丽阿姨下决心要换个话题。她正打算开口说话的时候,夏丽蒂又来了一通尖刻的结束语:"你认为你想隐居去写诗歌,是因为你害怕你做不出其他成绩,其实你能!你为什么低估自己呢?你已经具备了全面的素养。如果你真想去做,你能做任何你想做的事情。"

康芙蒂抬头望着天花板。"伟大人物的生活都在提醒我们,我们能够让自己的生活变得高尚。"

希德没有理睬她,看着夏丽蒂说:"你相信吗?"

"你是说我说的,还是我那不着调的妹妹说的?"

"你说的。"

"你可以跟我打赌,所以你应该去做,任何你想做的事情你都能做。"

"那如果我想要九行豆角和一个蜜蜂巢呢?"

她耸了耸肩,对这个想法不屑一顾。"做这些事不用更高的学位,任何修道士或乞丐都能做。"她身体前倾,急切地皱着眉头,然后又露出了微笑,"还是按你正在干的、你了解的事情的路子往下走吧。"

"我已经有了明确的证据,那是你的想法。"

"那又有什么区别呢?重要的是愿不愿意做,理由总是能找到一些的。"

他专心倾听,脸上挂着微微的笑容,完全沉浸在她的声音里,那声音就好像来自燃烧的灌木。埃米丽阿姨觉得他易于受人引导,他想要的那种方向感和自信,正是夏丽蒂准备给予他的。他太在意别人的意见了,不幸的是,还包括她的。此刻他耸耸肩,点点头,就接受了。埃米丽阿姨忍不住问道:"你了解的事是什么?"

夏丽蒂满脸争论的神色顷刻间变得欢愉起来。她大声笑着说:"你会知道的。噢,你会得到一份惊喜的!马上就会有通知,可能明天吧。"

每个人都看着她,等待着她进一步补充,但想说的话她都已经说了。听上去好像在预示着什么。事实上,埃米丽阿姨相信,虽然让这些事仅仅悬了五天,但她已经等得时间太长了。她选择沉下气来多多观察。就在多萝西打扫着餐桌,乔治·巴恩维尔将手里的餐巾纸揉成一团,夏丽蒂已经起身打算离座的时候,埃米丽阿姨说:"今晚你还要出去吗?我有些事想跟你好好说一说。"

"能不能等明天早上啊?我们必须去一趟村里打几个电话。"

"打电话?给谁啊?"

"这是惊喜的一部分。明天行吗?"

"我想可以吧,如果我确定明天能看到你的话。"

"你可以确定。早餐那会儿吧。"

"好的。"

她看着夏丽蒂绕过桌子,在他父亲那毛茸茸的脑袋上亲了一口,然后牵起了希德的胳膊。"走吧,尊敬的朗先生。我们要迟到啦。"他俩走了。她穿着紧身连衣裙,套着运动衫,他还是穿着他那皱巴巴的卡其布裤子。

埃米丽阿姨多少有点不甘心,她来到了门廊里,在暮色中坐了很长时间,凭耳朵做着针织,思考着,盘算着,因夏丽蒂缺乏常识而感到恼火。她轻率地对各种警告充耳不闻,因为她完全知道她母亲想跟她谈什么;她一点都不直面现实,还怀着这样糊涂的想法:人可以做任何他想做的事,只要意愿足够强烈。至少在希德眼里,夏丽蒂的想法是合理的,她会跟他做任何她想做的事。而他的想法也跟她一样好不到哪里去。

好啦,明天见面再说吧。她要先讲她的妹妹玛格丽特周末会来,带着莫利和三个孩子,然后需要住在客房里,因此希德的造访必须终止。这将会引出那个已经准备好的通知,而夏丽蒂肯定会反对。接着就像是猪油放到了火架上——疼痛、流泪、抗议、愤怒,剩下的整个夏天,只能看到苦闷的夏丽蒂像支拖把一样来来去去,整个人闷闷不乐,逆反而愤怒。也许有必要阻止她返回坎布里奇,在那儿她会完全失控的。否则她就要承担起一个不讨人喜欢的责任——监控邮件,倒不是窃取,她不会屈尊去那么干,而只是要确定他们分手分得干净利索。

如果不能说服他们,那么假设希德是去拿学位,然后找工作的话,她就得让他们承诺必须等他拿到学位。她跟夏丽蒂一样,将那九行豆角的事情看得非常重。这个学位,可能还需要两年,也许三年,无论如何也可能比他们彼此一时迷恋对方的时间要长。如果他们出乎她意料地继续坚持,想要得到上帝的保佑,他们就得自己用事实来证明。她发觉自己也希望他们能这样去做,尽管这与她务实的想法背道而驰。

＊

她计划的事情一件也没有实现。

他们来餐桌旁吃早饭的时间比平时晚，乔治·巴恩维尔已经去他的书房了。埃米丽阿姨估摸了一下他们那压抑着的兴奋，然后就坐在那里等着。她得等三十秒钟让希德先给夏丽蒂放好椅子，然后再走过去自己落座。他几乎还没有坐稳，夏丽蒂就说："妈妈，我们说了要给你一个惊喜。现在就给你，我们想结婚。"

埃米丽阿姨放下咖啡杯。"这完全不是个惊喜。"

"你同意吗？"

埃米丽看了看她的女儿，又看了看女儿身边的年轻男子。他摘下了自己的眼镜，正在擦拭，也许他觉得露出自己的蓝眼睛让自己看起来更容易被认可。但这完全是两码事，不是他个人缺什么东西的问题。他是一个各个方面都讨人喜欢的年轻小伙。她看着他的眼睛，微笑着，想要表示一下亲善，心里却想着：多遗憾啊，多遗憾啊。

"不，"她说，"我恐怕不同意。"

她期待他们，至少是夏丽蒂，会马上开始争吵与劝说。然而夏丽蒂只是喝了一口她的橙汁，坐回了椅子里，带着一种在她母亲看来满含挑衅的、自信的微笑说："为什么不啊？"

"我惊讶的是你还要问。"

"是因为希德有什么不好的地方吗？"

"不是，"埃米丽阿姨说，然后忍不住把手在希德的手上放了一会儿，"我非常喜欢希德，这一点你必须了解。但婚姻，孩子们，你们实在不知道你们在干什么。"

夏丽蒂盯着母亲的眼睛，喝完了她的橙汁。她放下玻璃杯的时候，脸上还漾着一丝微笑。"如果你真的喜欢他，那为什么还反对啊？他健康、聪慧、四肢健全，不口吃，一点也不丑。他有什么问题啊？"

"跟他一点关系都没有，"埃米丽阿姨说，"一切都没问题，问题跟他私人无关。只跟时间有关，或者说跟时间安排有关。纵然他决定想要成为一名教师，在具备工作资质之前，他还有许多年的书要读，而为了能养活妻子，可能还要再多读几年。如果你告诉我你会去工作来资助他，那么我不得不认为那是一件最荒唐的事。这类学生婚姻，我已经见过太多。妻子去工作，停止进步，而丈夫则超越了她。我不想看到这样的事发生在你们身上，我肯定，希德也不愿意。你父亲的薪水不会全拿来资助你们俩，你想要的东西是不现实的。我倒希望事实不是这样。"

"那么，仅仅是经济问题吗？"

"仅仅是经济问题，"埃米丽阿姨说，"像你这样没阅历的人才这么说。"

夏丽蒂笑得肆无忌惮，她母亲都被惹恼了。"啊，"夏丽蒂说，"有些事你并不了解。如果经济方面不存在问题，你就会同意，是吗？"

"那你得给我说清楚。"

"你会吗？"

此刻埃米丽阿姨真的被激怒了，虽然她努力想要表现得亲善一些，但似乎被这嚣张的丫头弄成了一场争吵。"你怎么能说经济问题不是个问题？"她说，"原谅我，希德，但有些话我必须说出来，如果希德连一件备用的衬衫都没有，你怎么能说你们没有任何经济问题？他到这里以来，我就一直在琢磨我怎样才能把他穿在身上的这件衬衫悄悄拿出去，好让多萝西给他洗一洗。不，你们简直是可笑。"

希德朗声大笑，这让她感到吃惊。他俩都笑了起来。"他装得太像了,"夏丽蒂说,"他把我也耍啦,直到最近。如果我告诉你,希德的爸爸很长一段时间以来一直是安德鲁·梅隆①的合伙人,在好几家投资公司任职,你会说什么?你就不会反对了吗?"

埃米丽阿姨坐在那里,调整了几下呼吸,让心绪平复了一下。然后她问希德:"这是真的吗?"

"恐怕是的。"

"恐怕是的!这算什么?为什么要装?为什么安德鲁·梅隆合伙人的儿子要穿着他唯一一件带着巧克力污渍的衬衫来访?"

"因为他想成为真正的自己,而不是什么人的亲戚。"夏丽蒂替他回答道,"他爸爸是一位狂热的银行家和商人,想让希德子承父业,但希德喜欢书和诗歌,而这些在他爸爸眼里都是些无聊的东西。(你也是这样,埃米丽阿姨想,只是没有说而已)他们没有达成任何实质性的一致看法,即使在他爸爸给他设立信托基金的时候……"

"他确信我没法养活自己,"希德说,"我把这个看作一种轻蔑的姿态。"

"……他不会用这笔钱的,去年圣诞节他妈妈给了他一张支票让他买车,他退了回去。他试着让自己成为坎布里奇看上去最穷的学生,而事实上,他跟克洛伊索斯②一样极其有钱。他把所有的钱都积攒在信托基金里,每个月生活费只花一百美元。"夏丽蒂说话噼里啪啦、活力四射,生动得就跟讲故事一样,说完给了希德一个妩媚的微笑,看上去羞怯而迷人。她继续说道:"我将帮助他打破这个习惯。"

埃米丽阿姨逐渐回过神来。她冷淡地说:"这年月我们都看不到多少富人了,鉴于我基于经济状况表示反对,因此我必须问你一

---

① 安德鲁·梅隆(Andrew William Mellon, 1855—1937),美国金融家、实业家,曾任美国财政部部长。
② 克洛伊索斯(Croesus),古希腊时期吕底亚的国王,以豪富著称。

个问题：你有多富有呢？有因为银行破产而被冻结的地产？有跌到谷底的股票？有破产被接管的工厂？夏丽蒂提到了信托基金，你是如何管理的？"

"非常保守。"希德说，"我爸爸去世前给我的妹妹们也都设立了信托基金，然后他在遗嘱里给她们三个都追加了财产，由梅隆银行负责打理。我的妹妹们都提取了属于自己的那份，只有我从来没取。这次经济危机让我受损不小，但现在已经赚回了一些。我觉得应该有三四百万吧。如果您愿意的话，我可以给信托经理打电话，拿来账单。"

埃米丽阿姨笑的时候咳嗽了一下，把拳头在嘴边放了一会儿。"不用了，估算一下的话，我认为有三四百万可以了。"

夏丽蒂跳起了身，飞奔过饭桌，双臂抱住了母亲的头。"你觉得可以啦！我就知道你会这样的！"

埃米丽阿姨拨开夏丽蒂的头发，对希德说："如果你此前不想用你父亲的钱，那为什么现在改变主意了呢？"

"因为他有动力了！"夏丽蒂说。

"别，让他告诉我。也许是你说服了他，让他觉得他的顾虑是不合理的。可能以后他还是期望能保持自己那份独立。"

"然而他的顾虑是……"

"请说啊，"埃米丽阿姨说，"希德？"

希德稳稳地看着她，脸上带着羞怯的微笑。"您觉得我是在用我闪光的金子诱惑她？"

"我不觉得金子会让你失去机会。"

此刻他的笑容绽放开了。"但她是在知道实情前说愿意的。"

"在她知道你连一件备用的衬衫都没有的时候吗？"

他点了点头。

"你确定拿了这笔遗产不会后悔？你不觉得你背叛了自己的原

则吗？我不妨告诉你，如果你真的鄙视金钱，如果你跟父亲的分歧真的很大，那么我觉得你的顾虑是可敬的，不是愚蠢的。"

"我觉得有点奇怪，"希德说，"我父亲不是恶魔，不是骗子，也不是其他什么东西。他本本分分挣钱，或者说跟其他银行家一样本分，问题仅仅在于，他总是在考虑钱的问题，在我眼里他有点太看重钱了，尤其是因为他还是一位严厉的长老会会员。我并不为此觉得有什么丢脸。我只是不愿意卷到钱里面去，也不想从他手里拿钱，感觉那是不能自食其力的人得到的羞辱性施舍。但他去世了，钱还躺在那里。我认为我可以把这些钱给妈妈或者妹妹们，但她们都不需要，那我宁愿花在夏丽蒂身上。"

"而你们两个人都完全确定。"

他们都确定。

"你认为我会阻止你们，"埃米丽阿姨说，"如果我阻止了，那只是因为我觉得为了你们自己，我必须这么做。好了，天啊，这一切都太不可思议了。"

"我们要不要上去告诉爸爸？"

埃米丽阿姨仅仅想了一秒，就说："别，他不喜欢被别人打扰。我们午饭时告诉他吧。"

"还有一些事情，"夏丽蒂说，她看着希德，"你告诉她还是我来？"

"你说吧。"

"你和康芙蒂不必再为海湾开发的事情担心了，"夏丽蒂说，然后回身绕过桌子挽着希德的胳膊，"希德从赫伯特·希尔那里买了那片地，整个那一片。我们昨晚给他的基金经理打了电话，我们去村里就为了这个。希德给赫伯特的钱比财团承诺的多了两千，因此一切都办妥了。这算不算个事啊？"

"这样做师出无名啊，别向我说了，我没法理解。"埃米丽阿姨看着眼前的两个人,夏丽蒂站着,希德坐着,胳膊搂着她,那画面就好像过去那些过时的结婚照。她立刻觉得有些心神迷离,心中充满了爱恋。这么多好事情,也真是这些孩子应得的。"我觉得你们可以在坎布里奇买房子。"她说,眼睛跟平时一样望着那条马路。

"这是另一件我们想跟你商量的事,妈妈。你知道理查德叔叔打算什么时候离开巴黎吗?"

"理查德?干什么?上次他写信说,他希望等到夏末或者秋末。他当然不想离开,要一直等到那个人把他赶出来。"

"他会让我们在他的房子里结婚吗?你觉得呢?"

"哦,我猜可以。但是你们不觉得坎布里奇……"

"我想在巴黎结婚。否则,我真不相信我是灰姑娘。你和爸爸,还有康芙蒂也都可以在巴黎周围逛逛。"

"如果可以的话,我们当然会按你的想法来安排。但把大家都带到国外是要花不少钱的。"

夏丽蒂把她抱着希德肩膀的手拿了下来,从他的口袋里抽出一个破旧的棕色钱包,拿在手里晃了晃。"请吧,"希德说,"这个将会给我带来最大的欢乐。"

"我的上帝啊,"埃米丽阿姨说,"好吧,我给理查德写信问问。"

"发电报吧!"

"那么急吗?"

"是啊,因为结完婚我俩要去旅行,一次真正的豪华之旅。希德打算第一学期休学,我也打算以这样的力度对'豆角和蜜蜂'做出让步。而且走之前,我们要赶紧找个建筑师,这样我们就能确定房子的事了,有客房,还有书房。明年夏天,我们想要在那边,跨过湖湾的地方建一座整齐的庭院,这样我们就能门对门地挥舞抹布了。"

"上帝保佑,"埃米丽阿姨说,这是那天早上她第四次说这个词了,"你们倒是一点不浪费时间。"

"你会浪费?"夏丽蒂说。

7

就这样,经历了各种迂回曲折、不可预知的跋涉,我们一起朝中部进发,然后在麦迪逊相遇,而且立即聚在一起,成为了彼此的好友。这是一种无形的关系,不像婚姻或者家庭生活,它没有任何规则、责任或者牵绊。人们聚在一起既不是因为法令,也不是因为财产或者血缘关系,其间没有任何黏合的东西,只有彼此的喜欢,因此便愈发稀缺。对萨莉和我这两个只关注彼此、只关注在这个严酷的世界里能否生存的人而言,这一切来得太出乎意料了。在我们的一生中,这样的友谊也仅有这么一份。

我对麦迪逊这座城市记忆甚少,脑袋里连这座城市的街道分布图都没有。我头脑里很罕见地呈现一片空白,想不起从那时起就记得的那些气息或者色彩。我甚至都记不起当时所教的课程。真的,我从未在那里生活过,我只是在那里工作。我找到工作后便再也没有止步。

凭良心说,为了挣那份薪水,我只付出了百分之四十的精力和时间。当然,我的课表也真实反映了当时的"大萧条"——四个大班,不管教的是什么,一周只上三天课,而课前、课间和课后,我都在认真写作。尽管聘用期只有一年,我还是想继续留任,不想因论文不够而遭解雇。当时我写作的数量简直惊人,不光写自己想写的东西,还写编辑叫我写的那些东西,像新闻报道啊,其他文章啊,书评啊,小说啊,教材的某些章节啊,等等,不一而足。我有一位博学的同事,是那种花两个月给《按语和征询》写上两段东西、为写一本书已经努力了六年还没有人愿意出版的人,听说他在别人那里称我为"文人",雇佣文人。他的嘲讽对我几乎毫无影响,我现在连他的名字都不记得了。

现在,人们可能想知道我的婚姻是如何维持的。我们婚姻生活幸福,而且蒸蒸日上,部分是由于我勤奋得如同白蚁穴中的食蚁兽,同时也没有什么事情能让我懈怠,但更多是由于萨莉全身心地给予我支持,而从未觉得自己是个受到忽略的妻子或所谓的"论文寡妇"——我们在研究生院的时候曾这么叫她们。她可能在起先的两三周觉得有些孤独,而自从碰到朗夫妇之后,不管我有没有时间,她都不会觉得孤独了。

刚到麦迪逊的时候,我就在有炉子的那间屋子的混凝土墙上贴了一张图表。它每天早上都会提醒我,一周有一百六十八个小时。其中七十个小时我用来睡觉、吃早餐和晚餐(还有与萨莉一起参加各个地方的社交活动)。午餐没有分配时间,因为我打包带了午餐在办公室吃,边吃边看报纸。至于工作,包括上课、备课、办公室答疑、开会、看学生作业,我安排了五十个小时,倘若没有学生来赴约,我就可以利用这点时间读读论文,这样就算是从别的地方赚了几分钟。这一百二十个小时之外,剩下的四十八个小时则为我所用。当然我不可能一周写四十八个小时,但我努力争取那样去做,而当感恩节和圣诞节放假时,我拥有的时间就超过了这个配额。

所有经历都难以再次重温。我是你生活中惊喜的制造者,一个工作狂,一只年幼的、勤奋得有些病态的海狸,不断地咀嚼着一切,因为它的牙齿一直在长。没有人能长时间地按照日程、不间断地坚持下去,我最终也了解了自己的不足之处。然而当我听到时下人们对雄心壮志以及职业道德的污蔑时,我会愤怒不已,然而对此却也无能为力。

我非常辛苦,这让我俩都很煎熬。而即将出生的孩子,还有那份不可预知的工作也让我满心焦虑。我了解了一些关于丢工作的事，而我想要通过百分百的努力来给自己的未来提供保障。我也先后从《小说杂志》和《大西洋月刊》两本刊物中感觉到自己有一点天赋。

现在回想起这些，我会感叹我当时的目的是多么的谦卑。我没有期望获得任何大奖，也没有明晰的目标，只是想做好符合我意愿以及与专业相关的事情。我觉得如果自己做到了那些，就会有一些好事发生，但我不知道会是什么好事。我尊重文学以及它对真理的模糊痴迷，至少像大亨们对金钱和权力所持的敬重一样，但我没有时间坐下来好好想一想我尊重它的理由是什么。

志向只是一条征程，而不是终点，对所有人而言其本质都是一样的。无论目标是什么，征程会带着你经历如《天路历程》般的各个阶段，包括动机、努力工作、坚持不懈、不屈不挠，还有在失望中奋起的勇气。如果不细加考量，只是一味沉溺，志向就变成了恶魔，它会将人变成机器，除了知道运转之外一无所知。而如果仔细斟酌，那么它就会变成别的东西，也许是通往璀璨前程的坦途。

我认为享乐主义者一想到那些卓有成就的人就满腹怨恨的原因是，那些人不靠毒品和放浪形骸，就可以获得更多的乐趣。

早餐之后，我即刻去那间有炉子的屋子，一直写到差十分十一点。然后萨莉驾车带我到贝斯康山山脚，我上山，恰好赶响铃的时候走进教室，然后一直从十一点上课上到下午四点。课后我步行回家，批改学生的作业一直到晚餐时分。吃过晚饭后，我开始备第二天的课，或者去有炉子的房间再写一点东西。

萨莉在我写的所有作品里面都有活干，很多作品我都在入睡前或者吃早饭期间读给她听。对我的作品而言，她是评论家、编辑、挑刺的人、记录仪、研究助手，还是打字员，由她来决定哪些东西写得很好，可以送出去，哪些需要重新写，哪些根本就不行。每当我关在有炉子的房间内写作或者去学校的时候，她就忙活自己的事情,而且几乎总是与夏丽蒂一起。

她们几乎总是形影不离。夏丽蒂给自己培养了二十种爱好,每次都会拉上萨莉一起。尽管夏丽蒂没有什么音乐素养,经常升调,会将歌唱得曲调高到你得是一位被阉的歌手才能唱出来的地步,但她对音乐极度热爱。她资助了一位年轻的钢琴家朋友在卡内基音乐厅开演唱会,她和萨莉经常过去听这位年轻女钢琴家的演奏。她们都在学校合唱团唱歌,每周都去练习,偶尔也会有演出。她们听过很多演唱会,有时带着我或希德,有时则没有。大多数演唱会都是免费的,而如果需要门票,夏丽蒂的钱包里似乎总会有一张多余的票,据她说那票是为其他什么人买的而那个人最终没有使用。

她们一起去看电影、看戏、听讲座,参加艺术班、摄影展以及茶会。她们一起散步,从一月份开始,还有许多宝宝送礼派对和其他的交流分享会。三月份之后,我记得非常清楚,萨莉需要做一些产后恢复,也需要照顾孩子,尿布只要有一条就得去洗,而我们没有洗衣机。幸运的是,夏丽蒂有一台洗衣机,还有一位小保姆。我们孩子的排泄物就像罪过一样,都被冲刷到了范海斯大街上。

有一两回,天气放晴的时候,她们会带上一个四脚梯出去,到朗夫妇在郊区购买的那两公顷叫"弗罗斯特丛林"的地方,爬上摇摇晃晃的梯子看看风景,晒晒太阳。希德接受威斯康星这份工作的时候,夏丽蒂已经下定了决心,他们不会像其他老师一样,在这里待上三年然后最终再找个其他地方,也许是更差的地方重新开始。希德会比别人优秀,他们俩要一起让这所大学和这片社区觉得他们是如此的不可或缺,因此绝不存在让他们走的可能。她花第一年时间来找她喜欢的地方。他们今年正在设计他们将要在此建造的房子。任何劝诫的话都没有让他们有丝毫的动摇。如果你想要什么东西,你就为此筹划,为此努力,最终实现自己的目标。

"我都快精神分裂了。"希德对我说,当时我跟他正在午夜散步，这是他热衷的活动。"如果能让她开心，我想让她拥有这样一座豪宅，但我总是会想到系里所有资深教师那上扬的眉毛，似乎在说，所有一切都是理所当然，是不是？很多同事都会觉得羡慕嫉妒。可能还有那些来自煤气罐区①的伙计，他们会将这座教学楼般的建筑当成'大萧条'中的一座城堡，上帝啊，看，他弄了三百台绞盘机在这里轰轰作响。而夏丽蒂至少对这些问题中的一个有了自己的答案。她会将这座房子弄成一个针对那些破产教师的周末休息场所，甚至你也可以申请，我们的朋友会将所有的客房占满，我们也将会为自己制定规则：我们周末从不接受邀请。我们将会穿上粗糙的花呢，带上一条雪达犬，进行乡村漫步。周日晚上可以跳方块舞、华沙人舞蹈、小篮子舞，捧着酒杯欢乐地畅饮。"

那天晚上，因为一天都过得比较顺心，他情绪不错。其他时间，他就没有这么放松。"这样看起来有些妄自尊大，"我听到他对夏丽蒂说，"好像我们觉得能够花钱买来晋升一样，或者好像我们觉得自己重要到能得到晋升。现在根本没有任何东西能保证我们待过今年或者明年。你想建个房子就是为了从里面搬出去吗？至少在系里投票前我们别开始浇筑混凝土。"

"哼，"夏丽蒂说，"我倒要看看他们怎么把我们连根拔起，有点信心吧。"

"还是小心点更好。"

"别，先生，"她说，"你不能改变我的主意。"

她已经找了一位建筑师在画图纸了，而且任凭他发挥想象力。她和萨莉则仔细检查了草图和比例图，然后带着批评、质疑和第二套想法对这些东西圈圈改改，然后再送回去，一遍又一遍。

有时我跟萨莉在床上谈起朗夫妇，我发现床上是有大把时间

---

① 煤气罐区（Gashouse District），指19世纪中期至20世纪中期美国纽约曼哈顿地区一片大型煤气罐林立的区域，当地居民生活多贫困。

谈论其他事情的唯一场所。我们居住的地下室暖意融融，火炉透过隔墙将热气传递过来。这里幽暗得好似子宫，是一个休息眼睛和大脑的绝佳场所，顺便也可以听听萨莉积攒起来要给我说的那些事情。

"她想要好多孩子，"她告诉我，"真的很多——六个或者七个，最后四个最好是女儿。"

"嗯，她已经着手开始照这个去做了，"我说，"生完这么多孩子她就三十岁了，然后她去干什么？"

"不知道，心满意足，我猜是这样，这就是在她眼里孩子对一个女人的意义。"

"那希德呢？六七个孩子也能让他心满意足吗？"

我能感到萨莉正在黑暗中思考这个问题。最后她说："我认为她觉得当父亲对一个男人而言意义没有那么大。她觉得只有工作才能让一个男人心满意足。"

"对啊，如果系里不选择让他满意，那怎么办？"

"你和他总是这样看，夏丽蒂不接受这种可能性。"

"我知道她不接受，这样有点不明智，有点不计后果。我怀疑希德如果发现自己有半打孩子和一座大房子而没有工作，他是不会感到满足的。"

"至少他们自己有钱啊。"

"那是有用，"我说，"那能帮她雇佣一个小保姆来照看已有的孩子，而她自己可以腾出手来促进文化活动，去合唱团唱歌，处理威斯康星的钩心斗角，去对那些处于贫困线上的教师的孩子和妻子展现自己的善良仁慈。真是一位啥事都愿意掺和的女士。"

"但她做事很有条理！"萨莉说，"她能腾出时间做所有的事情，所有繁忙的社交活动，就这样还能在早上、晚饭前、睡觉前陪陪孩子。她安排他们上床，给他们盖好被子，然后给他们唱歌，读故事，与他们玩耍，她是一位极好的母亲。"

"我没说她不是。我只是想知道希德对这样的事情是不是跟她一样满腔热情。我甚至想知道她是不是像她自己所想的那样满腔热情。"

萨莉又默想了一会儿。"可能她有点前后矛盾，"她说，"她想生这么多孩子，但她这么做的理由之一却是她没法给予一个或两个孩子足够多的时间。她认为孩子们生活在一个大家庭里，得到的好处就是一定程度的被忽略。她说，她妈妈掌控着她。我猜她们经常发生冲突。哦，就这样两个人，你可以想想。因此夏丽蒂想要六七个孩子，就是为了不犯妈妈那样的错误。她觉得被人忽略挺好的，只要不是真的被忽略，只要当妈妈的时刻想着、计划着、引导着、关注着所有人的一举一动。"

"你可以指望夏丽蒂那样去做。"

"是的，"又是一阵沉默的思考，然后她说，"虽然有时我有点怀疑。她很了不起，考虑周到，富有爱心，从那两个孩子出生那天起，她就做了详细的记录。你知道的，第一次微笑，第一颗牙齿，第一句话，成长过程中第一次流露出的自我意识，每个阶段她都拍了照片。她现在已经在教巴尼数数、报时间和读书了，他们每天下午留出半小时做这些。每一天她都安排得井井有条，简直让人难以置信。但有一件事，那就是我从来没看到她挑出任何一个可爱的孩子，给他一个紧紧的拥抱，只是因为他是他自己，而她是她，她爱他。我们有了咱们的孩子后，别让我每天所有的时间都跟他待在一起。"

"我尽力记住，如果我自己的安排允许的话。"

我们都笑了，接着屋里安静了下来。最后萨莉说："我们不该这么议论她，想想如果没有他们，一切会成什么样。"

"我知道，"我说，"那我就会工作缠身，而你则无聊苦闷。我希望她所有的计划都能实现，希望她有七个孩子，每个智商都是一百六十多，希望后四个是女孩，希望他们在麦迪逊的大房子里长大，跟他们的表兄妹们一起在佛蒙特度夏，爱他们的妈妈，尊敬他们的爸爸，在学校表现优异，长大后去当驻法国大使。"

"阿门，"萨莉说，"我会告诉她你是这样祝愿的，行不行？"

"求你了，赶紧去。"我说。

*

不，萨莉一点都不孤单。在我的记忆中，我们几乎很少分开，一直彼此相伴。我们热爱自己的生活，从来不做什么长远的展望，除了西班牙保皇党在大学里兴风作浪而让州议会头疼的时候，或者是州长菲尔·拉·福莱特令人惊讶地发表法西斯主义言论的时候，或者是当希特勒那叽里呱啦的声音通过收音机提醒我们，我们正置身颠簸的跳板上，准备从世界经济大衰退直接跳进可能发生的世界大战的时候。

我们没法置身事外，我们生活在自己的时代，那是一个多事之秋。我们有自己的志趣，主要在文学和智识等方面，仅仅偶尔、无可逃避地涉及点政治。但我对那里的记忆却无关政治，也不是那每个月一百五十美元的清贫生活，甚至也不是我从事的创作，而是关于友谊的点点滴滴：聚会，野餐，散步，午夜聊天，偶尔无牵无挂时那些短暂的感受。友谊比政治更有生命力，至少可以和诗歌一样美好。现在似乎也差不多。真正让这些年月变得灿烂的，是朋友们的一张张脸。

大概是十一月一日，我开始写小说。一旦开始写，哪怕是想停我也不会停。我每天早上写、晚上写、星期六写、星期天写，六周就写完了初稿，趁着圣诞节放假，我一鼓作气，连续不断地完成了全部修订。新年刚过两天，我就把稿子寄到了出版社。

人越年长越明智。我将自己两年的时光倾注在了那本我只写了两个月的书里。我的匆忙是一种愚蠢的快慰，目的就是为了打破纪录，让每一分钟都物有所值。我知道守财奴般的快乐就是看着一周又一周书稿不断变厚增重。工作的步调就是我生活的神圣步调，是不能打乱的。我觉得我的记忆是准确的：那天早上，我把书稿送到邮局，然后回了家，没有去品咂我的成果，而是充分利用上课前的时间开始写一篇书评。

到了一月中旬，戴夫·斯通、希德和我在一起编写一本文选类型的课本，年轻教师们都希望这本书能为自己的履历增色。斯通、朗和摩根，都信念笃定地开始写作，而我并没有因为这本书而压缩自己的写作时间。我尽量从晚上、从萨莉那儿、从备课以及睡觉等事情中挤时间。

如果有本日记的话，我就能回头拿着它，再核对一下那些凭记忆写出来的看似有理但可能不一定准确的东西。但记日记就好像自己坐在水桶里，在飞跃尼亚加拉瀑布的时候做笔记。虽然生活平静淡然，但它却带着我们一路前行。我想知道，与那些当前宣称自己是"当下一代"的人相比，我们有什么不及之处吗？可能我没有用日记来记录一切也挺好的。亨利·詹姆斯在某个地方好像说过：如果你必须用笔记来记录某个事情是如何打动了你，那么可能它根本就没有打动你。

8

有一件事情，最终打动了我，那天是一九三八年三月十九日，一个星期六。

当时是午后，在莫里森大街上。我们去医院探望完夏丽蒂后，我陪着萨莉在街区散步。我们走得很慢，她身体笨重，即将临盆，况且人行道上还有结冰的地方，于是我们走得小心翼翼。空气湿冷，吹到鼻孔里凉飕飕的，但也不是特别冷。阳光穿透云层照射下来，屋顶上便弥漫着一层水汽。冰雪融化，汇成一股股细流，在堆积的漂聚物下面，沿着路边和车道悄无声息地流淌着。到处都是一片片让人倒胃口的黑腻腻的草地。

我们正聊着土拨鼠的事。我伸着指头数了数，发现自从它在明媚的二月躲进自己的洞穴，到现在已经过了六周多了。

"等它再看到自己的影子时，不是相当于多过了六周多或者两个月的冬天么？"我想知道，"六周，不是吗？春天都应该已经来了。"

"我不知道，"萨莉说，"但我希望是这样，我希望春天赶紧来，我希望这个孩子赶紧出生。"

"你想要卸下这个负担。"

"确实是，你注意到了没有？看看夏丽蒂躺在医院的床上，身材多么苗条，就像个扫帚柄。我弯腰想去亲亲她，但够不着她，就是因为它挡着我了。她周二就会回家，而我还在这里，依然胖得像个啤酒桶。我怀疑是怨恨最终叫我们去生孩子的。厌恶到这个份上，我们肯定不愿意再继续带着它啦，所以就卸下来。"

"那就专注于厌恶吧，"我帮她跨过一个覆盖着煤渣的冰洼，"虽然两个孩子没能一起出生，但肯定接下来就是你啊，只用想这个就可以了，拿个银牌。"

她转向我，大大的眼睛里满是伤心。她的脸大了不少，衣服的扣子只有上面几颗能扣上，这让她整个人看起来有些邋遢。我了解这个女人，也深爱着她，但她已经不是我娶的那个女孩了。我想知道，在她早上经历了这样的梦魇之后，如果我走进她的房间，是否还能看到以前那个女孩，毫发无损，美丽动人，就像希德看到夏丽蒂时那样。他不喜欢她怀孕。最近有几次将近午夜时分，他只身一人从范海斯大街过来，拉着我跟他绕着街道慢慢散步。上帝怜爱夏丽蒂，她一切都好好的，而他则有无穷的精力需要发泄。

对啊，上帝也会怜惜萨莉的。

"银牌，"她说，"如果有二十个对手，那我肯定是最后一个。之前为了给盖利先生写论文，我写了些跟第一届伊斯特摩斯竞技会①有关的东西。据帕萨尼亚斯②记载，其中有一个罗马人参与了赛跑。普劳图斯③，扁平足。我觉得我很像他。"

"我记得普劳图斯是一位戏剧家。"

"世界上的扁平足又不止一个人。"她"噗嗤"一声一脚踩进一个水洼里，冰水溅到了我们身上，我们都笑了。"难道夏丽蒂看起来状态不好吗？她说她整个过程中几乎都是清醒的，噢，我也希望这样！"

"如果你生的孩子跟大卫·汉密尔顿·朗一样，你觉得值得付出那样的努力吗？"

---

① 伊斯特摩斯竞技会（Isthmian Games），古希腊祭典活动，以举办地伊斯特摩斯命名，每两年一届，传说是为纪念海神波塞冬而举行。
② 帕萨尼亚斯（Pausanias，110—180），古罗马地理学家、旅行家，著有《希腊志》。
③ 普劳图斯（Plautus，前254—前184），古罗马第一位有完整作品传世的喜剧作家，同时也是古罗马最重要的戏剧作家。他的名字在拉丁语中有"扁平足"之意。

"噢，当然！难道你觉得他不漂亮吗？他看起来像希德。"

"我觉得他长得像一条恼怒的蛇鳕鱼。"

"啊，讨厌，他多可爱，那顺滑的头发，完美的小手，简直是完美无缺，太奇妙了。"

"我觉得你把任何东西带在身上九个月，它都会看上去完美无缺的。但孩子只有等过一段时间、等他从这里出来后，我们才能看到他像什么。我不想我们家孩子三十岁的时候，长得像我。"

"如果你是这样想的话，我希望他永远不像你。"

"我希望他长得像你，我希望他不是个'他'。不管怎样，首先让他先出生吧。注意呼吸。"我抓起她的胳膊，拽着她往前走，嘴里喊着节拍，"呼气——二——三——四，呼气——二——三——四！"

走了十步，她就快喘不上气了，我们都放慢了脚步。她说："孩子出生后，你就没有书房了，你怎么办？"

"去办公室？"

"那儿经常会有人打扰你的。"

"我把门锁上。"

"可是如果你总是去那儿，我会觉得不安心，就没法听到你像个发疯的啄木鸟一样啪啪啪打字的声音了。"

"我们可以把打字机搬到客厅里去。小孩子会一直睡觉，是不是？也许我们可以让他慢慢习惯在听到我把纸送进打字机的那一刻睡着。"

她停住了脚步。"我走得够多啦，我们回家吧。"我们到马路对面开始往回走，她接着说："你打算怎么办？"

"支顶帐篷，或建一间披屋，或者咱俩轮班，等等，别担心。"

"差别会很大的。"

"我说，会好起来的，我们一定行。"

我们沿着渐渐变干的人行道，在蒸汽弥漫的屋顶间穿行。透过左侧的房屋，我们能够看到依旧冰封的湖面，上面还覆盖着雪泥。纸片与各种瓶子漂浮其间，等到太阳落山，它们都会被封在冰里。湖面上没有人滑冰，也没有冰艇，只有警示标志竖立在各处。要不了一两周，如果土拨鼠明白了它在做什么，那么脏兮兮的雪和垃圾，还有被寒冷束缚住的一切都会被清澈的水一扫而空，朝南墙角下苗圃里的番红花就会竞相绽放，冬日烟灰下的草地也会泛出微微的绿色。我还从未在一个真正寒冷的乡村迎接过春天，但我读过书，知道要怀着什么样的期待。我伸出胳膊，抱住了萨莉那圆滚滚的腰。

路过房东门前那两个邮箱时，我看了一下。有一封信。我看了一下回执地址，立马就像一头感受到狮子鼻腔里呼出的热气的羚羊一样，变得浑身僵硬。

查看邮箱是我们毫无戏剧性的生活中最富有戏剧性的时刻。在《奋斗者摩根》的角色名单中，信使不是个微不足道的角色，而是"老大"，他身着美国邮政的制服。在那个让人迷惑的午后，我们站在那里，不确定这到底是刚刚入冬还是已进入早春，此刻对我们的生活而言，一颗最小的鹅卵石，都能让我们偏离原来的轨道。撕开信封的时候，我躲开了萨莉的眼睛，然后读信，声音不大，唯恐是个坏消息。

那是一幅生动的画面。"什么呀？"萨莉问，"谁给你写的？"

我把信递给了她。信上说哈考特·布雷斯出版社觉得我的小说引人入胜，生动感人。他们认为我的人物来自现实生活，源于平凡的日常生活。他们喜欢我将反讽与伤感熔于一炉，喜欢我对事物伤心之处的感受。他们打算在秋季出版我的书，并给我五百美元作为预付版税。

又一次，我被这些微不足道的成功所打动，也被自己对待成功的反应打动了。来自《大西洋月刊》的那封信用努比亚字体写着我的名字，就像二十年代老版《名利场》的标题，但这封更加重要的信给我的感觉却有点复杂。已经司空见惯了？很难说，更可能是吃惊。第一篇只是短篇小说，也就算碰了个运气。这次则是一部长篇小说，意味着更多的努力辛劳，而这成功是事实。太阳此刻应该划破乌云，将荣光洒满莫里森大街，右边的天空应该有隆隆的雷声，我们应该将绒线帽扔向空中，雀跃欢呼。而实际上，我们几乎只是默默地看着彼此，没有说也没有做这些不靠谱的事情。我们绕过房屋，顺着台阶回到了我们的地下室。在那里，就在进门的一刻，我们沉默地、长时间地相拥在一起。

萨莉知道，我是含着泪水写完这本书的最后一章的，我尽自己所能地把打字机敲得飞快，就这还赶不上那些文字在我脑海里往外喷涌的速度。她也知道我在修订的时候流了更多的泪，而这泪水已经被封堵了许久。故事里有我那正派、平凡、慈爱、猝然离世的父母，还有那位魅力四射、时不时将兴奋、刺激和浪漫带到我们在阿尔伯克基的屋子里的朋友。他给他们讲那些关于远方的故事，一直到深夜，他利用他们，依赖他们，从他们那里借钱，他们也知道他肯定不会还。最后，在他半醉半醒之际的一次善意之举中，他驾着飞机带他们去兜风，来庆祝结婚周年，而他们本来是要去逛商店的。结局对他而言是合适的，对他们来说则不是。那不是慷慨与挚爱所应得的回报。

而此刻，我怀着悲痛与憎恨，尽量避免过多想起那如利斧般改变我生活的一刻。现在我正因对这一段的描述，因将这一切公之于众而受到赞誉。我们都是奇怪的生物，而作家比绝大多数人都更奇怪。

要不要给希德打电话，这样他就能让夏丽蒂也知道？萨莉问我，我告诉她，绝对要，也要给斯通夫妇、阿博特夫妇打电话，给每一个跟我们相处愉快的人打电话，告诉他们，摩根夫妇敞开家门，等着他们光临。我出去买需要的东西。

我花了半小时去了趟市中心，买的瓶瓶罐罐（天哪，包括一段美好时光的回响：一瓶黑刺杜松子酒）比到那时为止我总共买过的都多，在为此签写支票的时候，我对银行账户怀有一种温暖、信任的感觉，甚至在挥霍的时刻闪过了一丝安全感。我们靠我的工资生活，写作所获得的一切都可以储存起来。现在，不久以后，就会来一张支票，将这些小钱都比下去。我感受到的不只是安全，我觉得富有，还有一丝荣耀的自信。

聚会的食物我只知道买这些：黑麦面包、奶酪、薯条、咸花生，买了一堆，另外还买了一听咖啡，以防家里的不够。然后我驾车回家，觉得白天已经变长了。四点半的时候，外面还很明亮。干净的云朵被风吹着向南飘过门多塔湖。

我沿着台阶往下走的时候，听到他们都已经在里面了。他们想必立马放下了手中的一切，就像一支义务消防队一样奔跑而来。我推开门，他们立刻爆发出了一阵掌声，戴夫·斯通最近刚买了录音机，不管走到哪里都随身带着，他哼着亨德尔的曲子对我说："看，得胜的英雄回来啦！"大家一片欢呼，有人接过了我手中的袋子。

大家都遵循我们那个时代和那个身份的聚餐习惯，各自带来了东西，可以是任何冰箱里存的东西，任何他们能找到的或是为晚餐准备的东西。洗碗槽里的沥水板上有一盘饼干，还有一盘不知谁拌出的沙拉（一盘加了吉露果冻的东西），还有一件很有排场的东西——一整块火腿，香气四溢，还没用刀切，这是来自爱丽丝·阿博特父亲的田纳西州熏制坊的馈赠。

人们陆续到达。我的手都被握疼了，耳朵也让我们弄出的噪声给折腾迟钝了。透过烟雾、呼喊和欢笑，放着圣诞音乐的留声机一遍又一遍重复着那首唯一的曲子——巴赫的《G弦上的咏叹调》，由帕布罗·卡萨尔斯演奏，钢琴伴奏急促，富有打击乐的效果，听上去像一首葬礼进行曲。

爱丽丝·阿博特和莉波·斯通都劝说萨莉穿上了那件绣龙的礼

服。这件衣服腰部紧身,但让她看起来更有气派。她像女王般从沙发里站起来,有些颤抖,目光晶莹,光彩照人,似乎要发出光芒。我偶尔才能看到她,因为这场派对完全就像一个充满了硝烟的战场,就像托尔斯泰笔下的塞瓦斯托波尔[①]或者司汤达笔下的滑铁卢。起先,我看到她平静地坐在沙发上,然后看到她端坐在一把直背靠椅上面,接着她又站了起来。我理解,但也无能为力,或者说我实际上一直保持必要的警觉,知道她肚子里的"房客"正在不断地踢她。我们的目光时不时地相遇,然后都快乐地晃着脑袋。

大约六点的时候,希德来了。他兴奋得大声咆哮,两只手里各拎着一瓶印第安球棒一般的香槟。他胸前的口袋上粘着一张三乘五英寸的卡片,他示意我拿下来,那是夏丽蒂让他带来的:

> 你是个卑鄙的抢镜者,
> 难道你不知道这是兄弟德比周吗?
> 现在萨莉必须生个双胞胎才算平衡!
> 但多么令人高兴啊!
> 我希望我能帮你庆祝!
> 满满的爱,诚挚地祝贺!

我竭力穿过人群把卡片给了萨莉,然后我们通过眉毛做了短暂而无声的交流。希德和我挤进小厨房去开香槟。爱丽丝·阿博特朝我们走了过来,准备切火腿,我们肩并肩站在洗碗槽前,用拇指用力地推香槟瓶塞。希德侧着身,嘴角挂着微笑,对我说:"嗨,我预言会这样,感觉怎么样?"

"给三个孩子当爹的感觉怎么样?"

[①] 塞瓦斯托波尔(Sebastopol),克里米亚半岛港口城市,俄罗斯海军基地,1853—1856年克里米亚战争中的前线要塞。托尔斯泰参与了当时的塞瓦斯托波尔围城战,并据此创作了《塞瓦斯托波尔故事集》等作品。

"傻瓜才能胜任。"

砰！瓶塞弹到了天花板上。砰！我的也弹了上去。大家一片欢呼，人们喝空了杯子，端着空杯走向我们，我们给他们添上酒。然后希德扶了扶眼镜，示意大家安静。最后，大家安静了下来。我看到萨莉又坐回了沙发。我带着香槟向她走去，而她抬起酒杯让我看有人已经给她倒上了酒。

"为了我们中间的天才，干杯，"希德说，"为了这般配而让人兴奋的婚姻，这神圣的化学反应而干杯！"

他们都为我而干杯，我则一边报以得意的微笑，一边觉得有些难为情。接着埃德·阿博特就如客厅加热器一样，热情洋溢地跳上了一把椅子，酒杯举得都快碰到了天花板。他说："还有另一种创造即将在这里产生。夏丽蒂已经给我们展示了如何去做，而下一次展示也许会在我们惊奇的双眼前发生。这杯酒我们祝萨莉，希望她的'创作'能和夏丽蒂一样成功，也能像我年长的乔治娅奶奶曾经说过的那样容易：'就像炮击豌豆一样，扑哧。'"

这杯酒我得为萨莉喝。我尤其要为她的健康举杯，因为埃德的祝酒词本来是我应该说的。

我已经记不清有多少人出出进进了，只记得有一次，我走到屋外去呼吸那寒冷潮湿的夜晚的空气时，发现在黑色草地里的雪堆上，有人将各种各样的欢乐都"搅和"在了一起。房东下来问我们能不能稍微减少一下噪声，而我们把他也拉进来喝了一杯。大约七点左右，爱丽丝和莉波给大家将烤好的火腿、黑麦面包和沙拉都装在了纸盘里（我们只有六个陶瓷盘子）。我们扑灭了被热情点燃的火焰，用浓咖啡将它浇灭，接着又将它点燃。

大约八点左右，希德要返回医院看一眼夏丽蒂，留了信息并发誓说一定会再回来。九点左右，房东又来敲门，满含着歉意。有位邻居已经给他打电话了。之后有几分钟我们压低了声音，有人要我读一段那部小说，但看着凌乱不堪的屋子，我便将这份愉悦推脱掉了。而事实是，我已经几乎发不出声了。

接下来，我们都因极度兴奋而疲惫不堪，一个个忍不住哈欠连天。莉波和爱丽丝在厨房堵住了我。她们让我照看一下萨莉，她又坐回了那把硬椅子里，努力想要坐直身子，集中精力，设法向大家报以微笑。"她已经竭尽全力啦，"莉波说，"她应该回床上躺着，我们是不是该……？或者你是不是……？"

我放下咖啡，集中了一下散乱的思绪，重新负起了责任。"我让她回去躺下。"

我走到她跟前，扶她站起来。她眼睛盯着我，满是质疑和恳求。我带着她走向卧室门口，然后让她转过身来，面对着派对的场面说："该睡觉啦，给好朋友们说声晚安吧。"

他们都挤着来亲吻她。他们是真的爱她，我也因此醉醺醺地爱他们。她深情地、疲惫地、急切地想要离开，就在我关门的那一刻，她还微笑着回头看了他们一眼。

在卧室里，我帮她脱下了厚重如金属般的礼服，笨手笨脚地褪下了她的长袜和内衣（不管是什么，我心里都不想再重播那个画面），然后将睡衣套在她的头上，往下一拉，盖住了她隆起的身体。她轻叹了一声倚在床上。"呀，太好了，谢谢你，亲爱的，我没想到自己会累成这样。"

我亲吻着她的肚子，那肚子结实得就如睡衣下垫了块木头。"我也没想到，是莉波和爱丽丝告诉我的。我不该举办这个该死的派对来庆祝我的突然成名。"

"但派对不就是为了这个嘛。"她抬起胳膊，我弯下腰，紧紧地抱着她。我感觉到了我们之间那个"小家伙"圆鼓鼓的，她的脸颊上湿漉漉的。"我爱你，"她说，然后把我抱得更紧了，"噢，我知道你行的！我为你感到高兴！"

"为我们。"

"是的，为我们。"

"你现在感觉好点了吗？"

"好啦，只是有点累，一点点累而已。别让他们回家，告诉他们我很抱歉，没法全程参与啦。我不介意他们吵闹。"

"时间够长了，我尽量早点结束。"

"他们不是玩得很开心嘛！"她说，"你应该觉得自己是借了他们的好运，难道不该庆祝一天吗？我都没法相信，春天已经真的来了。"

她的声音已经模糊不清，昏昏欲睡了。我吻了吻她，就像呷了口波旁威士忌。"睡觉吧，"我对她说，"接下来就看你的了。你不会想错过你的好戏的。"

另一间屋里只剩下了阿博特夫妇和斯通夫妇，莉波和爱丽丝已经倒了烟灰缸、扔了纸盘子和一次性瓶子。他们在洗玻璃器皿，埃德在擦，戴夫坐在沙发上，拿着录音机陪着他们。在所有的合唱喧嚣之后，录音机开始播放《我是上帝的小绵羊》《棉籽象鼻虫之歌》《她在山谷里醒来》，带着气音的呆板声音甜美而让人战栗，就像一支孤独的笛子在冥思。房间里烟雾依旧浓重，在敞开的门口吹来的气流中盘旋。夜晚的空气，就像薄荷一样，刺激着我堵塞的鼻孔。

录音机停了下来，他们都回头看我。"她还好吧？"

"她没事，我让她上床了。"

"时间对她来说太长了，我们本该意识到的。"

"我应该意识到的。但不，她喜欢这样。她说别让大家都跑了，她喜欢听朋友们发出的声音。"

"她真可爱，"爱丽丝说，"派对太美妙了，我们都为你感到骄傲，也知道你将会更出色。但此刻我们该走了。我们待得太久啦，我都忘了我们住哪里了。"

"也就在湖街某个地方,"埃德说,"别担心,我会找到的。车里有指南针。"

他们从门后的衣架上找到了各自的上衣。就在他们缩肩穿衣的时候,希德回来了。起先他想直接就走,因为派对已经结束了,就在其他人离开的时候,我劝他进了屋子。他们出去的时候又都向我道了声祝贺。萨莉说得对,你应该觉得那是他们的好运气,而不是我们的。

此刻,我碰到了两位女士,实际上是她们策划并组织了这场狂欢:一位有一头略红的金黄色头发和白色的睫毛;另一位身形消瘦,有一双黑色的眼睛,橄榄色的皮肤。两个人都心情愉悦,魅力十足,我希望我有这样的姐妹。她俩踮起脚,一个接一个郑重地亲吻了我的嘴唇,然后立即笑成了一团。一个是苏格兰威士忌味,另一个是黑刺李杜松子酒味。身边围满了性感的、充满爱意的女人,我周身都洋溢着一种土耳其人般的感觉。

"别忘了你那没吃完的火腿,"我对白色睫毛的那位说,"我们吃剩下真是太不应该啦,但那火腿确实不错,有油水啊。"

"那是给你的,"她说,"萨莉住院的时候,你可以慢慢品尝,然后想着我。"

更多人来亲吻我。他们出门走进了寒冷的夜里,笑着闹着,然后突然意识到自己制造的噪声,便互相"嘘嘘",悄悄地走了。多可爱的人们,他们是最可爱的人。就在他们经过拐角的时候,我听到了戴夫录音机里传来的最后一个词,那是帕帕基诺的一点点轻柔的颤音:呜嘟嘟——嘟嘟——嘟!呜嘟嘟——嘟嘟——嘟!寂静如尘埃般落在他们身后,我关上了门。

"哦,"希德说,"感觉怎么样?"

"希德,我他娘的怎么知道?除了出版商,没人见过那本书。如果有评论家的话,他们没准会撕了它。第一本小说都会被扔进垃圾筐里，读者从来没听说过它们，它们也从未赢得过预付款。我听说大概是这样，明年十月再来问我吧，那会我就会有一个谦卑的答案了。"

"我们在宾夕法尼亚的塞威克利已经说过了。废话，你已经实现了突破，你的书会出版的。难道这还不是一个有力的证据吗？"

"你看到了，我正在庆祝。但我怀疑这不会改变我的生活。"

"兄弟，它会改变我的生活！"

我扑通一声坐进他旁边的沙发，将脚放到了一个凳子上。我太累了，昏昏欲睡，前额开始有些钝钝的疼痛，但也觉得有些好奇。"能吗？它能带来那么大改观吗？你不需要去教书，你可以随时想辞职就辞职。我不能，甚至不能像现在这样小憩。我需要那张薪水单。"

希德专注地听着，像往常一样，他愿意倾听一个与他自己完全相反或者相左的观点背后的缘由，然后他摇了摇头。

"想要辞职，并不是你想的那么简单。你忘了夏丽蒂的时间表。孩子按时出生了，我要告诉她，她正在实现她的部分安排。但我向她承诺，我要待在这里教书，全身心地投入进去，毫无欺骗，直到我们都获得晋升或者都被踢出去。她不会允许出现另一种可能性。她说我们对教书的承诺就像是结婚誓言，一旦做出了这样的决定就不能有丝毫的退缩。好吧，我部分地同意。去教书，没问题。我在很多方面还是喜欢教书的，比如一起工作的同事，接触书籍与观点，按部就班的生活，做一些明显有用的事情的那种感觉。我真正的问题就是那个陈腐的'发表或退出'问题。"

"我还是觉得你可以在闲暇的时候、在不违背你誓言的情况下写一些诗歌。"

他嘴角拉了下来。"我向她保证我会按照规则来玩。她说诗歌的时代会来的。很意外，她非常喜欢那本课本。这对文选来说是个好消息。"他通过鼻子呼了口气,我们都听得到。"去他娘的文选,你知道主任是怎么说耶稣基督的吗?'的确,他是个好老师,可是他发表什么论文了吗?'"

我们在昏暗的地下室里放声大笑。"好了,"我必须说,"我不是一个全身心投入的老师,我发表的东西可能对系里来说没有任何用,但不会有人把我误当成耶稣基督。"

"你完全是个骗子,"希德打着哈欠说,"他们没法小看你。我告诉你,如果我能做到你已经做到的程度,我将会做出改变,我将非常确信,我能为自己的生活辩护。"

他绒线衬衫的衣领敞着,那摔跤手般的喉咙便露了出来。他笑着向前伸了下手,站了起来。"我该走了。夏丽蒂跟我打赌说,当她从医院回来时,我还写不完一篇论文。我当然写不完。我越努力去写,就越发现无话可说。谁他娘的操心丁尼生在《洛克斯利大厅》就自己的个人生活揭示了什么?出去转一转怎么样?"

希德跟我有很多共通之处。他跟我一样努力工作,就我而言,这是一份强大的自制力。他就像个文字编辑一样,仔细阅读每个学生的作文,写的评语比作文还长。他的屋子总是向学生开放,他一半的女学生都爱上了他,他的答疑时间会一直延迟到五点钟,他精心准备他的教案,就好像每一节课都是口语考试。然而我的好运让我在他身边觉得不自在,尽管他从未停止用他对我的钦佩来让我觉得兴奋。他让我觉得我比那个真实的自己更高大更优秀,但不知怎么的,在这个过程中,他在竭力贬抑他自己。

因为这些都不能说,我就跟他开玩笑。"还在靠走路来消耗生理冲动。我琢磨着一旦夏丽蒂康复了,我们就见不到你了。"

他瞥了我一眼,眼神冷酷而犀利,有点生气,就好像听说了什么不为人知的诋毁。然后他耸了耸肩,笑了起来。"看谁在说,我看到你和莉波还有爱丽丝在那里亲吻。作为一位绅士,你不会再往前走,但如果萨莉不生下那个孩子,那埃德和戴夫可得小心了。怎么样,她睡了吗?你能不能溜出去一会儿活动活动腿脚?"

"让我看看。"

我打开卧室的门看了看,希望里面是一片黑暗和均匀的呼吸声。而与预期相反,我看到了灯光,还有萨莉睡衣里笨重的身体。她正站在旁边铺床单。她转过头,我看到她在哭泣。

我轻轻走了进去,关上了门。"怎么了?"

她不愿看我的眼睛。"噢,拉里,我如此……我太丢人了。我猜可能是太兴奋了。我没忍住,我没有喝太多,只是喝了点我手中的东西,但我……我把床单弄湿了!"

我忽然有一种不祥之兆。我从她手里抢过了她正在铺的床单的一角,猛地把铺了一半的床单拉了下来,上面肯定会有她的红色血迹。但不是,床单只是湿了,护垫也一样。我把床单和护垫都拽了下来,扔到了墙角。然后我把她送到了浴室,到处给她找干睡衣,后来在她的包里找到了,那本来是打好包打算带到医院去的。我通过浴室门将睡衣递给了她,然后回到客厅,顾不上回答希德的询问,赶紧给医生打了电话。

9

羊水破了一小时后，萨莉开始出现阵痛。我陪护着她，手里拿着表和记录本，希德则待在另一间屋子读书，希望能随时搭一把手。两点钟的时候，希德驾车把我们送到了医院。三点多钟的时候，他经我劝说，觉得待在这里不管对我还是萨莉都于事无助，便回了家。第二天早上，不到八点他又来了，给萨莉带了一瓶含苞待放的鲜花，给我拿了些面包卷和一壶咖啡，以防我因为太过操心而不出去吃早饭。那是个周日，整整一天，他和夏丽蒂从她的房间来到走廊，随时了解着萨莉的情况。知道她还没有什么进展，他们就一直在那里等着——夏丽蒂是说服护士让她坐着轮椅出来的。直到周一早上，产科医生才最终认为，萨莉不能再等下去了，尽管此前十二个小时我一直在跟他这么说。

医生来到候诊室，两只戴着血迹斑斑的橡皮手套的手举得跟肩膀平齐——那是萨莉的血，殷红得像油料一般。他说："我不得不将孩子拿出来。"

旋即他转身便往里走。"跟他去！"夏丽蒂大声喊，"让他们带你进去，医生！卡梅伦医生！"

她促使他停下了脚步，让他同意带我进去。她不是一位你可以与之争辩的女子。他们放我进去，一位护士帮我穿上了大褂，戴上了口罩，我望着屋子的一侧，在我能承受的范围内竭力张望。此刻，时间让人感觉充满了无助的狂乱，震惊、疲惫和恐惧让我头脑混沌，几近昏倒。但当医生抬头透过萨莉双膝撑起的床单往上看时，我怒不可遏，此时一双位于口罩上方的眼睛盯住了我。医生顿了一下，一切都停止了。

"他还好吧？把他带出去。"

我理解他。在竭力想要处理好这非同寻常的羊水破裂的情况时，他不想让任何一位丈夫晕倒在产房的地板上。但我憎恨他正在做的还有他尚未做的事情，我回头对他咆哮："照看好她，别管我！"

他的目光在我脸上停留了片刻，然后又回头工作。麻醉师弯腰越过萨莉的头顶看了看仪器表盘，然后急切地说："她不行了，大夫！"

当时的感觉我全然想不起来了。我迟钝地望着这一切，被吓得浑身麻木，无力做出任何反应，而他们则在弯腰猛推，紧张地聚集在一起，散开，又聚集在一起。萨莉后来告诉我，在乙醚、疲惫与疼痛中意识逐渐模糊的她听到了那句话，惊讶地想："她说的是我！"然后过了一会儿，她想着："我不能死。"

皮下注射、血浆、氧气等轮番登场，他们竭尽所能来挽救她的生命。在这种情况下，医生放弃了要把孩子送归原位的努力，简直就是直接将孩子从她身上撕了下来。

出来的时候，我眼前发晕，心里作呕。我找了把椅子坐了下来，脑袋发蒙，觉得整间屋子都在旋转，口腔黏膜里满是乙醚的味道。我低头埋在双膝之间闭上了眼睛。过了好大一会儿，我感觉有只手放在了我的肩膀上。我听到希德说："来，喝点。"

我只是抬起头从纸杯里喝点水，便又觉得整个房子开始了旋转。嘴里咸水泛滥，我又低下了头，没有作声。

"找个护士，"我听到夏丽蒂远远地说，"快弄点嗅盐！"

然后便是高跟鞋踩橡胶地板的声音，好长一段时间，我眼前都是一片白色，人们围在一起，我只想呕吐。接着我又感到自己背上有一只手，还听到了声音："试试这个。"一股氨水的味道直刺我的鼻孔。我咳嗽，窒息，清清喉咙，再吸了一次。我等待着，过了一会儿才小心地把头从膝盖间抬了起来。旋转的房间放慢速度，摇摆着，慢慢静止了下来。又是另一轮氨水味。我把头抬得高过了皮带扣。

"我的天啊，"我难为情地说，"这表现。"

"继续低下头。"夏丽蒂说，"你能不觉得晕吗？你已经坚持了两天两夜了。"

情况逐渐好转了，我等着看是不是还会有眩晕的感觉。希德又一次把氨水拿给我，但我推开了他的手。"啊——啊——"我说，浑身颤抖，坐得更直了。他们进入了我的视线，一张张焦虑的脸庞，夏丽蒂坐在轮椅里，希德穿着他像私家侦探一样的教学套装。候诊室里单调的灯光已经被晨光所替代。

"好点了吗？"夏丽蒂问。

我点了点头。

"发生什么事了？结束了吗？她没事吧？"

"孩子出生了。"我说，"我觉得是个女孩。我不介意是男是女，只要生下来就行。"

"那她怎么样啊？"

我往前坐了一点。夏丽蒂扎着马尾声，满是油灰的脸上没有化任何妆。"这位医生怎么样？"我说，"他用无辅助接生手段给你接生时顺利吗？我整晚跟在他身后要求做剖腹产，以便让她少受点苦，但他不同意。他一直尝试对孩子进行按摩，希望能顺产。纵然羊水已破，臀位出生，他也想让她自然分娩。"

"我没有受这样的苦，"夏丽蒂说，"我生得很容易，但是，哦，把他推荐给萨莉，我有些难过。他本该……"

产房的门开了，一位护士走了出来，抱着一个粉色的毯子，里面传出了嘤嘤的哭声。"祝贺你，爸爸，"她带着职业性的微笑说，

"你几分钟后可以去保育室看看你女儿。"她的口罩挂在下巴下面。

我依旧坐在原地,而夏丽蒂则从轮椅里探出了半个身子,然后推着轮椅跟在离开的护士身后。"噢,让我看看!让我看看她!"护士停下脚步,弯下腰,把毯子从孩子正在哭闹的脸上拿开。夏丽蒂和希德长长地、喜悦地看了一眼孩子。我听到他们说:"噢,真可爱!她很好!哦,真是个洋娃娃!太好了,一切都过去啦。现在整个世界都在你眼前啦。"

我说:"我妻子怎么样?他们还在那里干什么?"

"她很好,"护士说,"他们在做一点点——修复工作,然后就结束了。"

她抱着孩子离开了。夏丽蒂坐在那里,慢慢地用力拍着手,眯缝着眼睛看着我。希德说:"摩根,我不得不说,你和萨莉做事充满了戏剧性啊。现在你跟我一起回家,睡觉去。"

"我还是盯在这里,直到她从里面出来。"

"她现在就想休息,"夏丽蒂说,"你也最好去休息。"

"很快你就会有一屋子人了,你妈妈,她带来的护士,还有保姆、雇佣的女孩,明天你和孩子就可以回家了。你们哪有时间接待客人啊。"

"还有一屋子恐怖的家务等着人去做,"希德说,"就指望你了。"

"我他妈的希望他们把她送出来,"我说,接着我想起来了什么事,"噢,天哪,现在几点了?我十一点和下午一点都有课。"

"我来上吧。"希德说。

"你要忙活那么多事还没有……"但我把反对意见咽了回去。无论如何我是没法去上这些课了,而且如果不让他去,他会非常生气。"我不知道你是不是能上啊。"

"你的意思是,你担心我会难堪?"

产房的门又开了,两位身着手术服的女子推着一辆轮床走了出来。我跳起身,一边跟着床走,一边低头看萨莉的脸。她的脸呈现出鱼肚白,显得疏远、遥不可及,没有什么知觉。其中一个女子,我认得是那位麻醉师,她点了点头,冲着我微笑。轮床停了下来。"她刚输过液,"她说,"很快会好的。"

"你们把她带到哪里去?"

"康复室。"

"我可以一起去吗?"

她和蔼地(我觉得)望着我,口罩挂在脖子上,帽子掀到了头顶上,我猜测她的沉静被这次紧急救护给扰乱了。"你看,她不需要你,一两个小时之后她就出来了,然后她会睡着。你为什么不回家睡一觉,然后下午四点后再来呢?我们会替你把她照顾得漂漂亮亮的。"

"你现在是这么说。"希德说。

"她真的没事吗?"

"她现在很好。心跳强劲,血压正常,你们一起走吧,我们来照顾她。"

"那孩子呢?"

"你没看到她吗?"

"我猜我没看。"

麻醉师眼睛的虹膜里有一些金色的斑点,笑的时候嘴里会露出一颗金牙。她给我的印象是一个快乐亲切的女子,这么好的一个人,怎么能给那个刽子手医生当助手呢。"孩子啊,"她说,"有一只胳膊断了,还有羊口疮。她受了不少苦。但孩子就像是海星,你几乎可以砍掉他们的一条腿,然后他们就会长出一条新的。从现在起两个月后,你就不会知道她曾经的不易了。"

断胳膊和羊口疮,这样的委屈让我愤愤不平。"卡梅伦大夫在哪里?"

"正在清洗。"

"走吧,"希德说,"你别跟他说了,我们走吧。"

"四点后再来。"那位麻醉师说。

他们推着萨莉走了,就像推着尸体一般。夏丽蒂坐在轮椅里说:"想想好的一面,拉里,这一切都结束了,她们都很安全。推荐那个人让我觉得简直糟糕透了,如果我要有十二个孩子,我再也不找他了。我宁愿把孩子生在尿壶里,但至少这一切过去了。你和希德走吧,你赶紧好好吃顿早餐,然后上床去睡觉。等你回来的时候,没准你会看到我和萨莉在这里比孩子呢。"

她的脸色恢复了,看起来容光焕发,毫发未损。如果他们允许的话,她早在生完孩子的第二天就回家了。我替萨莉感到有些嫉妒,她那么可怕地被折腾,然后再用线缝起来,现在还在麻醉中。好运就像金钱,那些拥有好运的人,就能得到金钱。对我而言,我知道,我看上去、可能闻起来都像是一截痰盂里头的雪茄屁股。突然,我几乎无法睁开眼睛。我真的感谢希德能跟我一起回家,这样我就不用开车,甚至不用睁眼去看了。

"有没有人曾告诉你,你俩有多伟大?"

"哦,呸,"夏丽蒂说,"你打算给孩子起个什么名字啊?你有没有给她准备名字啊?"

"你的意思是你们谈了半天话她都没告诉你?"

"没有。"

"只有一个名字我们都赞同,而且不管男女都是同一个名字,她的名字是——朗。"

"什么?"希德说,那声音是医院候诊室所允许的最大音量的四倍。"你真的让孩子叫这个?哦,这么说,这是我们的荣耀。"

夏丽蒂带着探寻的微笑问我:"真的吗?"

"真的。难道你们不喜欢这个读音吗?朗·摩根?听起来多么气度不凡。"

　　但夏丽蒂想了想,噘了噘嘴,然后放声大笑。"天哪!"她说,"你们把一切都搅乱啦。为什么萨莉没想想?我们曾暗自约定如果她是个'她',就把她嫁给大卫。那以后她的名字怎么叫啊?朗·朗,听上去就像有轨电车。"

10

　　记忆中还有一个片段,发生在一个至关重要的午后。

　　时间是五月,距离学校放假仅仅还有几周的时间。中午时分,我正在办公室吃自带的午餐,批阅学生的试卷,办公室的门关着。大部分同事都凑在一起吃饭,但我觉得自己耗不起那个时间。今天,我更没有兴趣跟他们凑在一起。系里把晋升的最终结果一拖再拖,每个人都紧张不安。谣言无处不在,竞争与嫉妒全都浮出水面,我们都密切注视着彼此,想要找到阴谋或秘密的蛛丝马迹。我告诉自己,我跟这些期许、希望以及煎熬统统无缘。我已经尽力做好了自己的工作,如果他们喜欢我,愿意再聘我,那最好。如果他们不乐意,我再想办法。在这期间,我还是继续看学生的论文吧。

　　这都是废话,正如希德在宾夕法尼亚的塞威克利长大时人们说的那样。为了待下去,我会在公共广场把自己当奴隶卖掉。

　　墙上五六个相框中,威廉·埃勒里·伦纳德面相凶狠窄狭,一双眼睛总是瞪着我。对威廉·埃勒里,我怀着一种兄弟般的感情,尽管我从未见过他。他是一位诗人,一位从不循规蹈矩的人,掌控着英语系的发展走向。我也能这样,如果我必须去做的话。就像他一样,我就是这个知更鸟巢中的一只布谷鸟。

　　铃声响了。离下午一点的课还有十分钟,但我已决定一点的课不上了,让那些做"殊死一搏"的学生再多一个小时去忙他们的学期论文,于是我便将铃声丢到了脑后。我拿起另一篇论文,读了第一段,改正了两个拼错的单词,在边角空白处胡乱写了个"连"来代表"连贯"问题。这时有人在敲门,真讨厌。

"进来。"

门开了,希德探头进来。"在忙?"

"也没什么事。"

他走了进来,关上了门,满脸怒容。随后他探身向前,弯腰含胸,充满了忧虑。"你听说了吗?"

"听说什么?"

"那看来你不知道了。他们终于开会了,半小时前休会,迈克·弗洛里给我们透的信。"

他的脸上满是悲痛。我说:"别告诉我他们没让你上。"

他满脸苦相,尴尬地说:"他们没让我上,没有。但也没让我下。续聘讲师岗,明年之后再聘三年。"

我站起身,赶紧抓住那些开始哗啦哗啦往桌下掉的作业本。我小心谨慎地跟他说话,想要对他表示支持,然而并不明白这投票到底意味着什么。"那不好吗?至少他们没有直接把你裁掉。"

他看起来还是有些愧疚和困惑。"他们根本就不用脑子,我没法想象他们出于什么动机,或他们凭什么判断,或者他们想要一个什么样的英语系。"

此刻我才开始明白了。"你的意思是他们把我踢出去了?"

我觉得体内一阵空虚。如果有时间再去想的话,我可能会身陷其中并溺死。没有任何怀揣希望的理由,我却一直饱含希望。我竭力做了个"去他妈的吧"的姿势,焦虑地掂量着自己的未来,那个我已经担心带回家让萨莉知道的未来。而今年她比以往任何时候都更幸福。

"至少他们应该再给你三年聘期,让你有晋升的可能。我们都在第一轮获得了这样的机会。现在我们有些人获得了续聘,你一年出的成果比我们任何人四五年的都多,他们却不要你了。"

"没有常青藤院校的学位,"我说,"没有明确的方向,没有在

《美国现代语言学协会会刊》上发过文章。没有研究过《科摩斯》的浪漫过度问题。"

"狗屁!"希德说,"那是块卑鄙的、先嚼一遍然后让人作呕地再吃一遍的腐肉。埃德借此变成了犬儒主义者。让他们都见鬼去吧,他们迫使人平庸。我们其他人只能玩这样的游戏,而你竟然连玩都不能玩。"他极度愤怒,四处走动,手啪啪地拍着书柜和墙壁。然后他停下脚步说:"他们都做了什么。出于他们伟大的善心和智慧,他们给了你两个暑期班,就是个安慰奖。整个夏天你只能做他们的奴工,直到他们再次为你敞开大门。"

困苦的日子总能给人教益,让人谦卑。我无法忘记我有一个刚出生就受伤的女儿,她刚刚苏醒不久,还有一位正在康复的妻子,医药费和我们雇佣来帮助萨莉的女孩的工资几乎花光了我们的大部分积蓄。听到有暑期班,我心存感激,这至少还可以挣点钱。

希德踱到窗边,窗台上堆满了论文(鬼知道在那里放了多长时间了)、学术辑刊(鬼知道多么无用)和书籍(鬼知道在图书馆已经借阅过期多久了)。他嘴唇紧贴着牙齿,似乎要吐一口痰出来。

"今年你写多少篇小说了?三篇?而且都卖出去了。还有那部长篇小说,能让你出名,多年以后他们会在这个可悲的学校里教你的那部小说。而且你至少还有两篇论文,还有一些书评、课本等。这都是你在满负荷教学的情况下取得的成绩,而他们却将你赶下了船。你知道为什么吗?你威胁到那些弱者了。他们不希望身边都是强者,那样会让他们现出原形。你那样的精力和天赋就是他们床下放的炸弹。执委会有一半的人都是在这里读的大学、研究生,从教之前没有去过任何其他地方。他们是一伙,是近亲,懒惰而惶恐。他们不敢让你这样的人留在系里。"

他知道,我也懂得,他谈这些是出于朋友的诚挚与悲伤,而并非全部基于事实。我知道,系里还是有很多颇有能力的人的。他的意思，据我理解应该是说时事艰难，而这次我是受害者。但是，听到有人为自己申冤，总还是让人欣慰的。

"记住你说的这些话，"我告诉他，"我也许还想再听一回。我也许还想引用几句。戴夫是什么情况？"

"跟我一样——续约。他们很圆滑，如果让任何人待满了七年，那他们就违反了美国大学教授联合会的条例，那上面说任何人只要服务满七年就应该获得长聘，哪怕他没有任何职级。于是他们会在第六年撵走所有人。"

"不，不，你们这些人会接手这里的。埃德已经在佐治亚找好了工作，埃尔利希怎么样？"

"得走，明年是最后一年。"

"也走，跟我一样。噢，他应该留下来，他读了那么多希腊文，他舔了那么多人的屁股。那哈格勒呢？"

"也得走，今年到期。他们现在要做的就是招收三位新的、廉价的、热切的讲师来取代你们三个人。从现在起三年后，他们也会解雇这些人，然后重新再来。"

"你和戴夫是唯一获得续聘的人。这是一种肯定。"

"是吗？"

我知道，如果我们都在一艘船上，那他会非常开心。但在他大多数朋友当中，甚至那些他慷慨地认为比自己更优秀的人当中，只有自己被选中，他实在想不出获得这种偏爱的理由，除了认为他富有，或者也许是他妻子的社交能力极强，而这些没法让他觉得高兴。

他不安地推转着窗扉，让它发出吱吱嘎嘎的响声，尘土随之四散飞扬，屋内流动着温和、柔软、芳香的春的气息。他站着，吮吸着。新鲜的空气对他犹如良药，春天让人满含渴望，面对压力，他最自然的反应是去散步、跑步、滑冰或滑雪，要不就是通过工作来发泄。

"这些都让我觉得特别冤枉，"他说，"上完一点的课你打算干什么？"

"我没去上课，我要读论文。"

"你能闻到外面是什么味道吗？"

"对我来说毫不相干。"

"你个大骗子，你跟我一样想出去，只是你更有毅力而已。要不我们去划船？"

"去哪儿弄船啊？"

"工会有出租的。"

"希德，我很乐意去。但如果我下午不读这些论文，我就得今晚或者明天读，那就没时间去写我正打算写的一部小说了。我需要把它写出来。我比以往任何时候都更需要它。"

他盯着我，手里拧着百叶窗的拉绳，我也看着他。他立刻因自己只得到了续约而感到遗憾，因自己被续聘而我被拒聘感到可悲。想到他能够挤掉某些他喜欢和钦佩的人而被续聘，他的整个价值体系都受到了震撼。他比我认识的任何人都更难以接受这份成功。

"投票的情况怎么样？"我问，"迈克说话了吗？有人给你投晋升票吗？或者有人给我投续聘票吗？有没有什么人我们应该感谢的？"

"哦，当然有，迈克没说话，但你知道很多人都给你投了票。这是那些胆小的死脑筋们的一个阴谋。"

"我们都乐意成为那样的人。"

"你是说你吧。"他在屋里踱步，把口袋里的硬币弄得叮当直响，然后回身望着窗外。"怎么样？就两个小时？为什么不让我叫上夏丽蒂，让她捎上萨莉，跟我们在码头会合呢？你们家那个女孩不能照看孩子两个小时吗？"

"她什么都能做,除了照看孩子。"

"还是去吧。"

我犹豫了片刻,便同意了。为什么不呢?每时每刻都在工作又能怎样呢?"也许我们都会被淹死,"我想,"然后他们便会觉得愧疚,看他们找谁去教暑期班。"

我心里觉得比较刺激,无拘无束,而且这会儿状态不错。我们走下楼梯,沿着贝斯康大厅的主廊往前走。我来这里之后的大多数时候,这里闻起来都有股暖气味,湿透的地板,火辣的散热片喷绘,还有潮湿的羊毛绒衣,寒冷的风涤荡着一切,每当有学生进门都会冷得浑身发抖。此刻,所有的门都敞开着,一股甜蜜的、令人陶醉的风在大厅穿过。门外,身着衬衫的男生们和穿着夏季连衣裙的女生们躺在斜坡的草坪上。从我们站立的地方望去,人行道向外向下延伸,就像站在北极点上看到的经度线。树下有一只母鸡"教授",咯咯地带着一群围在她身边的小鸡。

这是一个真正的春日,一段充满希望的时光。我抛却了解聘带来的痛苦,把此刻困扰着我们的关于未来的不确定性与焦虑都扔到了脑后。而这些感觉会一直伴随着我们,直到我在这片"大萧条"的荒原中,找到其他可以赖以生存的差事。同时被扔到脑后的还有我的愤怒、受伤的虚荣、被刺痛的自尊,以及我很快又要开始的面对冷酷生活的精打细算。我难为情而又傲慢地告诉自己一句话,那是我在阿尔伯克基面对比这还糟糕的境况时,更加严肃地说过的一句带有盎格鲁-撒克逊式苦行主义的话:"既然已承受住了那些,我也就有能力承受这些。"

我们用手指勾住上衣搭在肩膀上,几乎是非常欢愉地走下贝斯康山向工会走去。半道上,我问希德:"夏丽蒂知道这事吗?"

"还不知道。"

"萨莉也不知道,告诉她们吗?"

"我们先划船吧,为什么要扫兴啊?"

"听说了你的收获不会扫夏丽蒂任何兴致啊。"

"什么收获?除了成功,夏丽蒂其他情况都不接受。她痛恨不上不下。同样,如果听说他们要解聘你,那会败坏她所有的兴致。这已经让我觉得天崩地裂了。没有你俩,这个地方就是一片荒漠。"

我还不习惯听到这么赤裸裸的情感表达,他对我的钦佩以及他的热情都让我非常尴尬。我不知道说什么,于是便闭口不语。

*

这一天微风轻拂,西边的天空有些云彩,头顶则一片明净。我们的船是一艘平底驳船,船体笨重,内部平阔。我面朝前坐在桅杆旁,希德掌舵,女士们坐在船中间的横梁上。希德摇着桨,带着我们驶出了码头,风吹着他那漂亮的头发。我按他嘱咐我的那样撑起船首的小帆。过了一会儿,我又按他的交代撑起了主帆。于是我们便调好角度,驶进了长长的、东北朝向的湖面。我背靠着桅杆,在一包救生用具上坐了下来,与两位喜气洋洋的女士正好面对面。

"某人这个主意不错,"夏丽蒂说,"能出去玩,没有身孕,自由自在,多美妙啊!"

实际上,希德带来的消息让我非常难以接受,但所幸我们没有广而告之。女士们看起来非常高兴。她们用头巾抱着头,就像从一部俄罗斯戏剧中跑出来的农民。我们随时都可以伴着俄式三弦琴又唱又跳。夏丽蒂高挑动人,萨莉身材娇小,皮肤较黑,更加安静。一个光彩照人,一个温情脉脉。两小时后我会需要人来安慰,而此刻我先让一切随风而逝。

"那些塔楼是什么东西?"萨莉探着头问,我也仰着脖子去看。湖岸的远处,绿色的乡村里伫立着一群高高的建筑。

"卡米洛特城堡①?"我猜。

希德侧身说:"那是精神病院。"

"就是威廉·埃勒里带他精神错乱的妻子去的那家医院?"

"是的,就是它。"

我们谈及我这位办公室的同事以及他那真正悲惨的生活,他的天赋,他的古怪、虚荣还有自负。在他最年富力强的时候,他想必也是个了不起的人。我琢磨着如果我们就照此航行,而威廉·埃勒里戴着野猪头盔仰泳,鹰喙般的嘴朝向天空,风中充满了他那盎格鲁-撒克逊腔调的吹牛的声音,结果他还超过了我们,那会是什么感觉。希德则完全是他的路子,他想着这片像被暴风雨涤荡过的明净的湖,在将来某时会不会因威廉·埃勒里而获得一种富有诗意的、传奇般的光环,就像华兹华斯和柯勒律治带给湖区、或者哈代给予多塞特郡的荣光一样。我们都认为,一个地方,只有当它拥有了一位诗人时,才会焕发荣光。

"我打赌,你会成为给门多塔带来荣光的那位。"夏丽蒂说。"你什么时候打算写点我们这里的事啊?难道我们不能激发你的灵感,让你也写写我们吗?"

"给我点时间啊。"

当然,他们是不打算给我时间了。更糟糕的是,门多塔湖,你将永远不知道你错过了什么。

一阵强劲而意外的大风袭来,我们便被吹到了另一片水域。几年前,I.A.理查兹——他当时是一位访问教授——由一位威斯康星的教授作陪,一起泛舟湖上,就像我们此刻一样,大约也是这个时节。他们的船倾覆了,工会码头的救生队一时半会儿竟找不到他们在哪里。等他们找到倾覆的船时,理查兹正紧紧抓着船舷,像是为

---

① 卡米洛特城堡(Camelot),欧洲中世纪传说中亚瑟王宫殿的所在地。

了保留他们救援他的意义的意义①。而威斯康星的那位教授则松开了手，溺水身亡了。

我们将手伸出船外，得出的一致结论是湖水非常冰冷，湖冰也就仅仅几周前才融化。如果有人翻船落水，他能坚持多久？十分钟？半小时？一小时？

我们一直在逆风航行，一会儿前一会儿后，我们的船在左右摇摆的帆杆下时起时伏。希德手忙脚乱，把船掌控得糟糕极了，风似乎是从四面八方一起吹来。太阳落山了，午后的暖意已经消退，西边的天空密布着淤青色的云朵，北边湖岸上医院的尖顶消失在了一片灰色的雨幕中。在这样恐怖的氛围里，我们几乎停滞不动了。船帆啪啪作响，希德粗声粗气地说："噢，上帝啊，别再逆风啦！"帆杆转了过来，我们慢吞吞地转向了另一个航向。

萨莉看着我。尽管风激起浪花，将彩色的斑点映上了她的面颊，可她的脸色依然苍白。生孩子让她有些贫血，她靠动物肝脏和菠菜等东西来补血。此刻她很明显有些不舒服。她的脸色将我从色彩斑斓的光所带来的兴奋与置身险境的刺激感觉中带了出来。我尝试将各种信心十足的安全保证都体现在我的脸上：我们的船是一艘平底驳船，不可能沉；希德是个经验丰富的水手；船难这样的事情也就只会发生在 I.A. 理查兹身上。我知道，她希望我能提议回航，但我不能那样做。这是希德组织的远航，只有他可以宣布我们什么时候返航。

接着我听到一个清晰的声音，清晰得如同定音笛一般（在危机中或是为了引起注意的时候，她就会像唱歌时那样尽力提高自己的音调），夏丽蒂说："希德？希德？现在越来越危险了，回去吧。"

---

① I.A. 理查兹（I. A. Richards，1893—1979），英国文学评论家、语言学家、诗人，1931 年后长期任教于哈佛大学。1923 年，他与 C. K. 奥格登合著《意义的意义》一书，试图通过语义学解决哲学问题，故主人公此处有此调侃。

希德斜眼看了看天上的云朵。"只是有点暴风，马上就过去了。"

"不，回去，马上。"

夏丽蒂断然命令，毫无回旋余地。只有我，面朝着船尾，能看到希德脸上的抵制与蠢蠢欲动的反抗，但他顺从地准备调转方向。"低下头！我们出发。"我们闪避到了慢慢转动的帆杆下，我感觉脸另一侧的风就像夏丽蒂的喊声那样尖利，而小船的行进则像希德对夏丽蒂的遵从一样不情不愿。

我们的船朝左前方行进，就在我们折腾着钻进风中之时，我看到绿色的湖岸、四周学校的建筑，还有贝斯康山上的希尔天文台，它就像一个骨瘦如柴的人在玩跳台滑雪。我看不到码头，码头有点低，起伏的湖水和喷溅的浪花让我眼前模糊不清。我不知道码头上的救生队是不是能看到我们。

船航行时不能跟风跟得太近，因此希德必须让船落后一点点。风将船左推右搡，船帆左摇右晃，船就像一条被皮带勒住的狗一样举步维艰。波浪哗哗地拍打着我们，船舷不时倾斜，我们坐在较高一侧，紧张万分。女士们把纽扣一直系到了下巴，遮泥板下全都是水。

突然，好像有人打开了阀门一般，天下起了雨。前一分钟我还抬头看了看我们头顶上蓝色的阵雨云，而后一分钟我们就被大雨淋湿了，而且它几乎是在瞬间转成了冰雹。我们用胳膊挡着脑袋。过了几分钟，冰雹停了，我看着最后几颗冰雹击打着船尾的水面，将水溅到了右舷上。我低下头，发现自己的脚比身上其他地方都湿，接着我发现遮泥板下面的水涨了起来，导致遮泥板已经漂在了水里。这场阵雨时间那么短，难道能积这么多水？我找了个咖啡罐，开始往外舀水。

此时我面对着萨莉和夏丽蒂，能观察到她们的脸色。她俩挤在一起坐在湿透的横梁上，蜷缩在她们的衣服里。萨莉面无血色、默默地看了我一眼。夏丽蒂则带着乐观的愤怒，在大声呼喊："噢，这个鬼天气！现在才开始好玩啦！"

一阵狂风迎面袭来，船舷下沉得更深了，水雾四处纷飞。船底的水在我的努力下一点也没有减少，我的双脚都湿透了。我朝着希德大声喊："你说怎么办？我是不是应该降一下帆？"

两位女士坐在那里，都将自己的脚抬了起来，眼睛直视前方，仿佛她们眼球稍微动一下就会让我们沉船一样。而她们对我的呼喊的理解迥然不同。萨莉很明显认为这代表我承认这是一次危机，我在警示她。夏丽蒂则认为这是对她领导权的挑战。"不！如果按此继续前进，我们会更安全。"

我还是看着希德。因为我知道，夏丽蒂的判断可能不是来自航行经验，而是源于她读的马里亚特船长①的书。但希德也无能为力，他还没有开口，提议就被否决掉了。他抬了抬肩，仅此而已。我双手冰冷，继续用咖啡罐将船里的水舀到船舷外。

尽管我竭尽全力，水还是越来越多。我回头四处张望，希望我们离湖岸和码头能近一些，而让我震惊的是，我们竟然陷入水里那么深。我们不再是骑着波浪俯冲然后再强力上浮，我们现在就完全是往浪里钻，小船头朝下，船身越来越重，越陷越深。舷缘与湖底的距离只有四分之一英里。

我抓起我屁股下面坐着的两件救生衣，一件扔给萨莉，一件给了夏丽蒂。我还有时间从螺丝扣上松开船帆，让主帆倒在我身上。主帆又湿又冷，将我团团包住。另一件救生衣泡在水中，此刻刚好在我小腿那里，我抄起它从萨莉头顶上抛过去，把它扔给了希德。接着我四处搜寻，发现了最后一件救生衣，然后把它抓在手里。希德站在船尾，手放在舵柄上，眼睛盯着下沉的船头。女士们都站

---

① 指弗雷德里克·马里亚特（Frederick Marryat, 1792—1848），英国海军军官、小说家。他曾基于自身经历创作了大量的航海小说，被视为海洋小说的先驱。

了起来,准备跳船。我大声对萨莉喊:"别,去高的一边,高的一边!"但时间已经来不及了。我们侧翻入水,船头朝下,桅杆击中了波浪,我们都落进了冰冷的水中。

*

这不是探险故事,而且由于事实上没有产生任何悬念,也没法成为一个探险故事。很显然,我们都获救了,没有任何豪言壮语,每个人都表现得不错。

就在我从落水的惶恐中浮上来喘气、眼睛胀鼓鼓的时候,我看见萨莉,穿着那笨重的衣服,试着想要抓牢那块没有船帆遮挡和破线缠绕的遮泥板。我开始避开桅杆向她靠近,但希德先行到了她跟前,然后我到了,我们三个人扶着挡泥板,划着水游向顺风方向的船体一侧。夏丽蒂早就到了那里,我们都像夏丽蒂一样,让自己紧紧贴着船体,等待救援。

感觉那似乎是致命的、长长的一段时间,尽管我觉得可能不超过十到十二分钟,克里斯艇的咆哮声就响了起来,绕着我们转了一圈,扔给我们一根绳子,然后像用鱼叉叉鱼一般把我们一个接一个地拉了上去,女士先上。他们把我们带上甲板,嘴里喋喋不休,神情沮丧而呆滞,然后令人丧气且漫不经心地告诉我们:"去下边吧,别把床铺弄湿了。"

到了狭小的船舱里,我们挤在一起,衣服湿透,浑身冰冷,下巴都冻僵了,几乎没法说话。夏丽蒂充满疑惑地说:"别——别把——床铺弄湿?这是——是什么——救援队?那——一小桶——白兰地呢?见——见鬼去吧,什么保持——干燥!"

她躺到右侧的床铺上,拉了条毯子盖在自己身上,示意萨莉躺到她旁边去。我们都接受了她的邀请,把自己裹得像寒潮中的古英格兰人。此刻,克里斯艇弹跳起来,嘶吼着奔向安全的地方。

最后小艇慢了下来,转了个方向,侧面的防撞垫靠住了码头。在二三十双充满好奇的眼睛的注视下,我们蹒跚着上了岸,脚上的鞋早就没了,浑身滴着水。救援队员看着我们,职业化地毫无表情,他们动了点怜悯之心,让我们每个人披一条毯子回家。"那船呢?"希德一直在问,"我是租的,我是不是应该……"

"我们会处理的,明天过来一趟。"

我们赶紧钻进了朗的车,实在太冷了,根本无暇顾及船和毯子,冷得几乎挪不了步。事实上,我们可能面临的危险远远超出了我们的猜想。如今的医生对待体温过低都很慎重,如果说有任何人曾经有机会体温过低的话,那就是我们了。我们挤进旅行车,希德拉着我们回到了我们家。"注意保暖。"他唠叨着告诉我们,然后驾车离去。我们费尽周折终于走到了我们地下室的门口。

我们家的那个女孩爱伦出来迎接我们,朗坐在她肩膀上低着头大声啼哭。"噢,我的天,你们出事了?"

"赶紧在浴盆里放满热水,爱伦,快!"

爱伦要把朗交给她妈妈,但萨莉实在太累了,浑身又湿又冷。"别,现在先别,赶紧去放水。"

就在爱伦放水的时候,我们坐在床上,把湿透的、紧贴在身上的衣服脱了下来。此刻,一件干爽的浴袍简直让人觉得就是奢侈的幸福,而我从来都没有觉得自己幸福过。我们打着冷战,浑身发抖。浴室里,朗的哭声盖过了流水的声音。

"好了吗,爱伦?如果还没好,就让水继续流,我们来放吧。"

爱伦走出了浴室,朗还在她的肩膀上,脸色发紫,依然无法平静下来。我们从她们身旁挤过去进了浴室,关上门,脱下了浴袍。"小心点,"我说,"你这会儿感觉不到水热,会把自己烫伤的。"

我们小心翼翼、试探着走进浴缸,面对面坐了进去,让水一直淹没到下巴。热度刚开始还感觉不到,后来便慢慢地,烫得我们手脚生疼。我们的皮肤像龙虾一般通红,身上的战栗逐渐平复,开始感到非常舒服。我们晃着脑袋,笑盈盈地看着彼此。

"真悬啊。"

"我以为我们都完了。"

"感觉好点了吗?"

"我一点都不想动。"

"那就躺着泡着。"

我们躺在浴缸里泡着,时间并没有太长。朗还在卧室门外持续不断地发脾气。很快,门外响起了爱伦犹犹豫豫的敲门声。"摩根夫人?"

"怎么了?她饿了吗?"

"喂食的时间已经过了近一小时了,我没办法让她安静。"

"好吧,带她进来吧,哦,别,天哪,别进来,等一会儿。"

"我去抱她吧。"我说。

我爬起来,没有擦身子,直接裹上了浴袍,然后把门开了道缝。门外,爱伦正站在那里,摇晃着身子、轻轻拍打着安抚孩子,很显然,她对浴室里发生的事情很感兴趣。她是一个肩膀宽宽的温柔女孩子,还不到十八岁,来自平原地区的一座小城——沃索,也许在她看来,麦迪逊是个邪恶而让人感觉刺激的地方。

我从她手里接过孩子。"爱伦,你能给我们弄点东西吃吗?我们还被冻得结结实实。无论什么,有什么吃什么,热一点。再给我们几分钟让我们解解冻。"

朗觉得我的肩膀比爱伦的好不了多少。萨莉的付出让她身体壮实、脸蛋肥胖,很明显地营养过剩,因而她没有博得我的同情。她到底为什么闹腾呢?我打开她的尿布,是干的,我有些意外,接着便又脱下了身上的浴袍。看着粉嫩的她,我叹了口气,满心愉悦地把她交给了萨莉，然后走进浴缸坐了下来，背靠着浴池的水龙头。

三个人都待在浴盆里，我看着光屁股的女儿靠在赤裸的妻子的乳房上，然后她找到了一个黑黑的乳头，哭闹声便在一阵咯咯声中戛然而止。她嘴巴忙活着，紧闭着双眼。这样的一个核心家庭，赤裸裸的就像待在伊甸园里，粉嫩、湿漉漉而又温暖，我们躺在浴盆中，思绪纷繁。救助才刚刚发生，而安宁是如此的甜蜜，我都没有心思告诉萨莉我们家已经发生了何种变故。

我看着朗胖乎乎的手指抓着萨莉柔软的乳房，嘴巴还在忙着吮吸乳汁。萨莉抬起头，看到我在看她们，便笑了。我们都笑了，傻呵呵的，满含着感激。我把脚放到萨莉的两腿中间，让它像自行车车座一般顶在她的私密之处。

*

我们终于从浴盆里出来了。爱伦把朗带到有炉子的屋里放下，萨莉和我则坐在我们八乘十英尺的厨房里，吃着类似牛肉炖菜的东西，喝着俄罗斯风格的果酱热茶。有人在敲门，萨莉跳起身朝卧室走去，但还没等她走开，门就已经开了，走进来的是希德和夏丽蒂。

他们站在门口，仔细打量着我们的浴袍、我们还未吃完的晚餐，还有通常凌乱不堪的拥挤的小屋。

"噢，感谢上帝！"夏丽蒂喊道，"你们都安然无恙！如果你们有半点闪失，我们将永远无法原谅自己。你们有没有让自己暖和起来？"

"我们走进滚烫的浴盆里时，浴盆都冻住了，"我说，"你们四处跑着干吗？你们应该回家躺在床上，抱着热水袋，我们就是这样做的。"

我在想,我肯定萨莉也一样在想,是什么能让他们以这样友好关切的方式,穿上衣服,钻进车子,跨过整个镇子来看我们。我们是不是能反过来这么对待他们,我都不怎么确定。事实上,我们没有那么做过。我们从来没有一次,像他们关心我们一样关心他们。

"一暖和起来,我们就没什么事了,"夏丽蒂说,"但你们在水中难道没有感到麻木吗?我想到的只有 I.A. 理查兹,如果我们中间有一个人没有坚持下来,那该多么可怕。而且,当希德告诉我你们系里的……"

她停了下来,萨莉正盯着她看。"噢!"夏丽蒂说,她用掌根拍着自己的脑袋,就像希德那天下午在我办公室里时那样,看来这是他们的家庭统一姿势。"我这个笨蛋!我太傻了。你还不知道,拉里还没告诉你。"

"她必须知道,"我说,然后对满脸惊讶和愁容的萨莉说,"我们出局了,但我还可以教暑期班,因此我们暂时没什么事。希德获得了续聘,希德和戴夫都是,因此还是要相信上帝的。如果不是一心想着取暖的话,我肯定会像朗夫妇以前一样,端上香槟。要不要来杯茶?坐吧,这儿,我来腾点地方。"

我喋喋不休地说着,将论文和我的公文包都扔下了沙发,转身回头一看,他们还都站在那里。萨莉看起来马上要哭的样子,夏丽蒂和希德则出于同情而满脸悲痛。

"噢,见鬼,"萨莉说,"我曾希望……"

我把她抱在怀里,最后我们都坐了下来。

"你打算怎么办?"夏丽蒂问。

"我不知道,写一堆求职信,希望能搭上一些公开招聘的末班车。他们拖延了这么长时间,真是不好办了。所有的招聘都已经招到人了。"

"但你已经做了这么多!出了这么多成果!他们怎么就不了解

你有多优秀呢?"

我竭力不那么可怜自己,因为我害怕自己会看起来真的像是在单纯地自怜自艾。我赞同她说的话,我是遭到了不公正对待。但我觉得我也模糊地意识到,在对希德的引导中,夏丽蒂做的是对的。诗歌没法让他在系里获得立足之地。如果想留下来,他就应该按照制度要求行事。如果我也是如此的话,那么我至少还可以再待上几年。

"让这一切见鬼去吧,"我说,"事情也许会有转机,比如小说卖上一百万册,我们的教材被德州采用,我们得用货运卡车把书运过去。萨莉和我将会去维尔京群岛,依靠椰子和香蕉生活,在那里写作非常昂贵,生活特别便宜,我们无须衣物,拥有一身被太阳晒得黑黝黝的皮肤。"

"你无须做那样的事情,"夏丽蒂说,"我肯定这都是暂时的。你这么优秀,不会失业太长时间的,我们太喜欢你们了,不想让你们住在我们都见不到你们的沙滩上。希德?是不是该提出我们的建议了?"

希德坐在我们唯一的一把椅子上,面对着坐在沙发上的三个人,将胳膊肘放到膝盖上,两只手绞在一起,身体前倾。为了确认或者得到鼓励,他察看着夏丽蒂脸上的表情,热切的眼睛闪着亮光。"如果他们有哪怕一丁点的反对,我都会帮你的。"她说。

"明白,"希德说,"你们要给我们帮一个大忙。我们吃饭的时候一直在讨论这事,我俩一拍即合。首先,你们有没有给这房子签租约?"

"就到六月一日。但我们可以继续住。"

"你不需要它了。因为我们将会在佛蒙特度过整个夏天,我们的房子就闲置在那里。我们想让你们去住。"

萨莉和我彼此对望,意在询问对方,但都没有回答。

"我们的房子空着，而你们还在为住的地方付房租，真是没有一点必要。"夏丽蒂说，"去年夏天，哈格勒夫妇就住在我那里。有人住着最好了。你如果想的话，可以割一割草坪，但别清理壁炉！乔治·哈格勒真是个优秀的租户，他想在走的时候让房子一尘不染，于是他把希德积攒了半年的炉灰清理掉了。而你不需要做任何事情，就是住在那里防防小偷。"

"你们的新房子怎么样了？还要继续盖吗？"

"不知道。"希德张口说，却被夏丽蒂抢去了话头。"我们当然要继续，他们的拖延吓不着我们。但问题不在新房子，主要是老房子，你们愿意替我们照看吗？"

"夏丽蒂，"我说，"希德……"然后我又说："萨莉？"

"你可以再写六个短篇和一部长篇，"夏丽蒂说，"如果一个房间脏了，就搬到另一间。这样过上八周，你还会剩一个干净的房间。"

我环顾我们的地下室，不得不笑着说："萨莉是一位比你想的还要好的家庭主妇，而我也没有看上去那么邋遢，你们只是刚好碰到我们衣冠不整。我们刚从门多塔湖跑出来，身着白色的锦缎，神秘而绝妙，我们只是在地板上滴了一点水。"

我本来想要打破这紧张与感激交融的气氛，结果却毫无效果。根本没有人理睬我。"你们只是在装可爱和善良吗？"萨莉说，"或者你们真的需要有人住在你们的房子里吗？"

"这就是我们想说的，"希德说，"我们不是在装可爱和善良。我们在为自己着想。我们的确想找人住在我们屋子里。你们就这样告诉你们的房东。现在关于这个提议还有第二点，我们此前问过你们，是不是能在巴特尔池与我们一起度夏。现在有了答案，我们没法叫上拉里了，但如果萨莉和朗去佛蒙特跟我们待在一起有，会有什么问题吗？"

"你的说法不对，"夏丽蒂说，"别问有什么问题。没什么问题，这就是个解决办法。没有哪条反对意见是明智的。我们有专人照看孩子，她很棒，照顾四个孩子跟三个一样轻松。萨莉可以轻松一点，让身体恢复过来。我们可以一起去游泳、散步，去蕨树丛玩，在福尔松山上野餐，坐在门廊里读诗，听音乐，跳方块舞，围着篝火闲聊。这一点都不奢侈，我们所做的事情都是简单、健康、平常的事。拉里则不得不待在这里受苦，但等他课程结束了就可以来找我们。不管明年你去哪里，从佛蒙特过去跟从麦迪逊过去一样方便。快说你们愿意，好让我们高兴一下。这样我们就不那么难过了，是我们把你们带去航行，还让你们差点溺水。"

碰见这样的人该怎么办呢？我说："你们替我们想得比对你们自己都周到，你觉得呢，萨莉？"

"我觉得我不应该把你一个人留下，那样工作太辛苦了。"

"他可以随时随地工作。"希德说。

"想想休闲放松一个夏天对萨莉的健康多么有好处。"夏丽蒂说。

他们极力相劝，每次都是在我们凭预感往往想要选择独处的时候。他们想表达出他们的热情和团结，想要缓解系里带给我们的打击，想要用他们的富裕和幸运给予我们一点补偿。

沐浴时的蒸汽让萨莉的头发卷了起来，但在短暂的绯红之后，贫血造成的苍白又在她的脸上显露出来。她把双手放到脸上，然后又拿开，有点难为情。

"你愿意去吗？"我问。

"你一个人可以吗？"

"如果我在朗家的豪宅都没法生活的话，那我应该就没法独立生活了。"

"可能没有孩子缠在身边，你写起来能更容易点。你觉得呢？

需要多长时间？两个月？"

"交给你们了，"我对希德和夏丽蒂说，"她很乐意去。我也觉得这对她而言非常美妙，是一件很好的事。仅仅是住在豪宅里的公爵身份就让我觉得满足。我们很乐意接受你们的邀请。但我俩谁也想不出什么办法来报答你们的这番好意。"

"太好啦！"夏丽蒂的眼睛睁得大大的，眼睛虹膜周围全都成了白色——这是她在特别高兴的时候会扮出的一种滑稽表情。她拥抱了一下萨莉，然后腾出身来拥抱了我，但我打算落在她脸颊上的亲吻则几乎没有碰到她。她不太喜欢接吻。她总是在最后一刻转开自己的脸，变成一个移动的目标，让你没法吻到。

"至于报答，"她带着责备的口气对我说，"朋友之间不谈任何报答。友谊本身就是最自私的东西。我和希德都只是垂涎欲滴，我们从你们那里得到了想要的一切。"

他们的确如此。尽管他们可能永远不愿介入我们的关系，但他们也得到了我们终生心存的感激。有一种修正主义理论（是一种心理扭曲或者片面之词，每当人的情感受到心智影响，它们就会像毒蘑菇一样突然出现）认为我们总是最憎恨那些为我们付出最多的人。根据这一卑鄙、侮辱性的理论，感恩是一种化脓般的疼痛。如果坚持如此，那也许真是吧。但朗夫妇并没有太在意感恩，他们反倒坚持认为他们的慷慨是自私的，这如何让我们因感恩而讨厌他们呢？

从我们第一次见面开始，我们就喜欢上了这两个人。从那个沉船的午后开始，我们爱上了这两个人，有时都不分彼此。而那时我还没有告诉他们这些。我不确定萨莉或者我是不是曾经对他们说起过，虽然这一切是那么明显，根本就不用言说。

以防万一，我还是现在告诉他们吧。

11

六月上旬的一个早晨,我目送他们钻进了朗家的旅行车,三个大人,两个装在育儿篮里、置于后座上的小婴儿,还有两个顽皮的学步儿童,被"囚禁"在中排座位的帆布座椅里。可怜的希德,要带着这个"幼儿园"似的队伍开两天半的车。我协助夏丽蒂在前排安顿好,让萨莉坐到了后排的两个育儿篮中间。出于互相体谅,她和夏丽蒂每一个或两个小时会换一下座位。

就在萨莉仰坐在后排、我手无法够到她的时候,我才意识到,自从我们结识以来,这是我第一次跟她分开。她坐在那里,眨着眼睛,满脸微笑,简直就是我美丽的尤丽狄茜①。

我斜着身子,探过头去亲吻她,亲吻育儿篮中的朗,并用一根手指碰了碰大卫·汉密尔顿·朗那胖胖的小拳头,然后便撤回身。汽车发动了,随后便开走了。很多手伸出车窗挥舞,很多声音喊着让我回头联系,而在我耳朵里,它们是乱糟糟的一团。那里只有我,独自一人站在范海斯大街。很快,我便积习难改,钻进希德的书房,开始写小说。

五天后我收到了一封信。此后,便经常收到信件,一周四五次,信里洋溢着满满的幸福。这让我不再对萨莉感到愧疚,反而开始为自己觉得难过。一个人被丢在暗淡无趣的麦迪逊,而她则在世外桃源尽情享乐。

世外桃源应该是那种极度安宁、一切井然有序的地方。每天清

---

① 尤丽狄茜(Euridice),希腊神话中太阳神阿波罗的女儿。

晨,萨莉说,夏丽蒂会拿着便签本和铅笔在床上躺半个小时,待她起床之后,这一天便已经安排妥当。她把这称为"有创造的白日梦"。我觉得一个待哺的婴儿和另外两个小孩完全能够让任何一个女人日程满满,而夏丽蒂制定的日程比祈祷书还严格,好像他们根本没有孩子一样。

除了承担家庭责任,在自己的直系亲属之外,她还有接近两打的姑妈姨妈、舅舅叔叔、表兄弟姐妹、堂兄弟姊妹和姻亲亲戚等,她在这些人中是热心助人的女王,在各种事项里都是主角。教堂晚餐,拍卖,村里的集市,湖边周末晚会,她都会去帮忙。孩子们的生日聚会还有家庭野餐也都由她来安排。她每周通过邮件和电话,与她在麦迪逊的建筑师沟通十五轮。她几乎认识湖边所有的人,所有她认识或不认识的人都因她而感到快乐。

萨莉被扯进许多这类事情仅仅是因为她身处此地,但夏丽蒂感觉敏锐,她尊重萨莉对安宁的需要。事实上,她总是命令式地、创造机会让她从一个陌生人或者客人的压力中解脱出来。她的家人以温暖、轻松、包容的方式给予的一切,都让萨莉感动得几乎落泪。她在给我的信中这样写道:

> 你喜欢有规律的生活,因为有规律的生活就意味着你正在完成工作。你也会喜欢这里的日常生活的。我们一直睡到七点,可以晚起但没有人乐意。早餐后,夏丽蒂就开始在屋里忙活(她应当在她腰带上挂一大圈钥匙),把希德送到他的书房。她是彻底下定了决心,认为他这个夏天一定能写出点东西,好让威斯康星下一年能够晋升他,也让他们觉得愿意让他获得晋升。她近乎疯狂地指挥着他。他嘴里嘟囔着抱怨着,但照做不误。然后保姆维姬会把四个孩子带到游戏室去玩,而我则出来,坐在门廊上给你

写信。

晚些时候可能有雨，但这会儿天空明朗而平静。下面的湖就像一面完美的镜子，倒映着对面的湖岸、埃利斯码头和船库。我刚刚看到乔治·巴恩维尔·埃利斯那白发苍苍的脑袋，他沿着小路走向了他的书房，我似乎听到了埃米丽阿姨在说："那里！他不走寻常路，现在又开始一天的工作了。"她和夏丽蒂完全是一种类型的人，跟我不一样。如果你和我都在这里，送你出门去你的书房时，我会跟你一道走走的。

午饭前，我们都去游泳，饭后小睡一会儿，或者读会儿书。到了三点之后，如果天气好，就去打网球或者散步。如果是阴雨天，我们则读书或者听音乐。晚餐很有趣，每晚都会有人来，几乎总有些有意思的人。昨天晚上来的是理查德叔叔，就是那个前大使，现在他是波士顿凤凰出版社的董事长，还有夏丽蒂的妹妹康芙蒂和她的丈夫——莱尔·利斯特。康芙蒂漂亮极了，莱尔会是你见过的最迷人的男人之一，你跟他应该合得来。他来自亚利桑那，是一位生物学家，工作就是满世界跑。他在耶鲁取得博士学位后就和康芙蒂结婚了，他们直接去了阿拉斯加，然后去了希望角，与因纽特人住在一起，实际上就是住在冰屋里。不知道你是不是相信埃米丽阿姨的话，她说他们有两年时间除了海豹脂肪，什么也吃不到。我从康芙蒂那里了解到，他们没有浴室，只有一把夜壶，天气有时太冷了，他们得把夜壶放在炉子上暖一暖，然后才能去倒。她的讲述让这一切听起来好像是在历险。

现在莱尔已经放弃了对北极植物群的研究，转而致力于适应干旱植物的研究。他在利比亚待了几个月，刚刚回来，他会讲各种各样的故事，关于墙壁上绘满了不知道什么动物的洞穴，关于燧石沙漠，那里风把石头刮得就像置于球座上的高尔夫球。目睹此景，你会觉得每块石头都是数千年以前的新石器时代文明留下的工具。我发誓他的衣服上有一股骆驼粪火烤的味道。康芙蒂的眼睛从未离开过他的脸，能把他带到这里来，她太高兴了，这让我有些嫉妒。

他有些抢镜了，理查德叔叔当然也是主角，他气质高贵，引人注目，风采照人，颇有男子汉气概。自然而然地，我跟他谈及了你的小说，而他也想见见你。不巧的是，他并没有完美地按照夏丽蒂的秩序规则接受过训练，莱尔也同样如此。就在我们吃过晚饭来到客厅，夏丽蒂宣布开始欣赏音乐，希德开始播放《鳟鱼》的时候，理查德叔叔和莱尔还在不断交谈。他们正在筹划一本书，关于古老的撒哈拉文明以及那些人和动物赖以生存的耐旱植物。于是当音乐响起的时候，我们都双手放在膝盖上，目光低垂，礼貌而恭敬，而他俩还在那里喋喋不休。"理查德叔叔！"夏丽蒂对他们说，"莱尔！没听到吗！"他们都安静了，但谁也不愿意那样。这让我一下子想起了那晚她"嘘"你和马文·埃尔利希的场景。我觉得如果富兰克林·罗斯福在听音乐时不保持安静，她也会"嘘"他的。

我能想象得出他们待在那里，置身于偏远村落的纯朴文化，就如同置身边远地区的英国殖民文化中一样。在我遇到他们大多数人之前，我都有些惦念他们了。有些东西让萨莉感到惊诧——硬床、硬椅子、未装修完的墙壁、象牙皂，最烈的酒也就像雪莉酒那样，这些都无法消除我获得的那种印象：花大价钱买来的、自觉珍视的那份简单质朴，仿造的如同小特里亚农宫一样的那份真实自然，还有那种活泼、繁忙、持续不断的社会生活。

我一笔笔勾掉日历上的日期，靠着来自世外桃源的"日报表"度日。有段时间，希德的母亲前来造访，与萨莉一起住在客房里。

萨莉说，她是世界上最温婉的女人，就像只胆小而羞怯的小白鼠，迥然不同于萨莉想象中的那种非常富有的女人。她能看出希德某些品质的根源。

朗夫人离开了，但晚餐和野餐一切照旧。我一般六点起床，上第一节课之前，在打字机旁先忙活三个小时。我也尝试在傍晚写作，但哪怕是完全赤裸上身，我在中西部的热浪里也热到快要昏厥。我的胳膊黏在油漆过的桌面上，汗津津的双手弄脏了纸张。一天，又一天，再一天，又过一天，一周很快就过去了。几乎每天都有一封信，告诉我自己又错过了哪些事情。倘若一天没信，我就难受得要死。有时两封信同时到来，我就冲出去，站到大树下，悠闲地看信，双脚赤裸着踩在草地上。

曾有一刻，一个小细节让我陷入了沉思，比如信中提及的午夜游泳，那是希德的冲动，让人觉得脊背发凉。上帝啊，我好几天都焦虑不安，想知道他们游泳时是不是穿了泳衣。我又憎恨又害怕他们是裸泳，而此时我还不得不在热浪中殚精竭虑地给那些中学老师教授英国文学，从《贝奥武甫》到托马斯·哈代等。倘若我这位朋友真的利用了她的好感和信任，打着帮助我们解决经济困难、协助她身体康复的幌子，引诱她失去了我的保护，那该怎么办呢？我是一个作家，完全能想象出所有情节——先是彬彬有礼，然后目光对视，接着就是轻柔地抚摸，就在那个没有任何其他人的码头或者门廊里。哎呀！我的天啊。

我同时也在为未来担忧。一打求职信寄了出去，却只有一家回应，那是一家位于伊利诺伊州的路德教会学院。要不是他们在未作任何深入协商之前，就要求我声明信仰《使徒信条》《奥格斯堡信纲》以及基督教高等教育理念的话，我甚至可能连那里都愿意去。

没有工作，到了八月中旬，我们就得露宿街头了。艰难的时日，最好还是忘了吧。那是一个炎热、孤独而又繁忙的夏天。除了阿博特夫妇,我再没有其他朋友。埃德完全被论文吞噬了,我们一起在工会喝过几次啤酒。五月的时候,就在那里,我们和朗夫妇去湖岸晒海藻,我曾去他们家吃过一回晚餐。爱丽丝非常迷人,那天晚上我在车旁亲吻她时,她竟然给予了回应。她是位"论文寡妇",但她跟萨莉完全不同——实际上,这个小插曲真是有些火上浇油,让我想象中的萨莉与希德之间的事情变得更加可信,以至于我连这个前提都忘了。此外,我喜欢埃德。我希望他对学术圈的粗鄙看法能给我提供一点线索,好让我在圈外获得重生。

*

再漫长的等待也会结束,更何况只有八周时间。八月的一天,早上稍晚些时候,我提交了成绩,和众人道完别(也没多少人),把多余的摩根家的家具堆到了朗家的地下室。然后我带了一块三明治,在身旁的座位上放了一壶咖啡,便开始一路朝东,或者说,是朝东北驶去。我算了算,如果开车直奔苏圣玛丽①而非乘渡轮穿过密歇根湖的话,至少可以节省十美元。

这就像要把根特的好消息带到埃克斯②一样。白天在飞驰,福特车在飞驰,我们三个都在飞驰。比弗丹、沃潘、丰迪拉克、奥什科什,统统被抛在了身后。太阳落到了长长的云床里,那云彩先是粉色,然后变成红色,再变成紫色。傍晚时分,我经过了阿普尔顿,天黑的时候路过了格林贝。一团黑色笼罩着森林,森林向外延展,湮没了逐渐隐去的农场和小小的、孤独的村镇。这团黑色也将历史湮没了——驾着树皮独木舟的印第安人,食用猪肉的人,披着

---

① 苏圣玛丽(Sault Ste. Marie),原文作 the Saulte,位于美国密歇根州的一座边境城市,与位于加拿大安大略省的同名城市接壤。
② 根特(Ghent),比利时城市。埃克斯(Aix),法国南部城市。

黑色斗篷的人，皮毛商人，贪婪的法国探险者。我非常兴奋，在一条古老的单行道上走错了路，惊慌地折身返回，朝着共和国开始的方向，朝着祖先所在的东方驶去——这些地方我从未去过，也没有想过，我家里三代人也是如此。更重要的是，我朝着与萨莉还有孩子团聚的方向驶去。朗可能不会理解我，但我希望萨莉会懂。

当我在晚上十一点路过的时候，梅诺米尼人几乎都睡觉了。午夜时分的埃斯卡诺巴，仿佛在混凝土路面上、在发出嘶嘶响声的弧光灯下死去了一般。凌晨三点半，一位美国海关官员在我穿过苏圣玛丽的边境线时向我挥手，而另一边，一位加拿大人极不情愿地离开了他亮着灯的屋子和他的咖啡，我还能看到那咖啡在冒着热气呢。他问我有没有携带武器或宠物，然后便转身离去，几乎等不及我做出回答。

我半里格①、半里格、半里格地向前走。日光病恹恹地落在萨德伯里枯萎的荒野上。我的头大得跟南瓜一样，手指水肿得厉害，神经末梢就像向内生长的头发一般。到达斯特金瀑布的时候，我在一家昼夜营业的小店边停下车，吃了个油炸圈饼，又打了一壶咖啡，但这一切都无济于事。我几乎是在发动车子的那一刻就睡着了，于是我勉强找了一个能够停车的地方，锁上车门，躺在了座椅上。

迷迷糊糊过了几个小时，我醒了过来，有人在敲车窗。那是一位外省的警察，戴着贝登-鲍威尔软边圆帽。我坐起来，揉了揉蒙眬的睡眼，清理了一下舌苔很厚的嘴巴，极力让警察相信我既没有死，没有喝醉，没有遇到麻烦，也不是逃犯。之后，我活动了一下脸上的肌肉，喝了一杯盖咖啡，继续上路。

这是一条去往渥太华的长长的路，在此期间我构思好了我的小说，随即在渥太华与圣劳伦斯之间的路上进行了修订。此后我抛开

---

① 里格（league），英美旧时的长度单位，相当于五公里。

小说，直奔黎塞留。平坦的魁北克乡村让我有些失望，同样让我失望的还有魁北克那些难看的房屋，上面贴着约翰-曼维尔公司生产的墙面板，那颜色在其他地方绝对没有人会要。开了一路就为了这个？白天即将过去，我看来没法及时到达了，连晚餐后的音乐都赶不上，更别说晚餐和雪莉酒了。因为此刻已是晚餐时间，而我还置身一百五十英里之外。

我吃完了最后一块三明治，喝完了最后一点咖啡，开始构思另一部小说，但却无法集中精神。于是，我转而背诵起我知道的所有诗歌，从《黎西达斯》[1]到《丹·麦格鲁的射击》[2]，竭力一字不差地把这些诗从头到尾回想了一遍。等觉得口渴的时候，我已经到了尚普兰湖北岸的劳斯点。这里距离海关只剩最后一程了，我从一百英里外开始按每七英里进行倒数，也以此来说服自己，我的脑袋还在运转。

在劳斯点，他们将车查了个底朝天，后备厢、后座、前座、桌椅下面逐一检查。他们可能是在等什么人，也可能是看我像个罪犯。他们查验了我的身份，弄清楚了我这么匆忙绕道加拿大的原因，仔细查看了我所提供的证件。最终，在折腾了三十分钟之后（每分钟我觉得都值一百美元），他们放我通行了。

我满腔怒火，一路疾驰穿过了圣奥尔本斯。时间已至黄昏，但我还是能看到，目之所及风景已经迥然不同。离开魁北克的那一刻，平原变成了山丘、湖泊、山峦和茂密的森林。约翰-曼维尔式的房屋已经被装着护板的农场房屋所替代，后面则是歪歪斜斜的棚屋和巨大的谷仓。到了镇上，随处可见白色的山墙、绿色的百叶窗，以及顶上带着气窗的有门廊的房门。

---

[1] 《黎西达斯》(*Lycidas*)，英国诗人约翰·弥尔顿创作于 1637 年的一首诗。
[2] 《丹·麦格鲁的射击》(*The Shooting of Dan McGrew*)，加拿大诗人罗伯特·W. 瑟维斯创作于 1907 年的一首诗。

好啦，我的精神头又来了，并且满心欢喜。但后来一阵阵的瞌睡让我的嘴巴张得如鳄鱼一般。有两次，在一条标着"莫里斯维尔"的并不繁忙的路上转弯时，福特车都冲到了路肩的砾石里，让我惊醒了过来。第二次，我小心翼翼地把车往外挪，在几近黑暗的暮色中上下颠簸着走了好几分钟。但当我坐进车里，再次开始驾驶时，我还是瞌睡得几乎睁不开眼睛，视线模糊，眼皮沉重，眼前的路在没有分叉的地方分叉，在没有拐弯的地方拐弯。汽车大灯照到我的脸上，我马上被惊醒，但过不了几秒，我便又需要与瞌睡战斗，竭力让自己不迷糊。我拧自己上臂的内侧，那儿似乎布满了特别敏感的神经。我努力眯起眼睛，然后竭力睁大，然后我猛然看到有什么东西冲着我过来了，那是一辆没有开灯的大卡车。紧急刹车、打方向、滑行、颠簸着停住：这一瞬都发生在黑漆漆的马路上，一切都看不清楚，除了路边的树林。那里有黑色的冷杉和云杉，还有幽灵般的桦树。

我觉得羞愧而害怕，但还没有害怕到让我觉得自己不适合开车的地步。于是我继续前行。由于路边路标稀少，而我在昏暗的光线下也没法看清楚地图，于是我迷了路。到了一个十字路口，我跑到汽车大灯前查看，才知道自己身处何处。我的天！这里距离巴特尔池只有七英里。

到了村里，大概十一点钟，我不知道该沿着两条街道的哪一条走，只好去敲了敲唯一一户亮灯人家的门。一个穿着背心的男子告诉我，再向前直走一英里。我继续前行，随后便看到一个车轮上有许多信箱，中间一个写着"埃利斯"。我往前又走了二百码，看到了一块条木上的其他一些邮箱。林中出现一片空地，我于是向左拐。空地上停着三辆车，其中一辆就是朗的旅行车。我于是停车熄火，关了车灯。

此刻身处何地呢？我置身黑魆魆的林间，天幕低垂，四周一团漆黑，伸手不见五指、树梢间微风轻拂。打开车灯，我面前出现了一条带着护栏的台阶，铺着石板，向下延伸。关了车灯，我只能靠短暂的记忆来摸索石阶的位置，然后沿着石阶向下走。一幢房屋隐约出现在左边，比周围的黑色还要浓重。我一手扶着墙，顺墙来到了一个屋角。一束微弱的灯光穿过门廊照了过来。我看到这是一间有挑高天花板的大房子，屋内有一盏亮着的落地灯和各种各样的家具，但空无一人。侧耳细听，我觉得我听到的声音大概来自屋子的另一个角落。

我抬脚往门廊的木地板上走了两步，穿过窗户来到屋子的另一角。在那儿（我的眼睛此刻已经适应了光线），在散射到屋外的光线里，我看到三个人坐在那里。

随着一声鞋踩木地板的声音，有人站了起来。"谁在那儿？"是希德的声音，"拉里，是你吗？嗨，谁啊？"

我忍不住想放声大笑，但我没有因巨大的喜悦而在门廊里跳起来。为了我那位古典主义学者般的妻子，我可着劲地靠我学的那点拉丁文，说了我们在伯克利时经常用的口令。在伯克利那会儿，她住在拱门大街的一套带车库的公寓里，我通常回去得比较晚，虽然没法继续学习更长时间，但需要表现得优雅。

"注意，"我压低声音说，"注意，我在这儿。"[①] 朗夫妇可能并不懂拉丁文。"当心，我在这儿。"

*

接下来的事都模糊不清了。我觉得我们肯定是谈了会儿话。我想起萨莉和我手拉手亲密地依偎着。我敢肯定希德和夏丽蒂一定极度好客，雪莉酒？三明治？蛋糕？阿华田速溶食品？而我肯定因

[①] 原文为拉丁文：Cave adsum。

为头昏脑涨、过度兴奋，没法去想自己是不是需要这些东西。能够到这里，我可谓尽职尽责，实现了自己的所有期待了。可是就在几分钟之内，这些东西就开始消退，我感受到的全是他们的关心照顾。

"你肯定累得要死，"夏丽蒂肯定是这么说的，"现在就去睡觉吧，我们明天一整天都可以聊，我们可以一起聊三周。"

她在我们手里塞了两只手电筒，这些都是她放在门边给客人用的。他们总是不记得这是乡村，没有路灯。我们跌跌撞撞，胳膊挽着胳膊，并肩走在一条单人小路上，在黑漆漆的树林中走了五十码，来到了客房。我们立刻上床，紧紧相拥，想要至少尽我所能地做爱。可还没有完成任务，我便已沉沉入睡了。

*

我耳边传来了喃喃低语，有人正站在我的床边，满是关切地低头看着我。不知道是谁，比我还关切我自己。于是我想来点幽默，说点让人安心的话，却舌头僵硬，无言以对。

我睁开眼睛，迎着光亮看去，看到萨莉穿着睡裙，站在敞开的门口，正低声与什么人在说话。我看清楚了，是个女护士。萨莉笼罩在晨光中，光线透过她的薄裙映出了她的两条腿。她经过朗的睡篮走到门外，窃窃私语便停了下来。那个护士的脚步声沿着门廊走下三阶台阶，便悄无声息了。萨莉回过身，看到我正在看着她。

"哇！你醒啦！"

"我想是。现在几点了？"

"才八点半。我觉得你还可以睡会儿。你不想睡了吗？"

"是的，来，过来。"

她走了过来，满脸微笑，绵软的拖鞋踩在光溜溜的木地板上。

"上来吧。"

她略微犹豫了一下,瞥了眼窗户,然后解开扣子,脱下了睡裙。我看着睡裙被抬起,举过头顶,她整个人就裸露出来:年轻、柔软、褐色的肌肤,已经从育儿的状态恢复了过来。她立刻紧紧地抱住了我,我的脸埋在她的双乳之间,在她温热的肌肤中。我说:"这是真的,噢,我的天啊,这是真的!我们以后别再分开啦。两个月时间太长了,哪怕是两天也太长啦!"

随后我们便从伊甸园醒了过来,我们并不拥有伊甸园,我们不应该得到它,我们也不属于那里,它也不会一直驻留。但仅仅是浅尝一次,也美妙无比。我就像凯瑟琳·曼斯菲尔德①小说里那个脏兮兮的小孩,在被赶走之前瞥了一眼那个富家女孩的玩具屋,看到了那盏小小的灯。

每天都应该像那天一样开始,全部生活都应该像接下来的那三周一般。

---

① 凯瑟琳·曼斯菲尔德(Katherine Mansfield,1888—1923),新西兰短篇小说家。作者此处提及的故事出自她的短篇小说《娃娃屋》(*The Doll's House*)。

12

萨莉深谙我的喜好。在上研究生期间,要做的事情太多,时间总是不够用,要完成各种任务,要按时交作业,要上课或者教课,要看论文、写论文,要备考和监考,参加会议,找书、借书、读书。在这些例行的、各种烦人的准备和测试中,也许是受到了沃尔特·雷利爵士[①]和贾瓦哈拉尔·尼赫鲁[②]事迹的蒙骗,我曾梦想获得那种独处幽居的愉悦。在我看来,似乎没有什么能比一个长长的入狱宣判更让人获益了。

一个人所有的物质需求都会有特定的人员来照顾,脑袋里也不用翻来覆去琢磨吃饭或做饭、付钱或洗碗;每天到规定的时间就被送到院子里去活动活动;整个早晨、下午和晚上,都不受任何干扰,能听到的只有走廊里看守人员来来去去的脚步声,确保并提醒你拥有这些整块的时间;听着囚犯室内"咣当咣当"开关门的声音,便知道是有的人刑满释放了,有的人还得在这里待好几个月。在这种环境中,谁还能写不出一本世界史啊?在这样一间完全与世隔绝但每面墙壁都镶嵌软垫的囚室里,谁还不能琢磨琢磨那些崇高的思想,读一读那些伟大的著作,甚或写出一两本啊?

了解了这些后,我便待在了"监狱",待在我自己的牢狱中,一直到跟萨莉开始相处,我的幽居才不那么孤独,我也才意识到我是完全把自己封闭起来了。慢慢地,她把我"哄骗"出来,但

[①] 沃尔特·雷利爵士(Sir Walter Raleigh, 1552—1618),英国女王伊丽莎白一世的宠臣。1592 年因故被关进伦敦塔,不久释放,从此失宠。
[②] 贾瓦哈拉尔·尼赫鲁(Jawaharlal Nehru, 1889—1964),印度开国总理。因参加非暴力不合作运动,他在印度独立之前先后八次被捕,在狱中度过九年。

我却小心翼翼,不想全面融入,我理想中那种独处的念头始终未曾改变。

此刻,我身处佛蒙特湖边。有了夏丽蒂,我们的一切日常生活安排得就像恶魔岛①一般严格,但与一座戒备森严的监狱相比,还是有很大的差距。所有时间都有安排,包括自由活动时间。跟她妈妈一样,夏丽蒂忍受不了自由散漫或漫无目的。倘若你要工作,那就安排好时间去做。如果是去玩,那就安排好时间,不要坐在那儿傻傻地发呆(我曾听到她对处于喜怒无常青春期的巴尼这样说)。

我也过上了萨莉曾向我描述过的那种生活。从八点一直到十一点半,我们所有人都在做着有意义的事情:希德待在自己的书房里;萨莉和夏丽蒂带着孩子们按照计划,忙着购物、参加村子里的义务活动;我则随着移动的树荫,待在客房的门廊里。厨师在厨房里,小保姆在育儿室里,还有上帝,想必也待在他的天堂里。

十一点半,主屋门廊里的机车铃会发出"咣——咣——咣"的声音,我们便聚集起来,到码头或者大象岩石区去游泳、晒太阳、聊天。猛然间(又是夏丽蒂的安排)我们不再是独自一人或一对,而是一个个家庭,或者说是一个大家庭了:孩子们光着屁股泡在水里,大声尖叫着;巴尼在齐膝深的水里伸开双臂,朝我们大声喊着,让我们看他游泳,但他的一只脚却踩在水底;尼基坐在阴凉处戏水。我和希德好几次利用这样的游泳时间清理石头的底部,并且用石头建起了一条防浪堤来阻挡沙子,从而给孩子们弄出了更多的湖滩。这仅仅只是希德中午时段的计划。从学术中解脱出来后,他为其他时段制定了几十个其他计划。

午饭之后,我们又分头行事。孩子们都消停了,我们要么小睡一会儿,要么读点书。我平时从来没有午睡过,但在那里也睡了几

---

① 恶魔岛(Alcatraz Island),曾是美国联邦政府监狱所在地。

次，一不注意看着书就睡着了。大约三点左右，屋子里会再度活跃起来，我会听到"噼里啪啦"的砍剁声、"砰砰"的敲打声和"吱吱扭扭"的拉锯声。我走出去，会看见希德要么在修理船坞，要么在清理通道，或者在替换腐朽的门廊栏杆，或者在木料堆上忙活。

五点半，我们会再一次去游泳，六点半雪莉酒便摆上了门廊，七点吃晚饭。你通常会看到一两个"著名人物"在村里的路上散步，就像麻雀一般毫不张扬。

这里没有一丁点为生计而忙碌的家庭气氛。孩子们都在厨房进餐，我们从门廊回来前，他们都被赶上了楼。这里没有例行公事的晚安吻别，也不会有人黏黏糊糊、不情不愿地非要熬夜。铃声一响，他们都各自回房了。我猜夏丽蒂睡前肯定会去检查，而他们从来都不被允许干扰晚餐，因为那是社交活动，是严肃的，只有大人才能参加。

我们的谈话总是紧张而热烈，充满了争论与欢笑。夏丽蒂的高嗓门总是能够让谈话继续下去。希德负责主持，身着褪色的工作服（跟那些花钱买布鲁克斯兄弟服饰的人一样，他把钱都用来买西尔斯、罗巴克，竭力让自己看起来像个农场主），他会谈起一些知识分子，然后围绕他们谈一会儿，直到夏丽蒂叫喊时才停下来。"等一等，等一等！让我们听听拉里怎么想。"或者莱尔怎么想、理查德叔叔怎么想、爸爸怎么想，甚或一些面色红润的医学或者化学类诺贝尔奖得主，也可能是我慕名已久的某些学院的校长。

似乎我们都有些欺负主人。尽管希德喜欢讨论，在其他情况下他会就一个问题讨论好几个小时，但在饭桌前，他起的仅仅就是兔子的作用，在刚开始快跑一两英里，好让其他人跑完他们的四英里。我们这样"跑"了很多次，每个晚上都"跑"。

这是一座幸福、整齐、生机勃勃的伊甸园，安静得如同处在休息时间的医院。而只要休息的铃声一响，所有的活动都一起涌现。

晚上客人走后，我们通常都会沿着起起伏伏的道路散步，或者在午夜时分，驾一叶扁舟，在繁星点点的苍穹下，泛舟在黑魆魆的湖面，抑或来一场如休克疗法般让人兴奋的夜游。

晚间休闲时，我们大多数时候是"四人组"。夏丽蒂在此时会安安静静，希德则精神焕发。他喜欢锻炼身体，喜欢夜晚的天空，喜欢宁静夜色中的那份亲近感。不管是在散步还是划船，我们都纵情歌唱，因为歌唱是我们最喜爱的表达方式。夏丽蒂不唱歌，就只是陪着我们。她让萨莉唱，让她按照自己的音乐品位和素养去唱。从某种程度上来说，这也算扯平了，夏丽蒂在这方面没有天分。而这也让萨莉算是做出了一点贡献，作为我们只"取"不"给予"后的一点补偿。

我们通常在走了两英里后，或者把木舟拖进船坞交还之后，便互道晚安分手。之后我们各自打着手电，从不同的方向摸索着走向树林，朝各自独立的小屋走去。两位亚当和两位夏娃，算是上帝方案的升级版。等上帝下一次创造世界的时候，我要向他举荐他们。

他会很好地让他那个翻了倍的第一家庭置身于亲戚朋友的怀抱中。我和萨莉都没有与大家族相处的经历，我俩都没有祖父母、父母、姐妹或兄弟。倘若说有，那他们也都是陌生人。我的亲属都散落在西部和中西部，她的则都远在希腊。

在这里，亲戚朋友多如白蚁。我们第一次去福尔松山野餐时，我觉得夏丽蒂几乎邀请了半个村子的人。然而事实是，他们都是朗家族和埃利斯家的人，通常主要是埃利斯家的人。他们有的坐在木桩、石头上，有的躺在毛毯上，有的则躲藏起来或和孩子追逐嬉戏，玩"俘虏基地"或是"踢罐子"游戏。他们彼此多么信赖！多么有归属感！无须提醒，他们都能各行其是。夏丽蒂、康芙蒂、萨莉（现在也是一位埃利斯家的荣誉成员）操持着所有的野餐事宜。希德在忙着烤肉；莱尔和我负责柴火；埃米丽阿姨和希瑟阿姨还有小保姆则负责照看小孩子们；德怀特叔叔负责倒酒；乔治·巴恩维尔在跟孩子们一起玩游戏，他就像近视眼一般，朝着错误的方向眨着眼睛，装出满脸的愚钝，而孙子孙女们以及他们亲戚家的孩子们则两次从他眼皮下"偷走"了"家当"。山顶的微风吹拂起他满头稀疏的白发。

每次野餐必不可少的，是那辆一九三一年产的老式玛蒙汽车。那曾经是希德父亲的车，夏丽蒂没有卖掉这辆车，但仅仅将它当作家用车，而那时希德的母亲则买了一辆不那么豪华的车。那是一辆房车，车顶有些隆起，厚厚的挡风玻璃，一块厚玻璃板将司机与其他人隔开，车上的座位挤一挤，能坐十到十二个人，脚踏板上面还能站六个人。车前部又长又光滑，加强版缓冲器让车更加平稳，从车盖上看，引擎的散热片肯定得有十二片之多。这简直就是一辆凯旋的战车。满载东西之后，你几乎连车身都看不到，而一旦到了野餐场所，它就显示了深不可测的装载"功底"，"身上"能够卸下不计其数的篮筐、盒子、袋子、毛毯、炉子，还有十几个手电筒。

游戏结束后，我们就开始吃饭，通常都是牛排。吃完饭后，就围着火堆唱歌。天色依旧发亮，但薄暮已从天边开始泛起，最终大家围成了一圈。棉花糖都吃完了，小一点的孩子要么蜷缩在毯子里，要么就依偎在他们父母的膝盖旁，火光映红了大家的眼睛。每个人都在歌唱，不管能不能唱——都是夏丽蒂在鼓动。也有人独唱，"希德，唱一下'芭芭拉·艾伦'。""噢，不，你知道，那首'去吧，小船，就像鸟儿张开了翅膀，越过海洋飞向天空'。""不，还是唱'兰德尔伯爵'吧。"

希德声音优美、真实，有些伤感，确实适合唱悲伤的情歌，而且他也会很多这样的歌曲。那些哀伤的歌曲显得与众不同，每首都深入心扉，就像一架赛斯·托马斯钟上的木轮发出的声音。唱歌的间隙,人们站起来,将柴火扔进火里,人群围成的圆圈便有一部分掩入了他们的身影,火堆里便响起一阵噼噼啪啪的声音。萨莉应大家的要求唱歌,马上获得满堂喝彩。连我也得唱,我便用沙哑、充满西部风情的声音,吼叫着唱"马鞍上的热血",也可能是"枣红马",或者"我是个年老的流浪汉,有人爱却无人敬",让这些新英格兰人体验一下男人的粗犷。

这个族群的规模和能量都让我们惊叹不已,同样让我们惊叹的还有他们的彬彬有礼。他们愉快地、热切地扩大了他们的圈子,让我们融入其中。他们里面有教授、外交官、编辑、官员、经纪人、传教士、生物学家、学生,他们去过这个世界上许多地方,但最爱的还是巴特尔池。他们的这份钟爱既不是国家或者地区性的,也不是政治或者宗教性的,而是对于这个族群的爱。

在整个部族里,埃米莉阿姨是大家长。女儿、儿子们都未曾离开过,女婿和儿媳妇们也都被吸收进来,跟他们此前钟爱的东西一刀两断。孩子们一到这里就被吸纳进来,失去丈夫的女人在这里也不会被遗弃。萨莉和我也一样,就如同我们嫁入了这个部落一般。

我们将威斯康星以及在那里的所有不如意都抛到了脑后,也将对未来的担忧暂时搁置。他们问我在忙什么时,我就说我正在写我的第二本书。我的第二本书,这是个多么自信的字眼啊,听上去未来不是那么难以预料和让人恐惧,反倒是一切皆有可能,甚至似乎在说,经过一丁点必要的波折之后,前途会一片光明。

我没法将我们当成这些事业成功、不明就里的人。萨莉对我的信任到底来自哪里?我对自己的信任又来自什么?为什么所有这些埃利斯们、朗们,还有那些远房亲戚,都相信我们所说的一切吗?或者更准确一点来说,为什么他们会将希德和夏丽蒂言及我们的话信以为真?

我觉得我知道原因。对他们而言,这种现象习以为常:一对年轻的夫妇,为了前途而奔忙,一切也就刚刚起步。那个家庭期待年轻人能够如他们所愿地在社交活动中充满魅力,在某些方面才智过人。他们已经培养了这么多才能,这么多堪称杰出的榜样,因此与优秀相比,平庸更能让他们觉得惊奇。他们宁愿认为我们就跟莱尔·利斯特一样,不知从哪里来。我们证实了他们的一个先验信念,那就是上帝的天花板也是会漏雨的。

也可能是,就某些角度而言,我就是他们眼里的灰姑娘,就如我眼中的自己一样。无论灰烬多么寒冷,无论自己所干的家务活多脏多累,我都坚信终有一天,水晶鞋会穿在我的小脚上,然后在我需要的时候,仙女教母会随时为我停下她的南瓜马车。

她甚至都无须停下来。她就住在那里,排队等候着成为下一位族长,不管有没有收到请求,她都已经习惯了掌管每个人的事务。夏丽蒂拿着她的笔记本坐在床上,正在做着她那有创造力的白日梦,她将我们的前途与她每天的所有日程放在了一起,充满想象力而又贴合实际地为我们谋划着未来。

她的方法就是利用关系,而这是我和萨莉在此之前根本就没有概念和意识的东西。具体而言,就是理查德叔叔,当他从波士顿来过周末、与埃米莉阿姨和乔治·巴恩维尔共进晚餐的时候。

他早就按要求准备要问问我书的事了,而且出于礼貌,他也这样做了。他想知道我是不是有手稿可以给他读一读。我说非常荣幸,但哈考特·布瑞斯正打算出版它,而且我觉得他什么也不图,不会花这个时间。他眉毛上扬了一下。什么也不图?他喜欢读好书,他有大把大把的机会去读那些烂书,而夏丽蒂向他保证,我的书是一本好书。我手头有这本书吗?我有,我也有排版的样稿,昨天刚拿到的。那好,在我把样稿送回去之前能借给他看一天吗?

太会奉承人啦。他有一副艾尔谷犬那样的眉毛,一张长脸,严肃得像阅兵式中的战马。大多数时候，他在直视过你后，都会扭头看着埃米莉阿姨那双犀利的棕色眼睛。他说他听说我正在写第二本小说。写得怎么样啦？我告诉他：缓慢而艰难。那就好，他说，写起来艰难，往往读起来顺畅。

厨师来到正对着门廊的窗户边，告诉夏丽蒂晚餐已经就绪。夏丽蒂站起身，招呼我们都进去。"晚餐有菠菜蛋奶酥，没法等太久。"

就连桌旁的座位也经过精心安排，夏丽蒂后来才告诉我这些。她紧挨着理查德叔叔，好让他轻松一些，而我则坐在他的另一边，也就是夏丽蒂的右边，这是与他说话的最佳位置。也许因为我曾想（如果以前有话）跟人们心目中的作家一样犀利，希德开始有预谋地想让理查德叔叔活跃起来。他批评了一本理查德叔叔刚刚出版、被认为会成为最畅销书籍的书，那是一本"下三烂"的爱情小说。

"难道您没有背叛我们吗？"希德说，"仅仅为了几个钱，难道您没有让那些希望凤凰出版社只出版好书的读者失望吗？因为信任您，我才买了这本书，完全是一本空虚无聊之作。"

理查德叔叔把他那长长的脑袋放低了一点，透过双焦眼镜（近视远视都可以用）的上沿看着希德。"你也看了？"

"我们肯定可以找到更好的书，每年人们写出的好书数以百计，但都没法出版。"

"告诉我这些书在哪儿，剩下的事我来做。"理查德叔叔说。

"肯定有许多比这本好的书，您能不能把这本留给那些不入流的普通书商去做？看到这本书出现在您的书单上，就像在《大西洋月刊》看到了一个《真实忏悔》[①]上的故事。"

理查德叔叔思忖着，手里颇有英伦范儿地握着刀叉。他说出版

[①] 《真实忏悔》(*True Confessions*)，美国的一本廉价刊物。

公司不是慈善机构。他说了秋季书单上的六本书的名字，还说如果不依靠希德所说的那本根本不该出的书的销量，这些书都无法得到出版。

在这样的学术气氛中，我们开始对当前大众的品位深感遗憾，似乎只有垃圾才有市场。难道那些优秀、严肃、充满智慧、精心写作的书籍都没有市场吗？必须有。难道你不能依靠一本好书所发掘出的读者群吗——可能很小，但足够让其获得出版的那种？

"有时是这样。"理查德叔叔说。

"这样一本书能出版得卖多少本？"

理查德叔叔掐着手指，仔细地算了算。

"需要卖多少本，出版商才不会亏损？"

"这取决于数量和价格。一部普通小说，大约需要三千五百本。"

"而您说要卖这么多是有困难的？"

"每两打书里头只有一本能做到。"

一片叹息声，其他人往外叹，我则在心里叹。摩根暗藏心里的梦想就此止步。原本他想着自己那未为世人所见的小说能够凭借反讽与遗憾打动千百读者，让他们感到悲伤，从而用南瓜马车将摩根们送到他们位于"光明大道"的新家呢。

桌上可能除了我跟乔治·巴恩维尔，其他每个人都心知肚明。在我们起身去火炉前拿咖啡的时候，夏丽蒂给大家安排了一下，除了我俩，也没有人会觉得有什么意外。这次不放音乐，拉里能读读自己小说中的一个章节吗？噢，请吧！

我非常乐意，于是拿起一把手电筒去客房里找我那还未切开的长条校样稿。回来的时候，希德已经在一把大椅子后面放了一盏灯，他们映着明亮的炉火，环坐四周，火花在他们专注的褐色眼睛里闪烁。他们都已经做好准备来听所谓"真正"的文学，那种应该成为"月度最佳""最畅销书籍",但可能永远不会比诺贝尔奖项更有价值的那种书。

随后,在每个人都以不同的方式表达了他们对书的热爱之后,我才开始如夏丽蒂所谋划的那样,单独与理查德叔叔交谈。他非常友善,这绝不是他最后一次这样。他告诉我,希德和夏丽蒂说得没错,我的确很特别,如果坚持写下去,将来会很有前途。他想知道我是不是已经放弃了教职,当我告诉他我正在寻找职位但还没有着落时,他直率地建议我别找了,教书时间太长的话,会把一个好作家耗得什么也不是。

他认为我应该找个地方住下来,完成第二本小说,如果哈考特·布瑞斯没有合同约定或者他们拒绝出版的话,他想获得这个机会。有些出版商出版书籍,而他却想尝试"出版"作者。我也觉得如果有个出版社愿意连续出版我的两三本书是一件好事。那些昙花一现的作者可能第一本书的确不错,但通常很快就销声匿迹了。真正的作家通常更可能到他的第四本、第五本,甚至是第六本书才会获得巨大成功。但我有办法养活自己吗?没有,除非写作能做到这一点。我曾经可以在杂志上发表点东西,但那不足以养活自己。

我有没有想过在出版社工作呢?(肯定想过,要不然我为什么还待在他身边,就像个家养的朱雀一样等待他喂食?)跟教书一样,对作家而言,出版业也有其劣势,而我的资历早就有过之而无不及——你不需要一个博士去当出版商,或者让他去分辨书的好坏;事实上,很多博士也做不到这一点,但他认为我有我所需要的天生的感觉以及对书的喜爱。出版业待遇比较好,也无须为了终身职位而吵吵闹闹、争来争去。此刻,他自己没有明说,但事情大家都明白,总是有人会换工作的。我应该让他知道我要去哪儿。如果有机会路过波士顿的话,我会给他打电话,他也会给我介绍那些有可能给我提供帮助的人,或者如果我去纽约的话,他也会给我写推荐信。

这一切也就意味着,他将我纳入了他的羽翼之下,待我就如对待一个雄心勃勃、理应前途无量的埃利斯家族的成员。而我们,除了那个去纽约的尚不明朗的出路,实在没有其他选择。我蜷缩在一个只有冷水的乡村公寓里,靠着爱和咖啡豆,还得为了前途而写作。那一晚,萨莉和我决定不去纽约了,而是选择去波士顿,理查德叔叔就是我们的希望。直到萨莉将那晚的一切告诉我时,我才知道了夏丽蒂为我们所做的一切。直到那时,我才觉得一切都刚刚开始。

我们把去年我写短篇小说和评论所挣到的钱凑到一起,估算了一下去波士顿需要的花费,或者最好是到坎布里奇,因为那里肯定有便宜点的学生公寓,而且埃米莉阿姨就在那里,这对我们来说也是一个安慰。我们琢磨着如果没有存款,仅仅依靠写作来生存有多大的可能性。我们期待着理查德叔叔(正如他那晚所暗示的那样)也许会偶尔让我们读一些手稿,我没准可以轻松获得一个编辑的职位。我们还计算了一本售价二点五美元的小说,按照百分之十的版税,如果卖掉三千五百册的话,我们会赚多少。我们发现,如果我的小说能够有这样的好运,我们就会在预付款之外,再额外获得三百七十五美元。我们也期待那本正在付梓的课本能够获得一些征订数,帮我们再挣一点,尽管首先那本书必须先赚回由出版商预付的大约一千美元的重印许可费。

我们总得想办法找到出路。等到朗夫妇返回威斯康星,巴特尔池开始消停下来、准备迎接冬天的到来时,我们将会驾着我们的福特车直奔波士顿,带着我们迄今为止都生机勃勃、健康茁壮的女儿,我的手提打字机,萨莉的手提留声机,以及我们账面显示为四百九十美元、存款利息为百分之四的银行存折。

同时,我带走的还有这些朋友,张开双臂欢迎我们的这一家人，这里的夏日，那些客房门廊上平静的早晨时光。就在此处，牌桌上放着我的打字机，画眉和白喉莺在为这个夏日大家庭的最后一幕歌唱，我坐在树梢之间，穿过铁杉的缝隙，俯视着波光粼粼的湖面，感觉我的头脑敏锐得如同一把刀子，能够做任何我想做的事情，包括伟大的创举。

13

伊甸园，当然会有蛇。没有蛇，也就无法成为伊甸园。

这条蛇并不大，没让人觉得很惊恐。而等我们发现它，才意识到它一直都在那里，起先我们还以为是草丛间的风声，或者是一片干树叶的"沙沙"声。那条蛇小心翼翼地爬行着，从我们的视线里消失了。即使在我们看到它是条蛇的时候，它似乎看上去也没让人觉得危险，仅仅就是让我们在坐下之前要提前看一看而已。

人们的生活很少有小说那样的套路。契诃夫曾说，恰恰就是在故事的开始或者结尾，我们最想撒谎。我明白他说的意思，也同意他的观点。但有时，我们在其他地方也想撒谎。我可能就想在这里说个谎。这是一个重要的地方，让我们来留下一些暗示，埋下一些线索；这也是一个重要的时刻，让我们将以后为了让读者称心满意，我会扬扬得意揭示的真相隐藏在钢琴或者书架背后——假设我是在创作戏剧的话。

戏剧经常需要出人意料，但通常第一个意外之后紧随的是，人们会立即意识到，一切都不可避免。这种不可避免性需要精心的布局。由于这个故事只是关于友谊，而戏剧性则会期待友谊被颠覆。有些事情（作为小说家的我私下认为）将会打破我们这个让人舒心的四人组合。鉴于现代小说的通常发展套路以及我们对人的品质和行为的通常理解，最有可能的发展是，希德·朗，这个奔放的男子，娶了一个有些自以为是的妻子，然后因萨莉温柔的性格而对她着迷。通过回忆他们一起裸泳这件事给我带来的不安，我已经埋下了伏笔。

可能性真是五花八门，因为友谊是一种特别模糊的关系。我也许有些喜欢夏丽蒂。她是一个惹人注目的女人，尽管我还没法想象我会对她着迷或者她会为我倾倒。除此之外还有其他可能性：希德与我，夏丽蒂与萨莉。我们四人之间完全就像布鲁姆斯伯里的文学社团那样，任何事情都可能让我们这个两两组成的平衡被彻底打破。

好了，按照戏剧的路子太不合适啦。这样的事情一丁点也没有发生，故事情节连最保守的戏剧性都达不到。不过还是出现了一条小蛇，就如一根小树枝或者草丛中移动的火苗那么大，它不是伊甸园的闯入者，它生来就在那里。它是霍桑笔下自负的毒蛇之一，它很难被察觉，是因为在它所栖息的地方，充满了最温暖、最慷慨的情感，它很容易将自己伪装起来。

从第一天跟朗夫妇成为朋友起我们都知道它的存在，但却假装它不存在。有天晚上划船时，康芙蒂告诉了我们一段在希腊发生的插曲。她在国外留学的第三年，刚好碰上他们去度蜜月。我们听后没有觉得恐惧或吃惊，而是选择付之一笑。但就在作为那个夏天盛大终结曲的一次徒步旅行途中（对那次旅行，夏丽蒂和希德、特别是希德已经筹划了数周），我们碰到了一两件我们无法视而不见，也没法简单付之一笑的事情。

我到达后的第二天早上，就看到希德的作坊里已经堆满了他一直在收集、修补和改装的装备。大部分装备我们都会用马来驮。我们打算出去一周时间，将会沿着希德在地图上找到的最偏僻的小路走一百英里的一个圈。我们会在山中的溪流边，或者藏匿在树林中的那个平静小湖的岸边睡觉，倘若碰上坏天气，我们就睡在那些友善人家的谷仓阁楼里。这是我们最后一次对自由的释放，此后我们便不得不分开、各奔前程：希德和夏丽蒂回到教学岗位，继续受缚于系里的政策，回到麦迪逊正在建造的房子里去；我们则去波士顿，或者走上任意一条羁绊最少的道路。

我们确实走了很多条杂草丛生的偏僻小路,牵着一头名叫"威尔德"的马。白天,有时阴雨霏霏,有时艳阳高照;夜晚,有时繁星密布,有时则是暴风骤雨。我们在偏僻的农场里碰到过双手都是老茧的老年夫妇。男人都是满脸皱纹,手上青筋毕现;女人则满眼疲倦,乐于交谈。我们还偶遇了几个刚从魁北克来的法国裔加拿大人,他们刚停止农耕,其中还有一位正在用公牛耕地。他们劈头盖脸地给我们讲了一通若阿尔语①,我们谁也听不懂,就连夏丽蒂也不行,尽管她曾经在法国和瑞士的学校上过三年学。

我们有时在废弃校舍的庭院里吃午餐,有时在废弃的公共墓地里成行的玫瑰花、天芥菜和金光菊中,有时则在天井中的枫树下,四周都是没有窗户的农场房舍。我们在草地上睡觉时,会被正在吃草的奶牛的鼻息声唤醒;在干草棚里睡觉时,则会受到被我们手电惊扰的燕子们的"狂轰滥炸"。

一切都新鲜得如同一盘沙拉,但也带着秋天的印记:偶尔出现的枫林大火,在严霜中变黑的蕨类植物。我们都被太阳晒成了红色,也都被黄蜂蜇过。我们吃的是脱水汤粉、花生酱三明治、葡萄干,还有巧克力。曾有一次,路过一个村庄时,我们还吃了块难啃的牛排。还有一次,路过一个农场时,我们吃了一回同样啃不动的、让人难忘的鸡肉。

那次旅行确实正如希德所计划的那样,是整个夏日的高潮和顶点。到了第六天,我们还都精神焕发,并且宣称下一年我们将会徒步美加边境线,从比彻福尔斯走到门弗雷梅戈格湖;或者背包徒步,也不用威尔德帮忙,直接沿从明德湾到杰伊峰的长长的山路行进。

当这次旅行在记忆里如同在现实中一样支离破碎之时,我似乎还记得从头到尾的每一个小细节。结尾我会告诉大家,但导致这一

---

① 若阿尔语(joual),未受教育的法裔加拿大人所说的一种加拿大法语。

结尾的所有一切却更加让我着迷。

　　事情一开始就不怎么样。实际上，一开始就是性情与意愿的冲突，是由琐碎小事引发的怒气爆发，就像屋内的熊熊烈火通过百叶窗"啪"地闪现了出来。

*

　　晨曦中没有星星闪烁，也没有耀眼的光芒。租来的那匹马耐心地站着，浑身的骨骼洋溢着贵族气息。那是一匹体高十七掌①的老迈爱尔兰狩猎马，此刻已经不再像往昔那样能身披粉色的马鞍，纵身越过篱笆或壕沟了。驮鞍上光溜溜的木质鞍架遮掩了它骨骼的优雅，却凸显了它的耐心。

　　地面防雨布上散放的东西，都是我们打算让它驮的：睡袋、小帐篷、帆布水桶、斧头、绳子卷、半袋燕麦，两个装满了食物的大篮子、餐具、毛衣、雨衣，还有一些袜子。希德检查了一下，系紧了马的肚带。维姬看着身旁躺在共用婴儿车里的两个小婴儿，巴尼和尼基都由夏丽蒂和萨莉牵着手站在后面，以防他们冲上防雨布，弄乱了那些精心摆放的东西。孩子们都刚刚断奶，母亲们对于离开他们都感到不安。埃米莉阿姨把大家拢到一起拍了一张照片。

　　希德提起一只篮子，我提起了另一只，我们将篮子举起，挂在了驮鞍的支架上。而夏丽蒂，刚刚将写了满满两页的重要指南交给了维姬，此时看了看又喊了起来："等一下，等一下，我们再核查一下清单。"

　　希德把手放在威尔德的脖子上，用他那轻柔而富于乐感的嗓音说："拉里和我在打包的时候已经核查过啦，就在昨天晚上。"

---

① 掌（hand），英制长度单位，1掌约合10.16厘米。

"是嘛，普里查德说过，要经常再查一遍。"

他难以置信地盯着她说："你的意思是把所有东西拿出来再打一次包？"

"我不知道除此之外还有什么好办法。"

"那为什么让我们昨晚就把一切都打好包呢？"

"我不知道，你应该知道我们需要核查的。"

希德张口要回答，却什么也没有说。但我，活泼而充满朝气，认为夏丽蒂不能这么严肃，便给出了我的看法。"斯汀·布尔没有核查过小比格霍恩河啊，他拥有杰出的首领，靠信任擒获了卡斯特。"[1]

夏丽蒂在受到挑战的时候会笑得很剧烈，她满脸通红，眼中充满了善意的蔑视。"看看谁在说话，这个人昨晚还在深表赞同地引用阿特蒙斯·沃德[2]的话：'信任每一个人，但让我们重新洗牌。'好了，认真点，我们也洗一下牌。人都会犯错误，如果我们走了十五英里后才发现忘了带火柴，那该怎么办？"

"钻木取火。"

她对我的胡言乱语耐心地表示不耐烦。希德说，我们没忘拿火柴，防水瓶里装了满满一瓶。

她微笑着看着他，说："其他东西也是吗？"

这不可思议地变成了一场对抗，你可以嗅到空气中僵持的味道。这一切也都留在了埃米莉阿姨站在车库角上所拍的照片里。我模糊记得她就在那儿，不知不觉间弯腰拿着她的布朗尼相机，拍下了这里的紧张局面。这些让我脑海里想到了另一个场景，也是跟相机有关。那是康芙蒂在另一个夜晚向我们提及的场面，带着

---

[1] 此处指小比格霍恩河战役（Battle of Little Big Horn）。1876年6月25日，美国联邦军队和北美势力最庞大的苏族印第安人部落在蒙大拿州小比格霍恩河附近发生交战，印第安联盟酋长斯汀·布尔（Sitting Bull，或译"坐牛"）成功地把美军引入圈套，最终全歼了由南北战争名将乔治·阿姆斯特朗·卡斯特率领的第一骑兵师第七骑兵团，卡斯特当场战死。

[2] 阿特蒙斯·沃德（Artemus Ward，1834—1867），美国幽默作家。

消遣以及姐妹间的埋怨,她给我们讲了那个早上的情况。当时他们住在一个叫"美丽海伦"的旅馆,就在迈锡尼的阿伽门农墓地附近。

*

康芙蒂吃完早餐,坐在餐桌前,等着参观阿伽门农城和那个蜂窝般的墓地。夏丽蒂坐在她身旁的椅子上,正拿着那些她绞尽脑汁准备的东西:相机,望远镜,旅行指南,笔记本,希腊旅行攻略,一个羊毛编织的克里特包——里面装着面巾纸,阿司匹林,抗酸类的胃药,太阳镜(阿尔戈斯平原十一月的阳光如钻石般耀眼),手电筒(墓地里可能比较昏暗)。蜜月旅行已经进行了两个月。康芙蒂是两天前在纳夫普利翁才加入进来的。他们三个是"美丽海伦"旅馆的唯一一拨游客。餐桌上有一些他们早餐吃面包卷时掉落的碎屑,咖啡杯上还有咖啡的残迹。女房主躲在门口,带着希腊人对新异事物的好奇,偷听着他们的谈话。

终于,夏丽蒂看了看她的手表。"到底怎样才能让他好起来?我们不想整个早上都无所事事。"

"你不是说花粉病让他很难受吗?"

"他喜欢夸大其词,也许我最好……"

就在此刻,希德出现了。他手里捏着手绢,仅在穿过餐厅时就打了三次喷嚏,两眼通红,吸溜着鼻子。夏丽蒂放声大笑。

他看起来有点恼火。"什么事这么好笑?"

"你啊,看着惨兮兮的。"

"我也觉得很惨。"

"好啦,你不能这样,"夏丽蒂说,"你必须打起精神,因为如果明天打算去皮洛斯的话,今天我们就得把这里逛完。"

希德吸了吸鼻子，擦了下眼睛。女房主进来倒上咖啡，又转身出去了。她身体笨重，身着黑衣，穿着拖鞋。康芙蒂充满同情地说："你听上去鼻塞得厉害。现在有什么花开放呢，这个时节？"

他耸了耸肩说："我就这样，也许是杀虫喷雾、蟑螂药粉作祟？这个地方到处都有蟑螂在爬。"

"那你得住到房顶上去了，"夏丽蒂说，"喝点咖啡，吃点东西，感觉就能好点。喂，赶紧啊，别像个孩子！来，我给你拍张照片，你可以带上，随时提醒自己别再像度蜜月时这个样子啦。"

她拿起相机对着他。他皱着眉，摇了摇头，又把脸埋到手绢里去吸鼻子。抬起头时，镜头还在对着他。"别拍！"他厉声喊道。

这就成了对抗、挑战与回应。"为什么？如果我想拍，我当然会拍。"她说。

他提高了嗓音。"我在叫你——别拍这些东西。"

她望着取景器，对准镜头，"吧嗒"按下了快门。他怒不可遏地站起身，有一刻似乎在找词，随即他转身出去了，背对着房间。

康芙蒂一言未发。夏丽蒂虽然脸带微笑，但嘴巴紧闭，两颊绯红。"他会回来的，"她说，"反正我又没有拍下来，相机里没有胶卷。但我不能让他这个样子离开，不能让他告诉我什么能做什么不能做，对不对？"

有一个教训，康芙蒂说，那就是除了自己的蜜月，不要接受其他任何人的蜜月邀请，但是夏丽蒂所表现出的这种紧急的、通过争吵来坚持自己意愿的方式，是康芙蒂在他们回程的时候才知道的。作为夏丽蒂的妹妹，她就是伴着这些长大的。也正是这些东西导致了夏丽蒂与埃米莉阿姨之间不计其数的冲突。此刻又到了这样的时刻，而威尔德在耐心地等待着，等着人们将物品放上鞍架。

＊

有那么一两秒钟，希德站着，望着地面，眼神让人琢磨不透。然后他把他那边的食物篮从马鞍上卸了下来，我也卸下了我这边的篮子。我们把费了很大劲才装好的东西都放到了防雨布上。希德面无表情地将手里的篮筐头朝下，示意里面已空无一物——这一动作里有一点表演出来的愤怒成分。夏丽蒂拿出笔记本和一支铅笔，萨莉则小心地照看着孩子——他们肩并肩坐在婴儿车里。

接下来的半个小时，我把东西一件一件递给希德，他来打包，夏丽蒂则一一核对。埃米莉阿姨说了声再见就离开了，因为到了乔治·巴恩维尔吃饭然后去书房的时间。最后，防雨布上除了帐篷、睡袋、斧头、麦片和绳子，再没有其他东西了。夏丽蒂看了看笔记本，然后问："茶放哪里啦？"

一丝诧异的表情略过希德的脸庞——挫败？愤怒？无奈？或者是想要顺从？他说："在这儿，你刚才核对过了。"

"不，我没核对过。"

希德刚要张口说话，夏丽蒂说："对不起，希德，我没有。"

"我报过了。"

"你没报。"

我期待希德会求助于我，我会欣然支持他的。但他什么也没有说。事情陷入了僵局。最后，他几乎是粗暴地说："没有又能怎样？我们还是赶紧出发吧。我们需要茶吗？我们已经有咖啡了。"

"茶带着比较轻，"夏丽蒂说，就如同在背课文，"你可以一次背上够几个月喝的茶，也就只增加几盎司的重量。普里查德说哈德逊湾内河货船从来不运咖啡，只带茶。他们每天中午烧水泡茶。是茶让他们继续前进。"

我们都以沉默回应这番荒诞言论。希德沉默不语，目不转睛地看着她。最后他说:"我们是要坐货船吗?我们要走几个月吗?带茶能解决我们因为也带着咖啡而造成的重量问题吗?不管怎么样,茶就在那儿,我知道。"

"那我核对的时候怎么没找到?"

这个问题的答案真是令人难以想象。作为局外人,我觉得这会儿有人应该会笑出声。我?不,夏丽蒂肯定知道她自己多么可笑了,但她已经说了那些话,也选择了那样的立场,她不会动摇,也不会让步。其他人可以让步,如果是希德让步的话,那我们就得把这些食物篮再打开然后再包上一回了。

当时是萨莉化解了僵局,她轻声说:"我去拿一些茶叶吧。"她转身去了主屋。在这个灰暗的清晨,我们就站在那里,假装没有什么大不了的事情,无非只有一点点时间上的延误而已。

很快,萨莉拿来了一盒茶包。我把它塞在了我这边的篮筐里,然后我们将篮筐挂在了马鞍上,接着装上小帐篷、睡袋、防潮布、麦片、斧头和水桶,最后把防水布盖在了上面。行李看上去风雨不透,希德又在上面打了一个菱形的绳结。这种绳结他已经在自己的书房里练习了很多次,而夏丽蒂还觉得他是在她的管制下潜心学术呢。

"我们总算一切就绪了吧?"他问,"如果是,看在老天爷的分上,我们出发吧。"

"你们先走,"夏丽蒂说,"我们随后赶上来,我们得给孩子们一个拥抱,希望它整整一周都管用。"

"你在我们第二次打包的时候为什么不去呢?"

她选择对他的愤怒视而不见。她已经赢得了所有她认为自己必须要赢的东西,于是纵容了他那可能在她看来就是孩子气的怨恨。她只是例行公事似的轻轻拍了拍他,就打发他出发了。"在哈森公路上等我。"她说,接着她看到了悬挂在枫树枝上的手杖。希德和我一小时前把它们挂在那里,希望能够忘掉它们。而夏丽蒂,满脸带着灿烂的微笑,拿下手杖交到我的手上,说:"别忘了带上护身杖。"

手杖是弯曲的柳树枝,两头镶嵌着长钉,中间则雕刻着"劳特布龙嫩"①字样。夏丽蒂想必在去瑞士结婚旅行的时候买了一大堆手杖,麦迪逊房屋中大厅的壁橱里就有半打,此外院子内每个小屋里也都有几根。这次旅行,手杖被宣布为必配装备。普里查德推荐了李木手杖、铁头登山杖和一些其他应对复杂地形的辅助工具,它们同时也可以用来防备凶猛的狗,从而保护自己。为了此次旅行,夏丽蒂正在读他写的关于户外活动的书籍。

普里查德的其他建议还包括如果你扭伤了脚踝或者在丛林中断了一条腿,如何用分叉的树枝制作一条假肢。还有当你依靠分叉的手杖蹒跚而行前,如果需要固定你那条断腿的话应该怎么办。你需要做的是找一棵在离地几英尺高处有一个分叉的树,把断腿的脚踝楔入分叉处,然后将你的身体尽量后倾。这就好像我们用老办法拔牙:用一根绳子一头拴住牙,另一头拴在门把手上,猛地一下关上门。前一天晚上打包的时候,我和希德从普里查德那里寻到了不少笑料。而现在,我们都拿着自己的手杖。

我们一直走了两三百英尺,谁都没有开口说话。最终,我说:"关于茶的事,对不起啊。我肯定只是没注意把茶放到哪里了。我知道我们昨晚装茶了。"

"我们今天早上装的。而夏丽蒂就相信那本书。什么书啊这是!"

作为一个西部牛仔,我跟他一样,对那些靠书野营、迷信那些不称职的童子军团长的人嗤之以鼻,这些人的全部户外经历可能就是仅有两次过夜的远足,或者在卡茨基尔山上过个周末。而现在我们就碰上了这种情况,那个尽信普里查德书的人是希德的妻子,我得小心谨慎。这不是我组织的远足,我在这里只是个客人。

---

① 劳特布龙嫩(Lauterbrunnen),位于瑞士境内阿尔卑斯山脉的一处谷地,系当地著名旅游景点。

但我还是忍不住说:"不得不承认,我希望她错了。"

希德透过威尔德颈部凹陷的地方奇怪地看了我一眼,然后摇着头说:"她从来都没错过。"

*

在第四个转弯的地方,我们踏上了一条满是尘土的小路。沿路的蕨丛都布满了尘土,变成一片灰白。野樱桃丛上都是吉卜赛飞蛾建造的丝网,小路左边的草地上,黄色的是麒麟草,冰蓝色的是翠菊,颀长的是毛蕊花,参差的是幼小的云杉,所有比草高的东西上都挂着乳草的白色绒毛。路的另一边是一片平坦的秣草地,刚割过第二遍,绿油油的一片。远处天边耸立的森林就像一面结实的墙壁。在一间空无一人的农舍庭院里,我们从一棵弯弯曲曲的苹果树上摘了几个苹果,每个上面都有虫子。只有威尔德觉得这些苹果比较提神,一边走一边品咂着里面的果醋。

我们走过一段长长的山路,来到一处高地,此时太阳正好钻出了云层的边缘,照耀着前方一座绿油油的、如鲸脊般的山梁。那座山之外,是无尽的山峰,那些山峰的更远处,则是一片灰紫色的薄暮。就如同确认自己摆脱了监督一般,希德偷望了一眼我们来时的路。我也看了一眼。夏丽蒂和萨莉刚刚出现在拐角的地方,就在那条灰白土路的尽头,她们的身影显得细细小小。

我们扭头望着前方。"没法等到十月再来,真是太不爽了,"希德说,"等什么时候我从威斯康星退休了,我们就待在这里,欣赏这色彩变幻。到了十月份,这些山峦肯定别有一番风韵。"

他身着无精打采的卡其布衣,背上背着午餐背包,皮带上别着大砍刀。此时他一手握着威尔德的缰绳,另一只手将手杖插进砂砾,对着苍茫的远方开始吟咏:"秋天里某些东西,在我的血液中与生俱来/细微的姿态,丝缕的情绪……下面是什么来着?你不知道吗?看到了霜封的紫菀,如同山顶的薄烟/我孤独的灵魂为之震颤。这是一首好诗,是布利斯·卡曼写的《流浪者》组诗中的一首。面对这样的乡村和境遇,实在是很应景。"

他眯缝着眼睛,回忆着那首诗:

十月里,有些东西让流浪者的血液涌动。
我们必须起身去追随她,
在每一座火焰般燃烧的山峰,
她一声又一声,呼唤着每个流浪者的名字。

就像我总是梦想得到入狱宣判一样,他的梦想是去流浪,不承担任何责任,而这些都可能很快使他疯狂,就跟牢狱驱使我疯狂的速度一样。但此刻是一个梦幻般的美好清晨,于是我说:"我们为什么不继续走呢?"

"哈,难道我不想吗!"

"我有四十美元。食物篮都是满的,如果不够了,我们可以吃掉威尔德。你可以在村子里朗诵诗歌,我可以写旅行游记。我们可以像殖民时期的画家一样,他们曾经靠给孩子们画像来解决一周的食宿。而夏丽蒂现在兜里装了本普里查德的书,来告诉我们怎么在荒野中求生。"

简直是个错误,他满脸的不高兴,流浪汉又变成了奴隶。

我们挪到了路边,好让路过的车通过。两颗脑袋从车里探了出来——是两个孩子站在车里往外看,为什么不看呢?这里有俩哥们,手持手杖,牵着一匹高大的马,马背上驮满了东西,就像一头骆驼。在他们眼里,我们看起来肯定像是《出埃及记》里的人物。

他们叽叽喳喳地过去了,身后的尘土席卷了我们。那两个男孩,手抓着车顶棚,半转过身子,还在盯着我们看。他们露出牙齿，雀跃着，做着嘲弄我们的动作。我朝他们挥手，而希德停了下来，手握着手杖，那姿势就好像那是一块什么人刚刚给他的湿了的小马饼干。他尖声大笑了一声。

"我的上帝啊！跟别人一样看看自己，一对讨厌的英国绅士。我们只缺绑腿啦。"他把手杖举在空中。"噢，混蛋的普里查德，还有他扯淡的书！"他将手杖扔进了五十码外的麒麟草丛中。

惊愕之余，我保持平静，将手杖安握手中。实际上，我更喜欢这样的感觉。但后来，没人再让我拿着它了。

*

我们坐在一道石头矮墙上，让威尔德去路边吃草。我们的鼻孔中混杂着浓郁的生长的气息、发霉的味道以及秋天蔬菜衰败时的刺鼻气味，耳畔大黄蜂和各种飞虫的嗡嗡声让人昏昏欲睡，褐色的蟋蟀在我们的脚上蹦跳，爬来爬去。我们左边有一条若隐若现的小道，其实更像是森林中的一个"小海湾"或者空地，倒不太像是条路，在大约一百英尺的地方合拢起来。一段石头墙壁沿着小路，消失在野樱桃、杨树和花楸树丛中。墙壁周围四处散落的石头旁都长着跟我大腿一般粗细的树。在树荫遮蔽的开阔地，一缕阳光照耀着开阔地与树林交界的地方，那里有一丝如闹鬼般的晃动，其实更像是一群小昆虫在拍着翅膀。

希德告诉我在独立战争时期，贝利和哈森将军麾下的军队在这片荒野中开辟了一条小路，试图从康涅狄格州的纽伯里到加拿大边境的杰伊峰侧翼。他们侵入加拿大的图谋没有得逞，结果就只留下了这条小道，如同穿越坎伯兰岬口的荒原之路一般。独立战争一结束，这条路就成了一条移民之路。

先前贝利和哈森之路的有些部分现在已经被高速公路所替代，

有些依旧被人一代代地用作耕作之路,还有一些已经消失在丛林中了。有块空地周围是十九世纪农夫们所建的用来护田(它们后来又变回了森林)的石头墙,希德觉得它应该就是消失的那部分道路中的一段。

在地图上,他让我看那条道路是在哪些地方横穿过皮查姆、丹维尔、瓦尔登、哈德威克,如何绕着巴特尔池转了个弯,爬上了去往卡拉夫茨伯利的山丘,又如何穿过黑河峡谷以及罗威尔山脉,进入了哈森道路的主路段。

这一切我都闻所未闻。在我看来,这些路都是自东往西,我个人对此的关注最远不超过科罗拉多州的本特城堡。而这段历史,这个朝着荒野浪漫回归的乡村,则像军号一样鼓舞着希德。倘若那里的丛林里掩藏着尼罗河源头的话,他热切的心情可能早就无以复加了。

他一边说话,一边回身看着夏丽蒂和萨莉将要赶上来的路。与往日无异,她们总是时不时停下来,看看野草,看看飞虫、浆果或者是蕨草。"快点,快点!"希德用他那奶牛一样的嗓音喊着,旋即又迅速回头看我一眼,笑得尴尬而又无诚意,"她在她妈妈的坟墓上都会研究植物。"

他还在为那个装东西的场面而难受,觉得自己受到伤害。但请注意,就在和她们相距几百码的时候,他站起身,开始顺着石墙采摘那些熟透的树莓和野樱桃。等她们赶上来,走得满脸绯红,夸张地呼哧呼哧喘着气的时候,他走了过去,先走到夏丽蒂那里,拿出了满捧的浆果,好像在说着什么。

"啊,谢谢你。"夏丽蒂说,喜悦得有些夸张。"噢,难道不好吃吗,纯天然啊?我喜欢它们皱巴巴的样子。"

几分钟后,我们再次出发,此刻夏丽蒂与希德走在前面,我和萨莉牵着威尔德紧随其后。可就在我们准备出发时,夏丽蒂注意到缺了点东西。"你的手杖呢？你把它丢在什么地方啦？真丢啦？噢，希德！"

*

萨莉和我沿着前面那两位在湿漉漉草地上踩出的小径朝前走。我们的臀部碰在一起，我搂着她。"做好准备去穿越没有路的丛林了吗？"

"哦，当然！难道不觉得刺激吗？"

"现在我们确信我们拿了茶叶。"

她眨了下眼睛，努了努嘴。"难道她不好笑吗？她知道，她觉得抱歉。"

"她应该觉得抱歉。"

萨莉站住了脚，威尔德边走边睡觉，险些踩在我们身上。"拉里，别再提这个去惹事啦。一切都过去了，已经过去了。"

"她就跟他妈一样，而不是他的妻子。如果她像比如说对待我们一样对待他，就万事大吉了。"

"朋友优先，家庭其次，她对待他的方式就是对待自己的方式。"

"哦，别，别，别呀。"

"她是我见过的最慷慨的人！"

"我不是那个意思，我是说她不应该用有时对待他的方式来对待她自己或者其他人。她必须是头儿。也许她会告诉他什么时候洗手、什么时候刷牙呢。我没想让她改变，但她生硬得就像一把劈柴的重斧。"

萨莉思索着，又开始往前走。"我不觉得她会有所改变。在她成长的家庭，她妈妈是主角，她不但有基因遗传，还有榜样去学。

她对我说，她父亲就她的婚姻所给的唯一建议就是让她去反抗。'对你而言，他不够强势。'他对她说。可怜的人，我猜这些他都知道。"

"去你的书房吧，"我说，"别待在我的客厅。"

我们都笑了，用脚踢着湿漉漉的草地。"他向你提过他的诗歌以及昨天他们闹别扭的事吗？"萨莉说。

"没有啊，什么诗歌？"

"我猜应该有几首。你知道她是怎么硬拽着让他去写关于勃朗宁的论文的，而他却在写诗歌。他投了一些给几个小刊物，他们用了两首。他兴奋极了，就把这事公之于众，而她却大发雷霆。他难道没告诉你？"

"一个字也没提。"

"她也是刚刚我们一起走的时候告诉我的。我猜她可能对今早的事情感到有些羞愧，想要解释解释。她说她清楚地知道，威斯康星大学不会凭几首诗让他晋升的，他必须写一些学术性的东西。她说系里只看重系里自己能做的东西，而他却正如她想的那样开小差，荒废了整个暑假，她都有些抓狂了。我猜他们确确实实吵了一架，她今天早上还有怒气。这就是为什么她非得证明关于茶的事他是不对的。"

我在小路上停下脚步，双臂拥抱着萨莉给了她一个大大的吻。她笑了。"这是干什么？"

"为了你是个明智的女人。为了我在把东西卖给杂志的时候你从来不恼火。为了你对我所做一切的赏识。上帝啊，为什么他就不能时不时地拿出一小时来做他最喜欢的事情？你想想她如果抓到他在储藏室里与女仆鬼混呢。"

"她说他得到长聘职位以后，可以做任何他想做的事情。"

"然后她应该会替他写关于勃朗宁的论文了。"

"为什么？你看到过吗？他已经写完几篇了吗？"

"他已经写完了两篇，而且已经有一篇被《美国现代语言协会会刊》退稿了。她提了吗？我猜他可能还没敢告诉她。否则稿件刚一退，就得立刻被甩到他脸上。"

"噢，"萨莉说，"太糟糕了！你的意思是说文章不够好？"

"不是太好，有想法，但缺乏创见，也就相当于一篇 A- 的学期论文吧。"

"他没有让你读读吗？你对他说什么了？"

"我能告诉他什么啊？"

谈着谈着我就为自己感到恼火，因为事实上，我都没有勇气告诉他我的想法。我倒是希望他告诉我诗歌的事，那样的话我就会让他好受一点，而不是感到愧疚。

"他俩怎么回事？"萨莉问。

"也没有什么大不了的，都很常见。他的心思不在论文上，只有她在意论文。"

"但是接下来他怎么办呢？"

"哦，"我说，"会怎样呢？我猜他们也许会晋升他，因为他对学生很好，又是一个很好的人，或者他们会一脚把他踢开，因为他发表的论文不够，也可能会把他晋升成助理教授，然后在晋升长聘职位的时候打压他。那样就更糟了。他无论如何都无法决定自己的命运，夏丽蒂也不行，他的命运取决于系里的政策和预算。我猜他们会让他难受，尽量往后拖。他们想让他走不太容易，因为他有钱，人缘很好，鲁斯洛又喜欢他，夏丽蒂在麦迪逊也很有影响。但他们可以这样做。"

我们继续前行，萨莉往前探出她的下唇，抬眼看希德挥着大砍刀在前面劈砍，那里的灌木丛几乎封锁了我们正在走的这条若有若无的小路。夏丽蒂站在他身后，避开他劈砍的区域。"那她只有死路一条,"萨莉说,"你对他文章的看法会不会是错的?你对学术性的文章总是不大有兴趣。没准系里比你更喜欢那些文章呢。"

"我希望如此,尽管《美国现代语言学协会会刊》不感兴趣。见鬼,我知道什么?他们一年后就炒了我。但你应该看看他正在做什么。勃朗宁对音乐的使用,瓦萨里对勃朗宁的影响。这些都不是学术刊物想要的东西,这些都是夏丽蒂对写文章的理解。也许她在史密斯学院的时候学期论文就写这样的题目。她到底为什么对晋升和长聘如此热衷呢?希德如果待在一个小学校,看重教学而不是论文发表,或者是哪个能让他成为契普斯先生①的地方,也许会好过很多。就这个问题而言,如果他们想待在麦迪逊,那不管他有没有获得晋升,都应该可以。"

"她会觉得羞耻的。"

"她会的,但我觉得他不会,或者只有她会。可能对他来说最好的结果就是来年在这里获得晋升,然后写写诗歌,了解了解当地的历史民俗,在天南星和卡里普索兰花出现的时候,在他的日记本里记下乌鸦是如何过冬的。"

"如果不能获得晋升的话,他的新英格兰式的愧疚会让他感觉难受的。"

"他的愧疚还是他的自尊?"

我们"沙沙沙"地穿过齐膝高的湿漉漉的草丛,萨莉说:"如果想要晋升的是夏丽蒂的话,她一定能成功。"

"她肯定没问题。但如果她认为她能让他违背自己的意愿去获得晋升,那她就太不明智啦。就像你把一个蛋奶派往墙上钉,它肯定会掉下来的,往上钉再多的钉子都于事无补。"

这下,我让她有点恼怒了。"你不能认为他就是个蛋奶派!"

---

① 契普斯先生(Mr. Chips),英国作家詹姆斯·希尔顿小说《再会,契普斯先生》的主人公,一个广受爱戴的好老师。

"如果她不放手,就会把他变成蛋奶派的。"

萨莉被惹恼的时候,很少骤然发怒,她只会闷闷不乐。好了,还是让她生会儿闷气吧。我说的都是事实,当然我跟她一样,很乐意看到一切有所改观。我们默默前行。就在前面,希德又开始劈砍开路。夏丽蒂跟在他身后,就像一个尽职的恭顺妻子。她是在忏悔吗?

我摇晃着手中的手杖,萨莉用眼角瞥了我一眼,说:"你就像这根走路时用的手杖。"

"有点派头了哈。"

"夏丽蒂有时是对的。"

"夏丽蒂总是对的。"

她边走边向道边拧了拧身,注视着我的脸,最后说:"你们谁都不会因为自我怀疑而获得奖励的。"

我有点惊奇。我是怎么卷进讨论之中的?我们讨论的是朗夫妇的事情啊。

"你不能带着你那过度的自信去看其他人,"萨莉说,"我觉得这就是你俩之所以成为你俩的原因所在,但这不应该让你自以为是地对待那些不拥有自信的人。可怜的希德一点自信都没有。他应该有,但他没有。也许他就只是拥有一个年长的、作为长老会会员的银行家父亲,也许就是娶了一个有主见的女人夏丽蒂做老婆。无论怎样,你知道如果他不能在她规定的期限内获得晋升,她会悲痛欲绝的,难道你还不知道这一切对他来说得有多糟糕吗?"

"我觉得那就是我一直在说的啊。"

"不,你感觉高高在上,你在讥讽他们俩。太让人伤心了,事实就是这样。她想以他为荣,但采用的是她对她父亲以及理查德叔叔那样贬损的方式。而她现在越来越担心,她越担心,就越想将她的意志强加于他。"

威尔德绊到了一块树根上,突然叫唤了一声。树林里也窸窸窣窸发出一阵声响,我的脸碰到了许多蜘蛛网。一丛蕨草上的水珠,眨眼似的闪着亮光。"好了,"我说,"别再争论那些我们无能为力的事情了,以免毁了我们的旅行。"

"不行,"萨莉顿了一下说,"你得给我承诺点事情。"

"或许可以,什么事啊?"

"别在旅行途中跟她作对,任何情况下。我知道你们都是那种爱争论的人,但现在不是恰当的时候。她担忧的是暑假已经浪费掉了。因此别火上浇油,哪怕她再不像话,都要友善以待。"

"我顶撞过她吗?我从没说过一个'不'字,哪怕是今早那样的场面。我跟老希德同志一样好,就会说好的,夫人,是的,夫人,很好,夫人。"

"你注意点,"萨莉说,"真的。"

*

我自然会注意点的。但那个一开始就有点麻烦的一天还真是麻烦不断,就像咬在一起较劲的螺丝。

"哈森之路"还真是比不上收费的高速公路,引导我们前行的石墙走了不到半英里就在树林中"蒸发"了。于是我们走进了一片沼泽地,海狸们在那里筑起了水坝,形成了一条小溪,淹没了好几英亩的土地。被淹死的树木光凸凸地挺立在那里,裸露在褐色的水面和草甸之上。我们试图穿过的地面完全是流动的,一点都不结实。就在最后决定绕一个大大的弯避开这里时,我们发觉自己置身于一片"森林风摧区",在那儿,来自哈德逊湾或者其他什么地方的狂风,就如大镰刀割草那样,将树木成片地吹倒。

炎热,疲惫,满脚是泥,身上到处被蚊虫叮咬,我们奋力前行,绕过了那片区域,等到脚下没有了泥巴、路面变硬的时候,我们才发现迷路了。

或者说也不是真的迷路了，只是不能准确确定我们身处何处。从手头的地图来看，我们是想从海狸水坝背后那条已经落在我们身后的小溪与通往艾勒斯堡镇的公路交会处出来。小溪在我们北边，公路在西边。我们要么向右，碰到海狸水坝后沿着它一直走到公路，要么就向西按罗盘的角度走个弧线（普里查德早就告诉夏丽蒂带个罗盘），直到碰上公路。希德和我赞成沿小溪往回走，沿途可能会有渔夫们踏出的小道。夏丽蒂想要走那条"罗盘"形的路。猜猜我们怎么办的。

猜猜我们走到了什么地方。在茂密的深林中挣扎前行了半英里后，我们来到了一片森林风摧区，路况比我们此前不得不绕开走的那一片还差。树木倒得纵横交错，有的已经彻底倒了，有的还半倒未倒，那些枝干倾斜、根部露出的部分，覆盖着覆盆子的藤蔓。对可怜的威尔德而言，这里是彻底无法通行了。它掉进了一个坑里，险些弄断一条腿（我们该怎么让它将脚掌揳进一个分叉的树干里，然后让它摔倒在地？）。我们把它拉出来之后，又一次决定还是绕路前进。地图上看起来大约一英里半的那段路，花了我们整整三个小时，多谢老天爷的恩惠，我们才算每个人都两腿完好地走了出来。

那条路，我们最终还是找到了，那是一条少有人走的、上面留着两道车辙的小路。我们向右转，走了一会儿便来到一条横跨小溪的厚木板桥上。希德将帆布桶卸下来，给威尔德打了桶水喝，它自己已经没法低头喝水了。夏丽蒂坐在桥上，脱下靴子和袜子，将脚伸进了褐色的溪流中。我喊起了堂吉诃德的战斗口号：达西妮亚！萨莉明白我的心思，警示性地看了我一眼，于是我对溪边那位女士避易就难的作风只字不提，而简洁容易地做事从来就不是夏丽蒂的习惯。大多数时候，她都倾向于选择按照罗盘走（有时依据的是一些稀奇古怪的权威），不管被引到哪里去。那天我时不时地想着是不是她,悄悄地用了一个假名,写了那本普里查德的书。

那个闷热的下午,我们拖着疲惫的双腿,继续行进在那条还比较好走的路上。我们从一个农妇那里买了两只鸡,她一边连珠炮般地说着话,一边迅速扭断鸡的脖子,拔毛,清理内脏。我们还从她那里买了十只玉米棒子。大约五点钟的时候,又向前走了两英里,我们就进入了那个小湖边的营地。那个湖我总记得是叫特克勒内克德湖,尽管那不是它的名字,而是它和与它连在一起的另一个池塘共同的名字。

小湖镶嵌在树林中,夕阳照耀着水面,旁边有一片空地,长满了适合威尔德胃口的肥美的杂草,也有足够的空间让我们安扎帐篷。我们卸下了威尔德身上的东西,拿下了鞍架,给它撒了一些燕麦,然后我们都跳进了湖里。湖水很浅,也很温暖。我们三个都仰面朝天漂浮在水面上,望着湛蓝的天空,幸福地感叹着。希德则为这个营地而着迷,精力饱满得就像西班牙猎犬,绕着位于圆形池塘边的一个小岛游来游去。那个小岛并不在湖心,就像个小学生瞪向一侧的眼珠一般。

我们休息了一会儿,回到了岸上。我捡了些树枝,希德燃起了火堆,然后在玉米上撒了点水。夏丽蒂和萨莉还得花点时间,她们坐在一根伐木上,像美人鱼一般梳理着头发,留下我和希德忙着打开食物篮,摆放碟子、刀叉、面包和黄油。就在我们取东西的时候,两位女士结伴钻进了树林。

在我从篮筐里取出的东西中,就夹着萨莉那天早上回去拿来的茶叶包。篮筐掏到一半的时候,我又找到了另一包一模一样的茶叶。

希德正在添火。"看。"我说。

他蹲在烟雾中看着,然后迅速站起身,走了过来,一手拿着一包茶叶,仿佛在比较它们的重量。他几乎有点鬼鬼祟祟地把目光从茶叶移到我身上,"嗨,"他说,"我们又不是要出航几个月的内河货船,只需要一包茶叶就够啦,你觉得呢?"他把一包茶叶放在我们当作桌子的伐木上,把另一包扔进了火里。空气中马上就有了一股草药的味道,但等到夏丽蒂和萨莉回来的时候,那味道早就散尽了。

火焰逐渐减退,烧出了很多上好的硬木煤,水开始沸腾。我将玉米剥了皮,放在剥下来的玉米皮上,希德已经用斧子将鸡从中间砍成了两半。"这需要多长时间才能熟?"他说,"我会做牛排,但从来没烤过鸡。"

其他人还都没来得及猜,夏丽蒂就蹦了起来,热情地笑着说:"让我来看看,"她说,"普里查德有一章专门谈的就是户外烹饪。"

那个名字一下就让我们活跃不起来了。希德蹲在火旁等待着,萨莉和我则小心翼翼,尽量不去看他们俩。夏丽蒂坐在一块石头上开始查阅她的"圣经",刚梳过的湿漉漉的头发披散在两颊边。她翻着书,停一会儿,读一读,又翻到另一页,又开始读。

"哈,在这儿!'野营烹饪第一法则:最好半熟,不要煮得太过。对任何野营烧烤的肉类而言,在很旺的木炭上面,一边烤三分钟就可以了。'"

我听到了她说的话,但不赞同。"他说的是汉堡吧。"

"不是,他说是任何野营烧烤的肉类。"

"那应该还是生的。"

夏丽蒂抬起头看着我。那天早上的事情还未了结,还是她一个人在对抗整个世界,或者至少是在对抗我,因为我是男士,是希德的帮手。她并未从按照罗盘行动中获得任何教训。"我打算让我的那一份每面烤三分钟。剩下的,你们可以选择适合自己的时间。"她面带微笑说。

稍后希德放进我们盘子里的鸡肉,都被看着表准确无误地烤了六分钟。鸡肉一点都没有上色,里面甚至还在渗血,咬起来艰难得就如同佛蒙特谷仓院子里的生活。

我努力啃着,尽管我是一个喜欢把肉烤到烂熟、讨厌生肉的西部佬。我想其他人也都在努力啃着。在傍晚的残阳中,我们坐在那儿的石头上、伐木上,脸上是火堆送来的温热,后背是不断加剧的冷爽,都在那里使劲啃着。桌上的刀没法切开鸡肉,我就用我那把瑞士军刀。切倒是能切下来,但切下的肉根本嚼不动。吃了两口后,我只好去吃玉米,玉米倒真是不错。

就在我已经开始吃第二根玉米的时候,我听到"叮当"一声有东西掉下了伐木。夏丽蒂将她的盘子"咣当"一声重重放下,"噢,呸!"她说,"肉还是生的。你说得对,三分钟一点都不够,为什么会有人写这样一本关于露营的错误百出的书?"

"千万别相信写书的人,"我说,"我们都是一群骗子。"

"哦,不管怎样,我表示抱歉,"她说,"这本该是一顿美妙的晚餐,都是被我破坏的。现在,来,把你的鸡肉给我,我来好好做。"

希德站起身,一声不吭地开始将火扒到一起,但她赶走了他。"别,我来做,我应该对我的一意孤行、不听拉里劝说表示忏悔。"

听拉里劝说,我赞成,但我觉得也许这是个好时机,说说第二包茶叶的事情,这样希德也能得到他的清白。他至少跟拉里一样,所说的话是值得倾听的。在提及此事的时候,我们本来应该讨论一下,当有人莫名其妙地采用一些书本的教条来掌控你的生活、忽略身边其他人的亲身实践和经验的时候,随之而来的危险会有哪些。

我接下来告诉你她让我想起了什么——一只我曾经养过的沙漠龟,那是我父亲在莫哈韦沙漠捡到的一只带甲的英雄,名叫"阿喀琉斯"。二十年代养龟风靡一时。人们把龟壳染成蓝色、红色,还有金色,甚至连它们的脚趾都染上色。我们曾将它们称为"好莱坞臭虫"。我的这位叫作阿喀琉斯的朋友很友善——整个冬季都睡在满是鞋子的壁橱里，从来不惹是生非。而当它在春天出来的时候，四处寻找，脑袋里只有一件事，那就是食物。它喜欢吃生菜、青豆、西兰花和卷心菜。它会表面平静地、热切地朝着草莓爬过去。我们经常拿它逗乐，放一些它喜欢的东西，看着它沿直线穿过草地爬过去。它会被灌木或者花坛挡住，有时会挡十分或者十五分钟，但最终它都会冲破阻挠，然后笨重地、慢吞吞地冲过去。在它前面放一本书，它也从不会绕弯，而会直接爬过去。放两本书，它还是直接爬过去。放三本书，它则会将书推到一边去。如果在它要走的路上放一个汽车轮胎那样没法搬动的东西，它会抬高屁股顶着轮胎待在那里，就好像一辆车，努力向前，但车轮只是在打转。一小时后回来，它已经半个身体都钻进土里了，但还在使劲。

此刻我在这里获得了凭证，那就是夏丽蒂不是我想的那样，不那么像阿喀琉斯。在无可争议的证据面前，她会改变主意，她会因为自己一意孤行而表示歉意。

她的话让大家都感觉舒服了很多。我们把生鸡肉给了她，她最后又烤了烤，每一面大约十五分钟，然后兴高采烈地端了上来。我们嚼着剩下的玉米，每人发一个橘子和一些巧克力做甜点。之后我挖了个洞将垃圾埋掉，希德在洗盘子，女士们把盘子擦干，放在一边。池塘上的太阳是红的，池塘里的水也是红的，小岛则陷入了黑暗，黑色的树林环绕着我们。在空地边缘，威尔德正在吃草，缰绳上的铃铛叮当作响。它走动时蹄子踩地的声音更像是来自大地的颤动，而不是杂音。这让它有一种深深地固化在那里的感觉，可是随着光线逐渐暗淡，它便成了一个阴影。

我们都很疲惫，谁也不想说话。夏丽蒂看起来尤其压抑。她坐在地上，斜身背靠着希德的腿，他用手抚弄着她的头发，抖动着好让它变干。就在她扭过头正对着他时，我看到她眼睛里有火苗在闪烁。我看见他吻了吻她的头顶。萨莉和我都面朝他们而坐，紧抱着膝盖取暖。

我站起身给火里添了些树枝，一只海狸在离我们很近的地方用尾巴拍打着水，在一片寂静中，那声音响得如同一把霰弹枪的枪声。我们都笑了起来，满心欢喜。"嘿，我们有伴啦！"我们屏息倾听着。一片寂静，一个涟漪，一声缰绳铃铛的叮当声，星星悬挂在树梢上。

"有人愿意跟它一起吗？"希德问，"睡前游个泳怎么样？"

我们没有人觉得有那精力。我们坐了一会儿，就只是享受着篝火、四周的黑暗和倾听森林的感觉。然后我们就仿佛得到暗示一般全都站了起来，跑去检查看有没有食物留在外面，以免让松鼠或浣熊钻进去，又将拴威尔德的桩挪了挪，好让它晚上有新鲜的草吃。随后我们打着手电做了祷告，女士在左，男士在右，互道了晚安。我们都觉得累了，浑身酸痛，都认为日落时的晚霞意味着明天会是个好天气，然后走向在空地上面对面搭建的各自的帐篷。我们在帐篷外脱衣服，映着星光和最后一点火光，彼此隐约可见。朗夫妇的身影消失了，萨莉和我先将脚伸进香肠般狭窄的睡袋里。

"你觉得怎么样？"我问。

"不错，太累了。"

"很累吗？"

"嘘，他们能听见。"

"你能听见他们吗？"

我们侧耳倾听，什么动静也没有，就连威尔德慢慢走动的马蹄声也听不到。

"好了，你是不是太累了？"

"是啊，当然了，"她说，"你也很累吧，我们明天都得浑身僵硬酸痛得像块木板，哈！"

"怎么了?"

"有石头,我想我最好……哦,在那儿,现在晚安,我要累死了。"

她的脸从睡袋里探了出来,努起的嘴唇找到了我的嘴。她的嘴唇温热,闻上去有洁面乳、柴火和牙膏的味道。"晚安,"她又说,"哈,我在想我是不是真能在这上面睡着。如果周围有铁杉树,我们就可以弄一张跟床垫一样软的床了,就像普里查德所许诺的那样。我倒希望威尔德身上能放下张充气床垫。"

"深吸一口气,"我给她提议,"把自己像浮水圈一样吹得鼓起来。"

*

我记得——我浑身的骨头都记得——起来时是什么感受,浑身酸痛地从坚硬的地上爬起来,一只胳膊已经失去了知觉,用裤子衬衫包着鞋子做成的枕头早就不在原位,我的脸就贴在渗着冷冷露水的防潮垫上。伸——伸——展一下,我蹬蹬腿,收收膝盖,再踹向睡袋的底部,就像一个跳水运动员从泳池底蹬腿向上游时那样。头顶是一片卡其灰,我确定了我在哪儿。是什么把我弄醒的?鸟儿吗?还是威尔德打了个喷嚏,把鼻孔里的草籽喷了出来?或者是它扯着缰绳想找好一点的青草?身旁的萨莉还在沉睡,只露出了一捧黑色的头发。

我小心翼翼地勾起帐篷帘,将它拉到一边。望着帐篷外的空地,我看到一片被踩踏过的草地,那块伐木放在早已熄灭的火堆边炉架的一角。外面露水很重,就在我用手扶着帐篷帘的时候,上面的露水滴到了我的手腕上。外面的草地一片阴郁,一些不知名的鸟儿飞来飞去,叽叽喳喳。真是它们把我从酸痛的睡梦中唤醒的吗?

不，在那儿，水花四溅的地方，是我们的海狸朋友吗？

我就像蛇蜕皮一般从睡袋里钻出，穿着内裤站起身来。地面潮湿、阴冷、凹凸不平，下面都是树枝。我在里面摸索着寻找我的鞋子和包鞋子的衣服。萨莉没有什么动静，空地那边的帐篷也门帘紧闭，一片安静。

接着便传来了些声音，男声女声都有，只说了一两句话。我转过身。湖面显然比空气要温热一些，上面水汽蒸腾。小岛在青灰色的湖水中葱绿一片。就在小岛的灌木丛背后，希德和夏丽蒂全身一丝不挂地走了出来，边走边采摘着浆果，放到一个金属炖锅里。

他们只在我的视线里出现了一小会儿，专注地忙着做他们的事情，根本没有朝我这边看。我站在那里，吃惊到起了一身鸡皮疙瘩，呆呆望着他们沿灌木丛边缘采摘直到消失。他们就如森林动物一般，一瞥之下就不见了。

但有一点印象是没法磨灭的。如果说曾经有男性能占据统治地位的话，那么就是希德了。他浑身肌肉，有点像米开朗基罗画笔下的亚当。而这天早上，他看起来很骄傲，对自己的力量很自信，甚至有点自大。夏丽蒂呢？则是个温顺的女人，顺从地跟着他，转身到他给她指定的灌木丛中去采摘，无须普里查德再给她提供那些不靠谱的建议。真不是普里查德召唤出了今早这样的场景，而且我确信，也不是普里查德召唤出了昨晚的场景。

我赶紧半弯下腰，因为我突然觉得如果希德四处张望看到我的话，他会大声叫我过去跟他们一起的，让我俩都过去。我不想去，原因很复杂。也许是因为在光天化日之下裸泳让我觉得不自在。我非常确定夏丽蒂也会这样觉得。也可能是我觉得这是他们的时间，他们应该独享。

况且，希德的身体条件是无与伦比的，他矗立在小岛上宛若天神一般。我记得有一天在码头时，我们都躺着晒太阳，他用一只胳膊肘撑起身子，把手放到萨莉的脚背上说："这是多么秀气、多么女人的小脚啊！"就像根本无视我的存在一般。自从我们结识以来，我不止一次地留下这样的印象，那就是夏丽蒂总是满足不了他的精力，而当她拒绝或者厌恶他的时候，他都会倾心于任何具有女性特征、让他愉悦、唾手可得的东西。

我会从跟他那些强项的对比和竞争中缩回身，然后关注自己那些让我信心百倍的东西吗？也许吧。不管怎样，我还是穿上衣服，走过去开始生火，同时尽量小心弄出点声响，以便让他们知道我起床了。很快我就知道他们就在水里，正在往营地游，希德推着浮在他身前的装着浆果的盘子。等站起身的时候，他们都穿上了泳衣。他们吵吵闹闹地上了岸，嘲弄我们是爱睡懒觉的人，然后在火堆前擦干了身子。漂亮的人儿，在火光前光芒四射。

夏丽蒂又做回了自己，诚恳坦率，她显然已经决心承认自己的错误，再也不像上次那样了。只要她下定决心，一切就都没问题了。那次旅行剩下的时间里，她快乐、有趣，愿意倾听意见，对别人充满了无尽的热情和关心，体贴而慷慨。就在她咯咯笑着，从我记得好像叫特克勒内克德湖的水中朝我们走来的那一刻，我们又都喜欢上了她，就像是看到了一个全新的夏丽蒂。

*

后来，当然是天都塌了。但先不说这个，让我按顺序来回忆。那次徒步旅行还给我们留下了其他东西。

在结束旅行的前一天，我们宿营在一条小溪旁，那条小溪穿过大理石石盆，溢出后成了一条条瀑布，填满了其他的石盆，然后又溢了出去。溪流的两岸，就跟石盆和瀑布一样，都是干净的石头。下了两天雨之后，太阳露出了笑脸。我们四散开，利用早上的时间晾晒帐篷、衣服和睡袋。

尽管下着雨,但此前的日子一切顺利,波澜不惊。我们享受了无与伦比的欢乐、互助与善意。我们曾有一晚在干爽的干草棚上歌唱,我们前一天还在除了玻璃食品罐、一切都能拧出水来的早晨做运动。此刻我们身着泳衣,惬意地躺在干净的大理石上,绿色的、白色的水流映着大理石的纹路从我们身旁流过,威尔德在瀑布脚下的茂密草丛中打着滚,不断朝空中蹬着蹄子。我们说,这节目真是值一百美元啊,你真行啊,威尔德。

我们沿着溪岸四散躺着,就像《国家地理》图片中沿着伊斯法罕河流晾晒着的刚洗过的地毯。我们全然身处安宁之中,舒适,慵懒,沐浴着阳光。夏丽蒂和萨莉每次有机会都会给家里打电话,哦,总共打了两次。一次是在乡村商店,另一次是在农场,她俩似乎已经忘记了被"丢弃"在家的婴儿。她们躺在那儿,年轻、健康、放松,没有丝毫忧虑,除了舒适和阳光,似乎忘却了其他一切。

"拉里,"映着溪流的杂音,夏丽蒂突然说话了,没有任何先兆,"萨莉,你们打算怎么办?"

"什么怎么办?"我问,"什么时候?"

"怎么生活?在哪儿生活?"

太阳照在我的后背上,就如同给我贴上了一剂膏药,温暖,安全,让人忘却忧虑。我从手腕上抬起头,看了看萨莉,她没有什么动静,然后我看了看夏丽蒂,她趴着,两手撑着下巴。她身后是希德,一头如海狮般壮硕的公牛,好像刚干完自己的活,还没有开始干下一个。

"在这个幸福的时刻,怎么就想起这个令人讨厌的话题了?"

"我一直在想。希德和我也一直在讨论。你打算去波士顿,然后尝试做个自由职业者吗?"

"我猜是吧,除非理查德叔叔能救济一下,给我找个工作。"

"你觉得你行吗？"

"命运会给我们一个答案。"

"你没人性啊，"夏丽蒂说，"你现在有老婆，有孩子。"

"我感谢她们，难道你觉得她们不喜欢波士顿吗？"

"如果没有东西吃，她们当然不。我替她们担心，我甚至都担心你，你要什么没什么。"

"上帝自有安排。"我说，其实我也不是特别相信这话，这样说只是因为我们躺在恩泽的阳光下，我不想浪费这美妙时光。"事情总得有个了断，我会获得普利策奖，我的书会大卖，那些杂志社会恭恭敬敬地来敲我的门。理查德叔叔会发现没我的编辑天才，他将无以为继。仙女教母将会现身。"

当然，正如此前一样，是她说了算。

"你觉得带着孩子，你们能熬过佛蒙特的冬天吗？"

希德已经翻身朝上躺着了，他正眯眼看着天上的层积云像无敌舰队一样飘过。萨莉没有动，但她光溜溜的褐色脊背在倾听着一切。

"我们不会去佛蒙特的。"我说。

"万一去了呢？这就是我们一直在讨论的事情。我们走后如果你们要待在那里怎么办？大房里有燃木柴的火炉，已经做过防冻了。因为房子是嵌花顶棚，所以很难热起来，但你可以把其他地方都关上，除了楼下和一个卧室。地窖里全是木料，如果你想要劈的话还有更多。你可能会想装一部电话，这样如果有人生病的话可以跟外面联络。这个你自己来办。反正房子就在那里，你们为什么么不用呢？写完你的书，获得功名，然后像土拨鼠一样在春天再蹿出来。"

这时萨莉转过头来，透过她的肩膀吃惊地看着我。希德从石头上站起身，满眼睡意，懒洋洋的，好像上帝的手指刚刚轻触了他一下。"拜托，"他说，"萨莉，拉里，拜托，那样会给我们都带来欢乐的。"

他们替我们操的心比我们自己都多。他们所拥有的这么多东西，在我们还未开始嫉妒或者请求前，都已经是我们的了。但有一种品德，一种我曾经认同的忍辱负重的品德，会让我去拒绝。我要自力更生，可以贫穷但要有傲骨，不要让我们变成那些富人饥肠辘辘的穷亲戚。但如果我们说"不"的话，我们失去的东西将会和他们一样多。

不管怎样，伦理上的尽善尽美总是很难企及。就像夏丽蒂在她创造性的白日梦中安排的很多其他事情一样，我们住在大房子里过冬的事情从未发生。托马斯·哈代（我最近刚刚给威斯康星高中的老师们教过）也许猜想过上帝在脑子里给我们安排了其他的活动。我个人的观点倒没有那么富有戏剧性。秩序的确是男人的梦想，而混乱，作为哑巴、瞎子、傻子的另一个代名词，则一直是自然的法则。

你可以为己所欲做好一切计划。你可以早上躺在床上，在笔记本里写满计划和意图。但仅仅一个下午、几小时或几分钟内，所有你计划和努力亲自去做的事情都将无疾而终，就如同一条鼻涕虫一样，一切还未完成，身上就已经被撒上盐，一命呜呼了。恰如在你发现自己正灰飞烟灭之际，你还以为自己一直都干得不错呢。

*

摩根家家事的突然和解让大家都很高兴，于是那天下午我们决定停止前行，继续待在那个令人愉快的溪边宿营地，然后第二天全程步行去巴特尔池，路程大约二十多英里。接下来的道路非常难走，但我们向自己证明我们能够保持非常好的节奏——每小时三英里连续走好几个小时。如果一切比较顺利，我们将会在下午早些时候到达。

萨莉，尽管没有竭力促成那个决定，却也表示她乐于接受这个安排。她那天感觉不是特别好，头有点疼，无精打采，可能有些过敏。午饭过后，她服了几片阿司匹林，便躺在树荫下去睡觉了。她有那个禀赋：疾病能让她昏昏欲睡。

我们剩下的其他人先是去满是大理石的池塘里游泳，出来后都如同鲑鱼一般，躺在岸边的石头上，盘算着下一年的徒步旅行计划，也谈到了希德和夏丽蒂也许可以在圣诞节和新年之间那段时间把孩子留给奶奶，跟我们待一段时间，一起去越野滑雪。我们还讨论了如果我选择留下来的话，宅院里可能需要我做的一些修缮和改进工作，以及如果大房间地下室在雨季总是冒出水的话我该怎么办。夏丽蒂向我透露，她和希德已经讨论过那种可能性，那就是一旦希德获得长聘，他们就会起身，带我们一起去麦迪逊。她告诫我，让我尽可能多地出成果，以便让那些乡巴佬看看他们犯了多大一个错误。

接着这个话茬，我们开始谈论起一所理想大学中的理想院系该是什么样的。当然，里面应该有我们，以及一些我们的朋友，包括阿博特夫妇和斯通夫妇。我想在西部某个地方建这样一所大学，也许可能在查科峡谷，而他们都觉得这所大学应该放在新英格兰的某个小镇的榆树下。最后我们各让一步，决定放在巴特尔池。我们躺在那儿，就像小女孩制作圣诞节小饼干一样，把未来切割成了快乐的星星和圆圈。

最后，夏丽蒂站起来，小心翼翼地光脚走过炙热的石头，朝萨莉躺的地方走去。她伸着脖子瞄了瞄，然后回来告诉我们说萨莉已经睡着了，正如我们预料的那样。夏丽蒂觉得她自己可能也想小睡一会儿，这样就剩下我和希德有机会沿着小溪探索了。

大理石石盆只有大约几百码的距离就到头了，接着山势开始陡峭，树木粗大起来，沟壑变深难以逾越。我们不得不沿山向上绕路，沿着一条动物或是渔民们踩出的小路，穿过茂密的灌木丛，蹚过一片长着齐腰高蕨类的沼泽地（那是鸵鸟蕨类，希德说，记得以前听说过），最后来到了一个石头平台上。我们俩大汗淋漓，四周一片寂静。我们又一起穿过了一片开阔地。

　　猛然间，一股水雾般的清爽扑面而来，我们听到了立体的、多音调的水声回响。地面在我们面前裂开，我们低头，看到了一个绝妙的峡谷，一段阴凉，一段布满阳光，峡谷里溪流时而欢腾，时而倏忽不见，时而又穿出石洞和壶穴继续向前，就像游乐场里的水滑道般光滑蜿蜒。在我们身下右边，水流从岩石上倾泻而下，奔流大约十或十五英尺的高度后冲入一个绿茵茵的水潭。乳白色的水沫沿着石壁涌动，水流冲荡着水潭，激起旋涡后向上涌起。在水潭比较低的那头，潭水漫过一块突出的岩石，便形成了第二道瀑布，虽然我们看不到它，但可以通过想象知晓它的存在。第二个水潭再朝下，溪流蜿蜒向前，消失在我们的视野中。

　　"上帝啊，"希德说，"怎么会有这样的地方？"

　　我就等着听诗歌了。有时，我会跟夏丽蒂一起，嘲笑希德总是会在看到什么美好事物的时候，便随口吟诵出别人的诗句。每每这种时候，他朗诵诗歌就好比巴甫洛夫的狗分泌唾液一般。福尔松山的日落，督伊德教徒的老枫树，还有绿色的森林，都是他吟诵的对象。在这里，最少我也应该听到点阿尔法河之类的诗，那是一条圣河，流过一座人们无法丈量的洞穴，汇入一片没有阳光的海洋。

　　但仅仅两秒钟后，我就意识到那只是柯勒律治侵入了我的脑际，而不是他的脑袋。毕竟，我们都曾在相同的体制下接受教育，像斯特拉斯堡鹅一般被填满了那些人所共知的，或者人们所说的人类从自然到迂腐的长期奋斗过程中所获得的最好的东西。这是我们许多共同点中的一个。就在我俩站着举目四望的那一两秒钟内，我了解了一些关于我俩的事。我俩是一类人，唯一的区别就是他在所有传统语言魔力面前都恭敬而虔诚，而我如果力所能及，便会窃为己用。他如朝圣者般面对传统，而我则是个小偷。

　　此种情况下，只有朝圣者的反应才更加自然而由衷。他摇晃着脑袋，愉悦地笑着，双眼闪着光芒。接着他卸下眼镜，小心地放到地上，解开衣扣，脱下衬衣。"这是洗礼的召唤。"他说。

那最美妙的一小时，我们在那个岩石和水构成的游乐室里嬉戏，从瀑布边缘纵身跃下，在水潭里游泳，再跳下第二道瀑布，从第二个水潭里爬上来，沿着下面弯曲的水槽滑下，然后又登上最高处的悬崖，再跳再滑。我们站在水中，脖子旁水在奔涌冒泡，我们一起商定，得把女士们带上来，当天或者第二天一早，在启程回家前让她们来一次。我们修正了第二年的行程，为什么不每年一次呢？为什么不把这个地方作为我们提神和放松的地方呢？这个地方我们不告诉任何人，就把它当作我们之间，或者我们与当地可能知道的几个人之间的一个秘密花园。

它让我感觉就是对我们下一个阶段宿命般的、充满希望的生活章节的一次净化。潭水泛着泡沫，涌出大理石潭盆，就快到我们的下巴了，我们在光滑的潭底踮起脚尖，竭力让鼻子露出水面。阳光摇曳，在我们眼中闪烁着、摇晃着落在参差的崖壁上。头顶是树木，树上是天空，潭水在我们身边迅疾地环绕穿行，水珠溅起，啪啪作响。水面的泡沫，时而聚集，时而纷纷破碎，真是一次心灵的抚慰。正是这样的礼物让我们对未来满含期待。

就在我满心欢喜地站在泡沫中时，我还不知道我也开始起了"泡沫"，虽然我没有发觉水里有盐。

我还算发现得及时。我们五点后往下走，迎面碰到了站在宿营地边的夏丽蒂。她心烦意乱，我们长时间不在显然让她有些恼怒。她本来想来找我们，但不敢留下萨莉，她正在发高烧，脑袋裂开般的疼，最轻微的动静或脚步声都会惹得她埋怨，她的脖子跟背都很疼。"她真的很难受，"夏丽蒂说，"不只是头疼，我们得带她去看医生。"

我承认我期望她是因为对我俩的愤怒而在夸大其词。我走过去，看到萨莉睡在她的睡袋上，平躺着，张开的嘴唇因为发烧而像上了一层釉，嘴里呼吸粗重。听到我过来，她眼睛睁了一下，稍微看了我一眼就闭上了。我都不确定她是否认出了我。我把手放到她前额上看烧得怎么样，她把头扭到一边，疼得大喊。她在说着什么，可是我没法理解她那游离的声音。我蹑手蹑脚地走到希德和夏丽蒂站的地方，我们都慌作一团。

不到半个小时，希德就用一根绞索和两根缰绳临时做了一个驯马笼头，然后骑在威尔德光溜溜的背上沿着小溪往下走，去寻找最近的村庄了，那里距这里大约七八英里。夏丽蒂坐在萨莉的睡袋旁，时不时从水桶里拧出一个毛巾来，放在萨莉的眼睛上面。我则忙着收拾东西，神情凝重地收拾食物篮，卷起睡袋和防水布，把这些东西都摞在一起，等着看什么时候以什么办法把它们运到路边，在那里，希德叫来的车会等着我们。

好运，满足，安宁，幸福，从来都不会蒙蔽我太长时间。我预期着最坏的结局，而事实确实如此。这些都是人类的梦想。

第二部

1

萨莉在里屋叫我，我进去帮她穿好衣服，然后打开门，推着她的折叠高脚椅来到门廊里。这样的椅子与普通椅子不一样，它的扶手能在她想站起来时，给她提供一个支撑。她坐在那里，深深地吸了口气，尽她所能地用力呼吸。

"闻起来难道不新鲜美妙嘛！你在这儿坐过吗？"

"也就那样。"

"还有点悲伤吗？"

"那是你想的。"

"你肯定想到了什么。也许你就只是有点忧郁。"

"是的，就算是我有点忧郁吧。"

"我猜肯定有原因，你看到什么人了吗？"

"鬼都没一个。"

她说："难道不觉得有点奇怪……"接着我看到她眼睛盯着远处和下面的什么东西。我转过身，原来是哈莉和莫。他们穿着短裤短袖站在小道上，朝着我们笑。

他们真是惹人注目的一对，算是波罗的海嫁给了地中海。哈莉高挑、漂亮，蓝色的眼睛很像她父亲；莫长得很圆润，犹太人，皮肤黝黑，活像亚述王西拿基立。他们结婚前一周，莫与我们一起住在这间客房里，暂时摆脱了新娘和她家里人以及婚礼筹备事宜，之后我们便对他有了些了解，并且很喜欢他。起先，我们也不明白，一个犹太人，还比这个受人仰慕的女儿大十岁，是怎么搅和到这个新英格兰的母系家族的？但我们其实无须知道。这个家族也就只是张开嘴巴，便像生吞所有女婿那样，将他吞了下去。

萨莉坐在她的高脚椅上，向他们回以微笑。她脸上未施粉黛，微微有些颤抖，那是她平静外表下热切的心情。能跟他们又见面多么让人高兴啊，他们就像我们的孩子一样，除了不是我们生的，其他方面没什么分别。

他俩一个接一个走上台阶，弯腰亲吻她。我看到他们尽量往后收着身体，以免把她抱得太紧而可能让她受伤。我看到萨莉的手，那只半握着拳头的手，依次拥抱了他们，满是迫切，这让我产生了以前从未有过的感触（为什么不呢？为什么以前没有呢？）：人类热情流露的姿态是多么动人而漂亮啊。莫握了一下我的手，哈莉亲吻了我一下。我们一直都微笑着。

"你们都休息好了吗？"哈莉说，"我们没打算太早过来。"

"那就对啦，"萨莉说，"我好好地睡了两觉，昨晚一次，吃完东西之后又睡了一次，拉里都已经出去转了一圈了。"

"他有没有再砍柴啊？那才是以前的模式。你们几乎都不来，我都听不到您和父亲活像童话故事里两位可怜的伐木工一样锯啊劈啊的声音了。"哈莉等不及回应，又问，"早午餐怎么吃？您想吃点什么吗？"

"不用太麻烦，"我说，"来点小点心就可以了，来半个木瓜？橙汁？佛蒙特树莓麦片？本尼迪克特煎蛋和一点火腿？小松饼之类的，或者华夫饼？咖啡？"

哈莉跟她母亲一样哈哈大笑。"美梦继续呀，女士们早吃过早饭了，她们都跟莱尔去了蒙彼利埃。她们也许还留了些黑麦脆片和农家干酪。"

"来点也行，"我说，"那两个我们没见到的怪兽什么情况啊？"

"吃得饱饱的，"莫说，"整天不知疲倦，让人筋疲力尽。多亏莱尔带着他们，野餐时再来。"

"那都是天性，"萨莉高兴地说，"太正常啦，我想听听你们每个人的情况。全家人都在这儿吗？"

"如果都在，那就不正常啦，尼克在这儿，但他得返回厄瓜多尔。巴尼和皮特今天会到，莱尔正在机场接他俩。大卫去年秋天开始就住在这里。他给自己在山上建了个圆顶帐篷一样的屋子，像个蒙古人一样。妈妈一定都写信告诉你了。"

"几乎说了每个人，"萨莉说，"关键是，她还能活多久？"

纵然是面对严肃的场面，哈莉也严肃不起来。她跟她母亲一样，天生就爱笑，此刻她笑着，悲伤只是一闪而过。"两周？一周？她凭意志在坚持着，但她实在太虚弱消瘦了，几乎不吃东西，需要不断休息。您了解她，她会决定什么时候走。有件事说一下，今天是她的生日……"

"噢，天哪！真是！我一直都……野餐就是为了这个，噢，我应该记得的！"

"不用担心礼物的事，"哈莉说，"你们就是她的礼物。别以为她连这些都不记得。她躺在躺椅上，带着她的笔记本，像个黑手党教父一般整天在谋划。直到所有事情都有了头绪她才会离去。她把自己记的东西都看了一遍，然后大部分都烧了。她给了我们每个人一个笔记本，上面记着从我们出生以来的所有事情。那的确让我落泪。你会觉得她就是大佬一般的女人，一切都在她的掌控之下，她会告诉每个人怎样做最好。而当你翻开那本婴儿日记，会看到她在关注着你的每一点进步，深爱着你，观察着你，对你充满希望，预测着你的未来。"

"我知道，"萨莉说，"这些日记我都看过。"

"现在她每天下午见一个她的孙辈，这是最后的会面。这会让我们明白一切。星期一是那对双胞胎，他们一起去的。昨天是玛吉。你记得玛吉吗？巴尼最大的孩子。"

"当然，她一定长成大人了。"

"快了，"哈莉说，"有点不幸，巴尼和埃塞尔分开了，您知道吗？真是痛苦，整天大喊大叫，吵闹不断，太糟糕了。他们没法在乡村一起生活，所以只要他从哈特福特过来，她就带着孩子去康芙蒂阿姨家。"

"你想要让他们停战。"

"直到妈妈离开。是的，埃塞尔也许行，但巴尼不行，他觉得妈妈是站在埃塞尔一边针对他的。当然，她的确是这样。不管怎样，玛吉是哭着回来的，哭了一下午。"

"可怜的孩子。"

"真是一团糟，不光是妈妈将要去世。但她对此毫无顾忌，经常开玩笑，如果你相信的话。我也不认为玛吉这么烦恼是因为他俩要分开。到现在她已经不得不习惯了。而当她看到孙辈们排成行，一个一个走向屋里时，真的非常肃穆，然后就轮到她了。她说她出来的时候感觉妈妈已经核对完了她那待办事项中的一项。她感觉一切都彻底完成了，仿佛这个世界已经终结了。她喜欢她妈妈和奶奶，但她却是站在巴尼和爷爷那边的。"

"希德？"我说，"他也在这件事上选择站队了？他是怎么处理的？"

哈莉只回答了第二个问题。"跟您期待的差不多。"

我们等着，但她没再说什么。无穷的尴尬如花粉般笼罩着整个门廊。莫最后打破了尴尬。"饭怎么样了？我不知道你——你——你们都感觉怎样，我快饿死了。"

"我也是。"萨莉说，她从椅子的扶手上拿下了手杖。

莫急忙上前搀扶。他的脑袋比身体要灵敏得多。好几次，萨莉和我都在《今日》或其他一些广播中听到他在解读或预测经济形势，我们还说他脑袋转得要比他的嘴巴快得多。聪明博学的他在广播中听起来像一个口齿不清的人。倘若没有口吃问题，他可能有生之年会成为每一届民主党政府的首席经济顾问。你得读他的书和文章，才会知道他有多聪明，你也只有私下里了解了他，才会明白他的木讷笨拙掩盖了他的多少温文尔雅和体贴周到。

为了让他不堵在路中间，我说："注意一下椅子好吗，莫？"

我双手撑着萨莉的腋窝，扶她站了起来。莫拿开了椅子。哈莉就在那儿看着，脸上有点畏难与不情愿。尽管萨莉在哈莉出生前就已经行动不便了，但我们始终觉得，哈莉就是在特克勒内克德湖那晚怀上的，我们彼此已经八年未曾相见，我觉得让她再看到腿部不便的人是多么无助，对她而言是有些震惊。

萨莉已经拄稳了手杖，正在转身，莫又一次蹿上去帮忙。萨莉平静地微笑着对他说："谢谢，我自己能行。"

"台阶呢？"

"我可以。"

"你们听说过站在冰上的猪吧，"我说，"她看上去胆怯而犹豫，但她能像站在冰上的猪一样自立。"

莫不情愿地退了回去。萨莉摇晃着来到台阶顶部，斜着身子把手杖放到下一阶台阶上，晃着她那钉着钢板的晃悠悠的双腿，刚好擦着门廊的地板，往下迈了第一步，然后是第二步，然后到了地上。莫在一旁折叠好椅子，在她蹒跚着走向小道时，紧随她的身后。他挡住了我的路，因为我想离萨莉更近点。如果她的一根手杖被绊住或者碰到松软的地方那就糟糕了。她骨盆破裂过，一只手腕断过，所以她没有她表现得那么抗摔打。

我没法伴她左右，可是摇摇晃晃走了几步之后，萨莉便能照顾自己了。她停住脚步，转过身，幽默地努着嘴唇，睁大眼睛说："莫，我爱你，但如果你能给我一个绅士般的胳膊，我就不会摔个嘴啃泥了。"

她说得很好笑，我们都笑了。就在我蹭过莫身边来到萨莉身后的时候,他满含崇敬地冲我摆了摆头。因为勇敢,萨莉从来都是朗家和埃利斯家中的一个传奇人物。为什么不呢?

小道变窄了,更加杂草丛生,如果希德还住在这里的话就不会这样了。接着路又变宽了,我们来到了他的老书房前。眼前是腐朽的木瓦,下垂的门廊,窗台的角落里布满了蜘蛛网。

萨莉停下来说:"它看起来跟以前一模一样。"

"应该是,"哈莉说,"我们从来都没碰过这里。"

"自从他们搬到上屋以后?"我说,"就是你结婚的那个夏天。八年以前的事了,莫,你怎么不接手呢?"

"我要一个作坊干什么?我连漏水的水——水——水龙头都不会修。至于书房,我用楼下的那间卧室。"

"它依然是爸爸的避风港,"哈莉说,"上屋是妈妈的手笔,还记得她是怎么安排那帮布鲁斯小伙子们用链锯忙活了整个夏天和秋天来清理道路吗?就是这条'高速公路',我们以前都这么叫。现在长了些草,但还是比许多城镇公路都宽。爸爸对这些从来都不插手。他的心思在这里。他喜欢在这里修理家具,给邮箱印名字,看着鸟儿鸣叫,记记日记,写写诗。"

"他还在写诗?"

哈莉侧目瞥了我一眼,撇了撇嘴说:"他难道不写吗?"

"你妈妈曾经认为他写诗就是浪费时间。"

哈莉笑了。"她还是这么认为的,特别是去年春天,她发现他给一个女学生写诗以后。"

"我的天啊,"萨莉惊愕地说,"别告诉我,他还总是什么都被她的'法眼'看得一清二楚。"

"他还是那样。这不是什么阿伯拉尔和爱洛伊斯[1],就是不长心,

---

[1] 彼得·阿伯拉尔(Peter Abelard, 1079—1142),法国中世纪哲学家、神学家、诗人。爱洛伊斯(Héloïse d'Argenteuil, 1101—1164),法国中世纪修女、作家,彼得·阿伯拉尔的学生。两人之间的恋情已成为法国文化史上的一段传奇。

他是她崇拜的教授，她是崇拜他的弟子，我猜他乐于被崇拜，但这的确激怒了妈妈。"

因此，没有发生多大变化。希德依旧在努力沿着一条受夏丽蒂思想监督的道路前行，她也依然在竭力阻止他做那些在她看来让人无地自容的不靠谱的事情。为了转换话题，我说："我能进去看看吗？"我曾经嫉妒他有这么个地方。

"当然可以，萨莉，你能上去吗？"

"我就待在这里等着吧。你去，莫，如果你想去就去吧。"

"我跟你在这里等着吧。"莫说，然后帮她打开了椅子。

萨莉大声说："莫，你太殷勤啦！我完全能稳稳地安全地站在这里，真的。"

哈莉和我走上门廊，我滑开了板条门。快到中午的太阳，在地上留下了一个缩小的长方形光斑，正如我一个又一个夏天在游泳时间之前贸然闯入（他欢迎被打扰）时看到的那样。

每件工具都各就其位。那块脚蹬磨石，他曾喜欢称其为佛蒙特风格的磨石，就像旧石器时代的自行车一样站在地板中央，带着它石头做的磨盘，铁做的底座和漏斗形的水罐。铁砧还在它过去一直放的地方。那里还有带着好几个虎头钳的长凳，还有油漆间，这样的油漆间我还在搬到坡瓦克迪时仿制过。但当我打开门，才发现这个油漆间跟我的完全不同。那些油漆罐都按照大小摆放，每个罐子外面都没有漆渍，盖子都盖得紧紧的罐身都缠着一条遮蔽胶带，上面用水彩笔做了标记：主屋、厨房、儿童房门窗边、客房浴室。

墙壁的配挂板上是木工工具，没有一个电动工具，所有工具都是为徒手使用而设计的，悬挂在画好的轮廓内：锤子，从磁化的大头钉锤到六磅、八磅的大锤；木质和橡皮的大槌；短柄小斧和长斧，单刃的和双刃的都有；手摇钻和一套各种型号的钻头；螺丝刀和凿子，都由小到大排列；钢锯、开孔锯、纸浆锯、纵割锯和横切锯，表面都蒙着一层蓝色的油膜。对面的墙上，所有的东西也都放在画好的轮廓内：耙子、锄头、锹、长柄大镰刀、镰刀、修枝剪刀、大砍刀、碎石锤，还有一条七英寸宽的伐木锯，锯齿就有三英寸长，现在已经被链锯淘汰了，成了古董。

长凳上面的搁板上放着一排盖着盖子、贴着标签的泥瓦匠罐子。钉子按照大小和型号分类，木螺钉也一样，依次是炉用螺栓、铆钉、曲头钉、大头钉、订书钉。凳子下面作为主要支撑的厚木板上，有一排两磅的咖啡罐，上面也贴着标签：开关，插头，插板，电线。

"看到了吧？"哈莉说，仿佛她带我来这里要证明什么一样，"什么东西都保存，你刚认识他时他也是这样吗？像这些东西：几碟剩下的米饭，半块烤土豆，一点大黄酱，两三块嫩笋茎，他也存在冰箱里吗？这让妈妈简直要疯了。"

工具房里的灯光黯淡而清冷，是那种充满了怀旧的光亮。"他为什么这么吝啬呢？"我问，"是他觉得她奢侈所以他不得不吝啬吗？还是他害怕变成一个清贫的第三代清教徒？"

"这不是钱的事，"哈莉说，"他从未想要她节俭。她觉得她蔑视奢侈和舒适，但她是那种如果想得到什么东西，就会一掷千金，花钱花到让你害怕的人。他从未埋怨过，总是很慷慨。"

"没有人比我们更了解他。"

她眼睛看着我，有点犹豫。"如果他俩中有一个人对金钱不屑，那就是他，只是……我不知道你站在谁那一边来看。"

"他们之间还分彼此吗？有这问题吗？"

"我只是说……我不知道。他们俩谁也离不开谁。他需要她管，她需要管他。我只是希望能更加平等一点。她对他总是太强势。她可以做任何她想做的事情。她不光有个家，还有上百件其他事情要做。她能轻松地从社会活动转到贵格会，从贵格会转到心理学，从心理学转到妇女解放。而同时，他只能做她让他做的事情。他们都觉得有些失落。即使是现在，她马上要去世了，但似乎还是觉得他无法生活自理。她告诉他该如何恬淡地直面这一切，而他却悲伤不已，这让她很恼火。"

"他们俩谁都不容易。"

"不是，"哈莉愤愤地说，"我倒希望他能争点气，让她听话。是她惹人讨厌，她在自己找罪受，我希望他能更有主见一些。"

这些话就跟我以前听到的一样，那已经是很多年前了。

"这个工具房是他的安乐窝。"哈莉说。一些可能是愤恨的情绪让她的脸有些微红，就像以前她妈妈会因争吵而涨红脸一样。"你看看，你以前看到它们乱过吗？比如木屑遍地，油漆刷扔在油漆桶里，工具四处乱扔，就好像有什么重要的事情还没做完一样。我是从来没见过。他把这里打理得像医院的化验室。他总是在忙着要么清理什么东西，要么就是削啊磨啊，像铅笔、工具等任何需要削磨的东西。上周我进来了，你可能都不相信，我进来时，他正在用铁砧弄直用过的钉子，然后装进罐子。如果真出现铁短缺的话，那我们是不用愁啦。"

"是有点让人难过。"我说。

"当然难过了。"她的笑声悲痛，几近一种令人难以置信的怒吼。她让我有些窘迫，很显然她自己也是。

我说："闲散也是一种放松，适合思考，而他是个愿意思考的人。他本该做一个有文化、绅士般的农夫，后院有一台望远镜，有个大大的图书馆，还有各种用来思考的时间。"

"一个乡村里的牛顿？"她回应道，"那他的定理呢？"

她的语气中有一种非常接近蔑视的感觉，让我有点悲哀。"难道非得成为不朽的人物吗？"我说，"我们都是有尊严的无神论者，哈莉，只要不会让世界起火，我们就别那么彼此过于苛责。这样的事情已经太多啦。"

我有些过于尖锐,即使没有我责备,她也已经很恼火了,面颊的颜色又加深了一层。她不高兴地用带着歉意的口吻说:"我知道,我有点像妈妈。但他从未从过去的准备中获得什么,这一点的确让我生气。他一生都在做准备,他准备好,然后又清理干净。"

卡在窗户上的飞虫在嗡嗡鸣叫。透过哈莉的肩膀,穿过朝向那间单坡书房的门,我看到了那张书桌,还有上面放满了书的小书架。

"喂,"莫从外面喊,"你们在里面睡着了吗?"

哈莉扭过头似乎想去回应,然而却对我说:"你觉得如果她支持的话,他能成为一位诗人吗?"

我摊开手说:"诗人是那些已经写过一首诗的人,他已经写了不少首了。其中一些不是太好,你妈妈说得对,他太尊崇以前的诗歌了,满脑子都是那些东西,他教的时间越长,他的诗歌就越像马修·阿诺德。但是,他是个诗人。我记得多年前,他曾有一首诗发表在《诗歌》上,他让我看了近半打与此相关的信件。有人说,读了这首简单的小诗,了解了某些镶着宝石的小甲虫如何生活,以及如何在石松树林里不为人所觉察地做爱,他们感到愉悦,增长了见识。"

"这种信件你随时都能看到。"

又一次,她让我觉得生气。这样的女人在这样的家庭里太武断了。纵然他的生命已经到了垂暮之年,他们总还是有其他更好或者是更出彩的事情让他去做,而他想做的,只是安静地待在石松林里。我想说的不是将我相对的成功与他相对的失败做一个比较,而是他那无法满足的渴望。因此他给一个崇拜他的学生写信,也就没什么值得大惊小怪的了。

哈莉又耸了耸肩膀,做了个歉意的姿势。"你知道达特茅斯学院去年给他颁发了一个杰出教师奖,最后也让他当上了正教授。"

"我不知道，他们怎么没有写信告诉我？那太好啦，我希望他会很开心，她也是。"

她的闪烁其词让我有点好奇。"我猜他会吧。他当然会了，妈妈嘛……哦，你了解她。也许是太晚了。她喜欢这个奖项，也为他感到高兴，但她说在退休前获得晋升有点像是施舍，有点安慰奖的意思。"

"我的上帝啊！"

"我觉得她不是在说泄气的话，只是务实的考虑。康芙蒂阿姨说，她从来都过不了威斯康星那个坎，在那里她沮丧失意，精神崩溃，不得不去休养所待了两个月。"

"我记得。"

"你记得那个大房子吗？你曾看到过吗？"

"只看过一次，就是我从温泉将萨莉带回家的时候。那会儿还没有完全竣工，但的确是座好房子。"

"妈妈不会提及它的。我觉得我只记得一点点，就是那楼梯。但也许不记得，我们走时我才三岁。有一次我在相册里找它的照片，看到妈妈将所有关于它的照片都撕下来了。'它已经死了，'她告诉我，'已经没了，忘了它吧。'它是指什么，拉里？仅仅因为没有发表足够的论文？他是一个好老师，比我们学校的几乎任何人都好。他能编出非常重要、让人兴奋的书来。我上过他的课。"

"他是不走运，"我说，"他申请长聘的时候，正值战争征募所有大学生的时候，大学数量也在大幅削减。"

"在我看来，"她含混而又不满地说，仿佛这个话题既让她觉得无趣，又让她生气，"我了解的事都是康芙蒂阿姨告诉我的。她说爸爸本来也要去参军，或者像你那样加入战时情报局，尽管因为有四个孩子他无须这样做。而妈妈当时正处在从贵格会教徒向和平主义者转变的阶段，一切都一团糟，她不愿意让他哪怕是去干一份战时的工作。于是他们来到了这里，完全无所事事地待了三年。对我们孩子们来说，这实在是太好啦，而对他俩而言，想必像是在西伯利亚流放一般。"

"这也正是他以前所期盼的。"

"他的主要工作，就是给那些缺人手的农夫帮忙。"

"一个战时工作。"

"她认为那是社区工作，她总是社区里的积极分子。"

哈莉有一双漂亮的眼睛，眼白非常清澈，虹膜是矢车菊般的蓝色。我意识到那双眼睛就是希德的眼睛，只是没有戴眼镜，而且放在了一个女人的脸上。

"那些年你究竟见过他们没有？"她说。

"也就几次吧，萨莉行动不是太方便，战争弄得去那里很不容易，就算她没什么事也一样。"

"但你们经常彼此写信。"

"哦，是的。"

"他们痛苦吗？他们有没有抱怨？"

"没多少，他们把战时的物资短缺和苦难都当成了一场游戏。他们经历了从未曾经历过的农村生活。倘若他们能够忘记威斯康星的一切，那他们就能尽情享受自己的生活了。"

"不过后来是你拯救了他们，让他去了达特茅斯学院。"

"我那时很担心，也很忐忑，我甚至不确定他是否会申请那个工作。这让他重返了当时我们在麦迪逊的岗位。"

"妈妈觉得你给他帮了大忙，他们都是这么觉得的。"

"我希望是吧。"

门廊上想起了"噔噔"的脚步声，莫出现在了门口。"我讨厌催促人，可是如果我们谁也不告诉克莱拉一声，那就得三点吃饭啦。我们是不是告诉她该开始了？"

"我马上就来。"哈莉又对我说,"你看书房了吗?"

我还没有仔细看过。"我能不能到书房里看一眼?你先走,我随后就到。"

她走了。莫冲我扬了扬眉毛,跟着她走了。

书房里跟工具房一样整洁。书桌上放着手提打印机,盖子是合上的;一摞方形的黄色便笺纸,一个日本笔筒,里面插满了削尖的铅笔。书桌上方是书。我借着昏灰的光线看了看它们的名字:《牛津大辞典》,罗热的《同义词词典》,韦氏《同义词词典》和《牛津英国文学指南》,一本同系列美国文学指南,巴特利特的《语录》,《金枝》,还有一英尺高的各种关于鸟、花、书以及蕨类的书籍。书架上还有一本书反放着,书脊朝里,我将其抚平后发现那是一本韵律词典。想象一下他听到脚步声慌忙把书藏起来的样子,我为他感到羞愧。看了一会儿,我就把书放回了它原来的样子。

2

借道麦迪逊从温泉到坎布里奇，就好比绕道西雅图和格林湾去达拉斯，但我们确实是那么走的。因为有他们，我们就得这么走——因为夏丽蒂想在长时间的痛苦理疗之后，向萨莉表示一点关切和友善，还因为她想考核一下费洛斯夫人，看看我挑的人是不是适合照顾萨莉。她在很多事情上都不相信我的判断。而且，我们也得接朗，我们自从九月开始就没看到她了，感觉隔了一千年。

新房子到了三月还依旧能闻到油漆和灰泥的味道。正在融化的雪堆下面的院子，乱七八糟地扔着木料和石棉水泥板的残片、油漆桶，还有墙纸的碎片。夏丽蒂设计的小径，一条能够穿过树林瞥见远处湖面的景观带，已经清理干净了。路两边栽着两排光秃秃的杨树苗。我们坐在有些过于温暖的客厅里，透过一道墙上的双层玻璃窗，看着远处的景色，心中满怀想象。客厅一角的游戏围栏里，一条金黄色的猎犬带着八只小狗，我们看时，正在打盹。夏丽蒂的孕相已经很明显了。巴尼和尼克已经发现了曲形的楼梯扶栏可以滑上滑下，互相追逐着上下嬉戏。

这是一个纪念日，或者说接近于一个纪念日。朗和大卫一起举行了一个一周岁派对，两人一起蹒跚学步，享受着相聚的这几天时光。照片拍了很多张，满怀敬畏地谈论着自从莫里森大街的那夜之后发生了多少事情，当时接到了一封来自哈科特出版社的信件，我们的整个线团都开始解开了。在那个忙碌的时刻，我几乎都没留心我的书。书出版了，获得了一些让人高兴的评论，销售的情况也就跟理查德叔叔猜想的差不多。这本书没解决我们任何问题。

但至少有一件事得到了解决：我现在是凤凰出版社的一名编辑，挣的薪水接近我在威斯康星时的两倍，而且在坎布里奇的特洛布里治大街还有一套公寓。我们都觉得夏丽蒂说得对，人最好往前看，不要往后看。我觉得是怀孕让她不得不这样的——如果怀孕了，你就只能往前看，我猜是这样。但同时，她待在屋子里，也没放弃任何一丁点她为希德构想的未来蓝图。她从鲁斯洛太太那里得到鼓励，听说鲁斯洛教授很看重希德，认为他是年轻一代中最值得信赖的人，给他的教学报告中全是表扬，而他本人在很多委员会中担任职务。夏丽蒂认准了这条路，看得清晰得如同她窗外未完成的景观。很快，春天就会融化积雪，揭露出地面的杂乱和疤痕，而她则会开始工作，将这一切变成一道风景。

让人觉得愉悦的房子，还有愉悦的造访，尽管三天后我们离开的时候，萨莉和夏丽蒂都眼噙泪水。

接下来我们之间的一次分别，我现在回头算，大概长达两年之久。从我们在坎布里奇安顿下来开始，我们就很少做预算。我还是跟以往一样，身兼两职，每一周都从头忙到尾。萨莉则耐心地、毫无怨言地继续做着理疗。我们想了些小办法，也设计了一些小工具，好让她生活方便一点。但纵然是有费洛斯夫人帮忙，而她也的确富有同情心，犹如慈母一般，绝少生病或感到疲倦，但我们觉得自己仅能竭力度日而已。

一九三九年的夏天，我们一次也没有去巴特尔池；一九四〇年也没有。夏丽蒂来过一次，却只待了一天。别人的房间，他们的日常活动，她都无法掌控，这让她觉得心神不宁，她可不愿意像萨莉那样，变成别人的负担。

而到了一九四一年，萨莉的情况好转了许多。她已经能够依靠手杖，比以前更稳健地四处走动了。她觉得她能应付那些木板小路和宅院里的石头台阶了。她不害怕那些看着可能会让她摔跤的地方。朗那会儿只有三岁，已经懂得在湖边玩耍的乐趣，也愿意和朗家的小朋友们为伴了。当夏丽蒂写信相邀时（背后附着希德潦草的邀请函），我们便同意了。

我们其他方面的状况也都有所缓解。我喜欢我的工作，理查德叔叔明显很喜欢我做事的方式。我的第二部小说已经出版了，基本上也像理查德叔叔预言的那样，无人问津，却再一次得到了几条恭恭敬敬的评论。我也在时不时地卖上几篇短篇小说，同时还在为三四家杂志写书评。我们已经偿还了欠朗夫妇的第一笔钱——两千美元。

在巴特尔池，一切——好吧，几乎一切事情，都跟从前一样。整洁、热情、关切、体贴，社交的愉悦、紧张的工作和尽兴的玩耍，让我们每天躺到床上，都对这个地方和这些人心存感激。我们似乎都忘了，在我们长久的忍耐坚持中，友谊到底意味着什么。尽管由于萨莉的身体状况，我们没法再一起去散步、游泳、驾舟，去从事这些以前填满我们美好时光的活动，但我们四人组还是没有散。我们可以在晚餐后静静地一起聆听音乐，或是在门廊上坐着聊天一直到很晚，看着星星从屋檐下划过。我们朗读了很多东西，福克纳的一篇小说给予了我们一个口号，"他们可能会杀了我们"。我们带着福克纳那冥顽不灵的乡下人语调大声朗读："他们可以杀了我们，但不能彻底打败我们。"

萨莉非常高兴，因为每次好几个小时，我们都全面地接纳了她。至于世界上其他地方的那些悲痛和哀伤，我们只能将那这些我们无法阻止和治愈的事都抛在一边。倘若希特勒撕毁了与斯大林的协约，德国的装甲车将战火烧进波兰和苏联，一切将会怎样？如果已经沦陷的法国维希政府将印度支那的控制权移交给日本，那又会怎样？如果在国内，人们开始淡忘《租借法案》、"美国优先"和柯富林神父①，一切又将怎样？倘若所有的组织彼此相遇、争论不休，倘若每个人都因为难以理解党章而绝望地退出共产党，而那些顽固分子还继续集会，抗议对厄尔·白劳德②的持续监禁，一切又会怎样？如果……忘了这些吧，头顶苍穹，我的小伙子，喝下你的麦芽酒。

一九四一年夏季，我们就这样度过了三个星期，就如同驾车行驶在空旷无人的马路上，而暴风雨正在前方和两侧聚集。在他们身上，阳光依旧普照。谁知道呢，乌云可能会裂开、消散，了无影踪，暴雨没准最终不过就是一场大阵雨而已。在这期间，阳光耀眼而可爱，平顶的大山穿透一片黑暗，让阳光温暖着它们尽头的悬崖，彩虹出人意料地横跨在山谷之上。

对我和萨莉而言，我们的未来已经成为可能。尽管萨莉身体残疾，但我觉得我们能够获得成功。朗夫妇同样也可以。他们已经融入了麦迪逊，就好比石头砌进了墙里。他们的屋子是系里的社交活动中心，他们的朋友遍及整个学校，他家的客房在周末从来都没有空过。夏丽蒂也乐于承认，学术圈并不是她曾经认为的那样不可或缺。那本我们匆忙编纂的教科书在一九三八年春季已经在很多地方得到采用，这让希德感到很满足，甚至还获得了一些版税。他正在忙着将一些维多利亚时期的诗歌和散文结集，多德米德出版社已经答应帮他出版了。

从来没有哪些家庭主人能与他们相提并论。一开始，我们还感到有点小伤心，因为我们待在他们家时，都没法得到专心接待：先是一个威斯康星的毕业生和他妻子来住了几天，现在又从纽黑文来了夏丽

---

① 柯富林神父（Father Coughlin, 1891—1979），美国天主教神父，20 世纪 30 年代著名的民粹主义者，在"二战"前普利用广播节目大肆宣扬其右翼极端主义主张。
② 厄尔·白劳德（Earl Browder, 1891—1973），美国工人运动活动家，曾任美国共产党总书记。"二战"全面爆发后，美国罗斯福政府借战争之机迫害共产党人，包括白劳德在内的数名美国共产党领袖于 1941 年被逮捕入狱，直至一年后才因群众抗议获释。

蒂一个失去丈夫的大学同学,接着还有两个希德在耶鲁的同学要过来过周末。从六月初开始,就一直这样人来人往。他们热情欢迎并接待了他们所有人。朗从我们抵达的一刻,就与他家的小孩融为了一伙。费洛斯太太真是一个慈祥的阿姨。

整整三周,没有一点彼此抵牾的迹象。他想要的,就是她渴求的;她渴求的,就是他想要的。他们所拥有的,就是他们都需要的。曾经栖息在梦茵湖的"毒蛇"始终未露半点踪影。

我们临行前的那天早上,家里人全都聚齐了:希德和萨莉,四个孩子,还有小保姆。在我们未曾相见的这一段,夏丽蒂的衣着更加奇怪了,看起来像个算命先生。希德比以前看上去更健康了,自信,状态极好,还是当年那个矗立在特克勒内克德湖岸小岛上的神人。很快,我们就会有实在的证据表明,威斯康星那个问题愉快的解决方案产生了一个可以预见的结果:到了十月,夏丽蒂会写信告诉我们,他们的第五个孩子(因为想要个女孩而取名为埃尔希)马上就要出生了。

他们手挽手站在树荫间洒下的斑驳阳光里。"好了,重要的事情啊,"希德说,"记住密码:他们可以杀了我们,但不能彻底打败我们。"

我们的手伸出窗外,我们伸着脖子想要看他们最后一眼,看看这两个让我们觉得舒服,觉得被需要、被关爱,让我们觉得自己重要而幸福的人,地球上没有哪两个人能跟他们相比。

"再——见,"我们大声喊,"太棒了,感谢你们所做的一切。"

"噢,谢谢你们,"他们对着我们离去时扬起的尘土喊,"感谢你们的到访!我们希望你们明年——每——年——都——来!"

*

还是得遵循自然的法则。十二月七日,一个星期天,收音机里宣布珍珠港遭到了轰炸，本来是其他人的战争，突然我们也身陷其中。到了第二年五月份，我获准离开凤凰出版社，搬到华盛顿，致力于协助埃尔默·戴维斯①来证明，了解公众民意的最好办法就是将信息随时告知民众。大概是同一时间，鲁斯洛教授，几乎是含着眼泪告诉希德，系里最终无法让他获得晋升，而由于他无法获得晋升，也就没法再留下他了。

我们不是从朗夫妇那里获知这个消息，而是斯通夫妇告诉我们的。他们那会儿已经在五大湖海军培训站学习，准备成为一名军人及军人妻子了。希德和夏丽蒂就这样没了踪影，就如负重的躯体沉入了湖中一般。我们的信件杳无回音，打电话也联系不到他们。最后我们确切得知，夏丽蒂已经从精神崩溃中康复，离开了疗养所，全家人在巴特尔池团聚了。

那是一九四二年的八月，我们直到一九四五年六月才见到他们，就在我们终于相聚的时刻，那条蛇又回到了伊甸园里。在我们十天的逗留期间，至少有一次，那条蛇直立起身子，就如射毒眼镜蛇一般，在我们眼前示威。

其实也没有什么大不了的事情，就是关于谁应该洗碟子的事。站在那个安静的披屋里，那里很多年以来都是希德的牢狱和避难所，我几乎都不相信记忆中的那件事，它是那么怪异而无足轻重。

在我们手里端着雪莉酒杯、从门廊进来时，我们就觉察出了要出事的迹象。我们看到巴尼，那会儿也就十岁或十一岁，坐在桌子旁。夏丽蒂将我们扔在门口，快步走到他坐的地方。"你吃完了吗？"

"我吃不了。"

"是，你吃不了，你就坐在这儿等……不，你现在可以走了，

---

① 埃尔默·戴维斯（Elmer Davis, 1890—1958），美国记者、作家，"二战"时任美国战争情报局负责人。

回你房间去。我给你留着,你拿来当早饭吃。"

她端起了他面前的盘子,另一只手将他拎起来,推搡着他走向厨房。在他们关上门前,我瞥见了巴尼斜瞪着的愠怒的眼睛和他那张楔形的消瘦脸庞。希德在壁炉前安静地生火,萨莉和我什么话都没说。

过了一会儿,夏丽蒂出来了,脸上带着恼火的笑容扫视了一下偌大的客厅,然后弯腰将巴尼撒下的面包渣清理干净,开始为我们五个人摆放餐具。"蔬菜啊!"她说,"你觉得里面是不是下毒了。"

"可怜的巴尼,"萨莉说,"我也不怎么喜欢蔬菜,其他孩子呢?"

"在育婴室玩牌。"

"巴尼不能……"费洛斯太太说,"我为什么不能……也许我可以……"

"不行,"夏丽蒂说,"他知道他得做什么。只要他愿意,他能在三分钟内解决问题。"

夏丽蒂亲手做的晚餐非常丰盛——四道菜,还有一瓶波尔多葡萄酒,想必是从法国沦陷前就已经开始在地窖里积攒灰尘了。我们都兴致勃勃,屋里充满了欢声笑语。我想方设法尽量避谈战争或者华盛顿,二者任何一个都可能激起夏丽蒂那不可遏制的、不理性的反战主义情绪(就像我感觉的那样)。吃饱喝足后,我们舒舒服服地坐下来喝着咖啡,度过了很长一段美妙的时光。

接着夏丽蒂站起身招呼我们进去,坐在壁炉边听听音乐。他们刚弄到一盘意大利指挥家托斯卡尼尼录制的贝多芬《第九交响曲》,是特意为今晚准备的。有些高兴的事情,我们要一起庆祝。她指的是庆祝我们的重聚,我们都一致表示赞同。而欧洲战场几周前才取得胜利,太平洋战争也会随时结束,有比夏丽蒂想要说的更多事情值得去庆祝。

太好了,太妙了,我们说。可是《第九交响曲》不是非常长吗？难道我们不应该先刷完碟子吗？

费洛斯太太迅速起身，说她自己为什么不去洗盘子呢，还没有人今天叫她做一件事呢。我们应该继续听音乐，她要不了多久就洗完了。

"不。"希德说。夏丽蒂也满脸堆笑地说："费洛斯太太，您在这座房子里是客人，我们不能让客人刷盘子。"

"但你们也没有帮手啊！"

"希德会去刷的。"

"希德？"我说，"希德和我去吧，作为一位摩根家的人，我不能容忍自己舒适地坐着，而让屋里的主人卷起袖子去刷那些用来招待摩根人的盘子。你们女士有三种选择：等几分钟再听音乐，或者等听完音乐我再去帮着刷盘子，或者你们自己听音乐，放弃男士们的温情陪伴。"

"就你多嘴，"夏丽蒂对我说，"你不能去刷盘子，你来播放音乐，希德刷盘子。"

"为什么他应该去刷盘子而我不能？"

"因为那是我们的约定。自从我们上次去乡村互相帮忙以来就这样做的。我做饭，他收拾厨房。"

"你说，不是这样的。"我对希德说。

他说的确是这样的，其他人不得进入厨房。

萨莉和费洛斯太太面面相觑，满面含笑地想找个办法摆脱窘境。"我们为什么不能待会儿再洗呢？"萨莉说。

希德似乎觉得这样也可以，然后他看了眼夏丽蒂，从她阴云密布的脸上，他明白了这样完全不可行。"我还是趁它们没有变干变硬赶紧洗完吧。"

"那么你就听不上音乐了，"我说，"你就没法跟我们一起纵情欢愉了。真的，我想去搭把手，我坚决要求。"

"你可以坚持,但你不许去,"夏丽蒂说,"你去在那边那摞东西的上面拿《第九交响曲》。"

希德默默起身,开始把盘子往一个托盘里摞。夏丽蒂掐灭了蜡烛,萨莉一直置身争论之外,因为无论有多少话想说,她也没法去洗盘子。她用眼睛告诉我别再争辩了,还是乖乖顺从吧,于是我过去扶她站起身。由于此刻客厅里非常昏暗,她弯腰去扣膝盖上的支架时,我便扶着她——感觉不到自己脚的人一定要能看到脚,否则他们弯腰的时候会失去平衡。

我把她的椅子放到壁炉边,她伸着脖子坐了进去。夏丽蒂蜷起腿坐在一把大椅子上。费洛斯太太不自在地说她要上楼去看看孩子们,然后不顾夏丽蒂的反对上楼去了。希德端着托盘,走进了厨房的回转门。

"现在,让我们欢乐起来吧,"夏丽蒂说,"这场可怕的战争马上要结束了,你们也回来了。"

唱片放到换片器上时,我仍在犹豫不决。"我们两个只需要十分钟就能收拾完这些碟子,那样我们就可以一起坐下来享受啦。"

"希德又不是不乐意,"夏丽蒂说,"他又没有对着洗碟盆哭喊,等洗完他就来了。我们就是这么做的,这是我们的约定。"

我的提议没有得到回应。我按下了自动开关,唱机抬起手臂,在空中摇摆、盘旋,然后缓缓落下,开始搓盘,接着一声小提琴的颤音应和着低沉的弦乐和小号迅速汇集起来,变成了高亢的音乐。夏丽蒂伸手关掉了落地灯。我们坐在火光中,壁炉的火光如猫头鹰的眼睛一样盯着我们。厨房的门就在昏暗客厅的边上,里面的灯光勾勒出了它的轮廓。

按说我本来是《第九交响曲》的崇拜者,但那晚它给我的感觉自大而浮夸。我没法倾听,因为我始终想着希德还在外面,混得低人一等,不受待见,被"流放"到洗碗池边。这是为什么啊?因为夏丽蒂做了安排，这个安排僵化得都没法改变，抑或是她在为某事而惩罚希德。

我在火光照耀的黄昏中坐的时间越长，就越觉得恼火。就在第一张唱片放完，换片器发出"咔嚓"一声、第二张唱片放上去的时候，我站了起来。光线太暗，看不清人的表情，但我看到夏丽蒂和萨莉都扭过头来看我。我向她们举起一根手指指了指，然后踮着脚尖走了出去。

楼下的洗手间位于走廊下面，走廊从前门经过楼梯通向了厨房。整个走廊在客厅都看不到。绕过洗手间，我顺着走廊过去，推开了厨房的门。

希德，站在四周一片杂乱的洗碗池边，正环顾四周。每个柜台和桌子上都堆满了碟子、碗、壶、锅、牛奶瓶、过滤器和垃圾。好厨师会用脏很多盘子，特别是当不需要他们自己洗的时候。几重门之外，音乐又正从低沉变得高亢。"怎么回事？"希德皱着眉头问。

"我想出来搭把手。"

这想法让他不安。"别啊，你应该出去，我能处理好的，出去吧。"

我打开冰箱门，放好了一个黄油碟、一瓶牛奶，还有半个生菜。我把柜台上的一些果蔬皮刮下来，放进了一个纸袋里，四处寻找垃圾桶。希德抓住了我的胳膊。

"这是我的活，回去听音乐。"

"她们不需要我听。"

"夏丽蒂会吃了你的胆囊。"

"那是内脏，会让她中毒的。"我找到了一个快要盛放不下的垃圾桶，把装果蔬皮的袋子想方设法塞了进去。烤炉门的把手上挂着擦碟子的毛巾，我抽出一条来，开始擦干那些希德已经竖着放到排水架上的碟子。他想把毛巾从我手里抢过去。

"听着，"他说，"如果你回去，我将非常感激。几分钟后我就会跟你们一起的。"

"如果我们一起，用一半时间就可以走啦。"

他放开了抢毛巾的手，皱着眉头站了一会儿，然后耸了耸肩，又回到了满是泡沫的洗碗池边。

"你是个坏孩子吗？"我问，"你做了什么事，需要在厨房帮厨三年？"

"没有那么长时间，这是个公正的安排。"

"你怎么不把它看作一种惩罚呢？"

他侧目而视，眼光犀利，开始有些生气。随后他扬了扬眉毛，耸了耸肩，微微笑了笑。"我猜这是一种惩罚。"

"为什么呢？"

他又耸了耸肩，又斜眼瞥了一下。"完全不胜任。"

我正在擦着碟子，并把干净的碟子摞起来放到柜台的一角。"解释一下吧，教授。"

希德又笑了，盯着洗碗池上方黑洞洞的窗户，好像外面有什么东西吸引了他的眼睛。他的舌头伸出来舔着上嘴唇。"我证明自己没法击中别人投的球。"

"胡说，那是因为他们在湿场地打比赛的缘故。"

"不管怎样吧。"他双手在洗碗水中停顿了一下，"失败的滋味就像白菜汤，你知道吗？在胃里直反酸，就只有一种回味，呼！呼！现在你回去吧，让我来完成自己的任务。"

"如果你允许的话。"我说，"见鬼去吧。"

他又一次让步了，我们进展不错，干净的碟子摞在不断变高，柜台和桌子都擦干净了，我们开始收拾锅和盆子。

"我来这里擦碟子的一个原因是我想和你聊聊，"我说，"人们正在打算返回校园，约翰尼就要凯旋了，大学又都打算开始招人了。"

他抬头瞥了我一眼,一言未发,我看到了他脸上的不屑。

"达特茅斯学院英语系的头儿在战争情报局跟我共事,"我说,"他也刚回去,已经开始物色人了。"

他不予置评。

"如果你愿意回去教书,那就先别理那个你不称职的可笑谣言,我可以帮你报名。"

此刻他才完全抬起头,双手放在油腻腻的水中一动不动,脸上的不屑已经消失无踪。他的表情似乎有点惊恐,眼睛盯着我看了好几秒钟,然后又赶紧开始干活。

"去干什么呢?"希德说,"做讲师?"

"通常都是,但你不会。鉴于你的履历,你至少不会低于助理教授。你应该被聘为副教授的,但没有名额了。"

他用布瑞罗洁锅球将一个炖锅的锅底擦了好一会儿,然后把它放到水龙头的热水下,黑色的污垢被冲刷掉了,露出了干净的红铜色。他把锅面朝上放在了排水架上。

"自从在威斯康星挫败之后,我就没有获得过做任何事情的机会,没有一个像达特茅斯这样好的去处了。"

"是,你可以的,如果你想的话。"

"我还是提醒你,我无法接住别人投的球。"

"我已经告诉你了,别胡说八道,你可以接住他们投来的任何球。"

"你为什么觉得我有机会?"

"因为我跟布拉姆韦尔提到过你。"

"是吗?"

"提了好几次,他正在四处网罗人才。过去几年并没有毕业多少博士,现在突然成了卖方市场,只要你想回去任教。"

他顺手拿走了一个滤盆。我听到客厅里的音乐正在到达一次高潮。"你是不是把我的一切情况都告诉了布拉姆韦尔？"

"每一个让你蒙羞的细节都告诉他了。"

"他还是觉得我有机会？"

"你得去申请，"我有点生气地说，"记得当萨莉问麦克切斯尼野草莓什么时候能成熟时他说的话吗？'哦，你得先让它开出花来。'你得表现出一个需要工作的样子，你得先给他去封信，把你的简历给他。"

"如果我马上做，你觉得我会有机会吗？"

"如果做了就录用，"我说，"他得是多么疯狂，认为你就是他要找的人。但就他目前手头的工作而言，你是合适的。"

他一动不动地站着，透过洗碗池里冒起的水汽看着我，睁大了眼睛，咬着嘴唇，面颊上垂直的折纹变深了，笑容浮现在了脸上。"你这狡猾的家伙，"他说，"摩根……"

朝向餐厅的门被推开了，音乐涌进了厨房。夏丽蒂站在门口，瞅着一摞摞擦好的碟子，清理干净的柜台，干净的平底锅。希德两手还泡在水里，我手里还拿着本不该拿的擦碟子的毛巾。夏丽蒂的脸腾地变得通红。

"真的！"她说。

"我们马上就完。"希德开口说。他的话碰到的是正在关上的门。

我们默默地收拾停当，他擦干了手，我把湿毛巾连同其他的毛巾一起，挂在烤炉的门上。客厅外，一位男高音正在朝着雾与月食呐喊：欢乐……欢乐……

我说："我猜这会儿我们应该踮着脚尖，满心悔悟地直奔狗舍了。"

希德没有被逗乐，相反脸色凝重，闭着双眼。我们轻轻地走出厨房，站在了通向客厅的台阶的最高层。男高音已经唱完了，此刻每个人都在高唱，合唱队的狂喜充斥着整个屋子，震得窗户"啪啪"作响。

我们站了一两秒钟，好让眼睛适应屋子里昏暗的光线。合唱声如波涛般起伏跌宕，从女高音、男高音，再到男低音，然后再次轮转，的确让人非常欢愉，热血沸腾，想要跟上它的节奏。曾经不止一次，我们在朗位于威斯康星的家里唱起那首《欢乐颂》。戴夫·斯通弹奏钢琴，眼前除了朋友，没有别人，面对未来的挑战，我们都能从容面对。此刻再次受到感染，我加入合唱，一路高唱着走下台阶。

其他人都没有加入。我们找到椅子坐了下来，然后我停止了高歌。萨莉的脸在火光中透着红润，看着有些哀伤。夏丽蒂蜷在大椅子里，只能看到她脸部的轮廓。在沉默中，我们让欢乐自顾自地歌唱。

*

许久以前，美好的时光不断滋长，弥合了那些战争年代留下的创伤，就如青草和灌木一样，掩盖了地表的伤痕。我为什么在这么多美好的记忆中，会想起那个糟糕的夜晚呢？即使有那个来自达特茅斯的机遇，也没能改变当时的氛围。那样的气氛直到第二天才结束，也该结束了。

现在我确定，当时就非常确定：夏丽蒂甚至自己都不知道，她惩罚希德，是因为他辜负了她所有的希望。也许她升级了合理化理论，认为他需要发挥作用，去做一些有用的事情，比如洗盘子，这样让他相信他在所有日程中不是无足轻重的，让他自己独自承受一些可能有点卑微、但他自己能够接受和担负起的责任。这听起来有些不可能，但确实有她的想法在里面。这样至少在她看来，一切都合情合理。

　　战后，希德并不需要我去帮他得到一份教职。他的几十个朋友几乎人人都可以做到，或者他自己就能解决问题。他只需要写信告诉别人，他需要一份工作就可以。因此，哪怕我不知道史蒂文·布拉姆韦尔在招人，夏丽蒂也将不得不放弃对失败的过度渲染，同意开始重新生活。他们依然选择认为我给他、给他们俩帮了一个最大的忙。如果说有的话，我并不是帮他找到了工作，而是诱导她终止了自己强加给自己的消极躲避，还有她因蒙耻而表现出的自负姿态。

*

　　在这个简朴的小书房里，也就是这个私密的"避难所"，我感到缺少空气，心里压抑。我穿过灰尘曼舞的太阳光柱来到了工具房，随后出门来到了门廊上。门在我身后笨重地滑动着，然后关上了，将那些等待被使用的工具都关在了里面：那削尖了等待书写的铅笔，等待着文字的便签，还有那本韵律字典，面朝着墙，希望不被人发现。带着一种逃避某些东西的感觉，我朝主屋走去。

3

主屋的门廊，目睹了这个家庭许许多多的往事。那个小湾本身，就是埃米莉阿姨曾经在午饭前每天都要游泳穿越的地方，那是一片私人水域，是一片家用的海。我们坐在上面，眺望着埃利斯家的船坞和船房，旁边的桌子上放着绘着花朵的明亮瓷器。再远处，就是背靠着森林的饱经风霜的小别墅，现在住的是康芙蒂和莱尔·利斯特。

我们的交谈，就如同我们的眼睛一样，都不可避免地往回看。哈莉主导着我们的谈话，很明显想竭力避开我们在书房里交谈时引出的不快，于是话题回到了我们曾经熟悉的巴特尔池。萨莉和我证实了，或者夸大了我们被问及的事情。莫带着他那地中海东部人特有的微笑倾听着，充满警惕和理解的眼睛从他妻子身上移到我们身上，又从我们身上移回他妻子身上。他就像一位人类学家那样，倾听着一些关于远古村民的故事和传闻，竭力想要听到一颗文化心脏的跳动。他和萨莉有些共同之处，喜欢听久远的往事，博学，富有同情心，平和，终归还是有些悲伤。

这与其说是交谈，还不如说是一系列的追忆、提醒和质疑，我们在充满深情地接受着责罚。

——难道你的良心不会让你不安吗？在我的成长历程中，摩根家和朗家都是同一个家庭的一部分，就在汉诺威和坎布里奇之间来来去去，每个夏天在这里汇聚。然后你离开了，去了新墨西哥，连朗都不来了。

——这是我的过错，我想要躲开坎布里奇的冬天。一旦我们去了那里，就很难再回来了。朗现在在西海岸，她和吉米的工作很显然是把他们拴在那里了。

——难道她没有假期吗？难道她都不想看看她的老朋友吗？她只带吉米来过这里一次，来参加我们的婚礼。我总是把她当成我的大姐姐，想让我们的孩子们像表兄弟一样一起长大，他们甚至从来都没有见过面。这人是多么自私啊？她喜欢做银行家吗？

——证券分析师，她不错，是的，她喜欢工作。我猜她也善于做这些。她挣得比吉米多。

——她为了肮脏的钱，把我们都卖了。

——嗨，哈莉，这是单方面原因吗？从这里到西海岸一点都不比从西海岸到这里远。你可以去看她，她会高兴的。

——但这个地方是我们的归宿！别告诉我我已经成了一个沙文主义西部佬。

——我一直都是西部佬。新英格兰只是个非常时期的插曲。

她如此义愤填膺，我不得不妥协让步。

——我收回刚才说的话，那不是插曲，是我们生活中最美好的一段。

——你最好别成为一个兜售阳光的人，这里的阳光怎么了？哦，你知道，你们其实是属于这里的！你们和妈妈、爸爸过去一直非常合拍。我记得你们总是去参加妈妈发起的周末音乐晚会。那是你看到巴特尔池之前好久的事情了。他们通过一个扩音器在乡镇的码头用留声机播放，所有人都聚集在小船上和划艇上。当足够安静时，在这里都能听得很清楚。那个夏天我们都会被丢给弗洛或者其他什么人，然后看着你们四个人划船离开。只要看到你们拐过弯，我们就把那个地方弄得乱七八糟。

——这些夏丽蒂都知道。她觉得那样一周一次对你有好处。我总是觉得愧疚，让大家都坐着那个粗短老旧的划艇出去，但如果我们驾着小舟出去的话,可能会陷入麻烦。我喜欢那些音乐会,莫扎特和舒伯特的曲子在水面上飘扬,人们漂浮在四周,时不时地划一下桨,夕阳正在我们身后下落。你父亲也很喜欢音乐会。他真是呼吸不够那里的新鲜空气,享受不够那里的落日余晖。音乐会结束的时候,天就黑了,也变冷了。夏丽蒂和我总是用阿尔及利亚连帽斗篷把自己裹起来。

——如果船翻了的话,你们会被淹死的。

——穿着泳衣是最安全的。不管怎样,走那条路会更好呢?夏丽蒂总是早有考虑,她带着手电,这样我们就可以安全到家了。在我和夏丽蒂打着手电筒时,拉里和希德就得双手推着我走。这是我见过的夜晚最黑的地方。我想现在还是。我们都看不到码头在哪里,直到船撞上它为止。如果你用手捏住鼻子,你都看不到自己的手。

——她竭力要表达的东西可以用一句墨西哥的老话来说:天这么黑,你都摸不到自己的屁股。

——哈哈,谢谢你,亲爱的。你刚好说了我想说的话。

一片笑声。有这样一些人作伴坐在门廊里,感觉挺好的。太阳当头照着,温暖但又不感到热,还得有一会儿,最近的那棵树的树荫才能移过来。

——你们就是我们的家人,跟叔叔和阿姨一样。吃饭、游泳、远足、野餐、探险,拉里和希德总是有事可做:给网球场圈篱笆,建造新码头,或者在通往福尔松山的门口装上防畜栏。你觉得其他人会在假期里来到乡村,忙活得像散工一样还乐在其中吗?而且你跟妈妈是如此亲密,你搬到西部去真的让她失去了很多。她从未找到其他任何人,跟她一起做事能有如此多的乐趣。我觉得,实际上,这个地方也没有以前那么好了。人们更讲究吃穿了,乡村俱乐部那些人引导着潮流。我记得你们俩,你们任何一个人都没有对别人的穿着品头论足过。陌生人都认不出你们来，你拄着手杖，戴着你那骄傲地插着一根羽毛的巴伐利亚帽子，妈妈则身着一件床单般的、长及地面的裙子，一双平底凉鞋，一双短袜，头上包一块手帕。我都不好意思告诉你，萨莉，我们一起去意大利的那个冬天，我曾走在你俩身后，距离你们四十码，这样就不会有人看出来我是妈妈的女儿啦。我那会儿大约十四岁，我就是受不了她做的有些事，还有她的样子。我有没有告诉你，有一次，你们走出麦克切斯尼家前面的玛蒙商场时，有两个来度夏的人，都是北蒙特克雷尔装扮，正站在那儿，他们都被你们吸引住了。他们搞不清楚你是不是一位残疾的贵妇人，而妈妈是你的保姆，或者你们都是吉卜赛人，还是仆人驾着主人的车，抑或是来自斯坦纳德山的嬉皮士什么的。我听见他们中的一个人说："那辆车绝对是家传的宝贝，艾德会为之着迷的。"另一个则说："那个高个的头上围着丽狄波的围巾，拄着拐杖的那个穿的是手工长裙。"你们让这个地方变成了一座朗家的乐园。

——你在说什么啊？是你们让我们在这里感到快乐。我们是荣幸的访客。

哈莉几乎跟她妈妈以前一样惹人注目，但性格绵柔一些，更有女人味。有一瞬间，她将一绺被风吹乱的苍白的头发从脸上撩开，看起来很像夏丽蒂跟人争辩时的样子。

——不，不，不，我不这么想，这里没有访客，都是家人。

莫刚才一直在忙着开瓶塞，站起来绕着桌子给大家倒酒。

——谈及家人，拉里，你是不是经常谈及你的父——父——父母？

——我的父母在四十多年前就去世了。

——他们在世时，你总是谈到他们吗？

——我不会。

——他们去世时呢?

——我关上了门。

——萨莉?

——我从来就没有父亲,我母亲去世时,我十二岁。

——那么在你们眼里,我的境遇就有些奇——奇特了。我坐在一旁,听到所有这些关于家人的追忆、剖析、分析、猜测、困惑、愤怒、反抗、同情,等等,我感到吃惊。我的父亲对我影——影响至深,他教会了我许多,我很尊敬他。我母——母——母亲是犹太人,让人觉得窒息,但你得去爱她,对吧?好了,我从未在他们还活着时议论过他们,哪怕是跟老朋——朋——朋友,哪怕是我的兄——兄——兄弟。自他们去世以来,我觉得跟我谈——谈——谈论过他们的人,不会超过一打。而在这个家庭,你都不会相——相——相信,只要有两个人待在一起,就会谈到妈——妈妈和爸爸。

——你也不例外!你跟我们每个人都一样,每次闲谈都少不了。

——我不是要惹你生气,亲爱的,我也没——没——没想把我自己摘出来。我只是想说,这两个人到底怎么就让——让全家人念念不忘?

——不是爸爸,是妈妈,而那是因为……

——早在她生——生——生病以前,是他们两个人。某一天我在读凯瑟琳·安·波特的小——小——小说,什么名字来着,哦,《愚人船》。有这么一个场景,她正在登上公——公——公交车,一眼瞥到了这样两位:一个男人和一个女人,她在用刀戳他,他在用石——石——石头砸她。戳,砸,戳,砸,就这样致命地捆绑在一起。他们就像他们一样。

——我的天,莫,你倒是没少读书啊!根本就不是这么回事。

他们之间从来没有暴力，甚至从来没有竞争，他总是失败者。

——也许是，都一样，就是互相责罚。他们不是独立的人，他们就是一对冤家，身处不可调和的窘境。你父亲是个受虐的丈夫，就跟我一——一——一样。

——噢，像你！

——太对了，也像你的爷爷埃利斯。埃米莉阿姨把他关——关——关在他的书——书——书房里，就像照顾家里的狗一样体贴地照顾着他。她崇拜他能读希——希——希腊语和拉丁语，还有希——希——希伯来语。我相信她爱他，但她是当家的。这不像一个家——家——家庭，而是一种傲慢。女性掌权，我们男人只能闲着四处打哈欠，呲着两英寸长的牙齿露露笑脸，如果违反了规——规——规定就得挨揍。我们只有一个用处。

——噢，莫，我得对你说对不起了！

——为什么对我说对不起？我喜欢打打哈欠，露露笑脸，让人给我把晚——晚——晚餐送来，我喜欢服侍所有的女——女——女士。我就是期望这家人能够认识到这个问——问——问……承——承认这个事情。您已经写了许多书了，拉里，但你忽——忽——忽略了一本最需要被写的。

——你不能写关于朋友的事情。

——为什么不呢？我们没人希望是这样，但这样的冤家碰头，如果是这样的话，马上快要结束了。

——人们都会留有未完成的事情。他们留下了一些未曾给出答案的问题。他们留下了孩子，有时还不少。

——我们有些孩子可能希望他们被写出来。这可能有助于回答一些未曾找到答案的问题，比如，为什么他们彼此煎熬了这么多年，那对他们来说都是一种痛苦。

——噢，不是所有时间！甚至不是大部分时间。我觉得他们之间从来都不存在彼此分开的问题，没有一个人这么想，那会毁了他俩。

——我猜，也是这样……

莫递过了酒瓶，我倒上了酒。他望着窗户，眉头紧锁地说："这傻姑娘是在下蛋吗？"但哈莉没在意，她正在看着我。她对这件事很认真，想要一本关于她父母的书。

——哈莉，你不理解作家是干什么的。他们并不比其他人懂得多。他们只编那些他们能解决的情节，只问他们能回答的问题。那些你在书里看到的人，他们都是虚构的。小说或传记，都没有什么区别。我不能再造出一个真实的希德和夏丽蒂·朗，更别说去解读他们了，倘若我虚构了他们，那我肯定是扭曲了一些我不想去扭曲的东西。

——我觉得小说就是一门让人用虚假的材料来制造真理的艺术。

——的确，那我们这将是用真实的材料来造假了。

——如果你都不写，谁能写呢？

——也许没人能写。

——是不是这让你跟我们一样，感到烦心呢？肯定是。他们悬在空气中，像未停止的和弦。这得靠某个莫扎特走下楼梯，"啪"地按下音键来终结了。

——是其他某个莫扎特，而不是这一位。

我或许还有更深入的考量。如何去写一本人人都愿意读而源于如此平静生活的书？哪里有小说家选取而又被读者期待的东西？哪里有上流社会铺张浪费的生活、暴力、性怪癖以及死亡期待？哪里有城郊的不忠、滥交，痛苦的离婚、酗酒、吸毒，以及失落的周末？哪里有仇恨、政治野心以及权力欲望？哪里有速度、噪声、丑陋，所有一切让我们成为自己并让我们能在小说中认出自己的东西?

　　我们所谈及的人都曾生活在一个比较平静的年代。他们能够买来安宁以及与工业丑态之间的间距。他们很多年都生活在大学围墙里,剩下的时间都待在碧绿的田园里。他们的智慧和文明传统让他们能够远离贪婪、莽撞、粗俗、情感失误等纠缠困扰我们绝大多数人的事情。他们让自己的孩子着迷,是因为他们是如此的体面、如此的和蔼,如此富有同情心、善解人意、富有教养、心地善良。他们让自己的孩子受挫,是因为不管他们有什么或者是什么,尽管在大多数人眼里他们是一对理想夫妻,但他们遥不可及,不可信赖,甚至有些严厉。而且他们已经错失了一些东西,并展现了出来。

　　为什么?因为他们就是他们自己。为什么他们只能无助地成为自己?这是个未曾回答的问题,也许是无法回答的。在将近四十年的时间里,他们谁也没有改变谁,哪怕是标点符号那么小一点。

　　我还有另一个考量,也是一个很私人的、棘手的方面。我是他们的朋友。我尊重并爱他们每一个人。更何况,我们的生活紧密相关,我没法在写他们的时候不去写萨莉和我。我想知道,如果不让我的描写被怜悯或自怜所牵绊,我是不是有能力再现我们当中的任何一个人。

*

　　那个女孩打破了我们多少有些尴尬的沉默。她也许是夏天来这座房子工作的第二十个本地姑娘了。她端着的托盘里放着一个咖啡壶、一大罐橙汁,还有一碗树莓。她把咖啡壶插在插座上便迅速回屋,几乎即刻又返回来,端着一盘火腿、加热板、饼干和一张大煎饼。莫嘴里咕哝着打开餐巾。哈莉开始上餐,我们便开始吃饭,我感觉松了口气。

——饭还好吧？是不是该热的都是热的，该凉的都是凉的啊？克莱拉总是心里没底。

——非常好，特别好。

——太阳照到你眼睛了吗，萨莉？要不往旁边挪一挪？

——我坐这里挺好的，我总坐这里。

——但你们还是走了，搬到新墨西哥去了。

——那不是因为这个。

——我刚才还在说，哪怕你离开这里，谁能埋怨你呢？这里是让你碰到霉运的地方。

——霉运？

——小儿麻痹。

——在哪里都会得。

——同样，妈妈也埋怨自己，她说他们带你出去背包旅行，当时你还贫血，生完朗后身体虚弱。她觉得如果他们不让你过度劳累的话，你可能跟其他人一样，能够很快康复。

——开玩笑，我当时跟平日一样感觉良好。他们整个夏天都在照顾我，把我都养胖了。出这事之后，他们俩简直太好了。

——他们说你是最棒的，告诉我们你是怎么坚强地让马驮出来，以及此后发生的事情。至于后来的事情，你知道，我们这些年一直都看在眼里。

我看到这些年的往事在哈莉的头脑里铺展开去，比她自己的生活经历还要久远。在她的整个婴儿时期、孩提时期、少女时期、青春期、大学时期以及结婚以后，可怜的萨莉都一直被拴在拐杖上，上厕所、起床甚至是从椅子里站起来都需要人帮忙，就这样她也从未流露出无助与绝望。她驾驶着专门为她装备的小汽车，满世界地旅行（或曾经满世界旅行）；坐着她那带轮子的高脚椅，在厨房里来来回回忙着做饭。除了重体力的家务活，她什么都干。她的笑容是开心的、欢愉的,让人感到愉悦。她总是为他人着想,从不抱怨。看着她,哈莉的眼睛湿润了,她的眼里充满了爱怜和钦佩。

就在此时,想到她,我的眼睛也噙满了泪水。

——他们以前有没有告诉你,他们在干什么?

——他们在干什么?什么时候?

——我生病的时候。要不是我挑了那么一个最艰难的时期生病的话,我可能就不会表现那么好了。他们那会儿正打算返回麦迪逊,那座"梦之屋"已经开建了,夏丽蒂火急火燎地要赶回去监工。况且她还有三个都不满五岁的孩子,还怀着你,尽管当时她并不知道。我们丢了工作,他们给我们这间房子,让我们过冬。他们从未放过一次表现慷慨的机会。而我跟他们去了,还生病了。

萨莉坐得笔直,忘记了吃饭,眼睛睁得大大的,洋溢着热情。一想到他们的所作所为,她整个人就融化在浓浓的感恩之中。

——他们因为我,搁置了一切事务。夏丽蒂随救护车跟我们一起去了伯灵顿。在我装着人工呼吸器、暂时没有危险的时候,她和拉里轮流跟我说话来唤醒我。可怜的拉里,他还得养活我们。当时他全靠写十五或二十美元一篇的书评。看着氧气被输入我的身体然后又排出的间隙,他得竭力读书,等夏丽蒂来了换下他后,他就回到房间抓紧去写。要是没有她在那儿,他就什么事情也做不了了,那样的话,我都担心我自己会死。那阵子,希德把所有的孩子都装到车里——朗和他们都在一起——开车拉回了麦迪逊。埃米莉阿姨把你爷爷扔在家里,坐火车过来照看整个家庭。这就是团结一心啊!

那个女孩又来到门廊上,满眼问询,哈莉做了个手势,让她回去了。她和莫正在专心听萨莉讲述,后者直挺挺地坐在她那直挺挺的椅子里。她的声音轻柔缓慢,在她呼吸时就会停顿下来。如果我来拍《德尔斐神谕》的话,我就让此刻的萨莉演那个女预言家。

——你会在人工呼吸器里获得新的认识。我就是个正在遭罪的植物人，除了脑袋，哪儿都动不了，可是当然，我还能担忧。我担心我的孩子，我担心可怜的拉里会被累死。我担心夏丽蒂的房子。房子正在建造而她不能到场，毕竟她做了那么多准备，这些都只因为我。我也为希德担心，一屋子的孩子，还有可怜无助的埃利斯先生，被独自一人留在坎布里奇，自己照顾自己。我也担心我们那不断累积的账单，担心我是不是能够彻底康复，让那些钱都不白花。就在一九三八年那场飓风席卷我们之时，我担心会停电，让我无法呼吸，但有时我却期望这些能发生。但后来我从镜子里看时，看到的要么是拉里在半睡半醒地看书，要不就是你母亲笑眯眯的脸庞。你遗传了她这一点，哈莉，这是个神奇的馈赠，它拥有生命的活力。沐浴着那样的笑容，我就不会想到死亡。

萨莉顿了一下，急促地呼吸着，我们都沉默不语。莫望着萨莉的脸，手里摸索着倒完咖啡，然后在凭感觉找杯托。

——她还支付了所有账单，并且到办公室安排了所有事情，要求他们把以后的新账单给她。拉里有些不快，但我的上帝啊，她帮了我们多大忙啊！拉里找到她，把这些都一一记录了下来，后来还有很多账单，都是她提前支付的。我们花了很多年来偿还这笔债务，每次我们还上几百美元，他们都表现得仿佛我们是那种非常诚信的典范，就好像没听说过还有这种竭力偿还珍贵债务的人一样。

——我从来没听过这些事情，听起来是妈妈的作风。

——就跟你俩一样。希德给我们写的这些信里，都是一些新鲜事和有趣的小短诗，还有朗的抓拍照，感觉就好像让他照看这群孩子是个殊荣，而那时正值他新学期开学的时候。几乎每天都有些事情让我高兴。接着医生说我进行肌肉控制康复训练的最佳地方是温泉，我们都崩溃了，这完全是不可能的事情。那会儿正是"大萧条"时期，你知道，根本没有任何的失业保险或者健康保险等。拉里甚至连工作都没有。而夏丽蒂和希德则急不可耐,好的!他们说。去吧,不管花多少钱。别担心钱的事情。于是拉里带着我来到佐治亚。起先,我非常沮丧。我的双腿完全不属于我,一只手也不大听使唤,身边的人身体都很差,有的情况更糟。那些人让我明白我未来的生活会是什么样。理疗的有些活动还好,而有些则非常冷酷残忍,他们几乎要杀了我。比如他们会把你放到一个跑步机上,有扶手可以扶,要求你努力走路。身后会有一个护士一手扶着你的腰带,但她从来不会防止你跌倒。他们都心不在焉,也不会抓得很紧。我们都摔跤。我后来发现他们是故意这样的,以便增强你的意志力。除非你咬紧牙关,承受各种程度的惩罚和失败,还能继续尝试,否则他们知道你是不会取得什么疗效的。我是真心感到受挫,一直哭泣。夏丽蒂听说后,又一次抛家舍业来到我身边。他们把我放上跑步机时,她就在那里帮助我、鼓励我。她让我不断地努力、努力、再努力。我始终还是不能行走,但在其他方面增强了控制力。那里有个男孩,大约十七岁,他是来自芝加哥一所中学的运动员,一个非常可爱的小伙子。他们把他扶起来,尝试让他再次开始走路,但他走不了。他就悬挂在那里,牙齿紧紧咬着嘴唇,眼泪顺着脸颊在流淌。他始终没有办法再次行走,过了一段时间,他们把他送回了家。他给我写了很多年信。自那以后他就只能坐在轮椅上了。

她轻柔的声音停了下来,那双温柔的眼睛也明白了他们眼前的一切。萨莉眨了眨眼睛,惊讶、抱歉而又挑衅般地看了一眼桌旁的我们,咯咯地笑了,就像打了个小嗝一般。我们都默不作声。哈莉和莫肯定从未听过萨莉这样深情的情感宣泄,我在公共场合也没有听过,除了有一次睡觉的时候,她梦见自己还被禁锢在无助的身体里,那个梦醒后她谈过一回。

——所以谁更棒呢?我只是个残疾人,不得不为了生存而努力。他们造就了我,特别是夏丽蒂,是他们俩一起。就为了纯粹的感恩,我也得活着。

那个女孩又出来看了看,哈莉向她点了一下头,她便开始把盘子摞在一个托盘上。萨莉瘦弱的肩膀蜷在一起,僵直地坐着,目光低垂,呼吸也不再均匀。她的双手拢着膝盖,沐浴着阳光,双脚静静地放在椅子的金属踏板上,也沐浴在阳光里。但她的脸庞,却在屋外树叶晃动的阴凉里时明时暗,交替变幻。

——我觉得惭愧。这么多年了,此刻我们却没有以前那么亲近。面对她总是掌控一切的方式,我总是让自己生气。我觉得对你们家里所有人而言,她是个暴君。我也这么认为。但我从来都不应该让自己忘记她一直是一个多么棒、多么无私的朋友。我应该非常感恩地原谅一切我知道她无能为力的事情。我们分开已经有八年之久了,好像我们不是朋友一般。

萨莉坐着,眼睛一个接一个地迅速扫视了我们一遍。她用力驱散了嘴唇与面颊上表现出的不安,女神般的微笑正在试图回归,但有些事情是不会完全放下的。在平静的回归过程中,有些绷紧的肌肉让她的表情笼上了一抹严肃。她抬起眼睛,盯着哈莉。

*

"告诉我她到底怎么样了?她现在疼吗?从她的信里我看不出来。"

"如果疼的话,她不会撑着的。但我不这么想。胃癌应该比其他癌症疼得轻点。当然,癌已经扩散了,现在遍及她的身体。今夏早些时候,以防万一,她和大卫做了一些意念训练——就是通过自我催眠来控制疼痛。我不知道她是不是非得那样做。但我确实知道她没有吃任何止疼药,将来也不会吃的。"

"是的,我记得她生大卫的时候,连乙醚都不用。她想亲历所有事情,她不会害怕的,是不是?"

"一点都不会。她简直不可思议。记得有一回我们在谈话,不记得是谁,我猜可能是尼克,他静静地坐在这儿,忘了怎么回事了,就是这样一个特别平常的家庭谈话,问她十一月怎么去投票。你知道她说什么?她看着他,眼眉像她以往那样翘起来,眼睛上下打量着他,你可能会觉得她正要从袋子里甩出个让人高兴的秘密。'缺席',她说。我们都哈哈大笑。是的,你说得完全正确,她想经历一切事情,她不愿被蒙蔽。你了解她多么喜欢做计划。哦,对了,她这回也是这么计划的。她就像个编舞,每个小步骤都要勾勒出来,甚至是⋯⋯"

哈莉犹豫了一下。"什么?"萨莉说。

"最好别说。"莫说。

"噢,他们得知道!我恨这个,想起来我都不能忍受。但她已经签了字,她写了遗嘱,要将遗体送给汉诺威的希契科克医院。天啊,我真是⋯⋯她告诉我的时候,我肺都气炸了。我说:'妈妈,谁会需要一个六十岁的肾或者一对六十岁的眼角膜?你这是在做一件没有实际意义的事,就是让我们受煎熬。还是让您可怜的身体安息吧。'而她说她想成为一位好管家。不能用的所有东西都可以火化后回归大地,而任何能用的东西都应该让那些有需要的人继续使用。"

气愤的眼泪噙在哈莉的眼睛里,她低下头,用拳头顶着嘴唇,然后抬起头,摇着头笑了。萨莉从树荫的边缘若有所思地朝外望着,仿佛身处一座洞穴。

"她是真的安排好一切了。"

"噢,是的。"

"哦,我期望她让我尽早知道!我们本该几周前就来,这是她给我们的安排,但似乎一切都在她的掌握中了。"

"她五月份就知道了。但当时病情有些缓解,似乎也就是延缓了一下时间。她不想让你们担心。"

"她知道我们都无能为力,"萨莉悲伤地说,"她肯定一直在竭力照顾我。"她盯着手里皱巴巴的餐巾纸若有所思,仿佛不确定那是什么或者它是怎么到手里的,然后她把餐巾纸放到桌子上。"我们什么时候可以看看她?"

"任何时候。"

"难道他们不吃午饭?"

"她几乎吃不了什么东西。爸爸通常中午就吃个三明治。她说等你们休息好了,吃完饭再带你们过去。"哈莉看了眼手表,"野餐前,我们还有两件事要去做。我们把你们放在那儿,晚些时候到山上再见。什么时候我们都行。"

"我应该打两个电话,"莫说,"也许现在正好。"

萨莉伸手够到她的手杖,把手杖靠在她的椅子上。莫蹦起身,但我还稳稳地坐着,因为我看见萨莉依然在沉思,还没打算走。我知道她在干什么。她在以她不变的方式,目睹着我们到此刻为止还在被一股浓浓地怀旧之情所掩盖的东西。

哈莉像是自言自语地说:"莫,你赶紧去打电话,我也要跟克莱拉说说,你们两位能不能先等一会儿?"

"当然可以。"我说。萨莉一言未发,直挺挺地坐着,凝望着过去或者未来任何一个让她压抑的东西。

哈莉刚要走时又停了下来,望着萨莉的脸。"怎么了?我能帮什么忙吗?"

萨莉抬起她皮肤紧致的脸,那双空洞的大眼睛,前额上细微的皱纹舒展开了,两边脸颊也放松了,仅仅几秒钟前还如汽车前大灯一样绷得紧紧的表情也消失了,又恢复了常态。

"谁都无能为力,"她说,"事情就是这样。"

哈莉和莫留下来无事可做，只是喃喃地表示同意，他俩尴尬地待了一会儿，然后就告辞了。我们继续坐着。萨莉用手擦了一下眼睛。

"我觉得我在期望自己一觉醒来发现事情不是这样。"

"似乎比我们想的时间还要短。"

"太难以接受了，这里有如此多的记忆，她也是这样，我眼睛所及都是她，你注意到那些盘子了吗？"

"坎蒂加利牌，是不是？"

"是的，来自佛罗伦萨。记得我们跟她一起去买的那天吗？"

"我也去了？"

"当然了，我们出去到那家工厂，她买了一套又一套。后来在汉诺威收到它们的时候，装了三大桶。"

"我相信你说的。"

"当然了，那年的每一个小时我都不会忘记。"

"一年没做家务。"

"噢，可不止这个！那一年全是春天，哪怕下雪的时候。每次我醒来的时候，那首洛伦佐的小诗都萦绕在我的脑际。记得吗？就是他们给每个游客都教的那首。*多么美丽的青春/但却一逝不回。*"她摇着头，"青春也溜走了，但那一年我们还年轻，也就是第二年。第一年是在麦迪逊。在此之前，一片惨淡。自那以后，我们总体上还行，对你而言是这样吗？但那一年在佛罗伦萨，我们都还年轻。青春奈何不了年龄的增长，那是属于希望与幸福的时光。"

"只是都流走了。"我说。接下来，我不想再去为她的落寞添柴加火，我说："你不是第一个发现自己的青春在那里的人。记得歌德吗？想起这个国家了吗？那片柠檬绽放的土地？还记得弥尔顿吗？在他无法忍受英国的冬天和英国的政策之时，你知道他做了什么吗？他吃了一颗橄榄来让自己想起意大利。"

"我一颗橄榄都不需要。"萨莉说。

4

曾有一次，在坎布里奇的一次晚宴上，我与社会学家皮特林·索罗金有过一次虚拟的辩论。他正在滔滔不绝地谈论"向上流动性"，并将之称为"社会的纵向蠕动"。很显然，他很喜欢这个术语，觉得自己发明了一个很好的东西。

由于他不为人所知地出生在一个不知名的俄罗斯山村，后来升任俄罗斯共和国议会的一员，并成为克伦斯基总理的秘书，我承认谈及"向上流动性"，他比我懂得更多。我凭借的只是个人有限的阅历，还有让我质疑其他证据的三杯马丁尼酒。但我不喜欢他这个隐喻，于是我喃喃地对坐在我左边的女士说，社会科学家应该坚持使用那种语义清晰的语言，而把隐喻留给那些能理解它的人。

蠕动，我告诉这位女士抑或其他什么人，指的是在一个管道内有节奏地收缩，比如肠道，迫使管道内的物质进行移动。在索罗金的比喻里，社会就是个管道，个人就是需要被移动的东西，而管道负责移动他。我认为个人应该为移动自己做些什么，而不是非得跟上节奏。

为什么要说"纵向"这个词呢？人是直立的动物，至少姿势上是这样，他要进行的所有蠕动便应该是纵向的，除非我们想象他是躺着的，而这一点毫无缘由。

最终，我觉得正常的蠕动应该是向下的，而不是向上的。向上的蠕动是反向蠕动，应该叫作呕吐。索罗金教授的意思是不是告诉我们，他是被"呕吐"进入革命家行列，进而获得国际声誉、在哈佛获得显赫地位的？也许他不是。但他的隐喻所造成的困境无法摆脱。他无法通过倒置方向，接受通常食物的流向来开脱自己，因为这样不仅会毁了他那个向上的隐喻，也让他自己看上去比被吐出来更糟糕。

索罗金教授从未参与到我的生活里来。那晚之前我从未见过他，此后也再没有见过，我们的辩论除了在我脑袋里回旋之外，从未真正进行过，也没有从我的嘴里说出来。但我们刚刚从意大利结束了一年的古根海姆奖金之旅回来，而在意大利时，我吃惊地发现，自从第一天上学开始，我就在让自己残忍地向上移动。索罗金将我艰苦的生活看作一种社会必然，并让它沾上了那种惯常的公共消化吸收的污点，这让我感觉是一种侮辱。

到意大利之前，因为太忙，我根本顾不上关注自己是什么。我正在努力学习，并且对学习饶有兴趣。或者说我纵身跳进了一个洞里，然后将洞抛在身后，抑或说我只是简单地想要活下去。但即使是在我们最苦恼的岁月里，我还是像一颗被人摁住的软木塞，一直都怀着向上的冲劲。

用埃米莉阿姨的话说，我也许应该子承父业，跟父亲走一样的道路。我爱他，我们相处和睦，我在商店里上班下班。我没有理由不去像他那样做个老板，让我的生活里到处都是变速器、制动带、轮胎、喇叭、润滑剂、家务、街坊烧烤、网球和啤酒。但我从来都不想去干这些。这不是因为自命不凡，我从未觉得他让我丢脸。尘土飞扬的阿尔伯克基没有任何东西让我学会嫉妒性的攀比。只是我期望的东西，比阿尔伯克基所能赋予的要多一些。我就是这样认为的。所有对我而言重要的人，包括我的父母、老师、大学里的教授，与我在伯克利相遇时的萨莉，以及与我们在麦迪逊相遇时的朗夫妇，都是这样认为的——我正在朝着某个地方前行。

不知道以后的我会怎样，我只是盲目而一门心思地追寻着，就像一颗精子在搜寻它的目标卵子一样。此刻这个比喻我是接受的。

很长一段时间里，前方一团漆黑，我所能做的，就是为了生活而奋力游动。最终我们在韦斯普奇家庭公寓四层的前厅圆满汇合。那家公寓是一座古老的豪华宫殿，位于伦卡诺，美国驻佛罗伦萨总领馆下面一点点的地方。在那儿，九月的一天早上，我突然意识到一切都好起来了，再不是以前很长一段时间以来的样子。无论哪里是我们打算要去的地方，我们都抵达了，或者至少踏上了一条通畅的道路。

*

通常，来自贝洛斯瓜尔多教堂的钟声会在六点将我们唤醒，但今天早上，我醒得比较早，天还未破晓。我躺了一会儿，竖着耳朵搜寻着，想知道是什么唤醒了我。但我什么也没有听到，就连那街道上从来都没有消停过的最轻微的噪声都没有，没有远处冷冰冰的火车换道声，没有钟声或口哨声，没有小摩托开始在山谷向上爬的吼叫声，没有光石板路上的脚步声，没有房屋轻微的开裂声，没有早起的渔夫沿着河槽往下走的声音。

只有萨莉在我身边轻柔的呼吸声和钟表的"滴答"声，这些声音离我很近，听起来很舒服，让人觉得是在强调它们自身的安静。我躺在这张还不熟悉的床上，听着外面的声音，还不确定自己能否听得明白。我突然获得了一种置身伸手可及的黑暗中的安全感。外面有什么样的声音传入我睡眠中的耳朵，已经真的无关紧要了。萨莉在我身边呼吸平稳，钟表滴答滴答着陪伴我们迎接黎明。

接着我又醒来了。是时钟吗？我们没有时钟。那我听到的是什么？我屏住呼吸听着。哒——哒——哒得——哒——哒得——哒——哒，不是一个时钟，而是很多，还不同步。我拿手表贴近耳朵，发现只要离它一英寸远就听不到声响了，但那模糊的、急促的、喧闹的、干巴巴的哒得声持续不断。

叠好被子，我来到门前，打开一扇门，迈步来到了屋顶的平台上。那里的夜色比屋里淡多了，滴答声也更大，更急促，节奏也更乱，这声音就好像一个街区之外，许多孩子沿着尖桩篱栅以不同的速度在用竹竿敲打着篱栅。我来到围栏边，向下望着街道。看！它来了，一条摆动的提灯线，弯曲着走下维多利亚桥，走上伦卡诺山，朝着市区走了过来。每一盏提灯都在随着一辆两轮马车摇摆，每辆马车旁都有一个人，每辆马车都由一头驴拉着，它们急促的脚步声踩在路面上哒哒作响。

摇摆的提灯将车轮的轮辐，剪刀式移动的驴腿，还有长长的驴耳朵的投影夸张地投射在河边的石头护栏上。在急促行进的哒哒哒声之外（此刻那声音一点也没有被突出的平台檐隔断），我听到了铁轮圈在路面上叮叮咣咣的摩擦声，车轴吱吱的叫声，散乱的说话声，笑声。有一个人停下来点了根烟，那一瞬火柴的火光映红了他的脸。

我迅速折回身，回到屋里，停下脚步拉开了另一扇门的门闩，让两边门都开着。我吧嗒一声打开床头灯，萨莉抬起头问："怎么了？"

"我打算扶你起床，"我说，"带上被子，我们上去。"

我从床上抱起她，用被子裹着她的腿，然后朝门口走去。"怎么了啊？"她惊恐地大声说，"着火了？怎么回事？"

"没有着火，"我说，"也没时间了，我也许要出去一下，你得看着。"

到了护栏那里，我放下她，用胳膊搂着她。她用胳膊搂紧了我的脖子，然后才敢往下看。

我无须担心下面的队伍会走过去。他们还在哒哒哒、吱吱扭扭地通过，一道半英里长的移动的火线，可以远远地看到人、驴和装满东西的马车的影子,一直从桥上往下走。

"哦,你看他们!"萨莉说,置身我的臂弯里,她带着睡意,感觉很温暖。"他们是干什么的,你知道吗?"

"集市货车,我猜,运送绿皮西葫芦和洋姜的。"

"多好看啊!你是怎么知道他们的?"

"我不知道,我听到他们的脚步声,哒得——哒得。"

"难道不好听吗,就像费迪·格罗非的曲子。"

"比农场货车咚咚地朝着法尼尔厅行进的声音好听多了。"

我们看了好长一会儿,那条灯线还在不断地朝桥下走,提灯摇摆着走过去。我的脚逐渐觉得有些冷,脚底都被镶嵌在平台上的砾石扎破了。

"看够了吗?想进去了吗?"

"噢,还没呢!我们看看它能走多久。"

"你确定不冷?"

"一点都不。"然后她的手在我的背上上下摩挲,将冰冷的睡衣压在我的皮肤上。"但你觉得冷啦!快冻僵啦,快钻到被子里来。"

我的脚简直让我难受死了,但她深深地被我们下面行进的队伍吸引住了,我不能坏了兴致。任何让她感兴趣的东西她都有权去享受。我钻到了被子里。

"好点了?"

"太好了,你就像个电热毯。"

"那是我温暖的心房,感觉一下。"

我感受到了。我站在那里,双脚冰冷,胳膊搂着她,手里握着她的乳房,猛然间一股复杂的情感之潮席卷全身,我呻吟着咬了咬牙齿。她纤瘦而充满渴望地推动着我,我猛然看到,被子下面她那细长的腿毫无生气地从护栏上垂了下来。就在提灯摇摆着行进在街道上的那一刻,我脑袋里晃过了一百个"倘若"和"可能会"。我亲吻了她一下。"冷鼻子，"我说，"健康的小狗。"

最终，行进的马车队伍后面只剩下一些零零散散、行色匆匆的掉队者。提灯失去了光亮，街道在晨曦中变得灰白，我们能看到马车上成堆的蔬菜，一箱箱、一袋袋的洋葱，土豆和洋蓟。天空变得苍白，映衬着河对面从贝洛斯瓜尔多到贝尔韦代雷之间的山丘，山丘的阴影中是弯弯曲曲的街道、红色屋顶的檐角和柏树的黑色尖顶。河床下面出现了两位渔民，他们手握长长的渔竿，正在将手中的渔线投入堤坝下面流淌的浅溪中。

逆流而上，浅灰色的河面上横跨着两座桥——韦斯普奇和卡瑞纳。它们都拥有圣特立尼塔桥那样漂亮的悬索曲线，刚刚得到重建，所用的石头是德国人从前留在河道里的。再远处，挡住我们视线的是赭棕色混杂的拥挤的建筑，还有韦奇奥桥封闭的堤道。这一切就仿佛你溯流而上，看见了历史的长河，转身回望，又目睹了现代文明的开端一样。

我们到处旅行，我会在接下来的十年里逐步了解古代历史，而佛罗伦萨，到处是拥堵的人群和车辆，将会失去它的荣光。而在那时，作为一个对历史所知寥寥的青涩、笨拙初到者，一个文化冒牌货，看着这座城市和河流逐渐迎来黎明，我几乎难以相信是萨莉和拉里·摩根（这两个人我都认识）正站在阳台上感受着这一切。

就在我将萨莉送回床上，穿上拖鞋，将热水器放到水壶里烧水泡茶的时候，钟声在贝洛斯瓜尔多市上空响起，那是一种由四五种声音奏出的复调。它们一直鸣响在充满血腥与抗争的许多个世纪里，我想要去领略这个被它们唤醒的城市。我们将会有整个长长的午后和傍晚时光，没有书稿要读，没有粗劣的作品要写。我们可以了解意大利，我们可以读一读美第奇家族的历史，我们可以沿着达·芬奇和伽利略曾走过的街道散步，我们可以追寻文艺复兴的印迹，然后进入我们的世界，成为我们自己。四十岁以后，等到女儿开始上大学，我们就可以开始了。

此刻，佛罗伦萨无与伦比的"马路之音"正在响起，应和着早晨清新的空气从敞开的门里飘了进来。小摩托的声音在大地上回响，气泡沿着水壶中的热水器不断涌上水面。我拿出两个杯子和一包茶叶。萨莉靠在雕纹的床头上看着我。天花板的角落里，有一个石膏做的丘比特在低头看着她。

"你能想到我们提前了整整一年到这里来吗？"

"这倒是让我难得清闲了。"

她端详着我，仿佛在想这句话的隐含意义。过了一会儿，她轻轻摇了摇头，带着歉意说："我应该想到，你得辛苦地工作这么长时间。"

我将热水倒进杯子，放上茶包，沉默不语。萨莉想得太多了，上帝对她的安排让她总是充满了愧疚感。

"是的，你辛苦了，"她说，"你看，你甚至连茶都得去泡。我至少应该能做这些的。你不是来这里当烧饭女佣的。"

我将茶包换到了另一个杯子，将水倒满。"看看你，我们开门见山吧，一次性说完。跟我念：'我不是套在你脖子上的磨盘。'"

她耸了耸肩，微笑着，最后还是念了。"我不是套在你脖子上的磨盘。"

"我不是你背在身上的十字架。"

"我不是你背在身上的十字架。"

"我从来都不是你背在身上的十字架。"

"噢，拜托，我们别太过火了。"

"不念就不准喝茶。"

我把杯子递给她，她躺着将杯子放到嘴唇边，她的呼吸将杯子里的蒸汽朝我吹了过来。"让我们假设那份债务就是你的十字架，"

她说,"你能意识到自己已经还完了吗?就好像早晨醒来,发现一夜之间,一个大大的、丑陋的胎记消失得无影无踪。他们跟我们一样对它恨之入骨。记得夏丽蒂吗?当你给她最后一张支票的时候她说的话:'谢谢上帝,现在我们又可以只做朋友啦!'如果我们同意,他们早在十年前就取消那笔债务了。"

"如果我们那么做了,你感觉能有现在这么好吗?"

"不会,当然不会。但我憎恨它让你如此辛苦。要不是为了它,我们可能很多年前就来这里了。"

"我挺过来了,我们都挺过来了。不管怎样,我们没来这里是为了朗。"

"也许是吧。我不知道她跟米尔斯现在怎么样了?"

"这件事不会让我整夜睡不着觉的。我自私的脑袋只关注新的作品。我会给你捧回约翰·西蒙·古根海姆奖的。"

吃着毕格罗英式早餐,我们为了约翰·西蒙而喝了一杯。

"您具有一种非常坚韧的品性,摩根先生。"萨莉说。

"我得为一个生活在持续不断的焦虑、沮丧和惶恐中的女士作出补偿。"

她用眼睛问出一个问题:你是认真的吗?在得到我的否定回答之后,一抹温情、会心的微笑开始在她脸上浮现。"不用再补偿了。"她说。就在那一刻,阳光洒满了贝洛斯瓜尔多,一道粉红的光束穿过门平铺了进来。萨莉、枕头、床头、墙壁,天花板角落里的丘比特,都泛起了红晕。萨莉将茶杯放在床头柜上,皱眉望着我。"你为什么待在那里?如果你站在那儿我怎么吻你呢?"

我走过来,弯下腰,接受了她的吻。

"你知道我打算做什么吗?"她说,"我打算成为一个真正能帮上忙的妻子。我甚至打算在早饭和午饭之间这段时间里不跟你说话。我打算读一读意大利语,一句话也不说,好让你工作。"

"你不会一早上都那样的,还有费洛斯太太呢。"

"我可以教教阿孙塔,我们可以在关键期给她多教一点。"

"我可不想完全缺席,我就待在离你三十英尺远的地方,或者四十英尺,如果出去到阳台上的话。"

"不,我不会叫你的。你要写那本让他们所有人都看的书,很久以前如果脖子上没有磨盘的话,你可能早就写完啦。午餐过后,我们可以小睡一会儿,无论如何都要睡到三点。三点之后,我们可以去感受佛罗伦萨。夏丽蒂弄了一个关于博物馆、教堂、壁画以及探险的目录,有三页多。"

"夏丽蒂弄了?我想我们买了菲亚特车,他们就不用为我们操心啦。"

"他们没有操心,但这并不意味着我们不能一起行动。"

"是,我们别再谈这些了。自由自在多好啊,夏丽蒂的日程会束缚住我们的。今天该干吗?"

"只有我们五点的意大利语课。在此之前,他们会把哈莉从帝王丘①接来。"

"接她回来?他们才把她送过去。"

"但是行不通,她太痛苦啦。到美国学校她会好很多。"

"除了夏丽蒂,任何人都可以预见到这个结果,你想提醒她,我听见你说了。她对待可怜的哈莉的方法完全就是她妈妈在巴黎对她的那一套。后来夏丽蒂干什么呢?她从墙上翻过去了。应该有人告诉她点关于那些拒绝吸取历史教训的人的事。"

萨莉笑了。"她说她的确吸取教训了。她吸取的教训就是她母亲是对的。如果她能在她妈妈丢下她的那个地方坚持下去的话,她会从法国学到更多东西。她一直期望哈莉能比她更明白一些。"

---

① 帝王丘(Poggio Imperiale),位于意大利普利亚大区福贾省的一个市镇。

"她那么棒,她太不可思议了。最好是能让她自己丢一次脸,她能丢得很优雅吗?"

"她完全乐意之至。她尝试过一些事,但不起作用,于是她想试试别的。她甚至觉得那是上天在跟自己开玩笑。但她真的觉得对不住哈莉。哈莉不懂一句意大利语,鬼都不认识一个,那想必是很恐怖的。"

"你知道吗,我们应该让朗来这里过圣诞节。"

"我想你会觉得那样太花钱了。"

"也许我们可以让她来,不管花多少钱。"

"你知道,"萨莉说,"意大利很适合你,我们让她来吧,她会高兴的。我们也会的,哈莉也会,她就有玩伴了。"

"她会让朗参观帝王丘的。"我站起身,"把你送到浴室,然后我去工作怎么样?"

"好啊。但这么早就打字是不是太早了?你会打扰走廊那头的人的。"

"如果他们埋怨,我就停下来。但如果我打算让文学世界的激情燃烧起来,唯一的办法就是用一个词去摩擦另一个词。"

*

于是我开始在打字机前忙碌,紧张地忙碌,背对着外面的黎明,面朝着空荡荡的墙壁,直到午餐时分。可能我还是在按照过去在莫里森大街那间壁炉房里的习惯工作,而我也发现,如果眼前没有什么干扰,我更容易清楚自己脑袋里想要表达的东西。我正在描写一次新墨西哥的暴雪,正在写那场雪下得很大、很厚,包裹住了所有的马路,厚厚地堆积在土坯墙和窗台上,让矮松和杜松都变成了一团团白色。此刻有人在敲门。

"能进来吗?"①

"请进。"②

门开了,西尔瓦诺走了进来,手里端着一个托盘,举得跟肩膀一样高。他戴着白色的手套。他在送餐的时候经常戴着手套,用来遮掩他那布满疤痕的、皲裂的劳动者的双手。他脸上还挂着清晨特有的微笑,看上去温和而疲惫。他向我和床上的萨莉问了声"早上好"后,把托盘放在了洒满朝阳的桌子上,而我还穿着浴袍和拖鞋,肩膀和头发上还带着几片新墨西哥的雪花。看到打字机和打印纸,还有那已经塞了一半皱皱巴巴纸张的垃圾桶,他似乎充满了同情。

"一直在工作啊。"③他说。他假装认为我工作比他还辛苦,而他的话里饱含着对我俩的同情。一直在工作,不开玩笑。西尔瓦诺住在斯坎迪斯,每天早上六点就出发,在拥挤的公共汽车上站四十分钟。到达韦斯普奇后的前半个钟头,他要拖洗大理石的入口通道,打扫人行道,擦干净门把手。到了七点半,他要开始给十五个房间送早餐。接下来就是在厨房洗刷,然后还需要些时间清理后院——我们几个人的车都停在那里的车棚下以防"汽车小鼠",他们经常会卸开那些放在街道上过夜的车辆的底盘,偷走零部件。大约到了中午,他才会花几分钟坐在厨房吃点东西,然后又要戴上白手套开始送午餐了。

午餐过后,我希望他能像其他人一样小睡一会儿,但我从来都不确定,而他总是受铃声支配。到了下午,他清理走廊,跑跑腿,擦亮更多的东西。如果有人要喝茶或者其他饮品,他马上放下手中的活,戴上手套送过去,过一会儿再撤走杯子,然后继续回去干自己刚

---

① 原文为意大利语: Permesso?
② 原文为意大利语: Avanti。
③ 原文为意大利语: Sempre lavoro。下同。

才放下的活。如果他夫人或者女儿阿尔巴罗萨有事离开前台，没法接电话，西尔瓦诺就会去接替。到了七点，他会再次戴上白手套去送晚餐。到了九点，他已经准备好去赶公交车返回斯坎迪斯了。

韦斯普奇一般十一点关门，除非有其他情况。有些回来晚的客人得穿过庭院的入口进来，那就意味着有人得待在那里等着他们，也就意味着，这个人通常是西尔瓦诺。我感到无比愧疚的是，就在我们刚到的第二天晚上，我们跟朗夫妇去参加了一个音乐会，然后去多尼家喝了一杯，然后又去河边看了看灯光，然后突然决定去米开朗基罗露天广场俯瞰城市夜景。

我们回来的时候大约是两点，需要非常大声地"咣咣"敲门才能让人听见，最后是西尔瓦诺给我们开的门。他摇摇晃晃，得扶着门才不至于摔倒。我们向他道歉的时候，他的眼皮都没有从眼睛上抬起来，关门的时候他站着就睡着了。就在我们告诉彼此从此以后再也不这样对他之时，他用悲伤的微笑原谅了我们。像那样的夜晚，当然，他根本就没有回家。曾经有一次，我早早起床，在午餐前去卡辛那公园散步，还看到他在后门边的长凳上和衣而睡。

战争期间，西尔瓦诺曾不幸成为一名战士。战争结束时，他成了美国人的囚犯。他痛恨战争、动乱，还有泰代斯基，这些在他的脑袋中都彼此关联。他喜欢星期天佛罗伦萨的英式足球比赛。他认为自己非常非常幸运，有一份安稳的工作，可以跟那些待他很好的人相处，每个周末都这样度过。西尔瓦诺并没有拥有什么，或者连拥有的希望都没有，但他教会了我许多关于自己"向上移动"的东西。

"一直在工作。"每个这样的早上他都摇着头，对我这样说。让他诧异的是，我这样一个很明显能够有实力悠闲放松，而且据他所知，至少有六件滴干免熨衬衫的有钱人，怎么也不应该在七点半之前就起床敲打字机。此刻，他给了萨莉一个难过而又亲切的微笑，

"可怜人"①,他向我谈及她时这样叫她,他祝愿我们都好胃口,然后退出了房间。

"他真是个讨人喜欢的人,"在我扶她坐在洒满阳光的高脚椅上时,萨莉这样说,"他让我觉得自己如此幸运又如此愧疚。"

我用咖啡壶给两个杯子里倒了些咖啡,然后用即将溢出沿的热牛奶将杯子添满。两份帕尼尼,从炉子里拿出来后还微微有些温热,皱皱的好像婴儿的后背。我掰开一个,在上面抹上黄油准备递给萨莉,然后透过装着小玻璃果酱盘的碗看我们还有什么东西。"橙子,樱桃,草莓,还有什么?"②

"樱桃,"萨莉说,"喂,你学得越来越好了。"

"我还是跟西班牙语混在一起,我从来都赶不上你,我们都不行。"

"我应该比我现在更好才对。我有拉丁语基础,你写作的时候我就一早上都在学。"

"此外,你还是对它有天赋,你会赶在希德之前开始读但丁的。"

她眼神凌厉地看着我。"看在天堂的分上,这样的事情连提都别提。"

"为什么不呢?他没有觉得自己的意大利语有多好。"

"都一样,他总是将自己与别人比较,或者是被比较。夏丽蒂把他跟你比,这不公平。你是个生产者,他是个消费者,属于鉴赏家的那类。但今年春天,他知道他最终获得长聘,成为一位真正的副教授,再也不是那种模棱两可的讲师了,但在我们开始计划这次旅行的那一刻,夏丽蒂立马恢复到了以前的状态。她开始看希德是不是有可能在佛罗伦萨重新开始她多年前给他布置的勃朗宁研究。她依然希望他向全世界证明,他跟其他任何人一样,是一位才华横溢的学者。我

---

① 原文为意大利语: la poveretta。
② 原文为意大利语: Arancia, ciliegia, e fragola. Cosa vuoi? 下同。

希望我能说服她不要那样做，我认为我做到了。因为除了今年的荣耀，他在世界上最想做的事情就是学好意大利语，能够读懂原版的但丁。那是他应该做的事情。"

"好了，我同意。但这不会改变我的想法，那就是你会比他先读但丁。"

她接过我递给她的抹了果酱的帕尼尼。"如果我能读了，"她说，"我们先保密，好吗？"

钟声再次在贝洛斯瓜尔多响起。勃朗宁曾经住在此地，在这里的某个广场或其他什么地方，我们曾看到过一个纪念碑，上面刻着他的名字，还有其他文学家的名字。让他们都安息吧。萨莉说得对，让我们所有人这一年都遭殃的事情就是夏丽蒂又开始将自己的雄心强加给希德，缓解的方法就是让他只做个读者。他对此感兴趣，愿意探究，不知疲倦，只要他的探针最终都没有察觉到必须要发表论文。这让我觉得他有一点像西尔瓦诺。现在他终于得到了长聘，生活无忧，正在享受第一次学术休假，且让他享受自己的安宁吧。

从他们的别墅向上到圣米尼亚托教堂的后面，朗夫妇能够领略托斯卡纳的艺术、古迹、色彩、美景、历史、食物和美酒。萨莉告诉我，这周将会是"布鲁内莱斯基周"，我们将从大教堂开始游览，然后到圣洛伦索、圣斯皮里托、因诺琴蒂、帕奇小礼拜堂，天知道还有哪些地方。我没问题，我很乐意和她一起，享受她完美无缺的计划。

我只有下午和晚上可以，每天早上都有其他事情要做。像这样的早晨，我都等不及喝完拿铁咖啡。我想回去面对着墙壁，让自己的心门敞开。早上无论在哪里，只要有我工作的地方就行。如果每天都跟早上一样美好，通常也确实如此，我会在九点钟的时候挪到外面的平台上，把屋子留给萨莉和阿孙塔，也就是那个女仆。

阿孙塔不会像西尔瓦诺那样抚慰人。她会用她那土耳其羽毛的扫帚扬起灰尘,用她对各种错误与犯错者的激烈谴责打破早晨的平静:她那没用的丈夫、懒惰的儿子,她那可恶的婆婆,塞蒂尼亚诺的市政官员,那天早上载她来的公交车上的恶毒司机,税收,物价,政府,时局。在忙着收拾床铺、清理地板的灰尘、打扫浴室、撤换家庭用品的时候,她一直在和萨莉说着话,时不时停下来表达一下自己不相信所有事情怎么都那么不可思议。"忍耐!"[1]她大声说,瞪着眼睛,张开右手,手指朝着天花板,然后她再一次否认那些可能性。"忍耐!"

好主意。我卷起袖子,坐在外面有遮阳棚的平台上,不理睬她生活中的各种跌宕,继续构思那些我曾认识的人的生活。我让他们置身于一场极严重的圣诞节暴雪中,他们被齐膝的大雪阻断了道路,被迫做出各种艰难的妥协和决定。稍后,我想,我应该像一条圣伯纳德犬一样滚过去,脖子上挂着一个小小的白兰地酒桶,如果没法让他们获得救援,这桶酒至少能让他们缓解一下。我塑造了这些人,我非常喜欢他们。我不想用那种只让他们看到一点点转机的方式去写他们。其中有一个人有点像夏丽蒂,因为她觉得她无须任何协助,一切都看得清清楚楚。

一年到头,每个早上都与此别无二致。

*

我几乎总是面朝着墙,背对着诱惑与干扰,度过新墨西哥的每个清晨。这是一个回忆与创造混杂的世界,在那里我带着神灵赋予的自由来回奔忙。我掌控着气候,我认识所有的台地、小城镇、公路、街道和房屋,因为是我把它们放到那里的。我了解每个人的心

---

[1] 原文为意大利语:Pazienza! 下同。

思、情绪和历史。我可以期待甚至计划每一件事情，预测甚至掌控所有结局。

我在新墨西哥的那段生活井然有序，有条不紊。置身于熟悉的人群中间，置身于那些让我感觉惬意自然的乡村、气候和社会环境中，但它们都不属于我，就像我因为出身和阅历的缘故不属于它们一样。我在新墨西哥度过的每一个早晨，都和夏丽蒂以前安排朗家生活的方式一样，时而情意绵绵，时而专横决断。这（如果你侥幸拥有）是一种让人非常满意的生活方式。写作顺畅的时候（通常是这样），我在属于我的早晨，在亚诺河上的阿尔伯克基，感受不到丝毫的痛苦。

而浮出水面也同样令人满意——不是因为波折，从来都不是因为波折；那些只是言谈，属于精神愉悦时的一点夸张。不，我很容易地、惬意地、热切地、充满期盼地浮出水面，进入这个本源世界，这里满是新发现，绝少召唤或掌控。我离开的时候，萨莉还在研究它，她会在午餐时告诉我有关它的一切。

我觉得因为我们最近偿还完了债务，也不用再操心其他事情，这对我产生了一些特别的影响，就好像萨莉因为长期无法自由活动而变得敏感一样。但无论如何，我都会变得敏感。任何人，甚至是来自遥远西南部的一个已经快要消失的传统的人，从某些程度上来说，也是这个世界的一位公民，而我则终其一生，是一个充满渴望的读者。我不能抬头望着亚诺河却一点都意识不到，就在下游的某个地方，这条河汇入了格兰德河。我知道名称、书籍和一些艺术。我自己本身就是在这里形成的思想的产物。我此刻就住在一座家庭公寓里，它是以那个给予美国名字的人的名字命名的。[1]

而我经历的比我所知的要少得多。我曾跟一些经常出游的人共

---

[1] 该家庭公寓名为"韦斯普奇"（Vespucci），是意大利航海家、探险家亚美利哥·韦斯普奇（Amerigo Vespucci，1454—1512）的姓氏，美洲大陆以他的名字命名。

事，他们将美国文化散播到了战后的世界各地，但我们还未曾亲自出游那些地方。欧洲和欧洲人的历史对我而言也就是书上的文字，就是铜版纸上和波士顿艺术博物馆或加德纳、福格等艺术博物馆里的复制品。想起这个小城的人是如何照亮了人类的艺术道路，我就感到惊异，"引火物"和"火柴"曾经在这里肆意"泛滥"，到处都是。抬眼看河的对面，风景微小而醒目，就像在通过一个倒置的望远镜观看。那是一幅山丘和柏树组成的风景画，如同从达·芬奇那里盗来的一般，这一切一直让我感到惊奇。

在这里，我不是制片人和舞台经理，只是观众，一个小学生，一个恭敬的乡村兄弟。每个想要了解自己是谁的美国白人都绝不能让自己与欧洲为敌。如果他能在亚诺河谷进行这样的谈判，如同我们一样，那他就是幸运的。

向它致意，我们并不孤单，我们可以跟其他人一起。我们又一次成为伊甸园里的四个人，而那不只是华丽的词汇。我们感受它，谈论它，争论其意义。它影响了我们对于我们所知一切的理解。我们意识到自己已经获得了第二次机会。

于是，我们造访了卡米尔教堂，去看马萨乔的《逐出伊甸园》，研究他笔下带着悲伤的笨拙的夏娃，在意识到孤寂后的悲痛欲绝；亚当则步履蹒跚地伴在她身边，用手挡着眼睛。我们当中有一个人想知道马萨乔或者其他什么人有没有画过与此场景相反的东西，而我们想知道的是：画家能在表情和姿势中捕捉到浸透着谦卑的愉悦，也就是那标志着他们重返伊甸园的几乎满含眼泪的感恩之情吗？

类似这样的问题都是给希德准备的，他像条兴奋活泼的小狗，追逐着充满智慧的兔子。哦，弥尔顿曾经尝试过，两种情况都尝试过。我们都读过《失乐园》。我们有人读过《复乐园》吗？他跟我读过，因为我们被要求去读。还有但丁。还有比这更好的例子吗？地狱里水深火热，而天堂则是块神学的蛋糕饼。那些邪恶和不幸的人总是抢着出风头，因为罪和痛苦是最普遍的人类体验。从技术角度来看，基督是《失乐园》里的主角，但实际上撒旦才是主角。坍塌的华美总是比了无生气的完美更有教育意义。要不看看这些画作，看看这些用冷漠的脸庞遮掩着血淋淋伤口的基督，还有所有这些画风如出一辙的天使。圣洁无处表现，只能借助一脸的傻笑。而犹大，此刻坐在最后的晚餐桌前，并试图用身后那只象征性的猫来遮掩他的背叛，由于这种人性的复杂性，他显得与众不同。倘若你沿着托尔纳博尼大街往下走，同时看到了面带慈善微笑的比阿特丽斯和咬着鲁杰里头颅的乌格里诺①，哪个会更吸引你的眼球？

跟往常一样，夏丽蒂觉得这些课堂里讨论的东西缺乏说服力。当然，你可以从幸福与圣灵那里创造出伟大的艺术，看看贝多芬的《第九交响曲》(我们都笑了)，看看弗拉·安杰利科。但大多数艺术家，作家也一样，你们也一样，都发现表现背叛、邪恶、死亡、暴力的东西更容易惹人关注。你肯定会先注意到乌格里诺咬着仇敌的头颅，但你对他的关注能持续多久呢？艺术应该设立标准，然后提供范例。你能从乌格里诺那里找到什么范例？但丁是把他作为一个可怕的例子来用的，但但丁也欺骗了大家，他把乌格里诺塑造得这么恐怖，是因为他自己也对他给予了关注。

他本该径直走开吗？我有点好奇。对他视而不见？只关注地狱里美丽的火焰？吹着口哨走过第九层地狱？

噢，拜托，夏丽蒂说。的确，艺术和文学都有这样的风尚。你为什么不将如此多现在作家关注的东西置于脑后，写一些关于一个真正宽容善良的好人的东西呢？这样的人住在普通的社区里，过着普通的生活，对大多数普通人感兴趣的东西饶有兴趣，比如家庭、

---

① 比阿特丽斯（Beatrice）、乌格里诺（Ugolino）、鲁杰里（Ruggieri）均为但丁《神曲》中的人物。乌格里诺与鲁杰里是13世纪的意大利权贵，二者因权力争夺引发冲突，最终乌格里诺和他的儿子一道被关在塔中饿死。但丁在《神曲·地狱篇》中描绘了乌格里诺啃食生前仇敌鲁杰里的头颅的画面。

孩子、教育、令人开心的休闲活动等。

她向我提出了要求，脸上带着非常生动的微笑，她那友好的、饶有兴趣的、开朗的、热爱生活的微笑。她这样说是出于热情与善意，在表达的时候甚至还收回了一半。她这么说主要是因为她期待这能成为可能。

我说我会考虑的。

不管我们怎么看待艺术以及它与生活的关系，我们都知道我们在艰苦岁月中所引用的福克纳的那句座右铭无法适用了。"他们可以杀了我们，但不能彻底打败我们"这句话已经不适合这个充满了情趣、指令、建议、可能性和友谊的世界了。于是在花了一两天通读但丁之后，希德给我们找到了一个新的口号，虽然不那么简洁但满足了夏丽蒂说教的迫切要求：

> 想一想你生活的意义：
> 从来都不是像野兽般生存，
> 而是为了追寻美德与教益。[1]

"想想你与生俱来的权利，"我们在疲倦或懒惰影响我们、放慢我们饥渴地品咂文化的脚步时告诉彼此，"想想你是谁，你生来不是为了像野兽般生存，而是为了追寻美德和教益。"非常高的调子。我们都把马车推到了我们能找到的最高的星星上。

在我眼里，这句话产生了一个奇怪的二元对立。在我的一部分时间里，我生活在一个受我管理和掌控的虚幻世界，其余时间，我生活在这个充满了文化奇迹和发现的世界里。面对这个世界，我恭顺得就像杨树绒毛面对沟渠里的湍流一般。从早晨的隔离中走出来，我便感受到一种几乎无法承受的鼓舞，感觉每天甚至是每小时

---

[1] 出自但丁《神曲·地狱篇》，原文为意大利语。

都在进步。过去,我也曾有过这种学习和进步都非常快的时刻:我从尘土飞扬的阿尔伯克基和我那乡间无名的小学院进入伯克利研究生院的时候;我们在威斯康星州的麦迪逊为我们充满希望的前途而耕耘的时候;我首次踏进位于灯塔大街的凤凰出版社的大门,感受到面对一个新职业,有很多东西要学习、许多新人需要去了解和共事而面临挑战的时候。但我从未感受过在阿尔伯克基的早晨与佛罗伦萨的午后来回奔忙之时,那种才思如泉涌的感觉。

没有什么让我畏缩,我也不会看低任何东西。每个东西都可以教会我点什么。我说的是"我",我想我指的是"我们"。朗夫妇跟我们一样不知足,因为他们压抑的时间跟我们一样长。威斯康星的挫败,战争年代的蛰居,达特茅斯新工作的要求,养活有五个孩子的一家人。现在,这五个孩子里一个在读研究生,一个在上大学,一个在埃克塞特,一个靠着自己的小买卖满世界闲逛,还有一个最后落脚在佛罗伦萨的美国学校。他们可以继续做他们在一九三三年就满怀热情开创的事情了。无论是那些看上去亮光闪闪的美第奇的大理石墓碑,还是巴杰罗美术馆那让我们凉到膝盖的冰冷的石头地中的面,都无法让我们泄气。

有时我们就在想,那些在二十世纪发现了巴黎,从塞纳河左岸再造了这个世界的那一代美国人是什么样子?他们的感受跟我们一样吗?他们当时更年轻一些,有一些极有天赋,有一些受到了流行文学中所包含的绝望的影响,大多数都戏剧性地贪图享乐。我们觉得他们比我们幸运。他们只经历过一次战争的摧毁,而战争的摧毁,如果不是致命的,很可能就会催人奋进而不是相反。经历过一次战争,你就经历过了戏剧和兴奋。经历过那些我们注定要经历的一切后,我们就只能用坏运气或个人缺陷来为自身弱点承担责任了。

但有一点我们都没有感受到,那就是我们没有感到绝望,不管是虚幻的还是现实的。我们正身处一个无比美好的时代。

尽管我们有过迷惘,但我们不是"迷惘的一代"。我们在佛罗伦萨的街道、教堂和博物馆,在无数山上的小镇和村庄四处探寻的,不是达达·那达①,而是人性化的东西,是与思想、秩序进而同希望有关的东西,那是(正如我们时刻提醒自己的那样)人类的梦想。

我认为我们都想从佛罗伦萨找到我们深以为然的东西,夏丽蒂倾向于维护她不能清晰界定的东西。但我们每一个人,甚至是她,哪怕仅仅作为体验,也都对佛罗伦萨持开放态度。我们想以最特别、最感性的方式去接触它,我们生活在也许有些荒谬的情感状态中。鉴于此前的机会,我们不会成为超级游客。为了成为此刻的我们,我们抓住了能抓住的任何机会。每一次旅行都是一次探险,而旅行就几乎平常得跟每天的日出一样。

*

这不是很完美么?夏丽蒂问,我们凭外国人护照便可以随时去乌菲齐美术馆参观。可能只待十分钟,也可能只在《春》这幅油画前站一会儿,或者仔细想想可怜的拜占庭基督。想来也奇怪,正是由于他,所有佛罗伦萨油画的荣耀才得以发展,这难道不是一种满足吗?稍微不幸的人可能需要积攒好多年才能来一次乌菲齐美术馆,做一次短暂的旅行,吃完午饭就得出发去阿西西②,跟着让人讨厌的导游的指挥棒匆忙赶路。就看了这么一次,他们就终生收藏着那些明信片,那是他们从这里得到的最永恒的收获。还有更不幸的

---

① 原文为 Dada Nada。Dada 即达达主义的"达达",在法语中原指儿童咿呀学语阶段对玩具木马的称呼,后被达达主义者引申为乌有、虚无之意。Nada 在西班牙语中意为"虚无,空无","迷惘一代"的代表人物海明威曾在其《永别了,武器》等作品中屡次提及这一概念。
② 阿西西(Assisi),意大利翁布里亚大区佩鲁贾省的一个城市,是天主教方济各会的创始者圣方济各的出生地,并因此成为众多天主教徒的朝圣地。

人，他们从未听说过乌菲齐。而在这里，我们可以一周进去充实自己四五次，任何时候，只要我们不是太忙于从吉贝尔蒂雕刻的门、乔托钟楼、圣马可大教堂、兰奇长廊、巴杰罗美术馆或伊塔蒂别墅吸取营养。

去巴杰罗美术馆对萨莉来说太困难了，因为那里的台阶很陡。她曾经自己独自尝试过一次，此后，都是希德和我把她抬上去。即使如此，我们也经常去那里，就连多纳泰罗雕塑的大卫看到我们站在台阶顶上时，都开始向我们脱头盔致意了。至于圣马可大教堂，那是我们最爱去的地方，也是夏丽蒂的最爱。她拉着我们频频去那里，用弗拉·安杰利科的可爱纯真为我们提神醒脑。每次看到萨莉拄着她的拐杖走来时，那些导游就绽放出微笑，而当我们拒绝接受他们的帮助时，他们便按照他们知道我们已背下来的音调开始吟诵："……可爱的！①……美妙的 ②……"

我们不光游览了佛罗伦萨。在漫长的暖秋天气里，我们或开着自己的车或开着朗家的车，或者旅途太长时两辆车都开，逐渐熟悉了卢卡、皮斯托亚、比萨等城市。我们在比萨斜塔上演示了钟摆法则，一起四重唱体验了一下洗礼堂里的回响。有一次，那是阳光明媚、刮着风的凉爽一天，我们在一条通往锡耶纳的乡村公路边野餐，帐篷就支在带有坡度的公路的向阳一侧。一个骑着自行车的农民从我们上方经过，满脸严肃、饶有兴趣地低头看着我们。对某些没有置身其中的人来说，野餐总是看起来有些怪异，既不舒服也没有必要，更不用说这个农民了。他平稳地骑过来，两只脚郑重地划着圈，斜着头向下充满善意地看着我们。"好胃口"，③ 他郑重地说，然后骑着车走了，似乎是在祝福我们。

---

① 原文为意大利语：Delizioso!
② 原文为意大利语：Meraviglioso。
③ 原文为意大利语：Buon appetito。

"我很高兴。"在我们面对他的礼仪和那份泰然自若朗声大笑之后，夏丽蒂说。她眼睛里闪烁着那份极少在她那里消失的热情。她最大的快乐就是让她自己和其他人都知道她很快乐。她愿意让任何经历，哪怕是一丁点，都留下印记。"我很高兴你们最终也富裕起来了，我们可以一起干这样的事啦。"

我本想回应说，多亏了他们，在我们还没有足够经济能力的时候，和他们一起干过很多回这样的事情。我可以向她提供一些数字——古根海姆奖的津贴，加上我们在坎布里奇的房子的租金，加上积少成多的少量版税，减掉朗在米尔斯的所有花费。我想问她是否觉得把这些加起来就足够富裕了。但我没有说，也没有问，她的意思只是在说她很高兴我们都走出了困境，我们也一样。

"是富裕了，"我说，"我要为此喝一杯。"随后萨莉坐在她的高脚椅上开口了，她看上去有些僵直，跟草地午餐的氛围有些不协调，但是非常高兴。"阿门，谁会需要比这更多的东西呢？那个酒瓶①里还有酒吗？"

我斟满大家的杯子，然后我们坐下来品咂这有些酸的基安蒂红葡萄酒。鸟儿飞过来在身边蹦蹦跳跳地寻找面包屑。希德一言不发。谈到钱，不管是他的还是别人的，总是会让他觉得烦扰。但我知道他跟我们一样，能感觉到我们那种获得解脱的感觉。那笔债务——他无法免除，因为我们不让——对我们来说，是一种压力。

风吹过路边的草地，带着轻微的"沙沙"声，似乎天气在变冷，但我们的那个斜坡刚好背风，一直暖意洋洋。彻底地心满意足之后，我们躺了一会儿，而萨莉还在直挺挺地坐着，低头看着我们。我们也许还面朝太阳小睡了几分钟，然后才驱车赶路。

---

① 原文为意大利语：fiasco。

*

我们每天的日程就跟在巴特尔池时一样：早晨是工作和学习，下午和晚上如果天气允许，就做各种我们感兴趣的事情。在佛罗伦萨，我们不认识其他人，除了那个每周两次给我们教意大利语的女人。我们也无须结识其他人。就像佛罗斯特农场的夫妇，他们经常从房屋里出来到森林里去体验孤独，我们有时也凭一时的兴致和想法度过我们的午后，而绝大多数时候，这些想法都来自夏丽蒂。

有一天，我们去了沃尔泰拉，那里有雪花石膏矿，整个小镇都微微地闪耀着晶砂的光芒。另一次，我们去了瓦隆布罗萨，就只是去看看弥尔顿说的，秋天的落叶是否撒满了那里的溪流。没看到落叶，没有溪流，只有一大片来自俄勒冈州的花旗松，一条条瀑布让亚平宁山脉生机勃勃，还有一群很快将会成为野味店美餐的野猪。

在阿西西，我们看到了地窖中已经萎缩的圣基拉雅的木乃伊，在七百五十年之后，依然保持对圣方济各的虔诚。我们在奥维多待了一个下午，登上了一座仿佛是从新墨西哥州引进的平顶山。在古比奥，也就是圣方济各驯化狼的地方，我们在一座古老的修道院里睡了一晚。那个修道院就如一座舒适的圣马可大教堂。第二天早晨在当地的意大利加油站加油时，我们听到了一个拿着油枪加油的小姑娘热切的呐喊[1]。她说她被困在了这个宛若中世纪监狱的小镇。当听到我们反对说这是我们见过的最风景如画、美得宛如珠宝盒的小镇时，她放开了本来轻咬着的嘴唇，噢，不——不——不——不。这里没有新闻，没有娱乐，没有什么活动，没有生活。她捏着鼻子，张大嘴巴仰头朝着她更愿意呼吸的清新的空气。她想要去看看这个世界：巴黎，伦敦，美国。当听说我们来自波士顿和汉诺威这

---

[1] 原文为意大利语：cri de coeur。

两个她从来没有听说过的地方时,她感到失望,还有些轻蔑,美国人就得是来自纽约或者加利福尼亚才对。

同样,倘若我们想找个女仆、司机、厨师、裁缝、情人,一个忠诚的随从,在没有更好的机会之前,我们可以一天一千里拉雇用这个女孩。她会放下她的油枪,穿着她身上穿的衣服爬上车;她不会问我们要去哪里,只要是某个不是古比奥的地方就行。后来我们还遗憾当时没有问她。当她发现自己被要求恭恭敬敬地站在帕奇小礼拜堂里的岱拉·洛比亚的弧形窗前,或者被叫去在新圣母马利亚大教堂外面的汽车里等着的时候,她的表情想必会非常有趣。

还有另一次,在那个记忆中最温暖的冬天将要过去,亚诺河河谷开始泛绿,繁花盛开、河水丰盈的时候,我们驾车去阿雷佐欣赏皮耶罗·德拉·弗朗切斯卡的油画,然后穿过山丘返回,在桑塞波尔克罗停下车。我们在那里碰到了一位教堂看守人或者诸如此类的人。我们让他打开了小礼拜堂的门,在那里面,皮耶罗笔下复活的耶稣赫然站在坟墓后面,面前是被安排来看守他的醉酒的士兵。

直到那一刻,我们一直感到无比轻松,这是春天时节面对鲜花和温暖、干净的空气时所产生的反应。但皮耶罗画笔下的耶稣让我们如胸口受到了肘击一般,将这样的感觉驱散得无影无踪。那阴郁、饱受摧残的脸庞丝毫容不下半点不经意的热情。那不是一张获得永生的上帝的脸,而是一张人的脸,也就在片刻之前,这个人已经彻底地、惊恐万状地死去,衣服上还残留着死亡的气息,脑海里还浮现着死亡的恐惧。如果真有复活这件事发生,那它也还未被领悟。

我们三个人都被那幅画作打动,开始肃然起敬,也许是出于敬畏,而夏丽蒂觉得或者假装觉得,这不过是一个艺术家诉诸震撼来增强自己影响力的又一个例子罢了。皮耶罗不去画那战胜死亡(如果有的话,这是个振奋人心的想法)之后自然而然产生的欢愉、祝福和惊喜，而选择反其道而行之。她觉得从那充满对醉酒看守的蔑视的笔触中，可以看出皮耶罗是反人类的，而从耶稣的形象则可以看出他是反上帝的。似乎对她而言，这是一幅自负的画作，没有表现出对人类苦难的同情，反而坚持精雕细琢那些让人震撼的细节。皮耶罗没有尝试画出耶稣复活后的欢愉，反而似乎觉得一切都了无希望。他为什么不将预示着天堂和解脱会迅即出现的东西融汇其中呢，哪怕仅仅通过天空的一点微光或者天使之翼的惊鸿一瞥？况且这位耶稣的眼睛是多么可怕啊！

我们没有与她争论。她依然在坚持她那片面得如同日晷的一般看法，而她的日晷不是为了计算时间，只为了自己快慰。而我注意到萨莉拄着拐杖，在那张暂时镶在一个二乘四英尺的未加工木框内的画作前站了很长一段时间。她认真地看着，眼睛里有一种似曾相识或者像是在致意的东西，就仿佛那些已经死去的人了解所有现在存活的人永远无法了解的东西。

在那个阳光普照、不合时令地温暖的下午，我们顺着山脊，沿着一条弯曲的人迹罕至的路往回走。山腰往外渗着水，山谷涌出水流，道路不时地被滑下的山石侵占。"注意"，旁边有一个标语标着，"此处有落石"。接着我们来到了一个拐弯处，前面一群人站在道路中间，围着一个人。此人左手举着右手腕，布满血迹的汗衫衬着一只被压碎的、肿胀的、糊满了血和泥巴的右手。

他们涌上来围住我们，争先恐后地说着话。他们说得太快，声音太大了，而且这么多人一起说，我什么也没听懂。那个受伤的人独自一人站着，举着手腕，鲜血滴答滴答地滴到路上。

"慢一点，劳驾，"我说，"说那么快，我听不懂。"[1]

即使我对意大利语懂得够多能够让他们说慢一点，或者他们确

---

[1] 此处原文为意大利语。

实已经慢下来一点的话（在这样的场景下，没有哪个意大利人说话能慢多少），我还是理解不了他们在说什么。最终还是萨莉，她摇下车后面的车窗，跟他们交谈了起来。他们想让我们将那个受伤的人带到他的村子，大概在前面八公里远的地方。

我们迅速讨论了一下车里能不能坐得下人的问题，而那些人则站在外面听着我们奇怪的口音，并时不时插上几句他们的话。菲亚特汽车，勉强可以装下四个瘦小的人，现在已经坐了三个大块头和一个中等身材的人。其间希德坚持说他可以出去，待在这里，让那个人进去，然后我们再回来接他。但我害怕那个人会晕倒，或者需要人背，我一个人恐怕应付不了。萨莉不能拄着拐杖被留在后面。夏丽蒂也不行，尽管她很愿意，也许她足够安全。她下了车站在车旁，身材高挑，惹人注目，穿戴得好像吉卜赛人的王后。我看到她身后有几个工人在摇着头眨眼睛，他们欣赏她的样子就好像男人们在赞美一匹马。于是最终我们决定夏丽蒂和希德挤在前面的座位上跟我一起，那个受伤的人可以和萨莉一起坐在后面。八公里的路，应该可以撑得下来。

那个人的朋友们将他连推带抬地送上车，他小心地举着他那只受伤的手，迅速扫视了一下车内，就再也没有抬起眼睛。我看见他看到了萨莉的腿放在支架里，毫无生气地悬在座椅的边缘。他迅速瞥了一眼那双腿的主人的脸，眼神充满惊异，然后他又低头向下看了，直到我们停车都没有再抬起头来。他的衬衫和裤子前面都血迹斑斑，血和泥巴在他手上干成了一个壳。

我们尝试让夏丽蒂靠着我，希德挨着她，但空间不够。于是她先出去，希德坐上来，夏丽蒂钻进来坐在他身上，她的头紧紧贴着车顶，她的脖子没法动弹，她的声音里充满了欢快的自信，没问题，都挺好。"千万别磨蹭！"她在我头顶上说。

希德的腿紧紧挨着我，我连够挡杆都有些困难。在一片合唱般的建议声中，我们开始出发，绕着那些人正在清理的滑坡的边缘，来到了公路上。

"怎么样？"我对大家说。

"挺好，挺好。"他们说，车里满是汗水、血和大蒜的味道。萨莉打开了后面的一个车窗。那个受伤的人一言未发，萨莉也没有对他说什么。从后视镜里看着他那胡子拉碴、岩石般的冷酷脸庞和低垂的眼睛，我明白了原因所在。他不想跟人说话，也不想博得同情。有那么一两次，碰到路上的坑坑洼洼，我听到了挤在我右边车顶下的夏丽蒂的尖叫声。我尽量将车开得介于快和小心之间，没法确定到底怎样开更好。

走了七公里之后，我们看到了右边山头上的村庄。通向那个村庄的是一条上面长着杂草的湿黏土小路，我没法确定我们的车能不能开上去，估计会像爬抹了油的滑竿。我拐了个弯，而车后那个人粗声粗气地用乌鸦般的声音喊："这里！就这里！"①

我停下了车。"告诉他，我觉得我们应该送他上去，"我对萨莉说，"问问他那里有没有医生或者救助站或者药店。"

"就这里！"那个人说。他没放下那只伤手的手腕，想要笨拙地打开车门。

"你的房子在哪里？"萨莉说，"医生的房子在哪里？大夫？哦，这个应该怎么说？在那边吗？"②

那个人继续笨拙地捣鼓着车门把手，他不知道怎么打开。我走到车后给他打开车门，他蹒跚着钻了出来站在那里。此人大约五十岁左右，头发花白，像一块饱经风霜的鹅卵石，肩膀宽厚，浓浓的眉毛下一双眼睛滴溜溜地转着，充满猜疑。他看看希德，接着是夏丽蒂从拥挤的前座下车的地方。他回头看着我时，我猛地感到一丝

---

① 原文为意大利语：Qua! Qua! 下同。
② 楷体部分原文为意大利语。

震撼。他有一双皮耶罗笔下的耶稣那样的眼睛,那是一双什么样的眼睛啊,自从十六世纪以来就未曾改变过的这个地区特有的类型?痛苦的群体?或者仅仅是我自己的过度想象?

那个人说了些什么——不知是感动还是感谢,然后将他那只受伤的手裹在胸前,开始走上了那条小路。那条长长的路一直沿着山丘向前延伸,消失在墙壁和房屋之间。

"等等!"夏丽蒂在他身后喊,"噢,我们不能让他走!先生①,喂!"

那个人继续走着,身体向右斜着,没有回头看。

"噢,不!"夏丽蒂心烦意乱地说,"你们要干吗?拉里,开车跟着他。我们不能就让他这样走了。那手看起来多可怕。开车跟着他,快点,我们待在这里。"

"我觉得他不想再让人帮忙了。"

"但他需要帮助,不管他想不想要,他会失去那只手的,一个像他那样的工人,失去一只手该怎么办呢?他得去看医生。他们可能只是把他的手用脏水泡一泡,然后用破布包起来,或者就在上面抹些牛粪!"

"我们该怎么办呢?"希德说,"揪住他,把他强行拉回来?"

"噢,"夏丽蒂说,"你为什么让他走啊?"

"因为他要出来。"我说。

那个人已经到了那条长坡下面,开始往上爬了。他低头朝着山丘,平稳地走着。夏丽蒂再没有说话,但我能听到她的情绪在沸腾。过了一两分钟,她爬进汽车后座,坐到萨莉旁边,希德坐到我旁边,我们继续驾车前进。

在庞塔西乌,我了无兴趣地寻找药店,获知在意大利,药店可

---

① 原文为意大利语:Signore!

以处理轻伤和需要包扎的伤口。但天已经很晚了，交通拥堵，坐在那个沙丁鱼罐头盒般的车里长途旅行，我们都疲惫不堪。我在主干大街上什么也没找到，就驾车向前，没有再寻找。经过简短沟通后，我们放松了下来，汇入了佛罗伦萨郊区的车流中，穿过河流，爬上小山，朝着圣米尼亚托教堂左转，停在了朗夫妇的别墅前。他们礼貌地邀请我们进去喝一杯。我们借口说太累了，便匆忙地、几乎可以说是草草地说了声再见。

"结尾太糟糕了。"在我们穿过那些通向伽利略大道的那些拥堵的小街道时，我对萨莉说。"头开得很好，结尾太糟糕。"

"她就是想帮忙。"

"当然了，我们都帮了。"

"如果她没能帮上忙，她会感到沮丧的。"

"你可以再说一遍，躺下，闭嘴，我想帮你。"

"你有些夸张了，"萨莉厌倦地说，"夏丽蒂见不得疼痛，你能看到他每动一下有多疼。肯定是有块石头砸到了他手上，都砸烂了。你注意到他有多坚忍了吧？一声都没哭，眼睛都没眨一下。他只是忍着疼痛，紧咬牙关，但你能从他走路的样子看出来。"

我们随着车流绕过伽利略广场，进入了马基雅维利大街，朝着罗马门驶去。"好了，"我说，"她只能埋怨上帝了，如果他老人家总是将这样的事情摆到她面前，看看她还能有几个小时的欢乐时光。"

"你知道她真的不相信那套盲目乐观的说辞。她理解别人的痛苦，她比我们谁都上火。只要有人不舒服、受伤或者遭遇不幸，她就是这个样子。"

"我想，"我说，"见鬼，我不用非得想，我了解。只是她的说法让我恼火，好像是我将那个可怜的人扔在了路边。"

好一会儿，车里的气氛凝重，我都没法说话。萨莉坐在后排，系着我装在后面的肩带。开到彼得拉尔卡之后,道路便畅通无阻了。"你注意到他的眼睛了吗?"我说。

"注意到了!注意到了,看着难道不可怕吗?那么忧郁,眼窝深陷,仿佛根本就看不到外面,只能看里面,他把疼痛都打包放在里面了。"

一辆摩托车横切过来,在我们面前停了下来,我不得不踩下刹车,随即它又在前面两辆车的间隙疾驰而去。"和我说点什么吧。"我说。

"什么?"

"想起今天,你记得最清楚的是什么?是春天的乡村,与朋友结伴同行,还是皮耶罗笔下的耶稣,还是那个被砸烂了手的工人?"

她想了一分钟。"所有这一切,"她说,"你如果落下其中任何一部分,那就不够完整和真实了,是不是?"

"完全正确。"我说。

*

我抬眼望去,萨莉的双腿静静地垂在支架里,双脚精确地放在椅子的金属踏板上。阳光斜斜地洒在她的胸脯上,树叶抑或思想的阴影在她的脸上左右摇晃。

"你还记得圣诞节之夜吗?"

"所有那些红帽子。"

"不光是红帽子。还记得沿河的火把像烤饼一样映在墙上吗?那是一个多么寒冷、闪闪发亮、通透的夜晚啊,我们到广场看夜景的时候,整个城市怎么就成了灯火的海洋?所有的教堂也是,就连冷酷老旧的圣洛伦索教堂也充满了喜庆的气氛。你那晚想必是用轮椅推着我走了好几英里,从一个教堂到另一个教堂,每个教堂都好像有两打主教、大主教和红衣主教在做弥撒,成千上万的人进进出出,将他们的孩子扛在肩上以便看得更清楚。朗非常高兴,她想我们肯定每天都是这样过的。"

萨莉坐着,低头看着她的双手,然后抬起眼睛,迎着我的目光,叹了口气,抿了抿嘴,露出了一丝淡漠的笑容。"如果我们现在正沿着托尔纳博尼大街往下走,去看圣特立尼塔教堂里所有的基兰达约①,去看那些红色的帽子,看身披锦缎的主教在祭台上履行那些繁文缛节,那该多好啊。"

从她脸上的表情可以看出,她并不相信记忆,也未被愿望所说服。她抬头看着天空,扬起手指,模仿阿孙塔那嘶哑的声音说:"忍耐!"然后她伸手抓住了靠在椅子上的手杖。"你能扶我起来吗?我最好在我们出发前先站起来。"

---

① 基兰达约(the Ghirlandaios),意大利姓氏。此处当指多米尼哥·基兰达约(Domenico Ghirlandaio,1449—1494),圣特立尼塔教堂的萨塞蒂小堂内有他创作的湿壁画。

5

往山上走的时候,她很留心我们爬山时穿过的树林。我们第一次看到这座山丘是在一九三八年,那时朗夫妇还没有买下包括这座山在内的农场,那时它还刚刚处在由牧场变回森林的第一个阶段。此刻它已经真正成了一片森林,主要是枫树、毛榉树、白桦树和黄桦树。穿行在粗壮的树木之间,一些高高的如胳膊或腿粗细的树苗因见不到阳光而死亡了,还有许多将要倒下的,就悬靠在附近的树上。它们让这片树林看起来像是乌切洛或者皮耶罗画笔下的战场,到处插满了歪斜的长矛;那些黑色的弯曲线条,配着阳光穿过树叶突然洒下的光瀑与斑点,淋漓尽致地展现了乌切洛和皮耶罗所追求的立体效果。我们似乎看到了树林深处很远的地方,尽管从这里到山丘陡然挡住视野的地方,距离不超过五十码。

金麒麟和树莓丛在路肩上挨挨挤挤,刚刚经过雨水的冲洗,便被飞旋的车轮甩到了路面上。莫换了一下挡位,加大了马力,车沿着陡峭的山坡爬行,接着路面变得平缓了一些。萨莉弯曲的手紧紧抓着我的衣袖。她沉默不语,双眼始终没有离开树林。

此刻,带着围栏的小牧场出现在我们右手边,那是一片绿油油的由树林砍伐出来的开阔地。这是夏丽蒂的杰作之一,是用来陪伴孙辈成长的一处设施。山的更远处,距房屋半英里之外,是另一片牧场——一片两三公顷的草地,被用推土机推得平平整整后种上了草,打算用来做足球和垒球场。就在这个下午,我们在去野餐的路上看到了夏丽蒂建的露天看台,好让家人在看家里年轻人比赛时能坐在那里。我对此一点都不惊讶,她一直都很大气。

到马厩边转过弯后,我看到门开着,一个身着牛仔服的女孩骑着一匹栗色马立在那里。哈莉坐在前排冲她挥手叫道:"你好,玛吉!"

那女孩举起手臂,有点近视似的看着我们,然后她原本郁郁寡欢的脸上绽开了笑容,露出一排非常白的牙齿。

"噢,那是玛吉吗?"萨莉说,"哎呀,长大啦!"玛吉向我们挥手,我们也向她挥手,但莫没有停车。他正在有些严肃地挑战这座山丘。我们的车"咔嗒咔嗒"往前走了几码,然后平稳地停在了上屋前面。

莫跳下车,打开了萨莉那一侧的车门。她探出手杖,就在莫要去帮她拿手杖的时候,她微笑着向他摇了摇头。她非常费力地用双手抬起自己的脚,一次一只,挪到车边。靠一只手杖撑着,她用那只健康的手向后一推,站了起来,弯腰扣上膝盖上的锁扣,然后拿起另一根手杖,站直了身体。我看到她看着紧闭的前门。

"妈妈待在露台上。"哈莉说。

没有路,我们就踩在被仔细割过的茂密草地上,绕着房子走了过去。他们搬到这里那年我和希德一起种下的那棵山梣,已经长得有二十英尺高了。旁边是一棵野苹果树,从高墙的墙根下长出来,倾斜在草地上方,上面挂着还未成熟的小绿果。

我们绕过那个角落,便看到了夏丽蒂所能看到的风景。那里刚开始还只存在于想象中,后来便违抗这片土地上精灵的意志建了起来,精灵们总是想让自己躲在树林里。时不时有一两棵她为了视觉效果而让伐木工人留下来的枫树或者桦树出现,阻断我们的视线。山坡向下延伸,经过一片覆盖着树莓丛与硬木树苗的坡地,与下面未受影响的树林连成一片。视线在这里猛然下沉,然后与湖岸持平,穿过湖面和远处的草坪,又向上接上了断断续续的山丘。山脊是灰色的,天空飘荡着雪白的云朵。这是那种天非常蓝的天气,夏丽蒂肯定在设想之初,打算将她从这个山丘上看到的一切展现出来的时候,心里就已经想到了今天。

那个最终如愿的她就坐在那里——是他们坐在那里,或者说半躺着。她躺在躺椅里,腿上盖着一条毛毯;希德坐在草地上,身着他那件褪色的夏季卡其衫。他们没有听到我们来。夏丽蒂的脸朝着地平线上曼斯菲尔德山的方向,从她露出的背影轮廓看去,她似乎跟那座山一样冷漠。她头部的姿势和僵直的脖子似乎在说着"不",在表达拒绝,表达倔强的反对。希德一只胳膊肘撑地,斜着身子,抬眼看着她回避开的脸庞,用手拍着地面,仿佛感到困惑。

听到我们来时,他们转过脸来。希德跳起身,敏捷得像个年轻人,大声喊着穿过草地。我第一眼就觉得:他没有多大变化,老了一点,头发只白了一点点,状态很好,身体依然很棒,声音还是记忆中充满乐感、稍微有些金属质的大嗓门。他拥抱了我,紧握着我的手表示欢迎。

但同时,纵然是在他热烈的欢迎中,我也注意到了这次相聚的另一部分场景:萨莉挣扎着朝前走,几乎是在拄着手杖跑,她那不受控制的戴着支架的腿在竭力跟上拐杖的速度;躺椅上,夏丽蒂半抬起身,等待着她们那笨拙的、带着残疾身躯的相逢。她那清瘦的下巴尖尖的脸上,洋溢着令人难以置信的微弱而又热切的微笑,那是单纯的喜悦与纯粹的爱在她脸庞上的骤然绽放。

现在我们终于到这里了。这是一种满含着痛苦的喜悦相逢,这也是我们此行的目的。

第三部

1

我面对他们，背对着身后的景色，我能看到我们都映在窗户的平板玻璃上，就像是一个舞台造型或者是永恒夏日的一张照片：远处的蓝色和白色是背景，然后是阻挡平坦的山头滑向湖边的石头墙的曲线，接着是延伸的草地，上面有萨莉的椅子和两把放在夏丽蒂躺椅旁的带条纹的帆布折叠躺椅。我们在草地上构成了一个有趣的星座——天后座，中间是坐在椅子上的女士。纵然在倒影之中，她也在闪闪发光。

我已经做好准备，目睹夏丽蒂成为一个透明的躯壳，身体内的东西已经全被吃光，仅仅靠自尊与意志力支撑着。但我了解的还不够。

是的，她很消瘦，肯定是靠意志力在坚持着，但她的神色和言谈举止一点都不虚弱。她的脸也瘦了很多，但一点都不失优雅。她的皮肤晒得黝黑，在我弯腰吻她的时候，她那褐色的、长满雀斑的手像小鸟一般抓着我的手。她缓缓发出的嘶哑声音里满含着兴奋，她的眼睛就是她炽热内心的窗户。她的热情奔涌泛滥，席卷了我们，让我们忘记了遗憾、谨慎和担忧，等等，只感受到她带给我们的欢愉。

她一生都在要求人们关注她敬仰和珍视的东西。她同时也非常专横，既给人鼓励也给人打击。但她自己一生从来不需要也不接受别人的鼓舞和激励。她不会遭受挫败，甚至连癌症也不行。她会一直容光焕发，直到她离去；她会一直高高地站着，直到她倒下。

"现在，"她大声说，跟她以前晚餐后叫我们听音乐促消化那会儿的声音和着重点都一模一样,"现在,我们最终把你们又请到了这里,我们想知道你们所有的情况!噢,这么长时间了,事情太多了!萨莉,你都好吧?你看,你看起来很棒。旅途很辛苦吧?我不想问拉里,他很明显是让人讨厌的健康。给我们说说,你还在做理疗吗?有没有让更多的肌肉恢复过来?肯定有,你刚才已经从草地那边跑过来了。新墨西哥肯定对你有好处,就像我认为你最好离开这里一样。你还喜欢那里吗?你有没有搬到位置、空气更好的地方?那里地势高,干燥吗?朗怎么样?还有你的孙辈们,给我聊聊他们。告诉我们所有一切事情,赶紧!"

岁月并未使她黯淡,疾病也只是加快了她燃尽生命之光的脚步。她就像一盏摄影泛光灯,照亮了一切。她身上充满了活力,我都在想她为什么要延迟我们的会面而空出整整一个上午,更何况她也跟我们一样,急切地想要见到彼此。我猜,那是让我们休息,无论我们想不想。躺下,你们累了。

她是不会让自己的疲惫影响到她要做的事情的。哈莉戏剧性地将她称为她自己"死亡之舞"的编舞者。我并不介意,我不愿像过去那样经常去抵制或者反驳她。如果她想通过一点刻意的、激动人心的拖延来增强这个命中注定的重聚,那谁会错过她的"戏剧演出"呢?我觉得没有任何错误,我并未感到受人摆布,而且我确信萨莉也不会有这感觉。我只是感到温暖和友好,感谢夏丽蒂轻而易举地让我们谈起了自己,而不是她。

于是我们坐在阳光下谈到了坡瓦克迪、我们的房子、我们灰蒙蒙的园子,那里的海拔高度和干旱,印第安文化,萨莉每天的日常活动,我在忙活的事情,还有朗,她的工作,还有两个孩子。我们并未太多提及朗的丈夫,他晋升教授职称已经被拿下了一次,因为他还没完成他的著作。由于缺少论文而晋升受阻这样的事情,我们在她俩面前不愿提及。

我们都很健谈，几乎有点喋喋不休。夏丽蒂很感兴趣，也很活跃，希德则细心地照看着她。我私下瞥了他一眼，他比我起先认为的要老一些。他有一张运动员特有的粗犷而英俊的脸，但确实有些老了：骨头变沉了，脸上的纹理更深了，皮肤更粗糙了，他不像比如乔治·巴恩维尔那样，有一张搞学术的人才有的脸庞，那种一直到七十多岁都还光滑、像小伙一样的脸。在他卸下眼镜去擦拭的时候，他的眼睛跟我记忆中相比，更加黯淡无神，也更加浑浊了。在用拇指和其他手指捏着手帕旋转着擦一个镜片时，听到萨莉说了什么，他就笑了起来，笑的声音真是太大了。

任何人听到这一切也许都会认为这就是分开很长时间之后朋友们之间的一次聚会。但这只是未触及实质的谈话，不会一直持续下去的。特别是希德，他总是在听却没有怎么说话，他的克制让我们放慢了速度。他坐在我们中间，是我们中间的一个，但却带着一丝不安，仿佛会随时踮着脚尖悄悄走掉，就好像一个人参加了一场开了好久的会，害怕错过自己的航班一样，抑或像一个想要专心投入的人，却同时在抵制要去上洗手间这样一种难以抵制的需求。

起先那让我满含感激的闲聊开始让人有些厌倦了，变成了那种出现在错误时间、错误地点的轻率和无礼。有一刻我们都感受到了这一点。谈话的氛围被破坏了，我们就暂时停下来，互相眨眼，含笑相对。唯一一个有待提出的问题就是那个我们已经知道答案并且不想再听一次的问题。

我说"我们"时，我指的是"我"。萨莉在这样的场合没有我那么懦弱。同样，她失去的将比我更多。夏丽蒂和我很像，都有些许的谨慎。我们俩之间的乐趣有一半都是来自彼此对抗。而夏丽蒂和萨莉之间，则有成千上万条情感之线和共同的经历将她俩紧密相连。她们中的一个对另一个人而言，就是那种每个人都希望拥有但很多人都永远找不到的、对对方充满无穷理解和同情的同类人。希德和我比较亲近，但还不及她们彼此亲近的程度。除费洛斯太太和我自己外，夏丽蒂是唯一一个萨莉愿意让她帮着她在屋里上上下下或者去洗手间的人，也是唯一一个除我俩之外，能让残疾的萨莉在她面前感到轻松自在的人。

用现在的行话说那叫"黏糊"。我觉得有些人能从类似这样的关系中看到一种未公开的女同性恋的迹象，同样这些人也许会推测像我一样的某些人的性生活状况，一个身体很棒的男人和一个身体残疾的妻子。我不介意他们如何猜测，或者他们的答案是什么。我们还是过着自己的生活，做着我们该做的事情，并不是所有事情都要遵从弗洛伊德或者维多利亚那样的模式。我最确信的是那份友谊，不是爱，那种同男人之间一样存在于女人之间的友谊。无论在哪种情况下，它总是那么强大，不会让大家越过性的警戒线。性欲和怀疑总是相伴而生，二者都与友谊无法共存。

我们的谈话逐渐停了下来，就在那里坐着。最终，萨莉在听到一些琐屑小事而笑完之后，突然热切地走向了夏丽蒂的躺椅，满脸恳切地说出了她心里想说的话："夏丽蒂，我得知道，他们说什么来着？你身体怎么样？"

"现在，很棒啊。"

"那么哈莉告诉我们的情况，那不是真的？"

她俩定定地看了彼此好长一会儿。夏丽蒂的嘴巴有一丝翕动，仿佛说话时意外地顿了一下，但她前额没有显出任何忧虑，眼神也很直率，还有一点，我觉得是遗憾。"我很快就要死了，是的。"

"夏丽蒂……！"希德说。并不结实的帆布椅子被他突然向后一靠，发出"嘎吱"一声。

"噢，希德，别这样，"夏丽蒂说，"这事确定无疑。没有必要假装。"

"没有任何道理去接受这样一个宣判！如果你哪怕只是接受放

疗或者化疗。钴呀，无论什么，全部都用上！只要你用，就有机会。但是不，你不愿意。你选择放弃，你不想尽力救自己。你不想让我带你去斯隆·凯特琳医院。"

"医生说这些都无济于事。"

"你就只相信他们的话！"

"希德，亲爱的，嘘，"夏丽蒂仿佛是在对一个闹腾的孩子说话，"你说也不顶用，我不想再去那些地方了。"

"可是……"

"请别说了！我们别再吵了。"

这一刻，夏丽蒂看起来很生气，盛气凌人。然后在希德移开目光，盲目地盯着草地好像在寻找四叶幸运草时，她的脸色缓和了下来，似乎想要说一些宽慰的话，而那会儿他已经走开了。他满脸沮丧和挫败，双眼耷拉着，重新坐回椅子里，眼睛望着远处。

萨莉满眼含泪地说："夏丽蒂，我不想让你伤心。希德，抱歉，如果……但这不像你，夏丽蒂。我过去生病想死的时候，你坐在我床边让我继续活了下来。你不愿让我放弃希望。是不是有些方法我们……有些事情我们能……"

"谢谢你。"夏丽蒂说，她脖子看上去那么细，几乎都撑不住她那小脑袋，但她的眼睛没有泪水，嘴唇呈现出一丝蒙娜丽莎般的微笑。"我只要你在这里，现在你来了。你满足了我的愿望。跟你不一样，我让你不放弃希望是因为我希望能让你康复。你只需要坚定意志就行了。但对我而言，希望是可笑的。坚强活着的意志力对我而言并没有半点用处。在手术前，我还想着有用，这就是我还在努力的原因。我有如此强大的活下去的力量是因为我决定要活下去。但他们只是又一次将我缝合起来。我得学会直面现实，充分享受我剩下的每一刻时光。"

"手术后他们怎么和你说的？"

夏丽蒂笑着张开手。

"他们不建议放疗或化疗或任何治疗？"

"已经扩散了。"

"但有时纵然……"

"他们说我也许只有一点时间了，"夏丽蒂说，"他们说得对。我可以选择治疗，但他们不抱任何希望，也许就只能延缓点时间，还要经历掉光所有头发那样可怕、讨厌的事情。我认识的几个接受治疗的人一直都很难受。我决定宁愿这样完好无损地度过我剩余的所有时间。"

带着那一抹微笑，她闭上了眼睛，看起来像是一位用白色木头雕刻出来的女人，就像一尊女神，远离尘世，与众不同，纯洁而让人怜惜，普洛塞尔皮娜，那曾经是萨莉的角色。

她睁开双眼，依然带着那抹若隐若现的淡淡的微笑。我看到她的眼睛在希德那里停留了片刻，他沉重而又沮丧地坐在那张条纹躺椅里，然后她又转向了萨莉。"离世是一件很重要的事情，"她说，"你无法排练。你只能尝试让自己和他人做好准备。你可以尝试着按照自己的方式离开。从某种程度上来说，癌症是一个恩赐，它通常会给你一些时间。"

此刻希德抬起头，双眼火辣辣的，仿佛他痛恨她一般。他用一只手"啪"地拍了另一只手一下，仿佛在鼓掌欢迎一般。"哦，太妙了！"他说，"癌症是一个恩赐。它给予了我们宝贵的时间。想一下看，如果没有癌症我们就不会做那么多有用的研究。我的上帝啊，亲爱的，你正在读这样一些小说：在凋零秋日的甜蜜放弃中向生命作别。我跟医生们也谈过。他们第一个告诉你，病人的态度会造成后果的天壤之别。那些各种情况的人最终能够存活只是因为他们拒绝放弃，拒绝死亡，就像你在生活中一直倡导的那样。而现在是你命悬一线，你……你的确是有机会的。哪怕是只有百分之十的可能，或者哪怕是百分之五，为什么不试一下呢？你这么厌倦生活？厌倦我们吗？"

好长一会儿，他们彼此看着对方。最后她摇了摇头。"你不会想要他们能挽回的那百分之五或者十的，我也不想要。"

希德猛然将视线挪开，在反光的平板玻璃中，他的视线与我相遇，就像跑进一扇门一样猛然相撞。他迅速将视线移开，比我快了几分之一秒。夏丽蒂满眼怜惜而又不为所动地继续看着他。萨莉那合脚的鞋子准确地撑在椅子的踏板上，眼睛睁得大大的，盯着夏丽蒂的脸。大家都一言不发。我在想，这是一个我未曾了解的夏丽蒂，或者她是夏丽蒂吗？她的话还没有说完。"没有关于死亡的质量好点的文献，应该有，但是没有。只有一堆宗教类的官样文献，说到去与上帝见面，还有一些生物类文献说是让你的身体回归大地。生物学的说法是对的，我相信它说的，但没有涉及一点宗教谈论的内容，没有谈你不灭的灵魂、你的意识部分，也没有告诉你如何完成从存在到不存在的过渡。他们说有那么一刻，死亡是确定无疑的，正在接近，我们并不会对它心存恐惧。我听说每一次死亡，到了最后都是平静的。纵使是一只被狮子或猎豹逮住的羚羊，似乎在最后都不怎么挣扎。我猜是一针大剂量的镇静剂，就像一针大剂量的肾上腺素那样，在恐惧的时刻让它飞速死去。罢了，一针就能让人迅速死亡。问题是同样的过程我却要持续几周或者几个月慢慢死去，当所有一切都确定无疑之时，却没法靠自然的肾上腺素来度过死亡前的煎熬。我与肿瘤学家探讨过很多次这个问题。他每天都得面对死亡，他的病人百分之七十五都死去了。但他没法告诉我如何去做，也没有给我任何有帮助的医学方面的参考资料。医学文献都是统计数据。因此我得找到属于自己的方式。"

我们围着她坐着，茫然地听着，心里想的比嘴里说出的更多。最后萨莉小心地说："但没准你是错的，夏丽蒂！倘若你不是百分之百的确信……"

"我确定,"夏丽蒂说,"噢,我确定!这是我为数不多的确定的事情之一。另一个是疼痛。如果是疼痛,我可以忍受。无论哪种疼痛,大多是心理作用。"

希德在椅子里猛地动了一下,紧闭着嘴唇。看着他的表情,我只能将之界定为严厉的遗憾,夏丽蒂继续接着说。

"正是对癌症的恐惧让人感到疼痛,有整整一图书馆那么多的止痛类药物能帮助我们战胜疼痛。我们只需要学会不惶恐。那么我们就能赶走疼痛,或者是对它置之不理。"

我们还能怎么说呢?

"还有另一件我确信的事情就是我有多么幸运,"夏丽蒂说,带着骄傲的、自我庆幸的微笑环视了一下满含关切的我们,"我不用自己一个人来办这件事。我身边围着我爱的人,我正在竭尽全力让他们明白我正在努力了解自己:不要害怕,不要对抗,不要悲伤。"

她的微笑舒展开了,此刻只落在希德一个人身上,她的脸上同时洋溢着告诫而又淘气的神情,"死就跟生一样自然,"她说,"哪怕我们不再是以前那个我们曾经的个体,有一种完全确定存在的有机分子会永远存在。难道你们不觉得这是个极大的慰藉吗?我觉得是。想一想我们将会成为这些草、树和动物的一部分,想一想我们就待在那个我们生前所爱的地方。人们将会随着早晨的牛奶将我们喝下去,将我们像枫糖浆一样抹在早餐面饼上。所以我说我们应当感到幸福与感恩,充分享受这一切。我已经拥有了美妙的生活,我珍惜属于我的每分每秒。"

她停了下来,眼睛看着我们,最后是希德。一抹伤感、质疑、恳求的微笑浮现在她的嘴唇上,那样的微笑,在她踌躇着望着他脸庞的时候就那样犹豫着,驻留在她的唇上。任何男人,被一个女人这样看着都会心动,希德就是这样一个男人。

"我拥有一个我爱的男人,"她柔声说,"我从未像许多女人一样失去过他。我有聪明、漂亮的孩子们。拥有亲爱的朋友。你们也许不相信,但这是我生命中最幸福的一个夏日。"

我们依然无话可说。风从林间吹来,向山上吹去,湖面被长在墙上的飞燕草的头状花序种子打破了平静。一只被蛛丝网住的王蝶,悬挂在距我们头顶二十英寸的地方。我看到希德移开目光,不去看夏丽蒂正在颤颤地、急切地看着那只王蝶在挣扎。也许他也和我一样,正在想象着有一部分曾经属于埃米丽阿姨或者乔治·巴恩维尔和德怀特叔叔死后留下的物质,被村庄墓地里山毛榉树的根吸收了,融入了它的坚果里,随后被松鼠吃掉,或像个小球一样落到草地上,变成了马利筋草的干,被这只蝴蝶一点一点吃下后吸收了,然后命定被带着向南,经过一次长长的、可能不会受到干扰的迁徙,蝴蝶又被北灰鹎逮住,被像其他肉一样在春天带回北方,北灰鹎产下蛋,又被松鸦吃掉,后者产下其他种类的蛋,被暴风吹下树,被大地吸收,成为草被挤出来,被活蹦乱跳的小母牛吃掉。就像夏丽蒂说的那样,有一些牛奶注定会被奶牛自己的后代在早餐时喝下去,有一些则被存在了牛脚趾间,再次融为土壤,再发芽冒出来,永远不死,成为另一根马利筋草的干,做好准备去喂更多的王蝶。

那网纤弱得如同薄纱一般,王蝶摇晃着摆脱后便逃离了。夏丽蒂躺在躺椅上,急切地要求我们同意她的想法;她勉强挤出的笑容将我们都钉在了椅子上。她竭力舒展了一下笑容,就好像推开了一扇卡住的窗户那么一点点。她满是斑点的手拍打着小毛毯,想把它铺平盖住膝盖。再次开口说话的时候,她的声音提高了许多,几乎有些刺耳。

"所以我要尽力按我认为正确的方式去做。家人大多在帮忙。他们觉得很难,但仍在努力。我希望你们也一样。那一刻到来的时候，任何人都不必伤心，也不应该感到伤心。我就只是离开而已。"

我们都默默地同意了。当然，当然，亲爱的夏丽蒂。不管你想怎么安排，只要能帮到你都行。希德愁眉不展地凝视着山顶之外空空如也的天空。

"我知道我能指望你。"夏丽蒂说，她声音不再刺耳了，听起来愉快了很多。"好了！我很高兴我们很快就说开了，因此再不会有人假装，也不会有人闷闷不乐了，我们可以充分安排好剩下的事情。"此刻，她满脸都是自然舒心的微笑。"可不光是那件事！我们现在忘了它吧。今天下午我们并非奄奄一息，我们又聚在了一起。所有家人都会来参加在山上举行的野餐，哈莉告诉你们了吗？噢，你不知道你们能来我有多么感动！我不忍心叫你，我知道对你现在来说旅行有多艰难。但我高兴极了。"

她脸上的表情并没有显出高兴，笑容已经褪去了。她脸色惨白，仿佛谈话所耗费的精力已经赶走了她蜡黄脸上的所有血色。她舔了一下嘴唇，闭上了眼睛，把脸转向了旁边，贴着躺椅后面吊着的靠垫，瘦瘦的咽喉上下起伏。等她再次睁开眼睛时，仿佛一块大理石苏醒了过来。

"现在！"她虚弱而又果断地大声说，"现在我们都进去休息一会儿，做好准备。萨莉，你跟我一起吧。如果你不想休息，我们可以说说话，如果你不想说话，那我们就静思。我们四点出发去山上。拉里可以帮希德给玛蒙车里装东西。"

"我的上帝啊，那还能跑吗？"萨莉说，"哦，它还跟以前一样！我喜欢那辆车。"

她声音细细的，听着有些假。可怜的女士，她同我一样，发现说什么怎么做都不容易。以后多练习练习，我们可能会做得好一点。此刻，"女明星"已经早就演完了自己的戏份，而"男主角"却不喜欢他的台词，"跑龙套的"四十分钟前才看到剧本。

我望着萨莉，看到她双眼睁得大大的，身子坐在椅子里开始向前探。她的手无助地伸出来，离够到夏丽蒂还差两码，我这才注意到夏丽蒂侧身躺着，正在朝躺椅的另一边呕吐。希德惊呼着从椅子里跳起来，用手扶住她的额头。他扶着她，低头看着她干呕，脸色像花岗岩一般沉重。

夏丽蒂虚弱地把身体靠回来，擦了擦嘴唇。"抱歉，"她说，"你们得原谅我一下。"

"噢，我们让你太劳累了！"萨莉说，"我们本该知道的。"

"没事，"夏丽蒂说，"时不时就这样，现在我们进去休息吧。"

希德默默地扶她起身，小心而温柔，她对他的臂弯心存感激。无论帮助与被帮助，都让他俩感觉很好。

夏丽蒂刚站起来时站立不稳，我看到她在尝试迈出步子之前控制着自己的身体和思想。希德用胳膊抱着她，回头看了一眼，带着一副难以读懂的表情，慢慢开始扶着她穿过草地，走向屋子。在那儿，有个身着白色尼龙衣服的女人，很显然一直在窗口看着这里，她出现在了门口，打开了纱门。我在草地上看着那两个小心翼翼的背影逐渐走远。在窗户玻璃上，我看到两张小心翼翼的脸靠在一起。

没等我帮忙，萨莉就自己站了起来，扣上了她的支架，整个身子靠手杖撑着，也在看那一对逐渐走远的背影。

"你需要你的轮椅吗？"我说。

她忧郁的眼睛显示出她在思量。"不了，就放在这里吧。我猜我们会一起躺着。如果需要，保姆可以帮我来拿。"

她转过身，摇摇晃晃地跟在他们后面，向门口走去。朗夫妇已经进了门看不到了，一个步履蹒跚，另一个照顾贴心。我看向屋里，夏丽蒂和保姆一起经过窗户，慢慢移动着，一会儿之后，希德返回身帮萨莉扶着打开的纱门。那两个高高的台阶让她有些犯难，我看见他开始帮助她，然后闪开身。她竭力登上台阶，抬眼看了他一眼，走了进去。他在她身后关上了门。过了一会儿，他们一起走过了那些窗户。

我等待着，内心煎熬着。在这里，我就是个无用的配角，就仿佛夏丽蒂在那阵短暂的呕吐痉挛中，反驳了她自己的话：你没法预演自己的死亡。她管制和驱使自己羸弱躯体的无情和残酷让我有些恼怒，还野餐，在那种情况之下！我还记得那次我们四个迷失在被杂草淹没的哈桑公路附近某个地方，我们自己开路穿过沼泽和森林风摧区，本来可以通过找到小溪、顺着小溪行走，直接抄近路像阿喀琉斯一般穿过各种障碍，她却选择了信任普里查德，那是权威，然而却被他背叛，最终不得不跟他一刀两断。现在她根据自己的经历，在亲自写指南，其权威性应该不会受到质疑或者批驳。但方法还是一样的，她依然偏爱用罗盘指路。

倘若她在贸然闯入这些森林后断了一条腿，那该怎么办？她有处置预案吗？如果被身边的树杈扎伤了脚后跟怎么办？她能靠用分叉的木棒做成的假肢走出来吗？

虽然我对她深感同情和震惊，但我还是得承认，她就是那个年老的夏丽蒂，她眼里只有目标，没有阻碍，她不会让自己单纯的自信因为别人的疑虑、其他人的事实甚至其他人的感受而蒙上阴云，对待缺点也同样如此。一旦她自己鼓起勇气接受死亡的宣判，她一定会让其他人，尤其是希德遵从她的决定：去享受死亡过程中的每一滴甜蜜。

那是属于她的死亡。她有权利按照她自己的方式来安排。但我为希德感到难过，他不是一个心甘情愿地坚忍克己的人，我对将要到来的那一两个小时与他共处的时间感到惧怕。他最愿意对我讲出真心话，我担心面对他对我的信任，我没法随时找到抚慰或者劝解的话。就在我坐在有绿色和蓝色风景的草地上等待时，我突然闪过这么一个念头：在希德的痛苦和惶恐之下，他没准期盼着死亡对她是一种解脱呢。然后我觉得不是。夏丽蒂掌控着他，但她也在帮助他，她不光是在驾驭他的生活，她就是他的生活。

我没法设想她走之后，他会怎样。他的抵抗和怨恨都只是他依赖她的表现。萨莉也痛恨她的拐杖，但没有它们，她也就跟一根长着两只眼睛、断了的棍子没有什么两样了。

2

最后,希德出来了。无论在里面经历了什么,他还是控制住了自己。我问他,她怎么样了,他表现得好像需要一点时间才明白我们说的是谁一样。挺好的,他说。现在都好了。屋里,我们的妻子可能已经在深入地谈心了,而希德和我则假装把这当成一个平常的八月的午后,我们正在为野餐做准备。没有什么比习惯更安稳,哪怕这习惯此刻是装的。

他上下打量了我一下,好像在测量我的身高一般。"哎呀,"他说,"我在想你能做什么,干过什么活吗?"

"我曾经在佛蒙特的一个宅院里当过雇工。"

"那是很久以前了吧。不过那点干活经验可能还在。"

我们朝着马厩往下走的时候,他卸下眼镜,擦了擦眼睛,擤了一下鼻子。看到我在看着他,他说:"该死的秋麒麟草。"

"还让你恼火吗?"

"我不知道我是怎么喜欢上这个地方的,成天流眼泪,滴答,滴答,滴答。"

他抽着鼻子,用一根手指擦了擦一只流泪的眼睛,他的花粉症跟他的愉悦情绪一样有说服力。他带着我走向马厩,马厩内部的整个右半部分被分成了四个畜栏,每个畜栏的开口都朝向小牧场。马厩的左半部分是车道,两头都有门。通道里满是干草、燕麦和马粪的味道,那辆玛蒙就停在那里,顶篷被掀了下来,座位、卷起的顶篷和长长的前盖都被灰尘和稻草弄成了白色。车里是以前野餐剩下的东西:一节手电电池,一个空可乐瓶,一些皱巴巴的餐巾纸,一张手帕，踩扁的爆米花壳，番茄薯片的碎屑。一把玩具左轮手枪卡在一个弹跳座椅的后面。后座和防止乘客与司机互相干扰的玻璃格挡之间的空间，看起来大得足够跳方块舞了。

"车放在这里都有一个月没动过了，"希德说，"如果发动不了，就麻烦了。"

但他看着似乎并不担心，整个人看起来精神抖擞。某种轻松的表情洋溢在他的脸上，他的行动也很敏捷。他看着那辆玛蒙，就像在看一道他将要攀登的崖壁。

那个庞然大物浑身所有的东西都有些老旧落伍了：手动风门，启动按钮在底板上，没有钥匙，只有开关，带铰链的引擎盖从两边向上掀起，镀铬的散热罩状如一个裸体女人斜着身子迎着风。希德拧开这位"女士"，手指顺着油管伸进去，把它拧紧。他抬起一侧的引擎盖，找到量油计抽了出来，拿到阳光下眯着眼端详，然后又放回去。随后，他用一只脚弄平了脚踏板上叠放在一起的行李架，打开门，爬了进去，眯着眼看着阴影处，拔出了阻气门。我听见他用脚踩了三次油门。

"上帝啊，油腻腻的。"他说，然后脚踩在了启动板上。

车下面传来刺耳的部件摩擦声，沉重而嘶哑。我能想象一加仑罐子那么大的活塞正竭力在气缸内运动。希德撤下启动板上的脚，调整阻气门，随后又踩下启动板。气缸内又响起了摩擦声，持续了好几分钟，然后活塞运动逐渐慢了下来，声音也变小了。活塞又疲惫地转了半圈，呼哧呼哧！就在电池电量快耗完的最后一刻，这辆车开始"咳嗽"、"加速"、减弱，再一次"咳嗽"，最终运转起来了。

"哈！"希德说。他坐在那里照看着车，放开阻气门，直到它跟我们"说话"时变得平稳。从打开的引擎盖往里看去，我发现这辆车装的不是我一直以来半信半疑猜想的那种十二缸发动机，而是一款 V-16 发动机。这都能拉动一辆消防车了。每踩一脚油门，肯定得有我手指那么粗的一股汽油涌进化油器里。这辆车像伊迪丝·华顿笔下的年老贵妇一般，在我们面前端着威士忌，得了肺气肿一般地絮叨着。"美元——美元——美元——美元——美元"，玛蒙在说。

我放下引擎盖，锁上锁扣。"要不要打开这边的门？然后我们把它开到草地上收拾一下。"希德说。他看上去比在平台上那会儿年轻了十岁。

*

我们把车收拾了一通。我们脱下衬衫、鞋和袜子，卷起裤子，把车清扫了一遍，上下清洗一番后，用软管冲干净，又用湿鹿皮将铬合金格栅和玻璃擦了一遍，清理了座位、方向盘、仪表盘和挡杆，甚至把车轮上的木质辐条和前护板槽里两个大大的备用件都擦干净了。然后我们把它开上去，让它亮光闪闪地停在了厨房门口。

我们又打开车的踏脚板架，在后面放上了萨莉的轮椅和夏丽蒂的躺椅，它们都是折叠着从屋里拿过来的。等我们进屋后，我发现希德早已经着手准备了。厨房的柜台上，有两个聚苯乙烯泡沫冷却箱，装满了啤酒、软饮料和冰块。地上有两大保温瓶的水，旁边是两只带着污渍的半满的食物篮。我觉得我认得它们。

"这看着像是我们让老威尔德驮过的那两个篮子，这得是大洪水以前很久的事了吧。"

希德好奇地迅速看了一眼，仿佛我把他从完全不同的记忆里召唤了回来，他需要再适应一下一样。"食物篮吗？我猜就是那两个。我记得之前没再买新的。"

我本想问问他是否记得带上茶叶，但及时听从了我内心的意愿,转而说:"它们可以一直用下去的。"

"比我们每个人时间都更长。"

他正走在一条布满荆棘的路上。只要静止不动,他就觉得舒服,但每次只要一动,就会碰上尖刺。或者可以反过来这么说,忙碌的时候,他能忘记自己身处何处,一到歇息的那一刻,他就又想起来了。

"你回去看过我们发现的那个世外桃源吗?"

又一次,他还是那样好奇地斜视着我。"没有。"

"没有动过这个心思?应该不难找到。"

"夏丽蒂跟我提过一两次,我们决定还是不去了。"

"可能这样比较明智。"

没法再说下去了。我又说:"看起来好像你们又在日程表上安排了一个标准的朗氏野餐。"

我无须问他,也不用往篮子里看,就知道食物篮里是什么:用带着污渍的帆布袋装着的两个烤架,一帆布袋的餐具和烧烤叉,一网兜烟熏过、擦洗干净的水壶,两打锡纸盘和杯子,几包塑料杯、纸碟、餐巾纸和桌布,一卷纸巾。除了这些,已经包好放在里面的还有好几打三明治卷、几袋甜玉米、几罐蛋黄酱和芥末油,还有几大盒饼干、几大块熟的卡波特芝士、几瓶苹果和越橘汁。还有一些放在冰箱里面,最后一刻才往食物篮里放的东西:几碗待封装的沙拉,萝卜和芹菜条都湿漉漉地装在一起,莎莉蛋糕已经化开,只等着吃了,还有所有麦克切斯尼商店卖的当季水果。除了这些异教徒节日需要的辅食外,最重要的还有牛排,有近一打,纹理漂亮,有两英寸厚,每一片都足够三名伐木工吃。牛排给野餐的队伍吃,剩下的给队伍成员的狗吃。

什么东西应该都没有落下,就连多年前曾忘掉过的茶叶也没有,一切都各就其位。在这方面,希德跟夏丽蒂一样,也是个严格的策划师。也许是她继承或者制定了家庭野餐的惯例，规定了野餐的形式和内容，选定了野餐的器皿和工具，但是由希德来履行这些程序，他对这些事情的了解程度就如同一位神父对弥撒的了解程度一样。

我们装好了食物篮，把所有东西都装上或者装进了玛蒙汽车。就在我们再次去厨房的时候，我们碰到了那个保姆，她正在把茶壶放到火炉上。希德给我介绍说她是诺顿太太。她有一头鬈发，长了一只让人觉得好奇的、好像是削尖的鼻子。她说她见到我很高兴，虽然我觉得她也不是特别诚恳。她的眼睛里满是猜疑，眼睛周围满是放射状的皱纹。

"她们醒了吗？"希德问。

"她们休息了一会儿。现在在说话。说得太多了，我觉得。我给她们端一杯茶去。你要吗？"

"你呢？拉里。不要？谢谢，不用了，诺顿太太。我想要喝点啤酒。你们俩呢？"

她谢绝了，我答应了。我们一边站着喝罐装啤酒，一边看着诺顿太太将茶包放进茶杯，冲上开水，泡了一两秒钟，又把茶包放进了另一个杯子，又冲上水，几秒钟后又把茶包捞了出来。

"非常淡的茶，"希德说，"我觉得那样最好。"

诺顿太太，不知是何原因，看起来有些生气。"她喜欢牛奶红茶，她的胃只能喝牛奶淡茶。"她愤愤地把糖碗和盛奶壶放在手中的托盘上，从抽屉里翻出勺子。希德看着她。

"我觉得，"他含糊地说，看了看他的表，"好了，还有很多时间。但你可以告诉她们，任何时间，只要她们准备好了，我们就可以走了。"

保姆并没有即刻回应。她摇晃着饼干盒，拿出一些竹芋饼干，想了一会儿，又走到冰箱前，从一个碗里舀出一些奶油冻放进了一个玻璃盘里。她将两张餐巾纸折成三角形，然后端起了托盘。她用屁股顶住了摆动的门，回过头来说："她不应该去的，你知道。"

她和希德就这样长久地、毫无变化地对视着，我感觉就像空中有一根棒子，就好像有个东西，如果你想要走过去的话会挡住你。最后，希德用无比平静的口吻说："你能想个办法让她不去吗？"

诺顿太太脸变红了。"我告诉她了。她根本不理我，她没准听你的。"

"她也可能不听，"希德说，"今天是她的生日，她费尽心力地在筹划野餐的事。"

"是的，她虚弱得像只小猫。她半小时前又吐了。她全靠意志力撑着。待会儿要迎着风，花两三个小时爬上去，容易兴奋激动，我已经告诉她别上去了。我不负这个责任。"

"没人让你负责任，"希德说，"你只要做你能做的就可以了。她说什么了？"

"什么？"

"你告诉她她不应该去的时候。"

诺顿太太吸了一下鼻子。"她说：'哦，呸！'"

希德摇着头笑了。"我能猜到她会这样。"他耸了耸肩，摊开双手，表示对她理解，也表达了自己的无助。"我觉得说什么她都不会留在家里。我们就只好盯着她，别让她太劳累就行了。"

"我一直都在盯着她。"诺顿太太说，她又有点被激怒了。

希德耐心而又厌烦地说："我知道，是不容易，对你做的一切我表示感谢。我的意思是说，到了山上我得做东西，可能顾不上，如果她开始不舒服的话你得告诉我。"

"她会不舒服的，"诺顿太太说，"你可以等着看。"

她用屁股推开门，端着托盘回去了。希德站在那里，看着门来回摇摆，然后逐渐停了下来。

"她是个特例，"他说，"你还能想得出比她更难伺候的病人吗？"

"希德，"我说，"我们为什么非得一蹴而就啊？我们为什么不把这些东西先拿上去，留给其他人，然后我们再回来呢？到时夏丽蒂和萨莉也应该谈完话了，或者如果夏丽蒂太累的话，我们就回客房去。那样我们可以明天再来，也不会觉得我们让她筋疲力尽了。"

从我开始说话那一刻起，他就开始摇头。在我说话期间，他也在一直摇头。

"也许她会为了萨莉而待在家里，"我说，"我可以让萨莉说她自己太累了。"

刚开始，这个主意他觉得还差不多，接着他又反对了。"那会把萨莉弄成一个败兴的人。不，绝不能这样。夏丽蒂筹划的事情，她不能被留在家里，可能把她留在家里比让她去结果更糟糕。"

"诺顿太太似乎觉得她真的会伤害自己。"

他看着我，仿佛不相信他听到的话。"看在上帝的分上，摩根，当然她会伤害自己的。她的所有伤害都是真的！她一门心思想死，如果是她认定的事情，没有什么能阻止她。她的自负让她身处险境，她为此筹划好了一切，每一步。"在灰白的自然光线下，他脸上呈现出一个男人自言自语准备决斗时才有的那种挑衅、嘲讽的表情。"她在为自己筹划的时候，并没有把我们剩下的人考虑在内。想知道脚本是怎么写的吗？"

我一言未发。我们站在厨房里，仿佛处在争吵的边缘。

希德用装腔作势的学校老师的口气说："事情将会这样发展，一旦她开始执行自己的那部分计划，或在此之前如果一切都在掌控中的话，剩下的事情就由巴尼和埃塞尔来做，全家就会继续生活，不会带着那份伤痛。尼克会从基多回来，在美国某个大学，最好是哈佛或者耶鲁找一份工作，娶个好姑娘为妻，养育属于这个家庭的另一个小家庭。只有尼克不同意，他不肯顺从，没有获得允许就自己跑了。她非常恼火，但她依然没有放弃这个计划。她觉得他会回来参与的。大卫会像福尔松山上的隐士一样逃避生活，放弃他一直以来追求的自我实现：去上法学院，成为一名维护公民自由的律师，为这个世界带来福祉，然后娶一个好姑娘，开始养育这个家庭的另一个小分支。我猜哈莉的路是走对了，除了她应该趁早再多生两个孩子。彼得将不再用情不专，而是会娶另一个好女孩，在湖边船房的下面盖一栋房子，你能猜到的，开始养育这个家庭的另一个小分支。他已经快三十岁了，该好好过日子了。夏丽蒂考察了湖边的一块地，已经作为婚前诱劝他的礼物送给了他。所有一切都紧凑而有序，没有任何的疏忽遗漏。"

"希德，"我说，"难道你宁愿让她坐在那里满心忧虑吗？"

"还有各种各样的不动产方案，"他对我视而不见，继续说着，"她已经将所有的山地测量和分割了。孙辈们在他们十八岁的时候会得到他们的那块。山顶有四百公顷，将会被留下来变成一个自然保护区，交给镇上，如果他们接受的话，或者给自然保护委员会，或者作为最后一块度假区由家庭委托人管理。这是她给巴特尔池的遗赠，一片永久的野餐地。"

他抿住了嘴唇，脸上带着一抹嘲讽与厌恶的表情。"当然，她给我的遗物就更加私密了。"

我静候他说下去。他看着我，咧着嘴坏笑着。

"适时地间隔一段时间之后，"他说，"我可以再婚。'噢，不，我不想。'我告诉她，而她说：'会的，你会的，你当然会。''为什么不呢？你需要个人，那样对你最好。'什么对我最好，她从来都确信无疑。'但不是跟我们一般年纪的人，'她说，'也不是那些自在的寡妇，应该年轻一点，非常年轻，精力充沛，有很多想法，她能让你活跃起来，不会垂老下去。因为没有人照看你，你肯定会这样的。'她说。"

我看着他的眼睛，就好像获得了什么好消息。我说："垂老成什么？"

"成什么？成为我自己啊。变得行动迟缓，不能自理。"他手背上的一道擦痕引起了他的注意。他仔细地端详着，用手捏着周围的皮肤，然后又抬起头看着我。他噘起嘴仿佛要吹口哨，然后又咧成了笑容。"你知道她怎么安排我的吗？你肯定永远也猜不出来，试都别试。她列出了一个单子，这里和汉诺威的女人可以娶，五个名字，按照合适程度排了次序。"

冰箱传出了那种来自幕后的"嗡嗡"声，我感到它排出的温暖的废气冲到了我的脚踝上。"你开玩笑呢吧？"我说。

"没开玩笑。想看看那个名单吗？"

"我觉得还是别了吧。"

"不。"他突然变得沮丧起来，伸出手拧开了水盆上的水龙头，定定地看着水流淌了好几秒钟，好像他以前从来没有看到过水从龙头里流出来过。然后他关上了水龙头。

"各种方案，"他说，"她躺着，把那本笔记本放在胸口，安排好了未来所有的事情。她的遗嘱写了又改，已经写了十次了。律师每个周一、周三和周五都从蒙彼利埃赶过来。她预见了所有的偶然性，描绘好了每个人的生活。我们每个人碰到任何危机要做的事情就是去看看'主人'的方案。"

"我还是没法相信她给你准备了好几个未来的妻子。"

"她就是那样做的。"

"肯定是因为最真挚的爱。"

"当然，是因为最真挚的爱，是基于常识谨慎考虑的结果。"

"她终生都在照顾别人，一直对人都体贴周到。纵使到了现在还满脑子都是别人，没有自己，这难道不令人惊叹吗？"

希德转过他那张满是皱纹的脸，凝视着水盆上面窗户的外面。

面对着那里的树叶和蓝天,他说:"她没有忘记她自己,她对自己也有安排,可怕的安排。"

"哈莉告诉我们了,太不好办了。"

"你觉得不好办,哈莉告诉你其余的事了吗?"他抬高了声音,推了推鼻梁上的眼镜,在半转过身之前透过手鬼鬼祟祟地看着我,然后说,"在外面的草地上时,你听到她说了。到那个时候,她觉得她可以悄悄地溜走。不烦扰任何人,就悄悄地离开,就好像有人得早些离开派对一样。"

"她不想劳累你。"

"确实,我应该怎么做呢,挥手说再见,然后忘掉她,然后继续修理吸尘器或者忙任何其他我正在做的事情?把她从脑海中和记忆中完全抹去,而她前往医院,躺在那里不吃不喝——对了,她得喝水,我猜,她不可能让医生同意她连水都不喝的。但她肯定会让医生同意不能强行给她喂的。那种办法,她觉得不能延长生命。"

我一时半会儿都不知道该对他说什么。"可是难道你不赞成吗?"我最后说,"我赞同,如果我到了那种时候,我希望他们能尽可能多地为我做些事情。"

肌肉在他的下巴上陡然隆起,镜片后蓝色的眼睛变得模糊起来。"噢,这样是明智的!她做的所有事情都是明智的,别人没法争辩。我只是有时想知道,她知不知道人们都有自己的感受。"

他说话的音调高而压抑,几乎像是在尖叫。"想想我们谈论的到底是谁!想想她到底是谁,我们应该关上门,就仿佛她是那些来上门找你订阅杂志的人!"

他伸出手做了一个狂暴的姿势,一只手里握着的啤酒罐里喷出的啤酒洒了一地。他马上不看我了,抓起一把纸巾弯下腰开始擦地。我看到他头顶的头发已经稀疏了许多,太阳晒黑的头顶上,发旋也已不那么明显,这让我想起了莱尔·利斯特曾经告诉我的一些事情，我一直也不知道他是认真的还是在开玩笑：赤道南边的原住民，他们的发旋就像浴盆里的涡漩一样，是逆时针方向的，他们来到这里后，发旋就正好相反了。希德的发旋是顺时针的。

"好了，我们回到你原来那个问题，"他面对着膝盖中间的地板说，"如果这次野餐对她来说太劳累怎么办？在她看来，她周四还是周六死有差别吗？就好比如果她愿意，别人有什么权利告诉她在这最后几个小时不能去滑轮滑？你怎么能阻止她做她打算做的事情，无论你同意还是不同意？"

他站起身，"啪"的一声将手里的纸团扔进了垃圾桶，然后转头看着我的眼睛，满是怒气。"我可以拒绝带上她——没人帮忙她去不了。但你知道她会怎么办。她会找到人帮她的。她会说服什么人来帮她的。如果知道她刚好就死在上面，她会去的。她会挑战我，然后奔赴她的死亡之约。她会闭上嘴一言不发，她是无法缓和的沉默的女主人。我没法忍受，从来都不行。"

啤酒罐紧随纸团之后也进了垃圾桶。"庆祝生日的无与伦比的方式——自己的死期——一个我们与自己所爱的人辞别的无与伦比的场景。"

他手指颤动，好像失去了控制，脸上的肌肉在痛苦地抽搐。他双眼盯着我，就像他在课堂上盯着一个想问他一个很难的问题的学生一般。"那么我们怎么做才恰当呢？"他像是在反复斟酌地说。"从礼仪和常识方面来看呢？她想把爱和体谅用一种无可改变的托管的方式留给我们，来保护我们终生。生活背叛了她，没法总是按照她的意志进行。现在她希望她能将死亡安排得更好一些。在我一生中，她把我当成了割草机或者洗衣机，随时喊停，随时发动，随时受她指挥。她知道我自己没法运转。我需要有个人——为什么不是个身体结实的年轻女佣呢？因此她才列了那个名单。那也是一张精明的单子，谈到了许多关于她和我的事情。现在，她打算举行这次最后的野餐，即使这会让她死去，也会让其他人心痛。"

他肩膀耷拉着，手插进破旧的卡其布衫的口袋里，又望着窗外沉思起来。然后，他用低沉的、我听着都以为他在自言自语的声音对我说："她把自己像不竭的圣餐那样分成了很多份，走到每一个她爱的人身边说：'拿一块，吃吧，这是我的躯体。'"

"她说，她想要把这件事做好。"

"的确。"他的眼睛快速一闪，流露出一种无助的嘲讽。"的确，如果她做不好，她就不会去做的。"他的话让他自己笑了起来，"如果我们不吃，她会把它从我们喉咙里塞下去的。上帝啊，我不知道，我不知道。"

又一次，他拧开了水龙头，看着水从里面流出来。就在关上水龙头之时，他侧身斜视了我一眼。"就是这么糟糕地对待朋友的。"然后想必是意识到我被弄糊涂了，认为他还在谈论夏丽蒂，他接着又说："把这些都抛给你。"

"那就是朋友的作用。"

"我很感激。"他摘下眼镜擦拭着，然后又小心地挂回耳朵上，透过镜片看着我。经过擦拭的镜片没有改变他眼中的神情。他说："你一直觉得我的婚姻就是一种奴役吗？"

"你在说什么呢？"

"不，你当然会觉得。我还没有傻到不明白自己处境或者别人眼里看法的地步，我的问题在于这是一种我不能离开的奴役。我珍视它超过任何有可能取代它的东西，甚至是一个丰满的侍女。"

"我觉得我们每个人都从未这么想过。"

"从未？好吧，也许吧。你是我们的一部分，你跟我们自己一样了解我们。某种程度上来说，我俩是一类人。我不是说你怕老婆。我的意思是说你的婚姻也是一种束缚。你爱上了一个好女人，就跟我一样，然后便被拴在了她身上。"

我站在那里望着他。

"这会惹你生气吗?"他说,"如果惹你生气了你就踢我。但是我承认我从你的霉运里获得了一种安慰。我看到了其他人被束缚、显得无助,尽管是因为不同的原因。你总是像块石头,我为此钦佩你。但我总在琢磨,如果萨莉没有患上麻痹,你们的生活将会怎样。我们初次认识你的时候,你正在往上爬,脑袋向上活像一支火箭。成功也许会让你离开她——你不会成为第一个这样的人。无论如何,你已经付出了很多,但是如果没有照看她的巨大的责任感的话,也许你不会付出这么多。我觉得你的婚姻之于你,就如同我的婚姻之于我一样。"

"如果你是在暗示我后悔了的话,我表示遗憾。我没有,我从来都没想过离开。"

"是,"他说,"是,当然没有。我不是那个意思。我也没有想过离开,我只是期望……我的意思是我会禁不住嫉妒你,因为她需要你,她离开了你没法活下去。"他尴尬地动了动肩膀,打断了我们眉头紧皱的沉思。"她离开了你没法活,你离开她行吗?"

他的问题让我有些震惊。这不是我一直在期待的。我们在厨房朝北的亮光里凝视着对方。最后我说:"如果你对自己还有疑虑,别这样了,我们过得都比我们想的艰难。我们自己坚定了信心,那么几乎其他问题也都解决了。"

"我怀疑。"

"别,你不用怀疑。你知道萨莉虽然需要人照顾,但她也能活下去,我离开了她也可以。我们不一样,但我们都得活下去。你离开了夏丽蒂也能活。你知道如果你被悲伤和绝望击垮了,后果是什么吗?她会回来让你走出来。她不会悲伤和绝望。"

我的话让他笑了。"我想,"他说,"上帝啊,我们为啥谈这个?对不起,我就是太自哀了。"

他直起腰,尽他所能地朝着天花板高高地张开手臂。我似乎都能听到他的肌肉在这个有点拯救意味的动作中发出的"嘎巴嘎巴"声。他放下手臂。"我们依然得继续反对这个该死的野餐。你能想象一下我们爬到那儿,玩游戏,填饱肚子,弄很棒的烧烤,给她很多幸福的祝福,一边嚼着东西,一边唱着'祝你生日快乐',而她紧咬牙关忍着尖叫吗?上帝啊,叫你和萨莉来给另一轮传统家庭的欢乐增添一点乐趣实在是太残忍了。"

他在厨房里来回踱步,看着除我之外的其他东西。然后他冲着墙上的柜子大声说着,好像它们都没有打算用耳朵听一般。"没有生日蛋糕,哈莉会带一个来,然后我们就可以开始想象着她吹灭所有的蜡烛。"

*

餐厅门边传来"吱扭"一声,希德绕过水盆,忙着洗手。就在他回头用纸巾擦手的时候,萨莉撑着拐杖出现在门口,一只手扶着敞开的门,想要保持平衡。我过去把门完全打开,让它不会再自己合上。

"你们准备好走了吗?"

她的眼睛在告诉我一些重要的事情。她随即半转过身,准备原路返回。"她让你们俩都进来。"

希德最后一次擦干了手,将纸巾扔进水盆里,快速穿过厨房。在走过萨莉身边时,他用力地带着询问的表情盯着她,一直到他穿过餐厅消失不见。

"出什么事了?"我说,"她的症状又加重了?"

她只是无声地、满脸忧郁地瞥了我一眼,抬了一下头示意我先走。"你先走。"我说,她抬步开始走,我紧随其后。

3

我们穿过餐厅和带着大石头壁炉的卧室,然后穿过壁龛,那里放着书籍、积木、小汽车、玩具、自卸卡车,还有各种棋盘,上面拱形的窗户两侧都有架板和壁橱,一切都好像刚刚准备好,等待孙辈们来玩耍。通向卧室一侧的通道比较暗,远处尽头的房间则非常明亮。然后我们就到了目的地,那是一间大大的、镶着玻璃的凸出去的房间,三面都能看到外面的风景。第一次看到这个房间时,萨莉和我都非常羡慕,躺在那里就好像睡在树梢一样。

夏丽蒂躺在床上,背靠着枕头,眯缝着眼睛看着希德。希德背靠窗户,手扶着床边撑起的竖板,警觉和不祥的预感让他看起来满脸责备神色。迎着充足的户外光线看去,夏丽蒂的脸一片灰黄。

"谢谢你,诺顿太太。"夏丽蒂说,然后轻轻地点了点头。有一刻,我觉得保姆看到她的示意后都打算拒绝了。她满脸抗拒,奇特的小眼睛深嵌在周围的皱纹里。但过了一会儿,她一言不发地收拾起端茶的托盘,从我们身边走了出去。我看到饼干和奶油冻都没有人动过。

"怎么回事?"希德说,"感觉不舒服吗?要我们换班吗?"

"没有不舒服,我觉得挺好的。"可是夏丽蒂声音微弱,没有一点力气,也没有了平日的清澈尖锐。面对着窗户里的阳光,她的双眼几乎都要闭上了。

"你为什么让人叫我们来啊?"

"我觉得我们最好谈谈。"

"诺顿太太说你们已经谈了好多了。"

一丝不耐烦的情绪闪现在她的脸上和声音里。"希德！在萨莉面前说这话是多么卑鄙的一件事啊！跟她聊天很棒，这是我这么多年来一直期盼的事情。我一个字都不想落下。诺顿太太认为我应该像只猫一样躺在被子里，而她则蹑手蹑脚地拉上了窗帘。"

"她觉得你不应该去参加野餐。"

"我知道。"夏丽蒂说，她完全闭上了眼睛，几秒钟后又睁开了。"这就是我要谈的事。我已经决定了，她说得对，我不应该去。"

希德就像一个猛地扑到门上的人，结果发现那门是纸糊的。他花了一两秒钟才缓过神来。"好的，很好，"他迷惑地说，"我很高兴，你最终……"那背后的用意想必正中他的下怀。他瞪大了眼睛，仿佛在致歉一般，承认自己此前的态度有些过分。他把手从撑起的竖板上拿下来。"我觉得这样最好了，"他说，"这样给你过生日是有些糟糕，但他们会……我会叫莫或者莱尔开那辆玛蒙。车已经装好了。最好是他们开着车去。"

夏丽蒂插话说："不，我要你去，拉里也去。"

此时希德盯着她，更确切地说是瞪眼怒视着她。"你是这样想的？太荒谬了。"

"一点也不荒谬，"她说，"我的想法没什么特别的，我只是有些累。我觉得我没法坚持到野餐结束。我会毁了大家的野餐。你会总想着照顾我，觉得你应该把我送回家。如果我不在那儿，你就可以专心和大家享受欢乐了。"

他摇着头。

"希德，理智一点。这是家庭野餐，需要你在，要不谁来烤牛排？抱歉，我觉得我不应该去，但那并不是说其他每个人都因此而不去。今天天气多好，多适合野餐啊。"

他的头固执地来回摇摆着。"他们可以自己去野餐，只需过来开上玛蒙就可以了。"

"是的，那样他们会觉得我是病得太重而没法去了，然后他们会心烦意乱，在这里四处徘徊想要照顾我。我不需要任何照顾，我只需要安静安静。你无须告诉她们任何事情，只告诉他们萨莉和我觉得有点累。我们就在这里放松放松，想着你们上到山上玩'踢罐子'，吃牛排，绕着火堆歌唱。"

"不会绕着火堆唱歌的，我不会。"

"什么！"夏丽蒂说，她准备坐起来，却失去了平衡，侧着身子滑了下去，她又费力地再次坐直身子，朝着他严厉地说："希德，我要你去！你必须去！大卫带了他的吉他，孩子们想烤棉花糖，想唱歌。你必须去，你必须待到天黑以后，让他们能够高高兴兴地看到星星。"

希德的眼里满是尚未消散的惊恐，他倔强地摇着头。"如果你不在那里，那这个生日野餐算怎么回事？我们就在这里给你过生日。野餐我们就不去了，让孩子们和其他人一起去吧。"

夏丽蒂虚弱地、试探性地让自己又靠回枕头上，眼睛盯着他，眼里满是急躁与挫败。"噢，希德，亲爱的，你为什么非得争辩啊？如果你愿意为我的生日做点事情，那就去山上带着家人一起玩吧。给他们烤烤牛排，只有你会烤。给他们唱一唱你那些好听又悲伤的歌曲。让拉里唱一唱'马鞍上的鲜血'，孙辈们还都没听过呢。为了我，去吧。"

他手紧握着床腿，回眼盯着她，他们就一直这样看着、看着。我听到身边萨莉的拐杖"叮当"撞墙的声音，那是她换了个姿势。

"我做不到，"希德紧张而又严肃地低声说，"我不想。我知道你在想什么。"

"什么？我在想什么？"

"你打算趁我们不在的时候溜走。"

我感觉到萨莉又在挪动。我们彼此看了一眼。而夏丽蒂连那轻微的动静都注意到了。她眼睛继续盯着希德说:"听我说,请听我说。"她突然用一种恳求和无助的口吻对希德说:"亲爱的,如果是又怎样呢?那是我们的约定,到了那个时候……"

"我从来就没同意过!那是你的计划,不是我的。我怎么知道什么时候是你说的那个时候?你从来都没有如实地告诉过我你的感受。你对我一直守口如瓶,还有多久你……你觉得现在是时候了,然后就想把我送去野餐?"

情感的潮水几乎要让他窒息,他猛地转身走开,站在窗前,把后背留给我们。他的脸怔怔地望着窗外,望着夏日晴空中远处山峦那深蓝的曲线。

"啊,啊,"夏丽蒂说,她大声说,"啊,别这样!为什么你就……"她语气缓和了下来,仿佛她所说的一切的合理性毋庸置疑。"你不会知道什么时候是那个时间,直到我走。而且这不是终结,亲爱的,也许还要几天呢。你可以来看我,只有八十英里路。我想安静地离开,不要那么慌乱,在那里做好准备就这么糟糕吗?"

希德的头没有转过来,一言不发,看他的肩膀好像他正在屏住呼吸。夏丽蒂从枕头上凝望着阳光,浅黄的面颊上挂着泪水,希德的不耐烦让她有些震惊。她脸色阴沉,让人生畏,声音里已经有了一点愠怒。

"我不想死在我生活了这么久的地方!"她说,"难道你不理解吗?我想慢慢地走,一次一步,以某种体面的方式离开。这样的要求过分吗?我想把事情做好,而你却不帮我。噢,就是想避开这样的场面,我……我不想打扰任何人,我不想让人伤心哭泣,悲伤崩溃!我讨厌那样!我只想在家里人团聚在一起开心快乐的时候悄悄地离开。"

长长的沉默。希德并未转过身,他问:"谁带你去?"

"我叫了哈莉和康芙蒂,萨莉说她也会去。当然还有诺顿太太,她们会照顾好我的。"

他继续凝视着窗外。阳光洒在他身上,给他稀疏的头发笼上了一层光圈,我又一次看到了他头顶那个让人心生怜惜的顺时针的发旋。慢慢地,他转过身,仿佛有些迷茫和困惑地说:"你女儿,你妹妹,你朋友,还有你的保姆都跟着你去,你的丈夫却不能。"

夏丽蒂闭了一会儿眼,轻轻地摇了摇头,嘴唇突然有一丝颤动,没有做出回应。

"为什么?"希德问,"让上帝作证,告诉我我为什么不能去?至少可以让我开车。我们可以开上玛蒙,只需要五分钟就能卸下装上的东西。每个人都可以坐下,哪怕你躺着也行。"

"康芙蒂会开着她的旅行车来。"

"那我就开着它吧。"

"不!那只会把事情弄复杂!我想让你去参加野餐,把一切安顿好。"

希德一动不动地站了一会儿,然后我看见他开始颤抖,浑身都在颤抖,就好像一个人站在寒风中。他大喊着:"去他娘的野餐!去他娘地安顿好一切!我要跟你一起去!"

又一次,就好像需要个支撑一般,他将颤抖的手放到了竖板上。他靠在上面,泪水在眼镜后面肆意流淌,随后他抬起手,将眼镜猛地扯了下来,眼镜掉在了下面或者更远的某个地方。没有了眼镜的保护和遮掩,他裸露的脸庞痛苦地扭曲着靠在了她的床脚。

"为什么?"他大声问,"你讨厌我吗?我是个绊脚石吗?还是我让你难堪了?我有那么令人讨厌吗,让你得想办法把我支开?我是你丈夫!我有权利跟你在一起。这跟你去购物或者去参加午宴不一样。你想过你要去哪里吗?还是你忙着想办法让我走开别跟你一起?你想过把我排除在外意味着什么吗?"

夏丽蒂静静地躺着，头发压在锁骨上，而锁骨随着她急促的呼吸上下起伏。她两眼闪着亮光，嘴巴流露出倔强，厉声打断了他。

"因为我不忍心看着你崩溃！"她说，"我没有力气了。我只是想把事情弄好。如果你能让我按我的想法来做，对每个人来说都是最好的安排，不会有比这更好的了。而你却不！"

萨莉和我站在门口，竭尽全力地想要不听这些，想把听到的一切都抹去，想要离开。如果同情可以理解成"煎熬"的话，那我们是在全身心地同情，同时也感到无助和痛苦。我从夏丽蒂声音里听到的一切，我确定希德也都听到了：一个胸有成竹的、有能力的、做事有条理的、极度自信的女人正在满腔怒火地面对一个笨拙的、支支吾吾的男人。"直到此刻我还必须呵护你吗？"画外音在说，"每次失败都是我给你力量，我让你从不止一次的失败中站起来，我竭力给予你我的力量，我是一个忠诚的伴侣。你知道你可以信任我去做最好的选择。此刻你为什么不能，在这个我安排好一切的时候，按我说的去做，让我歇息一下呀？"

夏丽蒂的生命几乎已经不能再让她抬起手了，她的两只手都无力地垂在身体两侧，但许久以前争辩时才有的红晕却出现在她的两颊。一停止说话，她的嘴巴马上变成了一条冷酷的细线，她又成了无法缓和下来的沉默的女王，让希德不敢直视。

就在这样的对峙中，我看到夏丽蒂的脸色有些变化，有股力量让她的脸有些变形，幽咽声在她的咽喉中咕咕作响。她头向后仰，脖颈露了出来，身体在毛毯下蜷曲着，双眼紧闭，下嘴唇紧紧地咬在牙齿之间。我能感觉到她在努力，想要平静地躺着。

希德跳到床边，弯腰看着她。

在此之前，我有些莫名其妙地觉得疼痛不会是问题，也许是因为哈莉对我说过，胃癌相对会疼得轻一些，也许是因为夏丽蒂表面上的自信让我觉得她能应付所有的疼痛。当然会疼的，而且她开始疼的时候,也就是五月她动手术的那会儿,癌细胞已经开始扩散了。此刻她可能所有地方,肺、肝脏、胰腺、骨头、大脑里都有癌细胞了。

在那段看起来似乎难以忍受的漫长时间里,也许有十秒钟,她躺在那里,牙齿咬着嘴唇,双眼紧闭。然后,不知是疼过去了还是她想动,她的身体在一串轻微的抽搐之后放松了下来。她开始吸气,然后长叹着呼出来。她茫然地睁开双眼,笨拙地从床头柜上的纸盒里抽出一张面巾纸,擦干了她那湿漉漉的脸。

"好点了吗?"希德问,"现在感觉好了吗?"

没人回答。

"要不要叫诺顿太太?"

仿佛她既没有听到他说话,也没有看到他。

他把盛着水的玻璃杯递给她,水里放着弯弯的吸管。

她抬起手,把水杯从嘴边推开。

有好几秒钟,他就站在那里低头看着她,用手将被拒绝的杯子放到床头柜上。接着,他带着一种好像喉咙被切断后想要呼吸时发出的那种声音,双膝跪地,双臂环抱着她,脸在她的肩膀上痛苦扭曲着,哭泣得浑身发抖。这啜泣也让她开始颤抖,她满脸的痛苦与怜惜,弯下脖子仿佛要亲吻他的头顶。

但意志力占了上风,情感的冲动被压制了下去。她的右胳膊,本来挪动着好像要从后背拥抱住他,现在又收了回去,伸展开放在枕头上,放在离他尽可能远的地方。她的脸,依然因为内心的斗争而扭曲着,从依偎在她肩膀上的头上扭开。她直挺挺地躺着,浑身的每一块肌肉都在拒绝他。尽管他的脸那样深埋着看不到她,但他一定能感受到她对他的完全拒绝。

几乎就在一刹那,连脸都没有抬起来,他让步了。"好的!好的,不管你想怎样。无论怎样,我都不参与,我努力……我只是不能……"

这就是她想得到的。临终之际,实际上,她又一次掌控住了他。她的心愿可以了了。但就在她击垮他的那一刻,他是她受伤的孩子。她把胳膊从枕头上拿下来,紧紧抱着他,嘴唇亲吻着他头顶的发旋。

"这样最好了,"她喃喃地说,"你终会明白。我安顿下来时你可以来看我。明天来看我吧。"

萨莉碰了一下我的胳膊,拿起手杖,转身去了走廊。我便跟在她身后,但就在走出门时,我还是忍不住回头朝床上看了一眼。夏丽蒂抱着希德靠在她肩膀上的头,眼睛直视着我。她的嘴角挂着一抹难以名状的、恋恋不舍的、恳求的、请求理解的、被痛苦折磨的、痛苦的笑容。她的双眼,在我着魔般的想象中,就好像皮耶罗画笔下那忧郁的耶稣的眼睛——那幅她曾经假装拒绝、不想去细细品味、只关注其欢快主题的画作。

*

萨莉和我在那个堆满孙辈玩具的壁龛前还没有停住脚,诺顿太太就从厨房的门里探出了脑袋。萨莉正站在那里用一只手捂着嘴,她放下手,隔着客厅和餐厅,缓缓地说:"给他们几分钟。"诺顿太太的头收了回去。我们站在那里,沐浴在从拱形窗中射进来的阳光里。

我说:"她经常会这样疼痛吗?"

"另一次是我跟她在一起的时候。"

"难道没有人叫医生来吗?"

"我叫了。"

"医生怎么说?"

"他觉得是时候让她去医院了。他说诺顿太太应该给她打一针。"

"看起来似乎不怎么管用。"

"她没有打,夏丽蒂不让打。这就是诺顿太太恼火的原因。"

"按她所谓'好的'方式去做,她让其他所有人都觉得太糟糕了。"

萨莉一脸严肃,若有所思。她撑着手杖,瘦瘦的肩膀往上提了一下,锁骨深陷,弱不禁风。然后,她皱起脸,带着那种越来越接近她平日表现的那种年老的、悲伤地接纳一切的表情说:"她说她想要做的事情是在拯救所有其他人,特别是希德,她说如果让他带她去医院,他就不得不承认一切都完了,他会彻底崩溃的。你跟他谈过,你觉得他会吗?"

"我不知道,也许吧。但至少不应该觉得自己被置于事外。"

"她想让他一直忙着干体力活。她觉得如果他稍后才发现,有点距离的话,他能把自己调整得更好点。她说他太依赖人了,太多愁善感了,哪怕是看着她都会让他崩溃,痛哭流涕。她打算将这次野餐视为最后的告别,她将会是他们所有人记忆中的样子。然后大约一天,也许就在明早,她会让希德去忙别的事,自己悄悄溜走。"

"早有预谋啊,"我说,"不是那么可行啊。"

"哦,现在一切都乱了。她意识到她没有力气去野餐了,于是她打算今天下午就走。但他猜到了,现在一切都没有按她设想的来。"

"但她依然打算让他置身事外。"

"我猜是,"萨莉承认,"我希望……"

"什么?"

但她还没有准备将她希望的事情告诉我。她说:"我发现她已经两天没吃任何东西了。她把诺顿太太拿来的东西都藏了起来,想方设法在厕所里用水冲走。"

我想象着那情形。"你是说她在你到这里之前两天已经开始了？似乎有些奇怪。"

"她希望这样能持续一段时间，也许一周吧。"

"可她真的打算去野餐吗？禁食吗？你觉得她的气力能支撑那么长时间吗？"

她用手示意了一下——并未松开手中的手杖柄，只是耸了耸肩膀。

"你觉得呢？"我说，"难道你也要参与吗？你刚刚才走完千辛万苦的一段旅程。"

"我没事。"

她看着似乎真的——没事，但很悲伤。

"你觉得他们现在在那里干什么？"

"我希望，"萨莉说，"我希望他们还在做我们出来时他们正在做的事情——彼此紧紧拥抱。"她双眼闪亮，骤然噙满了泪水。

"难道你不觉得她可以让他开车把她送到医院吗？如果她要拯救他，那么她正在采取一种最残酷的方式。"

萨莉没有擦拭顺着脸颊流淌的泪水，只是看着我，无助地耸着肩，摇着头。

"她是这个世界上最倔强的女人。"

"拉里，她就要死了！"

"在罗盘的指引下。"

她没有回应，凝神望着拱形窗外那个阳光灿烂的午后。

"你也会这么做吗？"我说，"倘若你在我之前离世，我能够陪伴你到最后时刻吗？"

她还没有来得及回答，一阵快速而沉重的脚步声从走廊里传来。希德从我们身边经过，没有看我们一眼。他脚后跟踩着硬木地板，吧嗒吧嗒地穿过壁炉前的石板路面，悄无声息地踩在了餐厅的地毯上。厨房门猛地打开了，从另一面射进的阳光照出了他的身体轮廓，门又弹回去关上了。萨莉挪动着一根手杖，支撑起身体，这样她便能将手放在我的胳膊上。就在诺顿太太从厨房里出来，又匆忙奔向卧室之时，我们就那么站着。

"我一直想记住，对那些她无能为力的事情，她应该获得谅解，"萨莉说，"我们不一样，你不像他那样依赖人。我没有她那么坚强。我无须去保护你。"她的声音几乎要听不到了，"也没能力。"

我们继续站着，最后我问："他们什么时候来？"

"他们说他们大约四点十五到这里，等你和希德去山上之后。"

我的表上显示此刻是四点十分。"你们什么时候回来？"

"我不知道，我们可能先要将她安顿好，在那儿吃晚饭，然后再去看看她。如果时间太晚了，我们也许就整夜待在那里。我会打电话跟你说的。"

"我们那会儿还在野餐。"

"一直到什么时候？大约九点？"

"至少吧。"

"尽可能让他待得越晚越好。然后陪他去散步。他一直喜欢晚上跟你去散步。"

"如果我了解他，那么我知道今晚他宁愿自己一个人去。他也许不会待在那儿野餐的。"

"好了，如果可能，跟他待在一起。我会往回打电话，如果找不到人，我会让莫捎话的，或者没准我比你们先回来呢。"

"如果是这样，你能上得去床吗？"

"有诺顿太太。"

"那个性情暴躁的帮手。"

"她挺好的，她觉得受挫是因为夏丽蒂不想被当作病人照顾。

我不会让她有那样的烦恼的。"

我们相视而笑，我说："那么每个人都有需要照顾的人了。"

"你的难度最大。"

"你的给我感觉也不容易。"

"我们有三个人，况且她面对死亡那么勇敢，我都为她感到骄傲。这是一种荣幸。"

她的手往上挪，手杖依然挂在手上，她用指关节擦拭了一下颧骨，然后仰起脸让我亲吻。

"跟他待在一起，"她又说，"跟他散散步，让他忘记她已经走了。如果有必要，跟他待上一整夜，或者带他去客房。另一张床已经收拾好了。"

"好的。"这一刻，我仔细看着她那悲伤、顺从，想要欢愉一点的脸。我在想：看着你心爱的女人，那个跟你相伴一生的女人的脸，并且知道这有可能是最后一次，或者是倒数第二次，甚或是倒数第三次你可能看着她的脸的时候，会是什么样的感受。"你一直都跟着吗？"

"是的。"

"我一想到你这是在受夏丽蒂计划的支配，就觉得讨厌。"

"噢，她没有想着让我们置身事外！我们得竭尽全力为她做任何事情。"

"只有希德，她想让他别掺和进来。"

萨莉长时间满脸黯淡的神情。"但那是因为他是她自己的全部。"萨莉说。

她将手杖拄到地上，沿着走廊走了下去，羸弱，佝偻，满腔赤诚。我则去寻找希德。

4

九点四十五分，从早上醒来到现在，似乎过了一个地质时期。我睁开眼睛，环视着客房里那熟悉的凋敝场景，大陆板块想必已经自行进行了重组，物种和属类已经经历了进化和消亡，冰川已经来去不止一次。最最少，几个生命周期肯定已经终结了。

我坐在门廊的台阶上，走了那么多路，累得要死。太阳大约两个小时前就落山了，长长的黄昏已经过去，云杉装点下尖尖的山丘后面的天空，就像是抛光的铁器。但在我面前草地的另一边，在莫那辆灰色的"漫步者"之外，在我放置的夏丽蒂的躺椅和萨莉折叠起来的椅子的那一边，月亮洒下了一片暗淡、迷蒙、战栗的光亮。我伸着头透过门廊的屋檐抬眼望去，月亮几乎在我头顶正上方，那是大半个月亮，足以遮掩星星的光芒。

这是那种适合深思、怀旧的夜晚，那种有些模糊的宗教思想，能够吟咏诗行的夜晚。而我却并没有在沉思，我满腔焦虑。我让自己筋疲力尽，但毫无成效，我脑袋里的担忧和责任还在烦扰着自己。因为我还没有找到希德，我不知道接下来干什么。

离开萨莉之后，我期望能在厨房找到他。但他不在那里，也不在露台上，也没有在玛蒙车里等着，也没有去马厩里清理马厩或者给马槽里添加草料，没有去通过体力活来解决脑力解决不了的问题。

他想必是在漫无目的地散步。我应该跟着他吗？如果应该，他在哪儿呢？山上有很多步行道，有好多英里长。我不想一边穿越树林，一边喊着他的名字。我不想在我喊着他名字走过去的时候，让人表面上看起来我似乎是在追他或者他也许是在躲着我。如果他想要一个人待会儿，也应该有这份自由。

另一方面，家里人也许已经出发，沿着乡村公路朝着福尔松山进发了。夏丽蒂心中的安宁就取决于他们能够举行一次野餐，以及装在玛蒙里头的野餐物资了。此外，来接夏丽蒂的旅行车会在四点十五到达，离现在还有二十分钟。夏丽蒂一定不希望在出来坐最后一次车时，发现玛蒙仍停在那里，而希德则叛逆地消失在树林里。如果他不尽快现身，我也许应该把车开上去，也许能在路上遇到他。也许他正步行朝山上走，让自己严格遵从主人的安排，靠我把野餐物资带上去呢。

而我还有几分钟可以来找他。在哪儿呢？有个去找丢失的马的傻孩子问自己，如果他是一匹马，应该往哪里走，然后到了那个地方，那匹马就在那里。在我看来，马迷路了从来不往山下走，总是会往山上走。如果我是一匹马——或者说我是希德·朗——我也不会往山下走。

于是我沿着乡村道路向上走了大约有四分之一英里，那条路是希德和夏丽蒂以前通往野餐地的捷径：穿过一道门，顺着满是凤仙花香味的暖和的隧道，进入一片空草地，那是夏丽蒂以前用推土机整好当作游戏场的。

在我看来，这似乎完全是带有夏丽蒂风格的艺术品。她为了整理这片场地，迸发出了极大的热情，完全无视从湖边孩子们居住的地方到这里的一英里半路有多么陡峭。未削割的杂草有十八英寸高。很显然，整个夏天都没有人去那里玩过一回。

可是随后，就在接近草地远处边缘的时候，我看到左边一个留有马粪的被踩踏过的圆圈。玛吉，肯定是她，那个困惑而不幸的孙女，曾在这里训练她那姐妹般的玩伴，让它快步走、慢跑，然后调转马头，让它沉思般地不断转圈。这跟希德在这里某个地方正在做的事情毫无差别，而他连一匹作伴的马都没有。

似乎在那么安静的地方大声呼喊有些不合时宜。寂静——直到我在云杉林边停住脚我才意识到有多么寂静。太阳热辣辣地照着我，虽然已经西斜了但还是很热。空气中各种昆虫嘤嘤嗡嗡地叫着，而它们的吵闹则是另一种形式的寂静，不是杂音。整个山上铺满了一层坐垫一般的寂寥，吸收、销匿了空气中的每一丝颤动。我倾听着，直到那种寂静在我耳中响起。草地在微风下纹丝不动，在我的眼前变得黯淡，就像一张冲洗过的立拍得胶卷。

接着我听到了汽车声。起先以为肯定是来接夏丽蒂的旅行车，我便开始往回跑，不知为何想着我必须开走玛蒙——不，太晚了。然后我发现那声音是从我背后传来的。我回过头，看到莫那辆老"漫步者"从树林里冲到了开阔地上。

我们急匆匆地、隔着汽车挡风玻璃商量了一下。他从山上下来的时候根本就没有看到希德的踪迹，尽管像他说的，他不是在寻找希德，但他一直盯着那辆玛蒙。夏丽蒂的要求，是萨莉通过电话来传达的，要让家里人都到山顶上去，如果希德和我还没到那儿，赶紧来接我们——马上。

莫冷静而恼火。"这有些像卡——卡——卡夫卡笔下的东西。"他说，"他在哪儿呢？"

"我不知道，散步吧，我猜。"

"他的车还在那儿？"

"是的。"

"哈莉和康芙蒂还没来吗？"

"十分钟前还没到。"

"我们最好催——催催。"莫说。

我爬上车坐在他旁边，我们继续朝下走，就让那扇门开着，然后车停到了草地上那辆玛蒙的旁边。没有一个人影，厨房窗户里也没有任何动静。夏丽蒂的卧室，就在房子另一边的远角上，看不到也听不见什么动静。

莫满眼含泪，匆忙示意我去开车，但我说我最好先找到希德。我们可以一起走上去，或者坐在莫的"漫步者"上。莫仅仅犹豫了片刻就同意了。很显然，想到在那儿会碰到旅行车，这让他非常焦虑。他爬进玛蒙里面心烦意乱地低头看着它那神秘的仪表盘。我告诉他哪里是开关和启动按钮。他驾车往前蹿了一英尺尝试让它运转起来，最终他打着了车。

"如果我碰到他，就把他拉上去，"他说，"我们会大声按喇——喇——喇叭的。如果你找到了他，你就带——带上他。钥匙在车里。"

"好的。"

最后时刻，我使劲把夏丽蒂的躺椅和萨莉的椅子从踏板架后面拉出来，把它们放到草地上。夏丽蒂再也不需要她的躺椅了，而萨莉离开了椅子可不行。站在踏板上，我和莫驾车上山来到那道门前。带着让我惊讶的轻松，我们将车停在桦树和灌木的屏障背后，就在跳下踏板之前，我看到一个手电筒从后面一个食物篮的顶部露了出来。夏丽蒂的指令和训练是如此强有力地指导着我们每一步的行动。

到了门口，莫冷静地看了我一眼，满脸痛苦，然后驾车离去。坐在那个庞然大物的方向盘后面，他看起来像个瘦小的孩子。他摇晃着向前，消失在那个凤仙花隧道里，留下我伫立在树莓和榛子丛的清香中，耳朵时刻警惕地听着那辆旅行车爬山时发出的声音。

我几乎立刻就听到了。就在我等着看它从我下面通过的时候，我想知道车子的声音可能对希德产生什么样的影响。首先是那辆"漫步者"，然后是玛蒙，这会儿是旅行车——任何一个都可能是他生命中最后的绝响。那会让他深深地躲进树林里，或者让他潜伏在公路边去目睹这一切吗？

旅行车爬上了陡坡，靠近了"漫步者"。哈莉和康芙蒂走了下来，急匆匆走了进去。我在等待着。门在他们身后敞开着，回头凝视着我，我满怀着各种未竟的猜测，就如同看着空荡荡的舞台上一扇敞开的门。

接着也就过了几分钟，就有人出来了。诺顿太太那白色的身影出现在了门里，提着一个手提箱。她倒退着出来，将手提箱放在地上，弯腰进去帮哈莉和康芙蒂将夏丽蒂扶了出来。

夏丽蒂专心地下台阶，没有抬头看。我看到了她那浮雕般的身影，那优雅、虚弱、花朵般下弯着的脖子和脑袋。身边搀扶她的人都跟她一样弯着身子，步调保持一致。她们就像希腊戏剧合唱队中的那些女人，或者亚瑟王故事中的那个仙女摩根，正在和她的女仆们一起送受伤的亚瑟王登上去往阿瓦隆的驳船。那是一场死亡之舞，她们肃穆而又关切，全都精神集中，穿过门廊，从另一侧的台阶下到草地上。

就在灌木丛的屏障后面，我注视着他们，希望希德不是藏在什么地方，而是像我一样在凝望着。如果站在他的角度，我将无法忍受这一切。

接着门口又有人出来了，步履蹒跚，跟跟跄跄，无力去施以援手或者说甚至都无法跟上面前人的脚步，她的体态蜷缩歪斜，有点失形，那是萨莉——她不属于这场舞蹈，但观望比成为其中一部分更加让人难受。

目睹她挣扎着追随在那些聚精会神的帮手身后，看着她们羸弱无力的样子，我的悲痛顷刻变成了愤怒。不是针对任何一位帮手，不是针对夏丽蒂的任性，也不是针对那些女人在齐心协力尽自己所能做事时的团结一致，是的，是针对它，针对命运，针对符合男人梦想的自然法则的可悲失败：生活到底对那个已经和我的生命融为一体的女人做了些什么？她的生活曾经是怎样，现在又是怎样？她错过了什么，她被剥夺了多少，她的潜能才发挥了多么一点点，她的热情、心愿和温暖又受到了怎样的束缚。望着她，我热泪盈眶。

其他三个人协助夏丽蒂坐上了中间的座位，给她垫上坐垫。诺顿太太拎着手提箱，坐到了后排。车外，哈莉和康芙蒂站着，在我看来是对"漫步者"比较满意。她们说了些什么，我听不清楚。她们抬眼朝我这里看，而我蜷缩在灌木丛的屏障后面，活像一个被人发觉的偷窥狂。

然后哈莉钻进了后排，坐在了诺顿太太旁边。康芙蒂坐进了驾驶座。萨莉拄着手杖，赶忙笨拙地坐到了她身边，收起手杖，关上了车门。引擎启动了，旅行车向后倒了一点，然后朝马路开去。我一直看着，直到它隐没在了一丛桦树之后。有一小会儿，我还能听到马达声，然后便只有山上那嘤嘤嗡嗡的寂寥。

下山到了屋前，我发现门并没有上锁。出于某些原因，事实上我可以进去，而希德如果回来的话，也可以进去，这一点我很肯定。带着一丝冲动，也许是想看看如果他真的回来的话能看到些什么，我走进屋子，来到了卧室。那里没有一点匆忙离去的迹象：床上都收拾了，书籍和杂志整齐地放在床头柜上面的架子上，窗帘拉上了，挡住了西斜的太阳，那些生病时用到的器具——吸管、瓶子、面巾纸、马海毛的被子、电热毯都不见了，都被扔了或者处理了。一间空荡荡的卧室，什么都没有。

走出门来，我潦草地在门上挂着的便签本上写了张便条。我说莫开走了玛蒙，我正在散步。如果希德回到这里的话，他就开莫的车上去。我会见到他的。

我把便条贴在了"漫步者"的天线上，然后把手电装在屁股后面的口袋里，向上走到了牧场的门口，经过凤仙花隧道，穿过游乐场来到了草坪的边缘。那里乱糟糟的，与森林接壤，交界线突兀得就如一道悬崖。我试探性地、声音并没有我想的那么大地喊着希德的名字。耳朵里没有任何回应。我看到了那条被遮蔽住的小路的入口，便迈步走了进去。

只走了一步，我便置身于褐色的黄昏了。没有东西在那浓重的树荫中生长，甚至是那些健康树木上低矮一点的树枝都被树荫扼杀了，那些树枝如钉子一般翘在那里，上面累积着灰色的青苔。很多树都被风或雪压断了，吹斜了，树枝彼此交错，有直立的，躺着的，半躺着的。我记得那条路得经过这个乱树丛，脚下是软绵绵的跟水果布丁一样的苔藓，上面躺倒的那些树木，有人用斧子或者大砍刀砍掉了它们的枝干，开出了一条路。我知道是谁干的。在跟现在一样的夏日，希德会花上很多时间来清理这样的小路。他也许此刻也正在忙活着呢。

我侧耳倾听，但一无所获。我在那儿喊他的名字，也没有人答应。树林静静地遮蔽了杂音。无论如何，喊叫是无济于事的，同样，在那些骷髅般的树林里寻找他的踪迹也与事无益。如果他在那里，他就会在小路上，就在我面前这条不为人所知的小路上。我沿着它走了下去。

*

还是一无所获。我走遍了山上的每一条小道，有些是我以前夏天来的时候才知道的，有些是我走着走着才发现的。我去了隐藏在树林深处的那眼山泉，这个地方他曾带我来过一次，像是个孩子们躲藏的地方。还是没有。我沿着环山的那条长长的小道，疲惫地走了一个半小时，不断地上上下下，因为我突然意识到他需要的是一次他能找到的、最耗费体力的散步。可还是不见他的影子。

路上有人踩踏过，一块一块的苔藓被人踢掉，堆在另一个地方，但凭我的搜寻水平，没法判断出这些痕迹是那天下午还是上个月留下的。树林里静悄悄的，除了有一次我走到了开阔处，听到了孩子们的叫喊声，那里离山顶还相距甚远。这让我有些愤愤然，我沮丧地拿夏丽蒂和这些光秃秃的树做了个比较，这些树弯曲多瘤，曾肆意地生长，我在云杉林里到处都能见到这些曾播撒下树种的死树。很显然，它们曾在这片开阔的草地上成长，将种子播撒在周围的土地上，然后在无数后代的竞争压抑中死去。尽管埋怨那些孩子享受夏丽蒂给他们筹划好的欢乐对他们并不公平，但我就是这么觉得的。

此后，大约七点钟左右，我来到了足以看到他们的地方。他们围着烧烤的火堆，四散坐在小土墩上吃着东西。莱尔和大卫则蹲在烟雾中切牛排，巴尼手里拿着酒壶在轮转。他们也让我有些愠怒。他们一定知道为什么夏丽蒂和希德、萨莉和我、康芙蒂和哈莉都不在那里，为什么他们竟然还如此的无忧无虑？但想了一会儿，我觉得他们还是不知道。至多也就莫也许还有莱尔知道，而他们也不会告诉别人，因为夏丽蒂说得非常清楚。如果他们担心希德，那么也一定说服了自己，认为我和他待在某个地方，或者正跟他一起跑断腿地帮他"疗伤"。

但是我并没有跟他在一起，只有我自己的腿快跑断了，因此我最好不要过去跟他们一起分享这个隔着山坡都让我闻着流口水的"盛宴"。倘若我过去的话，就得面对许多的欢迎、询问和各种活动，抑或是我告诉他们我为什么不能参与其间，那将会搅黄这次野餐。

但接下来去哪里呢？回到上屋？我想不出更好的去处，脚下已经迈开了步子，我越来越相信这样一步一步走过去，就会在那里找到希德。我快速走下那条以前的乡村公路，经过长满了杂草的地窖口（那里曾有一间农房着了火），穿过那片糖枫丛，那里的云杉已经长了起来，遮蔽了一切，跨过那片游乐场的草地，顺着凤仙花隧道，穿过了大门。站在山上，我低头望着屋子和那片安静的草地。

"漫步者"还停在莫当初停下的地方。便条还在天线上挂着，折叠好的躺椅和折叠好的椅子依然放在草地上。

*

从那一刻起，徒劳的搜寻一个接着一个。突然，有个想法就像连环漫画中的灯泡一样在我脑际闪现：他也许沿着路，可能并没有那么想，信步走到了他宅院中的书房或工具房里去了。他可能现在就在那儿，正在铁砧上弄直用过的钉子呢。

一定，一定是。这个傻家伙估计很久前就想好了。

我爬上漫步者，开下山去，停在了停车场的小果园里，走过柴棚来到了工具间，打开静悄悄的散发着亚麻籽油气味的推拉门。

"希德？"

空无一人。

随后，我又回到了上屋，坐在门廊的台阶上，吃着饼干和奶酪，琢磨着下一步怎么办。我看见太阳已经落到了山头上，西边的天空，火焰般云朵的边缘已经变成了橘红色。夕阳无限美好，正如夏丽蒂所安排的那样。而另一个灯泡还在我脑袋里亮着。山的西坡背后有一个地方，冰风暴在裸露的岩石上凿出了一条长长的沟槽，冰风暴退去以后，就在那里留下了一条一百英尺长的长凳，后面有倾斜的靠背和苔藓做的垫子，那里我们至少去了十几次，静静地坐在那里看着天上的"火焰"逐渐消退。无论他这最后四小时在做什么，难道希德此刻不会待在那里吗？我觉得他会。我能想象出他坐在那一片红彤彤的亮光中，念念不忘他失去的一切，还有他被排除在外，像个孩子，夏丽蒂说是为了对他好；我能想象出他在用那些无法获得慰藉的诗行让自己发狂，那些教育与习惯让他脑际浮现出的诗行：

> 好一个美丽的傍晚，安恬，自在；
> 这神奇的时刻，静穆无声，就像
> 屏息默祷的修女；硕大的夕阳
> 正冉冉西沉，一副雍容的神态①

如果想开车下山，去周围一英里范围内的话，我可以开车去。但我不想让希德回来的时候，只看到空荡荡的屋子，车跟便条都不在了，周围一个人也没有。虽然我很累，但我还是愿意走，穿过树林也就至多半英里。

离开前，我打开了门廊上的灯，把天线上的便条往高处挪了挪，然后我便开始走。太疲惫了，臀部关节的连接处都很疼，我穿过黑漆漆的树林来到了西面的树林边。天空开阔了，被整个黑魆魆的山脉切断。长长的云朵，此前是中间火红边缘镶银，此刻逐渐变冷成了紫色，好像将要燃尽的煤块。那被冰风暴凿出的沟槽，几乎跟树林一样清晰，顺着山蜿蜒着。我眼睛顺着它，搜寻着一个红色的穿着卡其衫的影子。

"希德？"我又喊。

空无一人。

回来的路上，我觉得树林里太黑了，得打开手电。明白了吗？我在用手电照着前面的树桩和蕨丛的时候，心里对自己说。你能理解他的依赖。她告诉你，你迟早都会需要手电的，她说对了，跟往常一样。

---

① 出自华兹华斯十四行诗《无题》。中译文引自《华兹华斯抒情诗选》，杨德豫译。

*

到那会儿,我才真正感到惊恐,而不仅仅是担忧了。时间已经过去了四个多小时,我本该赶紧组织一个搜索小组,最好让野餐赶紧散了。门廊上的灯,在我从马厩爬上山来的时候,并未让我欢心,因为我立即发现"漫步者"还停在那里,那个便条就如悬在上面的一团火焰,映着门廊里的灯光或者月亮的光亮。

我朝着它直奔过去,想要直接上到山顶,召集家里所有的人都来寻找,就在此刻我听到了厨房里的电话铃在响。我冲进门接起了电话。"你好?"

"哈,亲爱的,"萨莉说,"你回来了,情况怎么样?"

"什么?"

"野餐啊,怎么样?我们出来时我发现你们都走了——玛蒙不在了。"

"噢,"我说,"是的,都挺好的。"

"那他们没有想她,一直在野餐。"

"他们一直在,但当然想她了。他们都在野餐,是因为大部分人不知道发生了什么。"

"你听着上气不接下气的。"

"我刚从院子里跑进来。"

"希德怎么样了?"

"挺好的,忙着干属于他的活,他没事的。"

"哦,那我就放心了,"萨莉说,"我担心……你怎么样?你照顾他有问题吗?他没有崩溃吧?"

"据我观察没有。"

"那就好,因为,你知道,她很崩溃。她坐在车上,看着窗外,哭了一路。那样对待他,她觉得就是在那样对自己。"

"一团糟啊,"我说,"你们安顿好她了吗?你今晚回来吗?"

"不了,这就是为啥我想到你可能回来了就赶紧给你打电话。我们明天中午前才回来。我们没有跟夏丽蒂待得太久,因为她太劳累、太虚弱了。刚才我们晚饭后又来看她,我们明天回家前再来看她。"她停顿了一下,"拉里?"

"怎么了?"

"我爱你。"

"我也爱你。"

"你打算在上屋过夜吗?"

"我们还没商量呢,我想可能会吧。"

"就待在那里吧,我不想你俩任何一个人独自待着。你们散步去了吗?"

"我的两条腿都累成木桩啦。"

"小可怜,我猜你肯定累了。"

"你怎么样?经过这么一天,你肯定也累坏了。"

"哦,我没觉得,有一点吧也许,不是太累,就是……"

"什么?"

"伤心,你知道吗?"

"我猜我肯定知道,躺上床,睡个好觉吧。"

"我会的,你也一样。"

"好的,晚安,宝贝。"

"晚安。"

听筒里传来她的亲吻声,然后是"咔嗒"一声。我又走到了外面。

*

月光变亮了,明晃晃地挂在天上,草地安静平整地躺在那儿,那辆"漫步者"蹲在自己的阴影之上，那张便条此刻变成了一瓣苍白的火焰。远处的山顶上飘来了歌声。

我最终还是下定决心不开车上去了。如果他们正在唱歌，那么他们就快完成他们的家庭责任了。莫和莱尔，也许还有其他人，肯定会在这里停下来看看我和希德在不在。如果我现在上去的话，可能几分钟，就会打破他们一起忠诚的团聚。

无论如何，萨莉的话依然萦绕在我耳际，比以往任何时候听到时都让我心烦。纵使在她最艰难的时刻，她听起来也不像这样，她小心翼翼地发现这样倒霉的时刻很少，而当她身陷其中的时候，倒反而感觉不到。在我的脑际浮现出她奋力不屈的画面：她挣扎着穿过草地向旅行车走去，她被其他的人丢在身后，甚至是被那位她给予了全身心爱和感恩的朋友丢在了身后。她就好像那些让人难以忍受的、又甜又黏的迪士尼人物，那些被同伴蔑视的、受伤的、令人怜惜的小人物。在迪士尼童话里，都会有一个转化的过程——小飞象发现他的大耳朵能带他飞翔，丑小鸭会长出白色的羽毛，拥有天鹅那样高高在上的脖颈。但在这个剧本里，却不会有这样的结尾。

"离了她你能行吗？"希德今天下午这样问我。我觉得这个问题主要是针对他自己的，于是我就按照这样的想法给予了回答。此刻，我认真地问我自己这个问题，竟不知道该如何作答。

小儿麻痹的特殊之处在于身患此症的人，一旦他们从病毒侵害中康复过来，逐渐习惯了病症留下的任何肌肉控制力，就能过上那种逢凶化吉的生活。虽然他们身体残疾，但很少生病，而且出人意料地坚忍，有很强的承受力，他们承受各种重压的能力常常让那些身体健全的伙伴惊叹不已。

但事情也并不是总是这样。每个这样的患者都会在生活中面临这样一个时刻：所有的身体组织——肌肉、器官、骨骼、关节突然就分崩离析了，就像一辆美妙的单马两轮轻便马车。每个小儿麻痹症患者都在警惕地等着那个时间,每个拥有这样得到提前判决的患者的家庭,都在等着未来某个未知的但预料之中的时刻。人们学着通过对其视而不见、不直面它而带着它生活。但还是有这样的时刻,人们会意识到有人在认真地、鬼鬼祟祟地关注着他,而每个患者,也就是那个有此宿命的人,肯定经常都会有那种被看得非常受伤害的感觉。

我离了她可以吗?更准确一点来说,行吗?假设刚才我们通过电话的那段令人心烦的对话是我们的最后一次谈话,我会怎么办?跟希德一样疯狂地跑过这片树林,此后在某个池塘里被发现,或者身体悬挂在树枝上?

这画面对我来说太清晰了,我站起身,想走到"漫步者"那里去,开着它上去,开始做我几小时前就该做的事情。但随即我看到天空中,就在树墙的上面,一条长长的黯淡的光柱在移动。山顶上有人在转弯或者倒车,汽车的前灯照向了天空。最好还是等等,打起精神,准备回答问询。

我感觉太累了,身体像散了架一般,我又坐回台阶上。经过这样的体力和精神消耗,感觉天气太冷了。此刻,我真是没法再进一步去搜寻了。我应该径直上去找莫,我们应该召集起整个夏日村落的所有人,所有周围的农夫和警察。负疚感与焦虑一起涌进脑际,我几乎就要为自己的无能而落泪了。

面前的草地在月光下延展开去,曲形的金属表面闪着微光,我看到了玻璃里面月亮的影子,就好似在水面上一般。在我散乱的目光中,那就好像另一个场景。我心神疲惫,像是在做梦、虚构或者回忆一般,将现实向前推演,就好像旋转木马转换了一个彩色的面,接下来的一面就取而代之。

在我们位于坡瓦克迪的带院墙的院子里,我站在游泳池边,那是为了萨莉的康复而修建的。月光在明净如洗的黑魆魆的天空,从头顶洒到我的身上,又从黑黝黝的水中照耀着我。我听到了捕猎的猫头鹰那尖利的叫声,此刻看到它就站在电话线上面,就像万圣节夜晚的影子,长得跟猫一般大小,竖着猫一般的耳朵。仅仅片刻之后,就已经不在那里了,消失得悄无声音,好像一片坠落的羽毛。月亮又从泳池里凝视着我。

接着,水面骤然破裂、躁动、颤抖,散播出轻微的、几乎无法察觉的涟漪。我想肯定是某个蛾子或者晚上飞着的甲壳虫误入了池塘。但当我用手电筒找到那个涟漪荡起的源头时(谁还没有个手电筒?),我看到一只老鼠落进了水里。那是一只非常小的老鼠,几乎都没有一个草蜢大和重,显然它也不会沉下去。可是它想必一定在水里已经待了些许时间了,因为它此刻挣扎乏力,就在我看着的时候,已经完全不动了。它躺在水面上,激起的波纹向外扩散、销匿,最后便了无踪迹。

我并不是没有见过有东西掉到泳池里。经常有兔子和地松鼠从周围干燥的地方赶来四处找水喝,有时就会像这只老鼠一样,掉了下去,然后发现它们被亮闪闪、无法攀爬的瓷片墙困住。一旦掉下去,它们就没法逃脱了,虽然有两次我看到有满身湿透的老鼠蜷缩在按摩浴缸向主泳池排水的地方。但还是无法逃脱,这也就是个暂时的延缓,因为一旦过滤泵开始注水,它们还是会被冲进泳池里。

曾有一回,那是一个早晨,刚刚下过一场大雷雨,我出来看见邻居的牛头犬死在了池底。它曾在敞开的门口徘徊,也许是被突然的大暴雨吓蒙了头,便掉了下去。身体笨重、脑袋又重、四肢短小,我猜它就绕着光滑的墙游了一两圈就沉下去了。那个早上给人的感觉很不舒服。

此刻这只老鼠,在我就寝前出来透透气的时刻身陷囹圄。通常发现泳池里有死老鼠的话,我都会用网把它们捞出来,扔进装有液氯的桶里杀毒。我想对这一只我也会这么做的,便取来了网。

纵使就在打捞它的时候,我还在思忖我为什么这么做。可能是猫头鹰吓得它掉进了泳池里。如果它活着出来,猫头鹰也许会抓到它。或者我也许得重击它那纸一样薄的头骨,因为担心老鼠特有的生殖能力会让露台上到处都是它蹦来跳去的后代,进而危害到拄着手杖的萨莉。

我把网放在走道上,打开手电靠近了看,它就躺在尼龙网里,湿漉漉的一团,已经彻底死了。我捡起网,将它带到低矮的后墙边,把网竖起来,另一面朝外放着。在手电筒的光线中,那只老鼠太小了,我几乎都看不到它,就是一个草团的边缘,一小团皮毛,一块最近才刚刚获得感知能力的复杂的蛋白质团此刻就等着再循环了。

接着奇迹出现了。那皮毛抖动了一下,发现自己到了干燥的地方。小腿一阵狂奔,便消失在草坪和杂草之间了。

幸存,这就叫幸存,通常这都是偶然的,有时是由我们无法理解的生物或者力量造成的,但一切也都是暂时性的。

我用力挤了一下眼睛,再睁开的时候,新墨西哥已经从我眼前消失了。但我脑海中关于它的记忆还在。我记得萨莉的脸庞,因疼痛而扭曲,当时我们将她带离最后的宿营地,来到路边等车。我骑在马背上,坐在她身后扶着她,希德牵着老威尔德,夏丽蒂在一旁走着,尽力扶着我们,确保我们安稳。根据普里查德的准则,这不是一场救援,而是一种不惜冒险的即兴表演,像极了随后发生的一切。那场长长的即兴表演的每一个细节,都增强了让我们彼此相依的那份情谊。

假如她在那个我想不出来甚至也不曾怨恨的(他的名字我已经刻意地忘记了)医生的照料下,生孩子时死去的话,我将在那个产房里落得两手空空,只有那具还躺在血迹斑斑的产床上的尸体,但我却可以离开她活下去。我也许会继续写作,因为写作是除了萨莉之外唯一能让我的生活有意义、有秩序的东西。我什么也没有，什么也不写，鉴于习惯或者挺健康的身体状况，我也许已经这样生活了很长一段时间。

那样的命运让人惊骇。我满身涌动着感恩，感谢自己到现在还不用离开她而生活，感恩于在那锥心的疼痛与麻醉中，她听到麻醉师惊呼"她不行了，医生"，她让自己清醒了过来，心里想着"我不能死"。

可是她一定会走的，只是正如夏丽蒂想的那样不会那么快而已。宣判已经拿到，我们已经记住并且了解了，刚才萨莉打电话的声音里就有些许它的阴影。不让自己身临其境，你就无法深入理解朋友的亡逝。

在我认识的所有人里，希德·朗最清楚，我的婚姻，跟他的一样，也是完全建立在成瘾与依赖之上的。他告诉了我在其他场合可能会激怒我的事情——他从我的霉运中获得满足，这让他有些许安慰，看到有其他人跟他是拴在一条绳上的蚂蚱。他也说如果可以，他不会给自己解开绳子的，他知道我也不会。但他所不了解的是，我的绳子并不是真的绳子，而且多年以来，萨莉的残疾一直是一个让人悔恨的馈赠，却让她成为更好的自己，让她给予了我更多她健康时无法给予我的东西，也开始教会了我懂得感恩。如果他乐意，希德可以从我的霉运中获取他那负疚的满足感。我会一直对他表示同情，因为他"上瘾"的东西不能再给予他任何东西了。

可是他在哪儿呢？可能是在树林外的某个地方，在他所失去的与他所不能放弃的东西之间争执不下，在没她引导、他还未学会使用的自由面前思量和彷徨。

可能，在他心中某个隐匿的抽屉里面，放着她留给他的那张名单。假如他一切安好，还会回来，那么他会拿起那张名单斟酌并照此行动吗？那将会拯救他，正如她躺在床上，拿着笔记本制定这张名单时确信无疑的那样。她通常都是对的。

她也真是宽宏大量，把它像一尊荆棘王冠一样按在接受者的头上。萨莉说，在钻进旅行车去医院的途中，她哭了。是不是她早就为他想好了未来，因此残忍地将他从身边赶走，以便让他为治愈伤痛和接受这张名单做好准备？

倘若我们能在这一切开始的地方——麦迪逊那些美好的时光中预见未来，我们没准没有胆量贸然开始。我觉得自己想知道那些我们开始时遇到的人，朋友和其他人身上所发生的所有的事情：可怜的哈格勒怎么样了？他仅仅靠自己的薪水度日，还有马文·埃尔利希和旺达·埃尔利希、阿博特夫妇、斯通夫妇身上都发生了哪些事情？他们根据自身的经历，又能对发生在我们身上的事情了解多少？

我希望他们不仅仅是存活了下来。我希望他们已经找到了办法，能够将某种秩序强加在他们的混乱之上。我希望他们沿途已经找到了足够的欢乐，都不愿意让行程结束，正如希德此刻没准正在极力说服自己一样。

有一辆车，或许不止一辆，从路上开了下来。在一片静寂之中，我能听到低速挡的轰鸣声，粗糙车辙里的嘎吱声和弹跳声。车灯在最高的树梢上逡巡、转动、消失，然后再现。我站起身，嘴巴做好了准备，打算告诉他们必须让他们知道的一切；我的脑袋做好了准备，打算回答他们更多的疑虑；我的腿脚也做好了准备，打算走更多的路。

此刻我看到一个人，在月光中一身灰黄，从马厩边沿着路一直走了上来。他模糊不清，身影遮住了他的双脚，而他没有止步，仿佛算好了时间打算去迎接从山上下来的家人。

"是希德吗？"我问。

"是的。"他说。

译后记

美国著名作家华莱士·斯特格纳（Wallace Stegner, 1909—1993）是一位多产的美国西部作家，其作品以技巧高超、语言精湛、地区色彩浓郁、世态人情深重著称。一九七一年，他发表小说《安息角》(Angle of Repose)。一九七二年，这部小说为他赢得普利策小说奖。一九七六年，他发表小说《旁观鸟》(The Spectator Bird)。一九七七年，这部小说为他赢得美国国家图书奖。

《安宁之路》(Crossing to Safety)是斯特格纳的一部半自传体小说，描写的是美国经济大萧条之后，两对年轻夫妇相会于威斯康星大学麦迪逊分校英语系，开始了他们的学术生涯，也开始了他们维系一生的友情之旅。

二〇一六年十月的一个下午，九久读书人编辑告诉我说，出版社有意将斯特格纳的半自传体小说《安宁之路》翻译出版，问我有无兴趣做成这件事。一方面出于对斯特格纳作品的喜爱，另一方面是因为我在山东大学（威海）指导的第一个博士后王军平博士有意与我合作，尝试文学翻译，我答应得很爽快。

《安宁之路》是一部关于爱情与婚姻的小说。每桩婚姻关系中的沟沟坎坎，只有置身其中，才能体会深刻。众所周知，婚姻是一种奇妙的组合，如果彼此尊重、彼此迁就，就会成为彼此的美好，否则便会成为彼此的炼狱。小说中两对年轻夫妇的故事则告诉我们，这种奇妙的组合，方式多样，有时候支撑婚姻架构的血肉恰恰是彼此之间无穷的矛盾与对抗、掌控与迁就。当然，这部小说的特别之处，则是用友谊将两个爱情故事勾连在一起。两对年轻夫妇的悲喜哀乐始终沐浴着彼此的真挚友情。

　　所以，这也是一部关于友情的小说。正如斯特格纳本人所言，倘若主题是友谊，作为戏剧化的期待，必然想要看到友情的破裂，甚至朋友间的反目成仇。在这部小说中，这一切都没发生。斯特格纳告诉我们，纵然生活中有万般的不确定性，甚至面临危机和风险，但只要有爱情与友谊的存在，我们便能够从不稳定中获得安定，从喧嚣中获得安宁。一切好坏，都是生活的赐予，都是朝向光明的履历，"我们"何其幸运，能够在这万千可能错过的偶然中彼此相遇。遇见固然难得，若要将友情延续终生，则不能光靠运气。两对年轻夫妇，刚刚步入社会，因为工作而结识，纵然物质基础天差地别，却彼此认同、彼此欣赏，结下了深厚的友谊。他们全都雄心勃勃，想有一番作为，有时甚至因为无法实现心愿而备感挫折、沮丧。特别是从主人公"我"那里，我们能够看到他们面对生活困境时积极向上的努力与抗争：从几乎住不起旅馆到获得名声地位，从人地生疏到时时有挚友关心，从被学校解聘到作品幸运发表，从妻子不幸残疾到目睹挚友安然辞世。每当出现困境时，他们的生活目标——拥有生活中的安宁幸福——就会被凸显和放大。这是摩根夫妇的目标，又何尝不是朗夫妇的目标呢？正是在诸如此类的境遇下，友情显得愈发珍贵。我们来一起听一听小说中的"我"，即拉里·摩根对友情的理解：

> 　　这是一种无形的关系，不像婚姻或者家庭生活，它没有任何规则、责任或者牵绊。人们聚在一起既不是因为法令，也不是因为财产或者血缘关系，其间没有任何黏合的东西，只有彼此的喜欢，因此便愈发稀缺。对萨莉和我这两个只关注彼此、只关注在这个严酷的世界里能否生存的人而言，这一切来得太出乎意料了。在我们的一生中，这样的友情也仅有这么一份。

打开整张人生画卷，我们不难发现，我们的婚姻、友谊，甚至悲伤、疾病与伤痛，都是生活给予我们的馈赠，令我们心怀感恩。人生的意义就是怀着这样的感恩，安宁地活着，安宁地死去。换句话说，人生就是一次寻求内心安宁的旅程。

亲爱的读者，您又是如何理解婚姻、友情及人生的呢？

最后，请允许我借此机会，代表王军平博士表达我们由衷的谢意！首先，感谢九久读书人和人民文学出版社的领导、编辑及相关工作人员，感谢他们的默默付出！感谢作为读者的您，如蒙批评指正，我和军平博士将倍感荣幸！真诚希望该译本能够对广大读者有所裨益！

山东大学（威海） 薄振杰

二〇二〇年十二月